शैतान की औलाद

शैतान की औलाद

पद्मभूषण एम.टी. वासुदेवन नायर

अनुवाद

डॉ. पी.के. राधामणि

वाणी प्रकाशन

वाणी प्रकाशन का 'लोगो'
विख्यात चित्रकार मक़बूल फ़िदा हुसेन की
कूची से

ISBN : 978-81-8143-949-9

वाणी प्रकाशन
21-ए, दरियागंज, नयी दिल्ली-110002
द्वारा प्रकाशित

फोन : 0091#11#23273167, 23275710
फैक्स : 0091#11#23275710
ई-मेल : vaniprakashan@gmail.com
vani_prakashan@yahoo.com
वेबसाइट : www.vaniprakashan.com

मूल्य : 325.00

प्रथम संस्करण : 2009

आवरण : वाणी प्रकाशन
जय भारत प्रिंटिंग प्रेस, शाहदरा, दिल्ली-110032
द्वारा मुद्रित

SHAITAAN KI AULAAD (Novel)
by : M.T. Vasudevan Nair
Translated by Dr. P.K. Radhamani

आसुरी दौर

मलयालम साहित्य के इतिहास की पृष्ठभूमि में ही नहीं, अपनी रचनाओं की अन्दरूनी दुनिया में भी एम. टी. का साहित्य एक सातत्य है—खास कर उपन्यासों के सन्दर्भ में। विषयवस्तु, वर्णन, भाषा, देश-काल, समाज और व्यक्ति में प्रत्यक्ष या अप्रत्यक्ष रूप से यह सातत्य प्रकट होता है। इसी वजह से उनके उप्यास साहित्य के अध्ययनों में रचनाओं को एक-दूसरे से जोड़ कर मूल्यांकन करने की कोशिश हुई है। सातत्य की इस अवस्था में भी एक पुनर्वाचन से स्पष्ट होता है कि अनेक कारणों से 'असुरवित्तु' (शैतान की औलाद) आज उपन्यास साहित्य में विशेष महत्त्व प्राप्त करता है।

गोविन्दन कुट्टि नामक पात्र और उसका समाज जहाँ वह शैतान की औलाद बन कर रहता है—इन दोनों की भूमिका की सही पहचान हो जाने पर शक होने लगता है कि चार दशक पहले प्रकाशित इस उपन्यास में अपने भूतकालीन समाज का चित्रण हुआ है या वर्तमान समाज का। जो रचना अपनी समकालीनता बनाये रखती है वही कालजयी समझी जाती है। अर्थ का असन्तुलित केन्द्रीकरण और उसके जरिये ज़िन्दगी के हर क्षेत्र में व्यक्ति का अनधिकार प्रभुता जमाना, स्वार्थ लाभ के लिये सत्ताधारी लोगों के द्वारा जाति और धर्म के नाम पर कराये जानेवाले दंगे, उसके शिकार बन जानेवाले बेवकूफ लोग, बेवजह होते फसाद, बेरोजगारी और उससे उत्पन्न सामाजिक समस्याएँ, अपनी जमीन को गिरवी रखने के लिये मम्माली से सौ गुना ताकतवर पूँजीपतियों के इन्तज़ार में बैठे हमारे किसान—ये सब 'शैतान की औलाद' को वर्तमान से मिलानेवाली कड़ियाँ हैं।

आज के दौर में मलयालम के भविष्य को लेकर कइयों को आशंका है। वास्तव में यह आशंका एक मलयालम को लेकर नहीं, अनेक मलयाळमों को लेकर है। क्योंकि इस भाषा की विविधता उतनी अधिक है। 'शैतान की औलाद' की पृष्ठभूमि में चित्रित ग्रामीण अंचल से गुजरते समय हम समझ सकते हैं कि यह रचना मलयाळम के विभिन्न प्रादेशिक रूपों (खेती और खेत से सम्बन्धित, इस्लाम धर्मावलंबियों की, ऊँची जाति की, दलित जाति की) संस्कृतियों, आचार-विचारों और रहन-सहन (जोत प्रतियोगिता, खेती के काम, धर्म परिवर्तन) का एक मूल्यवान संग्रह है। दरअसल श्रेष्ठ साहित्य का यही धर्म है। इस अर्थ में केरल की भाषा और संस्कृति से संबंधित ऐतिहासिक दस्तावेज के रूप में भी 'शैतान की औलाद' एक महत्त्वपूर्ण रचना है।

यथार्थवाद और आधुनिकता के बीच का एक भाव बोध एम. टी. के साहित्य में रूपायित होता है। इसीलिये उनकी भाषा और विषय वस्तु एक काल्पनिक यथार्थ का स्वरूप ले लेती है। उनमें देश और काल एक-दूसरे से गले मिलते नज़र आते हैं। जैसे उपन्यासकार उरूब ने अपने उपन्यास 'सुन्दरिकळुम सुन्दरन्मारुम' (सुन्दर औरतें, सुन्दर मर्द) में स्वतन्त्रता पूर्व केरलीय समाज का समग्र चित्रण प्रस्तुत किया है, एम. टी. ने भी अपने ग्रामीण अंचल और समाज का बढ़िया चित्रण किया है। जिस तरह पोन्नानी (उरूब), वैक्कम (बशीर), पुराने त्रावनकोर (केशवदेव), कुट्टनाटु (तकषि), अतिराणिप्पाटम (एस. के. पोट्टेक्काट) आदि प्रदेश मलयालम के उपन्यास देश बन चुके हैं, कुटल्लूर नामक इलाका एम. टी. के उपन्यासों के माध्यम से साहित्य में स्थान पा चुका है। खास कर 'शैतान की औलाद' में यह एक उजला चित्र बन जाता है। इसलिये कुटल्लूर को एम. टी. का 'योकना पट्टाफा' 'वेसेक्स' आदि विशेषणों से अभिहित किया जाता है।

आज के 'उत्तराधुनिकोत्तर' दौर में उपन्यासों की वर्णन शैली और प्रयोगधर्मिता पाठकों को चकित नहीं करती। लेकिन ध्यान देने योग्य बात यह है कि जिस समय 'शैतान की औलाद' प्रकाशित हुआ तब मनुष्य के चेतना प्रवाह से मेल खानेवाली भाषा और पात्रों के खयालों के माध्यम से कथा को गति प्रदान करने की शैली परिचित नहीं थी। वर्णनात्मकता के बदले पात्रों की दिमागी दुनिया और संवाद और उन्हीं की आँखों से देखी गयी बाहरी दुनिया की प्रस्तुति 'शैतान की औलाद' में हुई है। 'नालुकेट्टु', 'कालम' आदि अपने अन्य उपन्यासों में भी एम. टी. ने इसी शैली को अपनाया है लेकिन चेतना प्रवाह को बड़ी तीव्रता से अनुभूति करानेवाली रचना 'मञ्ञु' (बर्फ) है। (इसके खिलाफ सोचनेवाले आलोचक भी हैं)।

विषय वस्तु और शिल्प की दृष्टि से 'नालुकेट्टु' और 'कालम' से श्रेष्ठ माने जानेवाले 'शैतान की औलाद' का नायक अथवा शैतान की औलाद गोविन्दन कुट्टि है। यद्यपि एम. टी. ने उपन्यासों के नायकों के सम्बन्ध में आमतौर पर कहा जा सकता है कि वे 'पातिरावुम् पकलवेळिच्चवुम्' (आधी रात और दिन का उजाला) नामक उनके पहले उपन्यास के पात्र गोपी की तरह आधी रात की खामोशी में अड़चन भरी रास्ते से धीमी गति से रेंगनेवाली बैलगाड़ी की ज़िन्दगी जीनेवाले हैं, 'शैतान की औलाद' के गोविन्दन कुट्टि के सम्बन्ध में यह सबसे ज्यादा सार्थक हो जाता है। क्योंकि गोविन्दन कुट्टि की जिन्दगी, जैसे लेखक नरेन्द्र प्रसाद मानते हैं, संक्षेप में 'दुखों का आरोह है'। मगर ऐसा क्यों है? इस सवाल का कोई जवाब नहीं।

उपन्यास का सर्वश्रेष्ठ रूप का दर्जा प्राप्त दार्शनिक उपन्यास की संकल्पना एम. टी. के मन में नहीं है और यह एम. टी. के खिलाफ उठनेवाली एक प्रमुख आलोचना है। लेकिन अनुभवों को दर्शन के रूप में परिवर्तित करनेवाला एक रसायन विज्ञान अथवा अनुभवों और दर्शन को अभिन्न कर देनेवाली एक जैविकता एम. टी.

के लेखन में है। इस तरह एम. टी. का उपन्यास जीवन सन्दर्भों की असंगतियों से रिस आते संघर्षों का संग्रह बन जाता है। दुख के अलावा राग, विराग, प्रतिशोध और सहिष्णुता का सम्मिश्रण उपन्यास का मुख्य रस बन जाता है। मनुष्य के अपने बस में न रहनेवाले जीवन प्रसंगों से अपनी चुनी हुई प्रवृत्तियों की अघोषित जंग उपन्यास की अन्तर्धारा बन जाती है।

ऐसा मानना गलत नहीं होगा कि प्रस्तुत उपन्यास में गोविन्दन कुट्टिट ही नहीं, माँ कुञ्ञिक्कालि अम्मा, बहन कुञ्ञुट्टिट और भाई कुमारन भी हाथ से छूट गयी अपनी-अपनी जिन्दगी के आगे ठगे से रहनेवाले हैं। यद्यपि हमको लगता है कि कुञ्ञरय्क्कार में अपने दृष्टिकोण के अनुसार जिन्दगी को आगे बढ़ाने की निश्छलता है, इस सच्चाई को हम अनदेखा नहीं कर सकते कि वह सज्जन भी अपनी विवशताओं में डूबा हुआ है। गोविन्द कुट्टिट तो बचपन से 'माँ के पचास पार उम्र में पैदा होनेवाला बच्चा' का इल्जाम सुन कर पला। औरों की वजह से अपने खेत और खेती के कामों से उसे हाथ धोना पड़ा। अपने अमीर जीजा के खेत का कारिन्दा बनना पड़ा। उसके सुझाव पर उसकी मर्ज़ी से शादी करके धोखा खाकर उसका दुश्मन बननेवाले गोविन्दन कुट्टिट ने इस्लाम धर्म को स्वीकार किया। आखिर में धर्म परिवर्तन की निरर्थकता समझ कर पुतुक्कोट चुम्मुक्कुट्टिट अम्मा नामक बदनाम औरत के घर में छिप कर रहते समय (हैजा के शिकार बन कर मरनेवालों को दफनाने और वापस आने के इरादे से गाँव छोड़कर जाने के पहले) हर पल डर के साथ उस औरत की ज़बान से एक सवाल का वह इन्तज़ार करता था कि 'तुम्हारी यह हालत कैसे हुई?' ज़ाहिर है, यह दर्दनाक सवाल स्वयं गोविन्दन कुट्टिट के अन्दर का सवाल है। 'कालम' का सेतु अपना शहरी जीवन समाप्त करके गाँव में लौट आने के बाद मंदिर में जाकर प्रार्थना करता है—'और एक बार, मुझे और एक मौका दो।' एक बार फिर काल को पीछे ले जा कर सब कुछ अथः से आरंभ करने की नामुमकिन कामना। ऐसे हृदयविदारक विलाप सेतु से पहले हम गोविन्दन कुट्टिट से सुन सकते हैं। बेशक। यह पढ़ कर किसी-किसी को सन्देह हो सकता है कि उपन्यास को अतिशय भौतिकता के स्तर तक खींच ले जाने की कोशिश की जी रही है। लेकिन नहीं। एम. टी. के साहित्य के अनुभव के दर्शन को परखते समय दिखाई देनेवाली चंद बातों की ओर संकेत करने मात्र की यह कोशिश है। एम. टी. के साहित्य में व्यक्तियों का बेबस होकर ज़िन्दगी की विसंगतियों से समझौता कर लेना और काल की लहरों में लक्ष्यहीन बह जाना उनकी व्यक्तिनिष्ठ या आत्मनिष्ठ पुकारे जाने योग्य रवैये का नतीजा है।

एम. टी. के साहित्य के खिलाफ एक दूसरा आरोप यह भी उठता है कि अपने स्वत्व को तय करने की क्षमता रखनेवाली एक भी स्त्री पात्र उसमें नहीं है। सच्चाई क्या यह नहीं कि एम. टी. ने ऐसे पुरुष पात्रों का भी सृजन नहीं किया? 'शैतान की औलाद' और अन्य सभी उपन्यास, जिन्दगी के कुछ प्राक् रूपों, जिनमें लेखक खुद भी

शामिल है, के पीछे उनके स्वतन्त्र व्यापारों और जीवन सन्दर्भों से विस्मय के साथ लेखक की रचनात्मक सैर है। 'रण्टामूषम' (दूसरी बारी) प्रत्यक्ष में अलग दिखता है लेकिन भीम को कुछ आलोचकों ने गोविन्दन कुट्टि का पौराणिक रूप माना है। इसीलिये (एम. टी. के भाई रवीन्द्रन के लेख से) इस जानकारी से हमें आश्चर्य नहीं होता कि शैतान की औलाद एम. टी. की नानी माँ की बहन का बेटा गोपी भाई है अथवा गोपी भाई का जीवन वृत्त है और दर्द और सहिष्णुता का साकार रूप कुञ्ञोप्पोळ उनके खानदान की लक्ष्मिक्कुट्टि दीदी है। मगर ये प्राक् रूप अनेक गोपी भाइयों और लक्ष्मिक्कुट्टि दीदियों को सम्बोधित करती है और यही रचना की सफलता और पात्रों की अनश्वरता है।

1962 में 'शैतान की औलाद' के प्रथम प्रकाशन के बाद उसकी भाषा, कथावस्तु आदि अलग-अलग पहलुओं को लेकर अनेक अध्ययन निकल चुके हैं। हाल ही में डॉ. एम. लीलावती की 'असुरवित्तु एक अध्ययन' नामक एक किताब भी प्रकाशित हुई है। इसलिये लम्बे विवरण और विश्लेषण की कोई प्रासंगिकता नहीं। फिर भी जैसा कि इस लेख के आरंभ में संकेत दिया गया है उपन्यास की समकालीनता के कुछ पहलुओं को दिखाना उचित होगा। इससे यह भी मालूम पड़ जाएगा कि उपन्यास को वर्तमान से जोड़ने में महत्त्वपूर्ण भूमिका निभानेवाले इसके वैयक्तिक और सामाजिक पहलू एक-दूसरे के पूरक हैं।

प्रस्तुत उपन्यास दौलत के केन्द्रीकरण और उसके प्रकट और खतरनाक स्वभाव को प्रत्यक्ष करा देता है और यह 'धन के ऊपर गरुड़ भी पंख नहीं फटकता' वाली लोकोक्ति को सार्थक कर देता है। याद रखना चाहिए कि गरीबी इस उपन्यास का मुख्य विषय है। इसलिये अर्थशास्त्र की पृष्ठभूमि में उपन्यास को परखने के लिये हम बाध्य हैं। यह एक मानी हुई सच्चाई है कि धर्म एक सत्ताधारी संस्था है। (आज के परिवेश में धर्म को आध्यात्मिकता के साथ मिला देना निरर्थक भी है।) दौलत कमानेवाले लोग–उपन्यास के रईस कुञ्ञहम्मद मुतलाली और शेखरन नायर–धर्म नामक संस्था में, इस्लाम हो या हिन्दू, प्रभुता जमानेवाले लोग हैं। धर्म के माध्यम से किषक्कुममुरि गाँव को अपने अधीन में लेना दोनों का गूढ़ मक़सद है। यहाँ यह मूल सत्य उद्घाटित होता है कि उपन्यास में चित्रित साम्प्रदायिक मुठभेड़, धर्म परिवर्तन आदि दौलत और सत्ता के अटूट सम्बन्ध का ही एक हिस्सा है। प्रभुता से यहाँ तात्पर्य परिवार, धर्म, राजनीति आदि समाज की छोटी-बड़ी सभी सत्ताधारी संस्थाओं का परमाधिकार है। उलटे, इसी सिलसिले में आज धर्म और राजनीति अन्ततोगत्वा धनार्जन का ज़रिया बन जाता है। (वास्तव में दौलत का यह चक्कर एक 'काली विडम्बना' का सृजन करता है।) एक महत्त्वपूर्ण अन्य सबक भी उपन्यास में मिलता है कि जिसमें आर्थिक स्वावलम्बन नहीं है। वह हर सत्ताधारी संस्था में अधस्थित बन जाता है और उन संस्थाओं के हाथों खिलौना या औज़ार बन कर रह जाता है।

गोविन्दन कुट्टिट के, अपने परिवार, धर्म और बाद में इस्लाम धर्म के अनुभव इस बात को प्रकट करते हैं। इसके साथ मातृसत्तात्मक व्यवस्था से पितृसत्तात्मक व्यवस्था में संक्रमण के दौर का आर्थिक असन्तुलन और तज्जन्य पारिवारिक समस्याएँ (जिसका डॉ. लीलावती ने अपनी किताब में विस्तृत विवरण दिया है) और समाज की ऊँच-नीच व्यवस्था को लेकर गोविन्दन कुट्टिट को अनुभूत होनेवाले आत्मसंघर्ष को भी मिला कर सोचने से उपन्यास की आर्थिक पृष्ठभूमि सम्पूर्ण हो जाती है। शिक्षा के अवसर से वंचित हो और अपनी ज़मीन दूसरों के हाथों गिरवी हो तो उच्च जाति के व्यक्ति के आगे भी भुखमरी ही एकमात्र रास्ता है। गोविन्दन कुट्टिट के, अमीर और हम उम्र भानजा कोच्चप्पन को अपना प्रतिद्वन्द्वी मानने के पीछे यही मनोविज्ञान काम करता है।

यद्यपि इस लेख में सत्ताधारी शक्तियों के प्रभाव को साम्प्रदायिक मुठभेड़ और धर्म परिवर्तन का कारण ठहराया गया है, गोविन्दन कुट्टिट के धर्म परिवर्तन से उपन्यास में बहुत बड़ा तनाव पैदा होता है। ताषत्त जैसे नामी, इज़्ज़तदार और दकियानूसी परिवार के एक सदस्य का धर्म परिवर्तन उस खानदान के लिये आत्महत्या से भी ज्यादा हृदय विदारक होता है तो यह सहज ही है। सामाजिक जीवन में जाति, धर्म और सबसे बढ़कर धन के प्रभाव पर उपन्यास में कहीं भी प्रश्नचिह्न नहीं लगाया गया है। बल्कि इसके पात्र चुपचाप सब कुछ सह लेनेवाले हैं। सिर्फ कुञ्ञरटक्कार हालत की पहचान रखता है। गोविन्दन कुट्टिट भी बाद में सब कुछ पहचान लेता है। गोविन्दन कुट्टिट से कुञ्ञरटक्कार की बड़ी आत्मीयता है। लेकिन अब्दुल्ला बन कर अपने घर पहुँचने वाले गोविन्दन कुट्टिट को फिर कभी अपने घर के चौखट के अन्दर कदम न रखने की वह चेतावनी देता है। यों धर्म परिवर्तन की निरर्थकता को अच्छी तरह समझनेवाला कुञ्ञरय्क्कार अपने व्यक्तित्व पर आँच न आने देता है। कुञ्ञयमद मुतलाली के वालिद कोयस्सन हाजी 'माप्ला दंगे' के ज़माने में हिन्दुओं को संरक्षण देनेवाला था। कुञ्ञरय्क्कार उसी परम्परा का हकदार है। तन से ताकतवर होने पर भी आर्थिक दृष्टि से कमज़ोर होने के कारण सामाजिक गतिविधियों पर नियन्त्रण रखने की क्षमता उसमें नहीं है। इसलिये कुञ्ञयमद मुतलाली के प्रति अपना विरोध उसे मन ही दबा लेना पड़ता था। डॉ. लीलावती कुञ्ञरय्क्कार के बारे में बताते हुए कवि इटश्शेरी की 'हिन्दू को संरक्षण देनेवाला इस्लाम का पहाड़' वाली पंक्ति सटीक याद दिलाती है। यद्यपि कुछ आलोचकों ने नबीसु के प्रति गोविन्दन कुट्टिट के गुप्त प्रणय के बारे में कहा है, बेशक कहा जा सकता है कि उसे अपने परिवार से मिलनेवाला तिरस्कार और कुञ्ञरय्क्कार के घर से मिल रहा प्यार ही धर्म परिवर्तन की असली वजह है। गोविन्दन कुट्टिट दीन में शामिल होने के लिये पोन्नानी गया तो वहाँ अपनी मुसलमान प्रेमिका से शादी करने के सपने की गुदगुदी लेकर इस्लाम को स्वीकार करने आये एक सनक प्रेमी से उसकी मुलाकात होती है। धर्म परिवर्तन जैसे मामलों की निरर्थकता जैसे कुञ्ञरय्क्कार ने समझ रखी है, उस पात्र से ही शुरू होती नजर आती है। नमाज पढ़ने के कमरे में दीनी लोगों को दिये जाते धार्मिक तत्त्वों को सुन कर

गोविन्दन कुट्टिट अवज्ञा के साथ सोचता है—मौलवी हज़रत अबू हूरा के दिव्य वचन तुम लोगों को मालूम हैं। लेकिन तुम मनुष्य को नहीं जानते। मनुष्य दूसरों को यन्त्रणा देता है, छोटा बनाता है, धोखा देता है—हिन्दू हो या मुसलमान मनुष्य हो तो—निराशा जनित ही सही, मनुष्य को धर्म से परे मानने का यह दर्शन गोविन्दन कुट्टिट में पैदा होता है। दूसरी ओर जब किषक्कुममुरी हैजे की चपेट में आ जाता है, तब—ज़िन्दा लोगों को नहीं मुर्दों को ही अपनी ज़रूरत है—सोचते हुए भी, धर्म से परे मानवीयता के धर्म को ही वह स्वीकार करता है। गाँव में संक्रामक रोग जैसे संकट काल में रूढ़िवादी धर्म के बन्धन को तोड़ कर मानवीयता के धर्म को स्वीकार करते हुए कुञ्ञरय्क्कार और गोविन्दन कुट्टिट का पुनः मिल जाना बहुत बड़े अर्थ को व्यंजित करता है।

गोविदन कुट्टिट के सम्बन्ध में चन्द और बातें बता कर इस आलेख को समाप्त करता हूँ। गोविन्दन कुट्टिट के, वापस आने के लिये अपना गाँव छोड़कर जाने के साथ उपन्यास का अन्त होता है। दर्द सहने का साकार रूप गोविन्दन कुट्टिट जैसे एक पात्र का विश्लेषण करते समय खलील जिब्रान की पंक्ति—हृदय में एक तीर के साथ मेरा जन्म हुआ, उसे वहाँ रहने देना और वहाँ से खींच निकालना दोनों दर्दनाक है—याद आती है। ढलती उम्र में पैदा होनेवाले पुत्र को उसी नाम से बेवजह लगातार ताने देती रहनेवाली कुञ्ञिक्कालि अम्मा को अपने अंतिम दिनों उसके लिये दुखी होती दिखाई गयी है। शेखरन नायर के खेत में कारिन्दा बन कर रहते समय अपने दोस्त फौजी अब्दु को भेजे गये पत्र में गोविन्दन कुट्टिट के भविष्य के सपनों का संक्षिप्त विवरण और अपने लिये एक पता मिल जाने की दबी सी खुशी दिखाई देती है। (यद्यपि सब कुछ अस्थायी है) लेकिन 'नाश का कारण बननेवाला' के अर्थ में 'शैतान की औलाद' पुकारा जानेवाला गोविन्द कुट्टिट इस नाम को सार्थक करने लायक कोई काम उपन्यास में नहीं करता है। यह उसकी ज़िन्दगी का और एक द्वन्द्व है, बिना किसी शैतानियत के शैतान की औलाद बने रहने का द्वन्द्व। (धर्म परिवर्तन अलग बात है।) जिन्दगी में कभी भी अपनी जिम्मेदारियों से मुँह न मोड़नेवाला यह पात्र अपने हाथों मंगल सूत्र पहनायी गयी मीनाक्षी की मौत पर उसकी सन्तान को बाद में कभी वापस आकर ले जाने का वादा करके शेखरन नायर के घर पहुँचा देता है। प्यार की दिव्यता ही यहाँ प्रकट होती है। गोविन्दन कुट्टिट के गुस्सा, प्रतिशोध आदि भाव मानव सहज हैं। चोरी और क्रांति उस पर मात्र आरोपित हैं। उपन्यास अप्रत्यक्ष रूप से यह सन्देश देता है कि इन परिस्थितियों में मनुष्य को चोर या क्रांतिकारी बनते देर नहीं लगती। वास्तव में परिवेश और व्यवस्था के दबाव में पड़कर, बेरोजगारी या रोजगार के नष्ट होने की कड़वाहट लेकर, निर्णय लेने की असमर्थता के साथ जीनेवाला गोविन्दन कुट्टिट क्या हमारी वर्तमान युवा पीढ़ी का प्रतिनिधित्व नहीं करता? इसका जवाब 'हाँ' है। इस प्रकार प्रस्तुत उपन्यास की सबसे बड़ी प्रासंगिकता गोविन्द कुट्टिट स्वयं है।

रघुनाथन परली

शैतान की औलाद–एक कालजयी उपन्यास

मलयालम के शिखर उपन्यासकार ज्ञानपीठ पुरस्कार विजेता एम. टी. उर्फ माड़त्त तेक्केप्पाट्ट वासुदेवन नायर की रचना 'शैतान की औलाद' (असुरवित्तु) एक कालजयी उपन्यास है। 1962 में प्रकाशित यह उपन्यास तत्कालीन सामाजिक-पारिवारिक जीवन की गहन मीमांसा प्रस्तुत करनेवाली एक सशक्त रचना है। आज के सन्दर्भ में भी इस उपन्यास की प्रासंगिकता इसलिये है कि यद्यपि सामाजिक संरचना में ढेर सारे परिवर्तन आ चुके हैं, समाज द्वारा व्यक्ति का शोषण और अपनी अहमियत बनाये रखने की व्यक्ति की छटपटाहट जो इस उपन्यास के मूल मुद्दे हैं, आज के समाज में भी उसी तरह गम्भीर रूप में विद्यमान हैं।

अब तक इस उपन्यास के कई संस्करण निकल चुके हैं–(1966, 1975, 1981, 1986, 1991, 1994, 1995, 1996, 1997, 1998, 1999, 2001, 2003) 2004 में मलयालम उपन्यास की 125वीं वर्षगाँठ के उपलक्ष्य में 'नोवल कार्निवल' मनाया गया तो 84 उपन्यासकारों के 84 उपन्यासों को खास महत्त्व देकर प्रकाशित किया गया। प्रस्तुत योजना में एम. टी. के इसी उपन्यास को स्थान मिला था। 'असुरवित्तु एक अध्ययन' नामक आलोचनात्मक ग्रन्थ में मलयालम की मूर्द्धन्य आलोचिका डॉ. एम. लीलावती लिखती हैं–'मैंने मलयाळम के जितने उपन्यास पढ़े हैं, उनमें 'असुरवित्तु' मेरा सबसे पसन्दीदा उपन्यास है। कहने की ज़रूरत नहीं कि एम. टी. के उपन्यासों में मुझे 'असुरवित्तु' ही सबसे ज़्यादा पसन्द है।'

प्रस्तुत उपन्यास निम्न आर्थिक स्तर के परिवार में जन्मे गोविन्दन कुट्टि नामक एक व्यक्ति की, अपने स्थान हासिल करने की ज़द ओ ज़हद का बयान करता है। गोविन्दन कुट्टि के साथ जुड़े हुए एक पूरे इलाके की सामाजिक संरचना भी पृष्ठभूमि में प्रस्तुत है। गोविन्दन कुट्टि की नेकी-बदी के साथ उसके परिवार और गाँव की आशा-निराशाओं, मनःस्थितियों और भावनाओं को भी उपन्यास में स्थान दिया गया है।

अक्सर देखा जाता है कि व्यक्ति को हाशिये पर कर देने में स्वयं उसका अपना समाज एक खलनायक की भूमिका अदा करता है। वह व्यक्ति को अपनी ऊर्जा के गलत इस्तेमाल के लिये मजबूर कर देता है। गोविन्दन कुट्टि को परिस्थितियों के

शिकंजे की ओर धकेल देने में उसके घरवालों ने भी कोई कसर नहीं उठा रखी। मुक्ति की आशा में तड़फड़ाती एक मानव आत्मा को एम. टी. ने पूरी अनुभूति के साथ प्रस्तुत किया है। गोविन्दन कुट्टि की ज़िन्दगी को एक आलोचक ने 'दुखों का आरोह' माना है।

'शैतान की औलाद' ग्रामीण अंचल का उपन्यास है। अपने गाँव के आकाश, नदी, फसलों से लहलहाते खेतों, आम, कटहल, सुपारी के बागानों, पहाड़ियों और यहाँ तक कि हवा और रेत कणों से भी बेहद लगाव रखनेवाले लेखक इस उपन्यास में कृषक सभ्यता की खुशियों-गमों का ताना बाना बुनते नजर आते हैं।

मलयाळम भाषा के चार विभिन्न रूपों का—कृषक सभ्यता से जुड़ी भाषा, मुसलमानों की भाषा, ऊँची जाति के लोगों की भाषा और अधस्थितों की भाषा—इसमें प्रयोग हुआ है। एम. टी. ने कूडल्लूर नामक अपने गाँव को इस उपन्यास के माध्यम से साहित्य में अमर बनाया।

बीसवीं शती का चौथा दशक केरल में, खास कर नायर परिवारों में मातृसत्तात्मक व्यवस्था से पितृसत्तात्मक व्यवस्था की ओर संक्रमण का काल है। पहले संयुक्त सम्पत्ति पर परिवार टिका हुआ था। संयुक्त परिवार के बिखरने से अर्थ सम्बन्धों का समीकरण बदल गया और बढ़ते हुए आर्थिक तनावों ने मानव सम्बन्धों को ढीला करके छोड़ दिया। गोविन्दन कुट्टि के अकेलापन और उदासी को चित्रित करने के साथ-साथ मानव सम्बन्धों की बारीक पड़ताल भी इस उपन्यास की खासियत है।

मनुष्य की दिमागी हालत की अनेक स्थितियों का विश्लेषण उपन्यास में मिलता है। 'शैतान की औलाद' बुला कर बच्चे पर भड़ास निकालनेवाली अपनी माँ से गोविन्दन कुट्टि को प्यार नहीं मिला। इसलिये एक अजीब खालीपन उसे हर दम तंग करता रहता है। अनचाहे उस बच्चे के प्रति माँ असन्तुष्ट है। वह यकीन करती है कि उसके पचास पार उम्र में पैदा होनेवाले इस बच्चे की वजह से खानदान का नाश हुआ। अपनी बेटी की शादी के अवसर पर कोख में बच्चा होने की वजह से उसे लज्जित होना पड़ा था।

उपन्यास का शीर्षक नायक पर पड़नेवाली एक गाली है। ज़ाहिर है वह नायक से ज़्यादा खलनायक ही माना जाएगा। लेकिन अपनी कमजोरियों के बावजूद गोविन्दन कुट्टि घृणा का पात्र नहीं बनता। यही इस उपन्यास की सफलता है।

इतिहास बताता है कि पोन्नानी में उन दिनों अन्य धर्मावलंबियों को खतना कराके मुसलमान बनाने का एक खास केन्द्र था। इसी के आधार पर इस्लाम धर्म को स्वीकार करने के अर्थ में 'पोन्नानी जाकर टोपी पहनना' का मुहावरा मलयाळम में चल पड़ा। लेकिन ध्यान देने योग्य बात यह है कि पोन्नानी के गाँवों में पहले साम्प्रदायिक सद्भाव की कोई कमी नहीं थी। प्रस्तुत उपन्यास में इस बात का संकेत मिलता है। बाद में कभी मानविकता धार्मिकता से पछाड़ खा गयी और साम्प्रदायिकता ने स्वार्थता

और आतंक का आसुरी रुख अपनाया। प्रस्तुत उपन्यास में निम्न मध्यवर्गीय जीवन और उसके मोह भंग के साथ एम. टी. ने साम्प्रदायिकता का मुद्दा भी उठाया है।

'शैतान की औलाद' व्यक्ति मन के यथार्थ को चित्रित करनेवाला उपन्यास है। साथ ही व्यक्ति, परिवार और समाज के बीच पैदा होनेवाली द्वन्द्व की स्थितियों का विश्लेषण भी इसमें देखा जा सकता है।

गोविन्दन कुट्टिट पर थोपी गयी नियति पर लेखक को आक्रोश है। लेकिन इसकी ज़बानी अभिव्यक्ति उपन्यास में नहीं मिलती। हैजा जैसी सामाजिक त्रासदी के दिनों में डर के मारे जब लाशों को दफनाने से भी लोग कतराते थे, तब समाज द्वारा उपेक्षित इस कुपूत को लाशों को दफनाने का दायित्व खुद अपने ऊपर ले कर समाज से अपना मीठा प्रतिशोध लेते दिखा कर एम. टी. ने इस आक्रोश को बुलन्द किया है।

नायक गोविन्दन कुट्टिट और वह समाज जहाँ वह शैतान की औलाद बन कर रहता है दोनों हमारे वर्तमान से जुड़े हुए पात्र हैं। उच्चतर तबके के कुछ लोगों की धाँधलियाँ, धन दौलत के सहारे हर जगह अपनी प्रभुता जमाना, स्वार्थ लाभ के लिये मज़हब के नाम पर बेचारे लोगों को उकसा कर सरे आम हंगामे हुड़दंग रचाना, धर्म परिवर्तन से जुड़ी हुई समस्याएँ, बेकारी और तज्जन्य समस्याएँ, अपनी मिट्टी अपना जल और अपनी वायु को भी पराया होता देख कर चुप रहने की विवशता आदि जिन सामाजिक और धार्मिक समस्याओं को एम. टी. ने इस उपन्यास में उठाया है, वे थोड़े बदले हुए रूपों में आज के दौर में भी समाज और देश का चेहरा विकृत कर देनेवाली समस्याएँ हैं। यही उपन्यास की प्रासंगिकता है।

उपन्यास का नायक और अधिकांश अन्य पात्र निम्न मध्यवर्ग के या उससे भी नीचे मजदूर वर्ग के हैं। उच्चतर तबके के दो-चार पात्र भी हैं। उपन्यास के कई पात्र अपनी चरित्रगत विशिष्टताओं के कारण अमर और अविस्मरणीय बन चुके हैं।

एम. टी. ने पात्रों के मानसिक व्यापारों, विचारों और संवादों के ज़रिये कथा को आगे बढ़ाने की शैली में इस उपन्यास की रचना की है। पात्रों के ज़रिये स्थितियाँ बोलती हैं; बाहरी परिवेश की ओर उन्हीं की आँखों से देखी गयी हैं।

'कथाकार की कला' नामक अपनी किताब में एम. टी. ने लिखा है कि जब कथाकार के मन में खुद से, अपने समय से, आसपास की समूची मानव जाति से, प्रकृति से या ईश्वर से सवाल करने की इच्छा ज़ागती है, तब वह लिखता है। प्रो. के. सच्चिदानन्दन लिखते हैं–'एम. टी. का कथा साहित्य स्वयं अपने आप से, अपने समाज से और एक विपर्ययमूलक संसार में स्वयं मनुष्य की नियति के साथ एक निरन्तर जिरह ही है।' लगभग छह दशकों से एम. टी. का साहित्य सवाल कर रहा है–सामाजिक परिस्थितियों की विद्रूपताओं से अपनी असहमति बुलन्द कर रहा है और समय के अवरोधों को तोड़ने की कोशिश में लगा है। लेखन के साढ़े पाँच दशकों के बाद अब भी एम. टी. की साहित्यिक क्षमता चरमोत्कर्ष पर है। भारतीय कथा साहित्य में वे अपनी अनूठी पहचान बना चुके हैं।

साहित्य को मानव सभ्यता के उत्थान की एक प्रक्रिया मान लिया जाए तो इस दृष्टि से 'शैतान की औलाद' एक सफल रचना है। एम. टी. की कलम का जादू पाठकों के अन्तस्थल को छू जाता है। भारत जैसे एक देश में प्रदेश, प्रवृत्ति या प्रकृति की दृष्टि से एकता लाने की कोशिश निरर्थक हो जाती है। आत्मा की एकता को जगाना ही यहाँ दिलों को जोड़ने का एकमात्र रास्ता है और साहित्यकार अपने साहित्य के माध्यम से यह काम बखूबी निभा सकता है। अपने परिवेश की नंगी सच्चाइयों की ओर पूरी अन्तर्दृष्टि के साथ देख कर उन्हें अपने साहित्य में स्थान देनेवाले एम. टी. प्रस्तुत उपन्यास में यही भूमिका अदा करते हैं।

किसी भी भाषा के उदात्त साहित्य को पूरे विश्व की सम्पत्ति बननी चाहिए। इसी भावना से प्रेरित होकर मैंने इस उपन्यास का अनुवाद किया है। एम. टी. अक्सर अपने भाषण के दौरान कहा करते हैं—हम काफ्का, कामू को जानते हैं मगर अपने पड़ोसी की भाषा में क्या लिखा जा रहा है इसका पता हमें नहीं है। धन्य हूँ मैं कि भारत सरकार के पद्मभूषण पुरस्कार से सम्मानित, ज्ञानपीठ पुरस्कार विजेता मलयाळम उपन्यासकार श्री एम. टी. वासुदेवन नायर के इस अनुपम उपन्यास को हिन्दी के पाठकों तक पहुँचाने का मुझे सौभाग्य मिला।

—डॉ. पी. के. राधामणी

शैतान की औलाद

1

पहले घाट टूटा-फूटा पड़ा था। नीचे उतरने के लिये फिसलन भरी चिकनी मिट्टी के ऊपर बीच-बीच में पत्थर डाले जाते थे। तुला महीने में पानी ऊपर चढ़ कर सड़क को कुतर लेती थी। अच्छा हुआ कि घाट पर सीढ़ियाँ बनायी गयीं। और भी अच्छा हुआ कि घाट और सड़क के बीच की ज़मीन मिट्टी डालकर भरवा लेने के बाद लम्बाई में मुँडेर बनायी गयी। कहीं भी जाओ, गाँव के भले के लिये शेखर भाई ने जो जो किया उसी की चर्चा सुनने को मिलती है। मुतलाली (गाँव का रईस मुसलमान) ने घाट के पास मस्जिद बनवाई तो शेखर भाई ने कुन्नत मन्दिर के खँडहर की मरम्मत करवायी, पाकशाला का निर्माण किया और मन्दिर के तालाब से मिट्टी और मैल निकलवाकर स्नान घाट बनवाया। मन्दिर को जाती सँकरी पगडण्डी को भी सपाट बना दिया। सब गाँववालों के फायदे के लिये है, इसलिये लोग उनके एहसानमन्द हैं।

गोविन्दन कुट्टि के लिये नदी किनारे बनी सीमेण्ट की इस मुंडेर की ही ज़रूरत है; और इसी का वह आभारी है।

शाम को आकर बैठने लायक जगह है। ठण्डी मुँडेर उत्तरी छोर पर बैठ कर फेनिल होते उथले पानी को देखते रहो तो लगता है प्रवाह में जान है। किनारे से टूट कर पानी में गिरते मिट्टी के थक्कों पर पलते द्रोणपुष्पी के गुच्छे भँवरों में झूमते रहते हैं। शिकार को दबोच कर हुंकारते बिल्ले की आवाज़ में पानी के छल्ले गुर्राते हैं। किनारे की हरियाली पल में गायब होती रहती है।

अपने अहाते के ऊपरी हिस्से से बाहर निकल कर पहाड़ी की ढलान से होकर उभरी हुई चट्टान पर पहुँचने के बाद ऊपर से नदी पार करती सवारी नावों को देखते रहना शाम को समय काटने का अच्छा तरीका है। वैसे घाट पर कोई भीड़-भाड़ नहीं होती। इसलिये उतराई की वसूली, पहरे की झोंपड़ी जैसी कोई व्यवस्था नहीं है। स्टेशन से गाड़ी से उतर कर कभी कोई आ पहुँचता तो उतराई देता। गाँववाले साल में दो बार कन्नि और मकरम् के महीनों में कटाई के बाद धान देते हैं। उस पार के घासस्थलियों में घास काटने जाती चेरुमियों (खेत में काम करती दलित जाति की औरतें) केले के बागान में सिंचाई के लिये जाते चेरुमन लोगों और केले, केले के पत्ते, मुर्गे आदि के सौदे के लिये जाते माप्ला लोगों (मुसलमान) के लिये दो फेरे लगाने के बाद माँझी हैदरस्स माप्ला बाँस के खम्भे पर नाव बाँध कर सीढ़ियाँ चढ़ आता है और

मुंडेर के दक्षिणी छोर पर बैठ जाता है। 'पालत्तरा' मंडी में केले के सौदे के लिये जाते 'टोकरीवालों' से मँगवाया सिगार सुलगा कर वह सड़क की ओर मुख़ातिब होकर बैठ जाता है और खरीददारी के लिये दुकान में आते-जाते लोगों से कुशल पूछता रहता है। शाम को सड़क की भीड़ बढ़ जाती है, तो मुंडेर के उत्तरी छोर पर गोविन्दन कुट्टि आराम से बैठ सकता है। बातों से तंग करने कोई नहीं आयेगा। वरना लोग बेकार पूछते रहते–

"क्या है गोविन्दुट्टि कम्मल*, यहाँ क्यों बैठे हो?"

"ऐसे ही।"

अगले पल–

"क्या है छोटे मालिक, किनारे पर क्या करते हो?"

"कुछ नहीं।"

आपस में पूछ लेते–

"कौन है वह?"

"वह ताषत्त छोटा तंपुरान* है न।"

गुज़रते दिन घूमती आत्माओं की तरह अपने इर्द-गिर्द अनन्त चक्कर लगा रहे थे।

आये दिन सुबह देर से उठता। पहले जब अपने खेत में अपनी खेती होती थी, मज़दूर अय्यप्पन को जगाने के लिये तड़के उठ कर कूक देना था। अपनी कूक सुनकर कौवे जाग जाते थे और मुर्गे बाँग देते थे। दीमक खाये छेदों में जोड़-जाड़ के लिये भरे सीमेण्ट के भुरभुरा जाने से भद्दी हो गयी बरामदे की चारुपटि* अब दिन-रातों का सहारा है। तड़के उठकर दैनिक कार्य के लिये झड़ी के सहारे अहाते में हो आनेवाली माँ कुप्पक्कललु* पर रखे पानी का बर्तन लेने आती तो कहती :

"गोविन्दन कुट्टि, तू अब तक सोया है? सो जा, सो जा, दुपहर तक सो जा, ऐसे में श्री भगवती क्यों कर आसन जमायेगी इस घर में?"

सोता कौन होगा? बस आँखें मूँदे लेटा होगा। रोज़ सुबह कालि बुढ़िया के आँगन बुहारने की आवाज़ सुन कर जाग उठता। नींद और जागरण के बीच थोड़ी देर आँखें मूँद कर सुस्ताना अच्छा लगता है।

"बीस-बाईस का लड़का, खानदान का भविष्य, मगर कहने से क्या फायदा?" पहले माँ को यों कहते सुन कर अँगूठे से गुस्से की थरथरी ऊपर चढ़ने लगती थी। और क्या करूँ मैं? शोर मचाऊँ? आँगन में बैठ कर एड़ियों में घूमूँ?

---

* नायर जाति के मर्द यों बुलाये जाते हैं।

* ऊँची जातियों के मर्दों के लिये नामकरण।

* पीठ टिकाये बैठने या लेटने के काम आनेवाला आसन।

* आँगन में रखा वह पत्थर जिस पर खड़े होकर लोग पैर धोते हैं।

लेकिन बाद में माँ के ताने सुबह के उजाले में चेहरे पर बैठ कर चिढ़ाती मक्खी की तरह अड़ जानेवाली एक तकलीफ़ रह गयी।

दोपहर को फिर लेट जाता; मगर नींद नहीं आती। कोढ़ लगी चारुपटि में यों ही लेटा रहता। लेटे-लेटे ऊब जाता तो ऊपरी मंज़िल के निचली छतवाले कमरे में बैठ कर रोशनदान से ओरी पर छाये पुआल को या गर्भपात से मुरझा गयी औरतों के समान बेजान खड़े सुपारी के पेड़ों को देखता रहता।

शाम को बाहर निकलता। कुञ्ञरय्क्कार के घर जाकर थोड़ी देर गप लड़ाता। टीले के ऊपर या नदी किनारे इस मुँडेर पर बैठ कर शाम गुज़ार देता तो एक और दिन से छुटकारा मिल जाता। कल—नहीं, कल नहीं, परसों बाहर निकलते वक्त माँ ने पूछा था—

"कहाँ चला?"

"कहीं नहीं।"

"अरे तेरा इरादा क्या है?"

"क्या इरादा होने का है?"

"तू इस घर का अकेला मर्द है। तू यों मुसलमानों के घर में और चाय की दुकानों में मटरगश्ती करके दिन बितायेगा तो घर कैसे चले? नमक-मिर्च कहाँ से आयेगा? इसके बारे में सोचा है कभी?"

माँ जब भी अकेले मर्द की बात करती, गोविन्दन कुट्टि खुद से पूछा करता—"क्या कुमार भाई उनकी गिनती में नहीं है?"

मगर ज़बान बन्द रखता। माँ बोलने लगती तो गोविन्दन कुट्टि चुप रहने की भरसक कोशिश करता। उसने ऐसा व्रत पाल रखा है; क्योंकि उसे मालूम है कि अगर कहीं ज़बान खुल गयी तो ज़बान से जाने क्या-क्या निकल पड़े।

"सब मेरे माथे का लिखा है। पाँच बच्चों को पाला अपनी कोख में? मगर बालों में लगाने को एक बूँद तेल या पहनने को एक चिथड़ा भी देनेवाला कोई है क्या?"

सटीक सवाल है—माँ का यह सवाल सुनकर गोविन्दन कुट्टि हमेशा स्वगत करता है। लेकिन यह मुझसे पूछने का सवाल नहीं। घर के अन्दर कालिख पुते, सीलन भरे कमरों में, जहाँ दिन का उजाला भी नहीं पड़ता, दुखते कीलदार पैरों को ज़्यादा दबाये बिना, एड़ियाँ उचका कर चलती कुञ्ञोप्पोळ (छोटी दीदी) से भी नहीं। चाँदी के हत्थावाला पंखा थामकर, हरदम आगे पीछे खुशामदों से घिरे रहते जागीरदार शेखरन नायर की पत्नी से, और बँटवारे पर सैकड़ों एकड़ ज़मीन के हकदार, कुट्टिप्पुरम और एड़प्पाल के जाने-माने व्यापारी, पुराने ज़माने से नामी मेलेप्पुरत्त खानदान के जमाई से पूछने का सवाल है। हाँ, स्कूल मास्टर, साल भर खाने लायक अनाज पैदा करने वाली ज़मीन के मालिक नारायण कुरुप की पत्नी को भी शामिल कर लिया जाए।

पाँच सन्तानों को कोख में पालने का किस्सा माँ जब भी शुरू करती है, वह दोनों हाथों से गोल खम्भा थाम कर घृणा के साथ माँ को देखता रहता है।

(उस खम्भे पर बहुत सारे घावों के निशान हैं। एक दुधारी कटार बचपन का प्रिय खिलौना थी; उसी के बने ये घाव हैं। पहले केले के पौधों को निशाना बनाता था। मगर बाद में कटार धँसे पौधे सूखते नज़र आये तो खम्भे को निशाना बनाना शुरू किया। नारियल की तीलियों की झाड़ू और उगाने के लिये पानी में भिगोई सुपारी रखने के कोठार के अन्दर अब भी जंग लगी वह कटार पड़ी है। बरामदे के खम्भे पर उसकी नोक से बने घाव अब भी ताज़ा हैं।)

माँ 'पून्तोट्टम' (जीजा शेखरन नायर का घर) में जा कर आराम से रह सकती है लेकिन बेटी के ससुराल में जा बसना ताषत्त कुञ्जिक्कालि अम्मा की इज़्ज़त के लायक नहीं है। फिर भी मौका मिलने पर–

''उस पार से नाव के लिये कोई कूक उठा। हैदरस्स माप्ला उसे अनसुना करके सिगार का मज़ा लेता रहा। दुबारा कूक उठी तो उसने सिगार बुझा कर कान के ऊपर रखा और कुड़बुड़ाते हुए सीढ़ियाँ उतर कर नाव की दुंबाल की तरफ चला। शाम ढल चुकी थी। हाथों में नारियल की तीलियों में पिरोई मछलियाँ और सागौन पेड़ के पत्तों की पुड़ियाँ लेकर लोग दुकानों से लौट रहे थे। खेत के उस पार के घरों के चिराग केले के झुंडों के बीच से रोशनी बिखेर रहे थे। पुत्तनकळम के आँगन में शाम को जलाये जानेवाले पेट्रोमैक्स दिये की रोशनी से उजाले का उत्सव हो रहा था। बागान का पूरा एक हिस्सा रोशनी में नहा रहा था।

जबसे नाणप्प मेनोन नौकरी से रिटायर होकर उस घर में रहने लगा, रोज़ शाम को उस घर में पेट्रोमैक्स जलती है . सुना जाता है कि कुन्नत्त मन्दिर तक सड़क बनवाने का आधा खर्चा देने को वह राज़ी हो गया है। शेखर भाई ने गाँव की हालत उसे समझा दी है–हिन्दू लोग अव्यवस्थित हैं। किसी मुसलमान के पास चार रुपये दिखाई दिये तो पिछलग्गू होकर खुशामद करने लगते हैं और मुतलाली बुला कर तलवे सहलाने लगते हैं। ''मैं अपनी तरफ से सब कुछ करता हूँ। अगर आपका सहारा मिलेगा तो हम दोनों मिलकर बहुत कुछ कर पाएँगे।''

पुत्तनकलम के बहिर्गृह से मेनोन का विलायती कुत्ता बिजली की कड़क ज्यों भौंका।

गोविन्दन कुट्टि उठा। घर जाने के पहले नहा लेना है। वैसे घर पहुँचने की कोई जल्दी नहीं, मगर घूम-फिर कर आखिर वहीं तो पहुँचना है।

और एक दिन के गुज़र जाने की राहत के साथ वह सड़क पर आगे बढ़ा। चक्कम्मा के द्वार पर पहुँचा तो अन्दर झाँके बिना न रह सका। नदी और सड़क के बीच वाली थोड़ी ज़मीन पर झोंपड़ी बना कर वह रह रही है। बरामदे में ढिबरी के प्रकाश में दो-चार लोगों को बैठा देखा। पीने का दौर चल रहा था और उसी रौ में बातें भी हो

रही थीं। सफेद बालों को खुला छोड़ कर चक्कम्मा लाल मिट्टी की दीवार के सहारे बरामदे में पसर गयी थी। गोविन्दनकुट्टि ने ग्राहकों को पहचानने की कोशिश नहीं की। रास्ते से गुज़रते समय उस तरफ देखने का साहस भी मुश्किल से जुटा पाता था। सुना है कि गर्मियों में बत्तखों के झुंड को लेकर गाँव में आ पहुँचते कोङ्न लोग और उस पार के कुछ युवक उस घर में रात बिताते हैं। माँ की ज़बान से यह भी सुना है कि जब कुट्टिशंकर मेनोन के मामा पुत्तनकळम के मालिक थे, चक्कम्मा इलाके में राज करती थी। खानदानी लोग आ जाते, तो वह धान में गड़ी बोतलें निकाल लेती थी।

"जवानी में उसको देखते ही बनता था। गले में सोने का हार और लटकन, गदबदा बदन, महारानी ज्यों सज-धज कर चलती थी। चौधरी रावुण्योन खुले आम उस घर में पहुँचता था।"

लोगों का कहना सच मान लिया जाये तो चक्कम्मा की परम्परा को बनाये रखने के लिये बेटियों को खूब पसीना बहाना पड़ रहा है। गोविन्दन कुट्टि को मज़ाक सूझा—माँ का कहना सही है—पतन, अधोगति। सड़क से मेंड़ पर मुड़ने को हुआ तो सोचा—पड़ोस के तालाब का पानी नहाने लायक नहीं है। रात को मछली पकड़नेवालों ने पानी को गँदला कर दिया है।

पुत्तनकळम के तालाब में इस वक्त इलाके भर की औरतें जमा हुई होंगी। कपड़े धोने की आवाज़ें बराबर आ रही हैं।

मेंड़ पर डाली गयी कीचड़ नहीं सूखी थी। पुत्तनकळमवालों के खेत की कटाई हो चुकी है। साठ दिनों में पकनेवाला 'चिट्टेनी' धान बोया गया था। सही वक्त पर बारिश हुई थी, इसलिये सबकी फसल अच्छी हुई। घास ज़्यादा थी फिर भी बालियाँ मज़बूत थीं। सिंचाई के लिये बनाये गड्ढे के किनारे पर दादप के खम्भे के पास गोविन्दन कुट्टि पल भर ठिठक गया। सामने तीन चौकोर क्यारियों और ज़मीन की एक पट्टी—'चेरुकोड़ खेत'—में बालियाँ लहलहाती हैं। मेष महीने में सूखी ज़मीन पर बोया था। उस दिन शाम को उधर से गुज़रते हुए गोविन्दन कुट्टि ने अन्दाज़ा लगाया था—बारह गुने से कम नहीं मिलेगी। साल में दो बार फसल उगाने लायक इस ज़मीन ने कभी धोखा नहीं दिया। बाढ़ में औरों के खेतों में रेत गिरी तो अपने खेत में कीचड़ जमी थी।

बचपन की बात है। मेष में सूखी ज़मीन पर अनाज बोया जाता तो हिसाब लगाता रहता कि नये धान की दावत के लिये और कितने दिनों का इन्तज़ार है? कुमार भाई से माँ खेती के बारे में पूछ-ताछ करती तो चाव से सुनता रहता।

"हमारे खेत में इस बार फसल कैसी है, कुमार?"

फसल अच्छी हो, तो भी कुमार भाई यही कहता कि 'हाँ, ठीक है।' मज़दूर अय्यप्पन शाम को आता, तो उससे भी माँ वही सवाल दोहराती।

"बुरी नहीं इम्ब्रालमो।"*

* ऊँची जाति की मालकिन के लिये नामकरण।

"कालि कहती है कि सबसे अच्छी फसल हमारी ही है। रंग भी गाढ़ा, टहनियाँ भी ज़्यादा। कहती है आँखें लगी की लगी रह जायेगी।"

"खेत में खड़ी है तो बढ़िया ही है, अब आँगन में आएगी तो पता चलेगा।"

दुकान में खरीदारी के लिये आते जाते वक्त परख लेता—पेट से है क्या?

बालियाँ निकलने को हुईं तो नये धान की दावत के लिये बस चालीस दिनों का इन्तज़ार है। बालियाँ आधी निकल जातीं तो बस तीस ही दिन लगते। हिसाब लगा कर इन्तज़ार करता था।

कुञ्ञोप्पोळ थाली में एक ओर नाम के वास्ते थोड़ा सा चावल और बिना मिर्च की शालमोगरा की सब्जी भरपूर परोस कर सामने रख देती तो नये धान के दावत का सपना, सपना मात्र रह जाता।

एक दिन कौर लेने के पहले थाली का चावल एक ओर कर दिया। चार कौर भी नहीं था। दरवाज़े के पास पीढ़े पर बैठी माँ ने बेटे के मन की बात ताड़ कर कहा—"चावल थोड़ा ही है। जब तक कटाई नहीं होगी, सावन भादों में चावल की तंगी तो होगी ही।"

नए धान की दावत ओणम से ज़्यादा खुशियाँ लाती थी। फाके के बाद भरपूर खाने का दिन है वह। तीन-चार तरह के व्यंजन बनाये जाते हैं। शाम को पापड़ तलने और सब्जी में तड़का डालने की गन्ध उठती है। पड़ोस के, जिनकी खेती नहीं, बच्चे भी खाने पर बुलाये जाते हैं। घर बाहर वह खुशी का दिन है। खानदान के बँटवारे के बाद माँ की तरह मुसीबत में दिन गुज़ारनेवाली उणिच्चिरि नामक एक मौसी उस पार रेल के पास रहती थी। नये धान की दावत की ख़बर मिलते ही वह आ पहुँचती थी। सफेद बालों का गोली नुमा जूड़ा बना कर, भिंडी, बैंगन आदि से भरी बाँस की टोकरी बगल में दबाये, चुस्ती से उसका चले आना एक मज़ेदार दृश्य है। बच्चे उणिच्चिरि कम्मल पुकार कर उसकी हँसी उड़ाते थे। रसोई में मदद के लिये पड़ोस की बुढ़िया आ जाती है। माँ उणिच्चिरि मौसी के साथ बैठ कर बचपन के दिनों की याद करती है। बच्चे पहेलियाँ बुझाते हैं।

(हज़ार शिल्पी ने मिलकर तराशा, सुन्दर सलोना पत्थर सजाया, जिसने उसका नाम न बताया उसको हज़ार जुर्माना)।

इल्लम (नंपूतिरि लोगों का घर) के तालाब में बड़ी देर तक जलक्रीड़ा कर लौटी लड़कियों को बड़े मामा ने पंक्ति में खड़ा करके इमली की कमची से मारा था—माँ याद करती है।

नए धान का लाल चावल केले के पत्ते में भरपूर परोस दिये जानेवाले उस दिन का सपना देख कर साल भर इन्तज़ार करने को तैयार था। लेकिन अब नये धान की दावत कहाँ? अपने खेत की कटाई का धान मुण्डन वळप्पिल मम्माली के आँगन में पहुँच जाता है।

कुमार भाई ससुराल में रहने लगा तो खेती का दायित्व उसके ऊपर आ गया था।

सातवीं की परीक्षा दे चुका था। छुट्टियों के बाद स्कूल खुला। गोविन्दन कुट्टि पास हो गया। लेकिन तब कुमार भाई ने कहा–"तू किताब का गट्ठा लेकर सुबह-सुबह निकल जाएगा तो यह घर कैसे चलेगा? इतनी बड़ी खेती तो नहीं कि तुझसे सँभल न सके।"

ससुराल की सैकड़ों एकड़ जमीन की खेती का जिम्मा क्या जमाई लोगों के ऊपर है?–तब बच्चा था, इसलिये पूछने की हिम्मत नहीं हुई। लेकिन दो साल पहले अपनी ज़मीन मम्माली के हाथों गिरवी रखने की नौबत आयी तो भाई के ससुराल की बात पूछनी पड़ी।

"सैकड़ों एकड़ की खेतीवाले मेलेप्पुरत्त परिवार में क्या तीन सौ रुपये की तंगी है?"–सवाल माँ से पूछा गया था; मगर भाई को सुनाने के इरादे से पूछा था।

"चुप रह"–माँ ने कहा नहीं कि कुमार भाई लपक पड़ा।

"इतना सा बच्चा मुझसे ज़बान लड़ाता है? तेरे तो..."

भाई कुछ नहीं करेगा–गोविन्दन कुट्टि को मालूम है। क्योंकि इतना सा बच्चा पाँच सालों से धूप बारिश में मेहनत करके हट्टा-कट्टा युवक बन गया है; उसके हाथ पैर तन गये हैं। इसीलिये–

दीमक खाई चारुपटि में उठते-बैठते जल-भुन कर भाई ने माँ से कहा–"पचास पार उम्र में जन्मे आपके इस पुत्र ने मुझे खूब मज़ा चखा दिया।"

कुञ्ञोप्पोळ ने झिझकते हुए सिर्फ माँ को सुनाने के लिये कहा–"गोविन्दन कुट्टि का कहना भी ठीक है।"

कुमार भाई ने बारी-बारी से चार सौ रुपये मम्माली से उधार लिये थे। अब उन्हें तीन सौ रुपयों की और ज़रूरत आ पड़ी है। मनौती पूरी करने के लिये भाभी और बच्चों को 'रामेश्वरम' ले जाना है। लौटते वक्त 'पळनि' मन्दिर में जाकर छोटे बच्चे का अन्नप्राशन भी करवाना है। मम्माली रुपये देने को तैयार है; लेकिन अपनी ज़मीन पर खेती करने का हक उसे गिरवी देना चाहिए।

माँ ने समझाया–"अरे, अपने बीवी-बच्चों को मन्दिर ले जाने के लिये वह ससुरालवालों से पैसा लेगा? ऐसा करने से अपने खानदान की बेइज्ज़ती नहीं होगी क्या? हमारी बदहाली दूसरों के सामने प्रकट करना क्या उचित है? कुञ्ञोप्पोळ कुछ और कहना चाहती थी, लेकिन माँ की नज़र ने उसे चुप करा दिया।

एक बार फिर मेलेप्पुरत्त परिवार के जमाई का मान रखा गया।

कुमार भाई तच्चंपिल्लि मना के मुकदमेबाजी का काम सँभालते हुए उन्हीं के एक घर में रह रहा था। यह घर उनका ससुराल 'मेलेप्पुरत्त' के नज़दीक पड़ता था; इसलिये शाम को वहाँ पहुँचना आसान था। कैतत्तोड से पूमान पुल तक के खेत एक

ज़माने में जिसके अपने थे। उस ताषत्त खानदान के बँटवारे के बाद पुश्तैनी घर में गोविन्दन कुट्टिट का परिवार रहता था। भाई ससुराल में जा बसा तो बँटवारे में मिले, साल में छह बोरे धान लगान और दो सौ सुपारी के पेड़वाली जागीर का गोविन्दन कुट्टिट मालिक बन गया।

फाटक पर पहुँचा तो घर अँधेरे में डूबा हुआ था। बरामदे में एक ढिबरी जला कर रखी जाती थी। शायद हवा से बुझ गयी होगी। अहाते के ऊपर से कोई उतर आया और खँखारते हुए अलग खड़ा हो गया।

"कौन है?"

"कण्डंकोरन है मालिक।"

"क्या है रे?"

"बन्दे को वह पाटा ज़रा चाहिए था।"

"इस वक्त पाटे का क्या करना है?"

"सुबह के लिये है।"

"सुबह आकर ले जा। सोर की ओरी पर होगा।"

कण्डंकोरन छूत लगने के भय से बाड़ से चिपक गया।

"मत तोड़ उस बाड़ को, मेरे लिये काफी जगह है।"

आँगन में चढ़ा तो कल की जोत* की याद आई।

"जोत कल है न?"

"जी, पाटा कम पड़ गया है, इसीलिये आया।"

"कई जोड़ी ढोर हैं क्या?"

"आने का वायदा तो बहुतों ने किया है। मुत्येला और कुमारनल्लूर से भी ढोर आएँगे।"

"पुत्तनकलम के साँड़ की जोड़ी कहाँ से है?"

"आलूर तंपुरान का भैंसा।"

शिवराम मेनोन का भैंसा और पुत्तनकलम का साँड़ एक साथ जुत जाए तो देखनेवालों को मज़ा आ जाएगा।

पता नहीं, शेखर भाई इस साल अपने बैलों को जोत में शामिल कर रहा है कि नहीं।

सुना है, पट्टित्तरा खेत की जोत में शामिल होने का न्यौता मिलने पर भी उन्होंने बैलों को नहीं भेजा। शायद कल की जोत में उनके बैल पहली बार खेत में उतरेंगे।

आँगन से उसने कुञ्ओप्पोल को पुकारा—"बरामदे में जलाने के लिये इस घर में एक ढिबरी भी नहीं है क्या?"

---

* खेती से सम्बन्ध रखनेवाला केरल का एक लोक-त्योहार। कीचड़ भरे खेत में मवेशियों की जोत प्रतियोगिता। होड़ में भाग लेने के लिये खास ढंग से परवरिश करके मवेशी पाले जाते हैं।

माँ की आवाज़ में जवाब आया—“घर के मालिक ने कनस्तरों में भर-भर के जो ला रखा है, मिट्टी का तेल।”

मेरी ज़बान न खुलवाओ भगवान—उसने दुआ माँगी। दरवाज़े के भिड़के पाट खुले तो कूठ का तेल डाल कर जलाये हत्थेदार दिये का प्रकाश बरामदे में फैल गया। बत्ती आगे सरका कर उँगली में लगा तेल ज़मीन पर रगड़ने के बाद घृणा के साथ बदबूदार उँगली को सूँघते हुए कुञ्ञोप्पोळ ने कहा—“ढिबरी का शीशा टूट गया। मैं बाहर पानी रख कर आ रही थी कि हाथ से एक बूँद शीशे पर गिरी।”

उसने दरवाज़ा पूरा खोल दिया। मेत्तारणा* के अन्दर से बीड़ी लेकर जलाने के लिये दिये की ओर चला।

सीलन भरे कपड़ों की अप्रिय गंध आई। दरवाज़े के पीछे गीले बालों के बीच उँगलियों से टटोल कर कुञ्ञोप्पोळ खड़ी थी। उम्र में वह ग्यारह साल बड़ी है, मगर अपने छोटे भाई के सामने खड़ी होकर बात करने से हिचकिचाती है।

चावल या नमक-मिर्च के खत्म होने की बात कहने के लिये खड़ी होगी। उसने टूटी-फूटी देहली के ऊपर बैठकर बीड़ी पी ली।

“क्या है कुञ्ञोप्पोल?”

“भाई आया है।”

“कहाँ गया?”

“तुम्हारे निकलते ही पहुँचा। इस वक्त बाहर गया हुआ है, आता ही होगा।”

वडक्किनि (कमरा) से माँ के खाँसते-खँखारते उठने और खटिया से टिकाये बाँस के डंडे के गिर पड़ने की आवाज़ें आयीं।

“दिया उस तरफ दिखा दीजिए, बुढ़ापे में कहीं उलट-पुलट कर गिर पड़ी तो अनर्थ हो जाएगा।”

“मुझसे किसी का कोई अनर्थ नहीं होगा। क़ब्र में पैर लटकाये बैठी इस बुढ़िया को और क्या चाहिए? दक्षिण में छह कदम ज़मीन के अलावा।”—अन्दर से सख्त स्वर में माँ बोली।

बेटी के दिये दिखाने के पहले ही माँ बाहर आ पहुँची। दोनों को लक्ष्य करके गोविन्दन कुट्टि ने कहा—“माँ ऊँचा सुनती है ऐसा कहनेवालों को पीट देना चाहिए। माँ के बारे में है तो फाटक से फुसफुसाने पर भी उन्हें सुनायी देती है।”

“मैं अन्धी-बहरी होकर एक ओर बैठ जाऊँ, तभी मेरे बच्चे सन्तुष्ट होंगे।”

माँ दिये के सामने पैर पसार कर बैठ गयी।

“तू कुमारने से मिला?”

“नहीं।”

“ज़रा देख री, पानदान में कुछ है कि नहीं? मेरा मुँह सूखा जा रहा है।”

उसने अनुमान किया, माँ कोई गम्भीर मामला उठानेवाली है।

* खटिया के सिरहाने बनाया लकड़ी का बक्सा।

"पान का एक टुकड़ा भर है; सुपारी नहीं है, माँ।"

"वह लौंडा तामि आया तो कच्ची ही सही, दो सुपारी तुड़वा रखी होती! क्या उसके लिये भी मुझे ही कहना पड़ेगा?"

बेटी चुप! बरामदे में टहल रहे बेटे ने साचा—माँ यकीन करती है कि उनके बिस्तर पकड़ने से घर का कोई काम सुभीते से नहीं चल रहा है और कुमारन की जगह गोविन्दन कुट्टिट का गृहस्थी सँभालना घर की अव्यवस्था का कारण है।

"देख गोविन्दुट्टिट", माँ की आवाज़ की नरमी गोविन्दन कुट्टिट को डरा देती है। कुमारन परेशान हो कर आया है।

"अपनी परेशानियाँ लेकर लोगों को यहीं आ जाना चाहिए। हम हैं न यहाँ बिना किसी परेशानी के, माँ, मैं, कुञ्ञोप्पोल और यह घर।"

"हूँ।"

"वह बड़ी मुसीबत में है। तच्चंपिल्लीवालों से थोड़ी अनबन है। गृहस्वामी नंपूतिरि की मृत्यु के बाद कारिन्दगी के कामों में थोड़ा उलट-फेर है।

"हूँ" गोविन्दन कुट्टिट अनमना-सा हुंकारा।

"ओणम के लिये अब बहुत दिनों का इन्तज़ार नहीं।"

गोविन्दन कुट्टिट समझ गया कि माँ क्या कहनेवाली है? ओणम, विषु, तिरुवातिरा जैसे त्योहारों में पहले भी उसने ऐसी बातें सुनी हैं। अपनी अरुचि प्रकट किये बिना दिखावटी दिलचस्पी के साथ उसने पूछा—

"अच्छा, कब है?"

"आज से ग्यारहवें दिन अत्तम* है।"

"हूँ।"

फिर थोड़ी देर माँ चुप रही। गोविन्दन कुट्टिट छाती पर हाथ बाँध कर बरामदे में तेज चाल से चलता रहा।

"तू चुप क्यों है?"

वह ठिठक गया।

"मैं क्या बोलूँ? आप ही तो कहनेवाली थी।"

माँ ने चेहरा उठाया। बरामदे में खड़े बेटे की ओर सन्देह की नज़र से देखा। अँधेरे में चेहरा साफ नहीं दिखा।

"मैं कैसे कहती? कुछ कहने के पहले तू काटने को दौड़ता है न?"

गोविन्दन कुट्टिट दरवाज़े के पास पहुँचकर तिलमिलाते हुए बोला—"घुमा-फिरा कर कहने से कोई फायदा नहीं। जो कहना है, साफ-साफ कह डालो।"

वडक्किनि के दरवाज़े के बन्द पाटों के सहारे कुञ्ञोप्पोळ सिर झुकाये खड़ी थी।

---

* ओणम का त्योहार तिरुवोणम के दस दिन पहले अत्तम के दिन शुरू होता है।

माँ घुटनों को सहला कर चुप बैठी रही। झुर्रियों भरा वह चेहरा गुस्से से सूज आया था। दिये की रोशनी में माँ की छाया दीवार पर एक विकृत आकार का सृजन कर रही थी।

बचपन से तोडा* पहन कर बड़े बनाये गये कानों के छेदों की परछाइयाँ भयानक ढंग से झूम रही थीं। अचानक माँ का तेवर बदल गया।

"मैं इस घर की बुजुर्ग हूँ। कुछ कहूँ तो क्या तू मेरा गला काट लेगा?"

ससुराल में ओणम का खर्चा देने के लिये कुमार भाई के पास पैसा नहीं, उसका इन्तज़ाम करने आया है।

कुमारन बड़ी मुसीबत में है। पास एक कौड़ी नहीं। मेलेप्पुरत्त खानदान के बाकी जमाई लोग जितना देंगे, उतना वह नहीं दे पाया तो किसकी बेइज़्ज़ती होगी? ताषत्त खानदान की ही न, जिसमें माँ, कुञ्ञोप्पोळ और गोविन्दन कुट्टि भी शामिल हैं।

गोविन्दन कुट्टि स्वगत में बुदबुदाया।

"इस बुढ़िया को मैं कैसे समझाऊँ? यहाँ भर-भर के रखा है क्या?"

"यों कहने से क्या होगा?"

सुपारी और केले की आय से दिन में तीन बार चूल्हा नहीं जलेगा। माँ को इसका पता है। कुमार भाई को भी पता है। पिछले साल का कर्ज़ अभी तक नहीं चुका पाया। ऊपर से अब...

"उसका दावा भी सही है। वह अपने रोज़ाना खर्च के लिये यहाँ से कुछ नहीं लेता। उसका भी कुछ हक बनता है।"

चुपचाप गोविन्दन कुट्टि अन्दर चला। धोती बदल कर तौलिया पहन लिया। फिर बरामदे में आया तो घुटने सहला कर बैठी माँ की तरफ नहीं देखा।

"कुञ्ञोप्पोळ, रहट कहाँ रखा है?"

"क्यों? पूरब की तरफ ओरी पर है।"

"मैं नहाके आता हूँ।"

रहट मिल गया। पता नहीं डंडा कहाँ रखा है? शहतीर के ऊपर टटोला। सौभाग्य से वहीं मिल गया।

रसोई के रोशनदान से कुञ्ञोप्पोळ पुकार उठी। सँभल के, बारिश में सड़ी लकड़ी है। लेकिन गोविन्दन कुट्टि ने दीदी की बात नहीं सुनी। वह गुस्से से जल-भुन रहा था। वेट्टत्तु पद्मनाभन नायर के चालीस रुपयों का कर्ज़ सूद सहित चुका देने का समय है। तभी किसी को ससुराल में ओणम के खर्चे देने की पड़ी है।

कुएँ का पानी बहुत ठंडा था। नहा कर शरीर पोंछते समय सिहरन सी हो रही थी।

---

* सोने का बड़ा कनफूल जिसे पहनने से कानों के छेद छल्ले के आकार में बड़े होते हैं।

रहट को ओरी में टिका कर सामने बरामदे में आया। माँ वैसी की वैसी बैठी थी। मेत्तारणा के खम्भे के सहारे कुमार भाई कमर झुकाये खड़ा था।

दोनों की ओर ध्यान दिये बिना अन्दर घुसा तो महसूस हुआ कि चार आँखें पीछा कर रही हैं। गीले कपड़े बदल कर रसोई में चला।

कुञ्ञोप्पोळ केले के पत्ते साफ कर रही थी। रात का खाना भाई के लिये भी परोसना है, इसलिये कुञ्ञोप्पोळ आज खाली पेट सो जाएगी।

''कुमार भाई को क्या चाहिए?''

''मुझे मालूम नहीं।''

''क्या आपने माँ को सुना नहीं?''

गुस्से से तिलमिलाती आवाज़ में पूछा।

''फाटक पर खड़े कटहल को बेचना चाहता है।''

सोचा था इस घर में बेचने लायक कुछ भी बाकी नहीं है। कुमार भाई की नज़रें पारखी हैं।

''सावन-भादों में''—कुञ्ञोप्पोळ कुड़बुड़ाई। जेठ-आषाढ़ में जब घर में धान चावल की तंगी रहती, कम से कम नमक में सुखाये कटहल के छिलके—

गोविन्दन कुट्टि बरामदे में चला। बिना किसी भूमिका के भाई से कहा—''छोटे ही सही, चार फल देनेवाला यही एक पेड़ है। बेचना है तो बेच डालो। लेकिन इसमें मेरी सहमति नहीं। माँ, आप भी सुन लो।''—बिजली की कड़क और बारिश के लिये इन्तजार किया; लेकिन ताज्जुब की बात! कुछ न हुआ।

बाहर चला। फाटक के सुपारी की लकड़ी का खम्भा थाम कर अन्धकार में लहलहाते खेतों के पार धुँधलके में नज़रें गड़ा कर सोचा—कहीं निकल जाऊँ? सड़क के किनारे काले तम्बू ज्यों खड़े बेजान बौने पेड़ों के बीच से नदी किनारे लंगर लगाये बजरे की रोशनी दिखी।

बरामदे की बातचीत फाटक तक सुनायी दे रही थी। सोचा, माँ खानदान के पतन का कारण बननेवाले इस शैतान की औलाद का किस्सा शुरू करेगी और भाई पचास पार उम्र में माँ को जने इस पूत की बात ले बैठेगा। लेकिन ऐसा कुछ नहीं हुआ। झुंड़-झुंड़ केवड़े के पौधों से घिरे कुम्माणी तालाब के किनारे से टिटहरियों का शोर-शराबा कानों में पड़ रहा था।

बड़ी हथेलियों में सुपारी की पट्टियाँ दब गयीं।

पल रेंग कर गुज़रे। बरामदे से कुञ्ञोप्पोळ अनबूझ सी देखती रह गयी।

वह आँगन में चला।

''आओ, खाना खा लो; भाई खाने बैठे हैं।''

''मैं नहीं खाऊँगा''—कुञ्ञोप्पोळ अनबूझ सी देखती रह गयी।

''मुझे भूख नहीं।''

''थोड़ा खा ले।''

"मैं बाहर से खा चुका हूँ। भूख नहीं।"

कुञ्ञोप्पोळ को यकीन नहीं आया होगा।

रोज़ बरामदे की चारुपटि में सोता था। लेकिन भाई के होते ऊपर के कमरे में सोने का निश्चय किया। ऊपर दो कमरे और एक गलियारा है। दायें कमरे में चारुपटि के ऊपर चटाई पर तकिया बिछा कर लेटा। दिन-रात बन्द रहने के कारण एक किस्म के डंक मारते कीटों ने उस कमरे को बसेरा बना लिया है।

रोशनदान की ओर करवट लेकर लेटा। आँगन की सीमा पर पहले जहाँ फूस के अम्बार लगाये जाते थे, वहाँ अहाते में उतरने के लिये बनायी गयी सीढ़ियों के पास वह बूढ़ा बदसूरत कटहल का पेड़ दिखाई पड़ा।

अन्दर का क्रोध थोड़ा कम हुआ तो सोचने की शक्ति मिली–एक बूढ़े कटहल के पेड़ को बचाये रखने से क्या मुसीबतों का अन्त हो जाएगा?

पहले कटहल का पेड़, फिर सुपारी का बागान, और उसके बाद–फूस से छाई टूटी-फूटी यह छत और उसके नीचे तीन जन बाकी रह जाएँगे। सब कुछ बेच डालने दो, मुझे कोई एतराज़ नहीं। मुझे कोई एतराज़ नहीं। कय्याला* के मलबे के पार झाड़ियों के बीच अकेला खड़ा वह बेजान सा नारियल का पेड़ देखा। पिता की चिता पर लगाये उस पेड़ की उम्र अपनी उम्र से आठ साल कम है।

पिता की गलती याद कर वह खीझ उठा; जिसकी वजह से ग्यारह सालों के अन्तराल के बाद इक्यावनवें साल में माँ की जचगी हुई।

और इसी वजह से कुमार भाई को 'पचास पार उम्र का पूत' वाली गाली देने का मौका मिला। इस गाली का व्यंग्य मालूम नहीं। व्यंग्य हो न हो यह गाली गन्दी है, घिनौनी है।

गलियारे से सरक कर एक ढिबरी पास आई।

'गोविन्दुट्टि, तू यहाँ सोएगा?'

कुञ्ञोप्पोळ ने ढिबरी ज़मीन पर एक ओर रखी। पानी का कलसा पेशाबदान की मुँडेर पर रख कर नारियल के छिलके से बन्द रखी उसकी सूराख खोल दी और पानी डाला।

"उस चारुपटि में धूल ही धूल है। चटाई बिछाने के पहले साफ करना चाहिए था।"

"रहने दीजिए।"

"कल का बचा, गुड़ के दो टुकड़े हैं। एक गिलास काप्पी वना दूँ?"

गोविन्दन कुट्टि ने बिना आँखें खोले जवाब दिया–

"रहने दीजिए।"

"मैंने कहा रात को खाली पेट सो जाना अच्छा नहीं।"

---

* बहिर्गृह जो अटारी का काम आता है।

"रोज़-रोज़ चौरस दावत जो खाता हूँ।"

बहन चुप रही। फर्श से ढिबरी उठा कर वह दो कदम चली। दरवाज़ा खुला तो जाने किससे नाराज़ होकर उसने आँखें खोलीं।

कुञ्ञोप्पोळ खड़ी थी। ढिबरी का धुआँ उसके साँवला गये चेहरे पर गोल गोल घूम रहा था। चेहरा झुकाये, अधमुँदी आँखों के साथ खड़ी उस सूरत को देखा तो मन का कसाव हलका होने लगा। छितराये नारियल के रेशे ज्यों रूखे बाल, साँवला गया शरीर, बार-बार धोने से पीली गड़ गयी धोती और ब्लाउज़ जिनमें सीलन की गन्ध अटकी है—बायें हाथ की ढिबरी के धुआँदार प्रकाश में वह तस्वीर उसने साफ देखी। उसके साथ चम्मिणिक्कावु (मंदिर) के आरती उत्सव में दोनों हाथों से थामे पीतल की चमचमाती थाली में, आधे नारियल में जलायी बत्ती की आभा में चमकता सुर्ख चेहरा और माथे पर लाल सिन्दूर की बिन्दीवाली एक लड़की का चित्र भी साफ़ उभर आया। अनेक सालों के गलियारे के पार यादों के धुँधलके में पंक्तिबद्ध खड़ी लड़कियों में वही सबसे ज़्यादा हसीन थी। बत्ती की झिलमिलाहट गालों पर लहराती थी। हार पहने दूधिया गले पर आर्द्रा की भरपूर चाँदनी समा गयी थी।

वह कुञ्ञोप्पोळ थी।

तब छोटा बच्चा था; फिर भी उत्सव में आये तमाम लोगों की निगाहें आरती की थाली लिये खड़ी कुञ्ञोप्पोळ के इर्द-गिर्द मँडराते देख कर उसे कुञ्ञोप्पोळ के छोटे भाई होने का ग़रूर महसूस हुआ था।

कीलदार तलवे ज़मीन पर दबाये बिना एड़ी उचकाकर चलती इस औरत को सपने के उस पुरानी तस्वीर में समाना कठिन है।

"कुञ्ञोप्पोळ"—उसने पुकारा तो बहन ने चेहरा उठाया।

"जाकर सो जाओ, मुझे कुछ नहीं चाहिए।"

गलियारे से उनके साथ ढिबरी का प्रकाश भी दूर निकल गया।

नीचे से रसोई के और ड्योढ़ी के दरवाज़ों के बन्द होने की आवाज़ें आयीं।

साथ ही माँ का स्वर भी सुनायी पड़ा।

कुञ्ञोप्पोळ वटक्किनि (कमरा) में माँ की खटिया के नीचे सोती है।

बहन के बारे में सोचने पर दुख होता है। वह इस जर्जर घर का हिस्सा बन चुकी है। माँ चाहे तो अपनी शादीशुदा लड़कियों में किसी के भी साथ जा कर रह सकती है। लेकिन वह अपनी इज़्ज़त के ख़याल से ऐसा नहीं करती।

"मुझे अपना घर छोड़ कर कहीं नहीं जाना। मैं यहीं मर जाना चाहती हूँ।"

माधवी दीदी ने कई बार बुलाया था। शेखर भाई ने भी कहा—उनके घर पून्तोट्टम में जाकर रहने को। जब वे माँ की बीमारी की खबर पाकर आए, तब भी बुलाया था—

''कुञ्जिक्कालियम्मा, हमारे साथ वहाँ आकर रहो न। वहाँ आपको किसी चीज़ की कोई कमी नहीं होगी।''

यद्यपि माँ दूसरों के सामने अपनी बड़ी बेटी के माथे की लकीरों की खूबी का बयान करती है और उसके ससुराल की जागीरों की गिनती लेती रहती है, अपने दामाद के आगे वह खुद को छोटा दिखाना नहीं चाहती थी। शायद इसीलिये उन्होंने कहा–

''यहाँ मुझे किस चीज़ की कमी है?''

जिससे ताषत्त खानदान की परेशानियाँ छिपी नहीं थीं, उसी के आगे माँ डींग मारती थी।

''कमी के ख़याल से नहीं, मैंने तो यों ही कहा था।''

एक बार मालिश की दवा के खत्म होने पर माँ बिगड़ गयी तो गोविन्दन कुट्टि ने कहा–

''अच्छी भली शेखर भाई के घर जाकर रह सकती थी। किसी चीज़ की कमी नहीं होती।''

''थू...'' माँ ने गुस्सा थूक दिया। शेखर भाई पर भी इल्ज़ाम लगाने लगी।

''मुझे मालूम है कि तेरा यह जीजा कब बड़ा आदमी बना। फूटी कौड़ी भी पास नहीं थी। आवारा मटरगश्ती करता था। मुझे पुरानी सारी बातें याद हैं।''

यही कठिनायी है। लोग जल्दी भूल जाते हैं, मगर माँ नहीं भूलती।

पून्तोट्टम खानदान में जब बँटवारा हुआ, तब बिन माँ-बाप का शेखर भाई अकेला हो गया। कुछ दिन गाँव में इधर-उधर घूमने के बाद वह कहीं निकल गया। कई सालों बाद अमीर बन कर लौटा। कहा कि कोषिक्कोट में होटल चला रहा था। मगर कुछ लोग मानते हैं कि उसको कहीं से गड़ा खजाना मिल गया है। पून्तोट्टम खानदान की पुश्तैनी जागीर हाजी के हाथ से छुड़ा ली। रहने के लिये एक बड़ा घर और भंडार घर बनवाये। इलाके का इज़्ज़तदार आदमी बन गया। बाज़ार में एक दोमंजिला मकान बनवाया। निचले मंज़िल के तीन कमरे व्यापार के लिये किराये पर किये। ताषत्त खानदान से ही शादी करने की ज़िद की। माधवी दीदी नये घर में रहने लगी। दूर पेरुम्पलत्तूर में भी काफी जागीरें खरीद लीं। सुना है कि कचहरी की नीलामी में कम दामों में हड़प लिया। वहाँ कारिन्दा के रहने के लिये एक छोटा घर है। उस खलिहान में पहले पापड़ बनानेवाले चेट्टि लोग रहते थे। इसलिये अब भी वह 'चेट्टि घर' के नाम से जाना जाता है। बाज़ारवाले मकान के पिछवाड़े सार में जुताई के बैल हैं। पेरुमेपलत्तूर के खलिहान में भी पाँच जोड़ी ढोर हैं।

माँ लोगों से कहती–''माधव के भाग्य का क्या कहना! पिछले जन्म का करम है कि अब राज करती है।''

सुना है, कुमार भाई की शादी माँ की मर्ज़ी से हुई। उन दिनों खानदान की हालत बिगड़ने लगी थी। माँ के दोनों भाई अपने-अपने हिस्से की जमीन बेच कर ससुराल में जा बसे थे। पिताजी अपने भानजे से झगड़ा करके अपना हक छोड़ कर पत्नी के घर आ पहुँचा था। उनकी अपनी जो ज़मीन थी वह रावुत्तरवाले मुकदमे में चली गयी। पिताजी के हक के 3000 रुपयों की अदायगी के लिये शेखर भाई तिरूर कचहरी में मुकदमा चला रहा था। मेलेप्पुरत्त जैसे नामी परिवार की लड़की के साथ कुमार भाई के रिश्ते की बात चली तो माँ से रहा नहीं गया। सुना था कि पूरा एटप्पाल बाज़ार उनका अपना है। माणियूर जंगल की उनकी ज़मीन से एक सागौन का पेड़ बेच कर उससे एक पूरा परिवार ज़िन्दगी भर गुज़ारा कर सकता है। पिताजी असमंजस में थे कि इतने बड़े परिवार के साथ कैसे रिश्ता निभाया जाएगा? लेकिन माँ ने कहावत का सहारा लिया होगा–'रिश्ता करो अपने से बड़ों के संग।'

पारुक्कुट्टि दीदी की शादी जब हुई, गोविन्दन कुट्टि माँ के पेट में था।

"औरतें पूछती रहतीं और मैं लाज से गड़ी जाती।"

"प्रसूति और मासिक धर्म की उम्र नहीं थी मेरी। तकदीर का यह कैसा खेल कि नाती-पोतों को पुचकारने के दिन..."

किसी ने नहीं सोचा था कि पारुक्कुट्टि दीदी से शादी करने के लिये भी कोई आएगा। काली कलूटी और जन्म से अपंग। एक पैर ज़मीन पर रख कर बेजान पैर को हाथ से खींच कर चलती है। उसे तो रसोई के सुपुर्द कर दिया था।

घर की चहारदीवारी के बाहर कदम नहीं रखती; चार लोगों के सामने नहीं निकलती।

सोचने पर आज भी ताज्जुब होता है। बातों भी बहुत कम किया करती थी। मगर जाने कैसे नारायण कुरुप को अपना दिल दे बैठी। और नारायण कुरुप अपने घरवालों के विरोध और गाँववालों की हँसी के बावजूद अपनी ज़िद पर अड़ा रहा–

"मैं पारुक्कुट्टि से ही शादी करूँगा।"

ओहदेवाले नायर कुरूपों का खानदान था। इसलिये उसके घरवाले अनुकूल हों न हों, माँ की नज़र में इस रिश्ते में फायदा ही फायदा था।

अब उनके तीन बच्चे हैं। यहाँ से नौ मील दूर अपनी ज़मीन पर एक छोटा घर बना कर रह रहे हैं। जीजा पास ही एक स्कूल में मास्टर है। इसलिये मिलना-जुलना कम है। उनका चौथा बच्चा मरा तो गोविन्दन कुट्टि उस घर में हो आया था। ऐसे ही किसी खास मौके पर या ज़रूरी काम आने पर ही वह उस घर में जाता। दीदी को देख कर शाम को चुपचाप अहाते की सीमा तक उसके लंगड़ा कर जाने और पगडंडी में इन्तज़ार में खड़े मास्टर को बाड़ के माखी के पौधों के बीच से देख कर उसे दिल दे बैठने की सुनी-सुनायी बातें याद आ जाती हैं। उम्र से ज़्यादा आयुर्धर्म प्रकट करते उस आदमी को देखते समय गोविन्दन कुट्टि सोचा करता था–पता नहीं इसने दीदी

में क्या देखा? एक रिश्तेदार से ज्यों आत्मीयता कभी उसके साथ नहीं निभा पाया। वह मिलनसार था ही नहीं। मगर गाँव भर की हँसी का सामना करके एक लँगड़ी औरत से शादी करने की उसकी हिम्मत की गोविन्दन कुट्टि कद्र करता है।

थोड़ी खेती है; और माहवार भी मिलता है जिससे पाँच जनों के उस परिवार का गुज़ारा होता है। अपनी परेशानियाँ लेकर वे दूसरों के पास नहीं जाते। दूसरों के मामलों में ज़्यादा दखल भी नहीं देते।

माँ के बिस्तर पकड़ने का समाचार पाकर भी दीदी नहीं आई। बैलगाड़ी की लम्बी यात्रा और उसके बाद पैदल एक टीले को पार करना उनके बस की बात नहीं है। नारायण कुरुप और चन्द्रन आके देख गए। पहले, कभी किसी शनिवार को स्कूल के मास्टरों की सभा में भाग लेने के लिये नारायण कुरुप इस तरफ आता था। बीच रास्ते पर या घाट पर मिलता तो गोविन्दन कुट्टि कुशल पूछ लेता था।

सोचो तो कुञ्ञोप्पोळ की हालत सबसे दयनीय है। वह रसोई की कालिख लगी दीवारों की तरह कभी न रोशन होनेवाली दीनता की तस्वीर है। अपनी खेती होती तो घर में खाने की तंगी नहीं होती। माँ के बाद भी वह गुज़ारा कर लेती। अपने अभाव में अय्यप्पन खेती सँभाल लेता।

पुराने ज़माने की शेखी बघारते हुए माँ कहा करती थी कि तीज-त्योहारों में खास बख्शीश लेनेवाले बारह मज़दूर परिवार तब इस खानदान से बँधे हुए थे। अब केवल अय्यप्पन रह गया है; वह भी बूढ़ा हो चुका है। खेती का काम होने पर भी, ताड़ के पत्तों से छायी, हवा में सरसराती अपनी झोंपड़ी में अय्यप्पन ताषत्त परिवार का मज़दूर बना रहता है।

कुञ्ञोप्पोळ पड़ोस के तालाब में नहाने के लिये ही घर से बाहर निकलती थी। महीने के पहले सोमवार को माँ कहा करती थी—

"अरी, कम से आज के दिन, पड़ोस के पोखर में डुबकी लगाने के बजाय, मन्दिर के तालाब में नहाकर दर्शन क्यों नहीं कर लेती तू? चार कोस दूर तो है नहीं।"

कुञ्ञोप्पोळ चुप रहती। अतिराळन के मन्दिर के आरती उत्सव, कुन्नत मन्दिर की शिवरात्रि पूजा और भगवती के मन्दिर की 'पाट्टु' पूजा में सारे पड़ोसी सपरिवार चले जाते हैं, लेकिन तब भी कुञ्ञोप्पोळ अपनी रसोई की अधभरी हाँड़ियों के बीच से बाहर नहीं निकलती।

"तू कोई बूढ़ी खूसट नहीं है अभी; तुझसे कहने से क्या फायदा? इस जन्म के नहीं तो अगले जन्म के पुण्य के लिये ही सही...।"

इस जन्म में ही वह भरपूर पुण्य हासिल कर चुकी है। बचपन में कई मन्दिरों में दर्शन किये। आरती उत्सव और भगवती पूजा में थाली उठायी। इन्हीं पुण्यों का फल है कि ताषत्त परिवार की रसोई की कालिख लगी दीवारों के बीच वह बाँध दी गयी।

पड़ोस की बुढ़िया कुञ्ञोप्पोळ को बिना सुनाये माँ के कानों में कहती—

"कैसा उजला-उजला रंग था! हाथ धोकर छूने का मन करता था।"

बचपन में देखी वह तस्वीर—पंक्तिबद्ध खड़ी लड़कियों के बीच दिये की लौ में दीप्त होती कुञ्ञोप्पोळ का वह खूबसूरत चित्र अब भी यादों में ताज़ा है।

वह अपने समय की काफी प्रगत और ताषत्त खानदान में ब्लाउज पहननेवाली पहली लड़की थी।

माधवी दीदी पहले ब्लाउज़ नहीं पहनती थी। शेखर भाई की पत्नी बन के रानी के आसन पर बैठने के बाद ही वह ब्लाउज़ पहनने लगी थी। पारुक्कुट्टि दीदी ब्लाउज़ पहने न पहने, कोई उसकी परवाह नहीं करता था।

इल्लम की एक औरत मालात्तोल लड़कियों को संगीत सिखाती थी। ओणम के दिनों में इल्लम में नाच-गान का समा बँध जाता था। एक साल नाचने के लिये कुञ्ञोप्पोळ भी बुलायी गयी। बुलावा लेकर आनेवाली से कुञ्ञोप्पोळ ने कहा था—

"ब्लाउज़ उतार कर काँख में दबाते हुए फाटक के अन्दर जाना होगा न? मुझसे नहीं होगा।"

गाँव में इस घटना ने बड़ा हल्ला मचाया था।

कीलदार तलवे ज़मीन पर दबाये, बिना एड़ियाँ उचकाकर चलनेवाली यह साँवली औरत वही सुन्दरी है। "नायर समुदाय में नहीं थी, उस जैसी खूबसूरत कोई और लड़की।" माँ को यकीन था कि इस लड़की का हाथ माँगने ऊँची जाति का कोई अमीर तंपुरान ही आ पहुँचेगा। आखिर एक बड़ा आदमी आ भी गया। तंपुरान नहीं, मगर अमीर था। तमिल देश का था, मगर ब्राह्मण था।

उत्तर की ओर खेत की सीमा पर जहाँ अब मम्माली की केले की खेती है, वहाँ पहले कोप्पल मास्टर, जो बाद में कुएँ में गिर कर मर गया, के तीसरे दर्जे तक का एक स्कूल था। उन दिनों गोविन्दन कुट्टि उस स्कूल के दूसरे दर्जे में पढ़ता था।

पुल के काम के लिये कोल्लंकोट से एक मिस्त्री आया था। जाति का नायर। उससे पिताजी की दोस्ती हो गयी। उसी का लाया रिश्ता था। तंजावूर का ब्राह्मण। लाखों की जायदाद। मलयाली लड़की से शादी करने की इच्छा है।

"परदेश है न?"

"उससे क्या? जाति का ब्राह्मण। मलयालम अच्छी तरह मालूम है। वहाँ जाकर देखो, तभी पता चल जाएगा। हाल में एक बड़ी हवेली बनायी है। उस मकान के खर्चे से पूरा यह इलाका खरीदा जा सकता है।"

यहाँ के बड़े खानदानों से तमिल ब्राह्मणों की शादी होने के अनेक उदाहरण भी उसने प्रस्तुत किये।

बँटवारा करके अलग हुए मामाओं से पिताजी ने सलाह ली—ब्राह्मण है न, कोई बुरा नहीं।

वह लड़की देखने आया। गोविन्दन कुट्टि उसे देख न पाया; जिसका अब भी उसे अफसोस है।

(ज़िन्दगी में, बाद में कभी उस चेहरे को पहचान लेना था।)

स्कूल से लौटा तो बरामदे में बहुत लोग इकट्ठे हो गये थे। तमिल देश से कुञ्ञोप्पोळ से शादी करने के लिये आया दूल्हा और उसके साथी अभी-अभी विदा ले गये थे।

"रंग काला है तो क्या हुआ? चेहरे की रौनक देखो। यही कुल की महिमा है। यही आभिजात्य है।"

काशी और रामेश्वरम की तीर्थयात्रा कर लौटे, शास्त्रों पुराणों के जानकार, पत्नी की मृत्यु के बाद उसकी बहन की बेटी से शादी करनेवाले, चाय की दुकान चलानेवाले कुट्टम्मान ने यों कहा था।

घर-बाहर एक ही चर्चा थी। उसने तमिल शैली में 'चलता हूँ' कहकर तेक्किनि (कमरा) में खड़ी माँ से विदा ली तो औरतों का अच्छा मनोरंजन हो गया।

प्याज़ का छिलका ज्यों पतला कुर्ता, हथेली भर चौड़ा जेरीवाला दुशाला, हाथी की जंजीर ज्यों मोटा सोने का हार, कानों में पहने रत्न, पत्थर जड़ी अँगूठियाँ—चारों ओर से लोग बोलते जा रहे थे, बोलते जा रहे थे।

"दसों उँगलियों में सोने की अँगूठी पहनने की बात पहले सिर्फ सुनी थी।"

माँ के एक भाई को कहते सुना।

"उस शरीर पर होगा आधे लाख का माल।"

पड़ोस से ख़बर पूछने आयी औरतों से माँ ने कहा—

"आगे जो होगा, सब उसकी तकदीर का लिखा ही होगा।"

पड़ोस की बुढ़िया, बड़ी उम्र में भी अनब्याही रहनेवाली अपनी बेटी से बोली—

"तकदीर अच्छी होनी चाहिए, लड़कियों की।"

शंकरन नायर को सुनाये बिना पिताजी फुसफुसाये—

"अभी कुछ कहा नहीं जा सकता लोगो, हमको वहाँ जाकर देख आना चाहिए। यों ही हम अपनी बेटी को नहीं दे सकते।"

बूढ़ा कुट्टम्मान और माँ का मँझला भाई मिल कर वर का घर देखने गए। पिताजी को सन्देह था कि जब वे वापस आएँगे, शंकरन नायर की खींची तस्वीर शायद फीकी पड़ जाएगी। लेकिन तीसरे दिन वे वापस आये तो कुट्टम्मान फाटक पर से ही पुकार उठे—

"अप्पुण्णि नायर, शक की कोई बात नहीं, तारीख पक्की कर दीजिए।"

तेक्किनि के दरवाज़े और खिड़कियों पर कोई आँखें चिपक गयीं। कमरा लोगों से भर गया।

"सब कुछ बताइए विस्तार से।"

कुट्टम्मान ने विवरण शुरू किया। जो बातें छूट गयीं उन्हें मामाजी जोड़ते गए। मैंने कहा था न—के लहजे में शंकरन नायर एक ओर दुबक कर खड़ा था।

शादी का मुहूर्त निकाला गया। एक दिन शंकरन नायर दूल्हा स्वामी का सन्देशा ले आया। शादी में कोई धूम-धाम न रहे। शाम की गाड़ी से बारात आएंगी। चार-पाँच लोग ही आएँगे। सब कुछ बिल्कुल मामूली तरीके से हो। स्वामी को वही पसन्द है। आगे आप लोगों की मर्ज़ी।

इसके बाद शादी की पिछले शाम को ही शंकरन नायर फिर घर आया।

गोविन्दन कुट्टि के मन में अब भी शादी की तैयारियों की यादें हैं। पूरे आँगन में शामियाना तना था। खाना पकाने के लिये अलग से सायबान बनाये गये थे। माणियूर और एडप्पाळ से दो दिन पहले ही रिश्तेदार आ पहुँचे थे। पारुक्कुट्टि दीदी और नारायण कुरुप बच्चे के साथ हफ्ते भर पहले आ पहुँचे। माधवी दीदी सारे कार्यों की देखभाल करती थी। कोच्चप्पन को बुखार था, इसलिये उसे साथ नहीं लायी थी।

सुना था, शेखर भाई को यह रिश्ता मंजूर नहीं था, क्योंकि शादी तय करने के पहले उनकी राय नहीं ली गयी। खाना पकाने के लिये पट्टर (ब्राह्मण) लोग बुलाये गये थे। बड़ी दूर से पेट्रोमैक्स दिये लाये गये। उस दिन पहली बार गाँववालों ने शादी में ग्रामोफोन बजते सुना।

इलाके भर के लोग बुलाये गये थे। न्योता देने के लिये घर की औरतों के साथ गोविन्दन कुट्टि भी घर-घर हो आया।

शादी के दिन घर आरती उत्सव का मैदान बन गया। बाद में पता चला कि भीड़-भाड़ देख कर शंकरन नायर पिताजी पर गुस्सा हो गया था—"यह आपने क्या कर दिया? स्वामी ने ख़त लिखा था न कि कोई धूम-धाम न रहे।"

"मुझे और किसी लड़की की शादी नहीं करवानी है शंकरन नायर।"

पुत्तनकलम से भी औरतें आयी थीं। "वे आँगन में बैठकर नहीं खाएँगी; उनके लिये तेक्किनि में परोसना पड़ेगा।"—माँ ने पिताजी और मुख्य संचालक कुट्टम्मान को बार-बार याद दिलायी।

तब राजम्मु पुत्तनकलम की उण्णिमायम्मा के पीछे पूँछ-सी लगी रहनेवाली लड़की थी।

गोविन्दन कुट्टि के घर में राजम्मु बस यही एक बार आयी थी। उसे इसकी याद नहीं होगी। तीन-चार साल की उम्र की बात है। गोविन्दन कुट्टि को याद है कि उस दिन उसकी झुनझुन लगी पायल गुम हो गयी थी और बाद में गलियारे से वह मिल भी गयी थी।

बारात के स्वागत के लिये गाजे-बाजे के साथ घाट की ओर रवाना होनेवालों ने शंकरन नायर को ढूँढ़ा।

"अभी-अभी तो यहीं था।"

"शायद स्टेशन की तरफ चल पड़ा होगा।"

शाम साढ़े सात को पहुँचती गाड़ी से बारात आ रही है। पुल के उस पार नाववाले और रास्ता दिखानेवाले तैनात हैं। नदी पार कर पालाया घाट पर उतरो तो फिर ज़्यादा चलना नहीं है।

आँगन में पेट्रोमैक्स दिये जल रहे थे। ग्रामोफोन से निकलते संगीत का रहस्य समझने के लिये बच्चे उसके चारों ओर इकट्ठे हो गये थे। राजम्मु उनसे अलग, बरामदे की चटाई पर पैर लटकाये बैठी थी। गोविन्दन कुट्टि राजम्मु के पास खड़ा रहा।

एक गाने के बीच में किसी की हँसी सुनायी देती थी। राजम्मु भी उसके साथ ज़ोर से हँस पड़ती थी।

श्रीफल के चबूतरे के सामने शादी का जोड़ा देने और आपस में हार पहनाने के लिये मण्डप बनाया गया था। बड़े-बड़े दियों के सामने धान से भरे 'परा'* में नारियल के फूलों का गुच्छा रखा गया था। मदनमस्त के पत्तों के नीचे पुत्तनकलम से लायी गयी बेल-बूटों की कढ़ाईवाली झिलमिलाती दरी का चँदोवा डाला गया था।

नदी किनारे से बाजे की आवाज़ के लिये कान लगा कर बैठा रहा। सीटी बजाती हुई गाड़ी पुल के ऊपर से गुज़र गयी तो बुज़ुर्गों ने सबको सचेत किया।

काफी समय बीत गया। मगर बाजे की आवाज़ नहीं आयी। बारात के स्वागत के लिये गये लोगों की खोज में और लोग गए। बच्चे शोर मचाने लगे तो किसी ने राय दी कि शादी की रस्म शुरू होने के पहले बच्चों को खाना खिलाया जाए।

"वह ठीक नहीं।" पिताजी इससे सहमत नहीं हुए। घाट पर इन्तज़ार करके थक गये तो कुछ लोग स्टेशन की ओर चले। दौड़ते-हाँफते वे वापस आये तो बुज़ुर्गों ने उन्हें घेर लिया।

"वे इस गाड़ी से नहीं आए।"

"क्या?"

सबकी बोलती बन्द हो गयी।

शायद उनकी गाड़ी छूटी होगी। अगली गाड़ी साढ़े दस की है न? उसका भी इन्तज़ार करेंगे।

सायबान में दावत के लिये बनाये गये तरह-तरह के खाने कठौतों में केले के पत्ते से ढँक रखे थे। बच्चे भूखे पेट सो गए। धीरे-धीरे अन्दर बाहर ख़ामोशी छा गयी।

"शंकरन नायर कहाँ गया?"

"हाँ-हाँ, शंकरन नायर कहाँ है?"

"वह स्टेशन पर नहीं था।"

---

* अनाज तौलने की एक माप

साढ़े दस की गाड़ी भी आ पहुँची, मगर बारात नहीं आई। पिताजी बेहोश हो गिर पड़े। माँ को मिर्गी का दौरा पड़ गया; रोने-चिल्लाने लगी। किसी-किसी ने खाना खाया। लोग धीरे-धीरे अपने-अपने घरों की तरफ खिसक गए।

गोविन्दन कुट्टि सुबह नींद से उठा तो मदनमस्त और नारियल के नन्हे पत्रों से सजाया शामियाना सूना पड़ा था। दिये की बत्तियाँ बुझ गयी थीं। नारियल के फूलों का गुच्छा और अलंकृत चँदोवा वैसा का वैसा था। सूने शामियाने के एक कोने में पिताजी माथा थाम कर बैठे थे। छाती के सफेद बालों में हाथ फेर कर वे कुट्टम्मान से कह रहे थे–"इससे अच्छा तो मैं रस्सी के एक टुकड़े पर लटक जाता। मैं लोगों को क्या मुख दिखाऊँगा?"

उस दिन बार-बार माँ को मिर्गी के दौरे पड़े। कुञ्ञोप्पोळ बिस्तर पर मुँह गड़ाये लेटी रही। माधवी दीदी, पारुक्कुट्टि दीदी और पड़ोसी की बुढ़िया साथ थीं। गोविन्दन कुट्टि दरवाज़े पर असमंजस में खड़ा रहा।

कमरे से निकलते वक्त पड़ोस की बुढ़िया बुदबुदाती थी–

"माथे का लिखा अच्छा होना चाहिए।"

बड़ा होने पर कइयों के मुँह से उस शादी का ब्यौरा सुनना पड़ा। तब अफ़सोस सिर्फ इस बात का हुआ कि लड़की देखने आये उस तमिल स्वामी को एक नज़र देखने का मौका नहीं मिला। खूबसूरत लड़कियों को मधुरै और तंजावूर के चेट्टि लोगों की रखैल बनवाने के लिये ब्राह्मण के वेश में शादी का स्वाँग रचाने आये उस आदमी को कहीं ढूँढ़ पाया तो मार डालने की बात सोच रखी थी।

लेकिन उसकी पहचान? शंकरन नायर का भी उसके बाद कोई पता न चला।

घरवालों को सारी बातें बाद में मालूम हुईं। जिस बड़े मकान में कुट्टम्मान और एरोम्मान का स्वागत हुआ वह असल में एक मुसाफिरखाना था। गोविन्दन कुट्टि को उस जगह का नाम याद नहीं।

बचपन में सन्देह था–"कुञ्ञोप्पोळ को ले जाने के लिये बारात क्यों नहीं आई?"

उन लोगों ने सोचा नहीं था कि शादी यों धूमधाम से होगी और इलाके भर के लोग आएँगे। कहीं राज़ खुल गया तो लोग उन्हें ज़िन्दा नहीं छोड़ेंगे।

उसके बाद कुञ्ञोप्पोळ इन जर्जर दीवारों के अन्दर दब गयी।

उस सुन्दरी की माँग भरने और कोई नहीं आया। कुछ ही सालों में वह प्रकाश बुझ गया। तैंतीस साल की उम्र में उसके बाल पकने लगे हैं। भाई के गुस्से के सामने गर्मी में झुलस कर गिरने को हुए केले के पौधे की तरह सिर लटकाये खड़ी कुञ्ञोपोळ को देख कर बरसों पुराना वह चित्र ताज़ा हो जाता है।

तब अन्दर किसी चट्टान के टूटने और खुद सिमट कर बच्चा बन जाने का अहसास होता है।

....

करवट बदलने पर चारुपटि किरकिरायी। सलाखों से हलकी हवा अन्दर आयी तो आँखें खुलीं।

बादल छँट गये थे और आसमान पर झुटपुटा छा गया था। धुँधलके में पड़ोस की चालाक गाय को आँगन में चरते देखा।

नींद कोसों दूर थी। पेट जल रहा था। अकेले बेजान से नारियल के पेड़ से हट कर नज़र फाटक के बूढ़े कटहल पर जा धँसी।

बरामदे से कुमार भाई की खाँसी सुनायी पड़ी।

आँखें मूँद कर लेटा।

''भाई निकल रहा है, गोविन्दन कुट्टि, तुमको बुलाता है।'' सुबह कुञ्ञोप्पोळ की आवाज़ सुनकर आँख खुली।

नीचे उतरा तो माँ अभी तक बिस्तर से नहीं उठी थी। सलाखों के बीच से उस मद्धिम रोशनी में भी मालूम हो गया कि आँखें खोल कर लेटी है। लाल धारीदार कम्बल से शरीर ढँक रखा था।

तड़के उठकर पूरब को खुलनेवाली तेक्किनी के सलाखेंदार आदमकद खिड़की के सामने कुञ्ञोप्पोळ जो दिया जला कर रखती है, वह अब भी जल रहा था। उसे इस बात की ज़िद थी कि चाहे घर में चूल्हा जले न जले, ताषत्त घर के सांध्य दीप और प्रभात दीप को देख कर सूरज को अस्त और उदित होना चाहिए।

बालों में तेल लगे न लगे, सुबह-शाम दिया जलाने के लिये डब्बे में तेल ज़रूर होता है।

कुमार भाई ज़मीन पर उकडूँ बैठा था। आँखें मानो फर्श में धँस गयी थीं। सिर तीन चौथाई गंजा हो चुका था। कानों के ऊपर बाल सफेद हो रहे थे। फर्श पर दुबके उस शख्स को देख कर हमेशा की तरह गुस्सा नहीं बल्कि हल्का दर्द महसूस हुआ। एक बड़े घर से शादी करके सिर में लादे बोझ के नीचे वह दब रहा था।

काळि बुढ़िया के बुहारे रेतीले आँगन में छल्ले ज्यों झाड़ू के निशान पड़ गये थे।

खँखारने पर कुमार भाई ने सिर उठाया। हड्डियाँ उभरे काले चेहरे पर गुस्सा नहीं बल्कि थकी हुई विवशता ही प्रकट हो रही थी।

''मैं निकल रहा हूँ।''

''हूँ।''

''तुमने बताया नहीं कि मैं क्या करूँ।''

वह चुप रहा।

कुमार भाई ने खँखार कर आँगन में थूक दिया।

''मेरे सामने और कोई रास्ता नहीं। तीस-पैंतीस रुपये हाथ न लगे तो इज़्ज़त मिट्टी में मिल जाएगी।''

गोविन्दन कुट्टिट फिर भी कुछ नहीं बोला तो कुमार भाई ने नज़रें उठाये बिना कहा–

''शाम तक रुकने से क्या फायदा है? मुझे उधार देनेवाला यहाँ कौन बैठा है? माणियूर में तो किसी से माँगना भी शर्मनाक है। ससुराल में–''

''कटहल बेच डालो।'' कुमार भाई दंग रह गया मानो उनको यकीन नहीं आ रहा कि गोविन्दन कुट्टिट के मुँह से ये शब्द निकले।

''मैं जानता हूँ, बूढ़ा होने पर भी चार फल उसी में लगते हैं। सावन-भादों में छोटे ही सही दो चार फल देनेवाला पेड़ है।''

गोविन्दन कुट्टिट ने भाई की ओर देखे बिना जवाब दिया–

''वह अन्दर से खोखला हो चुका है। बचाये रखने से कोई फायदा नहीं।''

अहाते में उतरा तो पूरा शरीर निर्जीव सा हो रहा था। घुटनों में दर्द हो रहा था।

कुएँ की जगत पर पहुँच कर कुछ याद करते हुए गोविन्दन कुट्टिट ने कुञ्ञोप्पोळ से पूछा–

''कण्डंकोरन पाटा ले गया क्या?''

''सुबह उसी की पुकार सुन कर मैं जागी थी।''

जिस घर में खेती नहीं उसे हल पाटे की क्या ज़रूरत? वैसे सार भी ज़रूरी नहीं। छह मवेशियों को बाँधने लायक सार है। मगर खाली नाँद और थूनी की रस्सियाँ देख कर गोविन्दन कुट्टिट सोचा करता था–छाजन डालने के लिये फूस नहीं है तो इसे बनाये रखने से क्या फायदा है? मम्माली की काश्तकारी छुड़ा ली गयी तो 'चेरुकोट खेत' फिर अपना हो जाएगा। तब सार, ढोर, हल और जुए की फिर से ज़रूरत पड़ जाएगी।

मगर एक बार जो खो गया उसे वापस पाने की कामना करना बेकार था।

पीढ़े पर बैठा तो बड़ी भूख लगी थी। रात को खाली पेट सोया जो था। पीतल की थाली में कञ्ञी परोसी गयी थी। धान का हिसाब लगा कर देखा। हर दिन पाँच सेर के हिसाब से धान लिया जाता है तो सिर्फ तीन दिनों के लिये पर्याप्त होगा। सुपारी तोड़नेवाले ने कहा था कि और दो हफ्तों का इन्तज़ार है।

हाथ धोने लगा तो खेत का शोर कानों में पड़ा। ''दौड़ रे पुल्लक्कुट्टिट हो–य''

करने को कुछ नहीं था। जोत देखने जाऊँगा। पून्तोट्टम का साँड़ और बैल पहली बार जोत में शामिल हो रहे हैं। दर्शक ज़्यादा होंगे। बनियान पहनूँ? नहीं, रोज़ के कपड़े काफी हैं। जबसे बड़ा हो गया बाहर निकलते वक्त भी कमीज़ नहीं पहनता। हल, जुआ और रहट कन्धे पर उठानेवाला कमीज़ पहन कर चलेगा तो गाँववाले क्या, माँ तक ताने देगी–

''उसकी झूठी शान देखो।''

लाल लुंगी को घुटनों पर तहा कर कुञ्जरटक्कार का छोटा बेटा वाप्पु आया। अपने सफाचट सिर पर गोल बाँधे छोटे तौलिया का सिरा सीधे ऊपर को खड़ा करके वह चलता है। उसके इस साफे की शान देख कर गोविन्दन कुट्टिट ने उसे 'सुलतान' नाम दे रखा था।

"क्या है रे सुलतान?"

"अब्बा ने बुलाया है।"

"भाई का खत आया?"

"लगता तो नहीं।"

कुञ्जरटक्कार का घर इधर से देखा जा सकता है, सड़क के किनारे, दक्षिण की तरफ नदी की मोड़ पर। बेटा अब्दु को खत लिखने या उसकी चिट्ठी पढ़ कर सुनाने के लिये बुलाया होगा। थोड़ी देर जोत देख कर जाऊँगा। वैसी कोई जल्दी नहीं है।

"थोड़ी देर बाद आऊँ तो ठीक रहेगा न?"

"मुझे मालूम नहीं।"

"मुझे मालूम है"—उसकी आवाज़ की नकल करते हुए गोविन्दन कुट्टिट ने कहा—

"मैं थोड़ी देर बाद आऊँगा, अब्बा से जाकर बोल।"

उसके गले के पीछे थपकते हुए गोविन्दन कुट्टिट ने कहा—"जा, दौड़ के जा सुलतान।"

पुत्तनकलम के द्वार पर और खलिहान की दीवार के पास कई लोग इकट्ठे खड़े थे।

सड़क से बहिर्गृह तक इक्का बैलगाड़ी के गुज़रने लायक चौड़ी मेंड़ है। मेंड़ पर टोपी छाते और कपड़े की छत्तरियों की पंक्तियाँ दिख रही हैं। जोत में भाग लेनेवाले बैल ऊँचे रोपण-क्यारी में खड़े किये जाते हैं।

एक रोपण क्यारी में होड़ होगी। आस-पास के छोटे-छोटे टुकड़ों में भी जोत हो रही है। पहली नज़र में मालूम हुआ कि बीस से ज़्यादा जोड़ी मवेशी जोत में भाग लेनेवाले हैं। हलवाहे चेरुमन लोग शोर मचा रहे थे।

जोत का इन्तज़ाम यों होता है कि एक दिन में एक बगल के खेत में जोत का काम पूरा होता है; सिर्फ रोपने का काम बाकी रह जाता है।

गोविन्दन कुट्टिट बड़ी मेंड़ पर चढ़ा। जोतवाले खेत में गाढ़ी कीचड़ थी। चार-पाँच जोड़ी बैलों से जुता कर उसे तैयार कर लिया था।

होड़ में भाग लेनेवाली सारी जोड़ियाँ नहीं आ पहुँची थीं। जो आ चुके हैं उनमें एक-एक को घेर कर आठ-दस लोग खड़े हैं। सामने से हाँकनेवाले, हलवाहे, रस्सी पकड़ने वाले और कुछ मालिक भी खेत में उतरे थे। उनके साथ बैल का दम देखने आये सेवक, इलाके के किसान और बैलों के लक्षण परखने में दिलचस्पी रखनेवाले लोग भी घूम-फिर रहे हैं।

बहुत पहले, खानदान में बँटवारा होने के भी पहले, जब अप्पु मामा का शासन था जिनके बारे में कहा जाता है कि उनके भंडार घर की ऊपरी मंज़िल पर रहते, कौए भी पंख नहीं फड़कते, तब सार में जोत के बैल पाले जाते थे। एक सेवक दिन-रात बैल को फूस में लपेट कर खली देने का काम करता था। बिनौला और बकरे का सिर कूट कर देने के लिये एक दूसरा नौकर भी रखा गया था। हलवाहा कण्डुण्णि था।

सब पुरानी कहानियाँ हैं। जिस स्थान पर पहले सार था, वहाँ अब ककड़ी की क्यारियाँ हैं।

हट्टे-कट्टे बैलों को देखते रहना गोविन्दन कुट्टि को बहुत पसन्द है। पाटे के ऊपर से उफनती गाढ़ी कीचड़ की सोंध से बचपन में नशा-सा चढ़ जाता था

नंपूतिरि के बेटे का, माथे पर सफेद तिलकवाला काला साँड़ और कण्णप्पन इस साल भी आये हैं। शिवराम मेनोन के उमठे हुए बड़े सींगोंवाले भैंसे को घेर कर सबसे ज़्यादा लोग खड़े हैं। उसे लोहे की जंजीरों में बाँध रखा है। डरते-डरते पास खड़े बच्चों को उसके तेल रिसाते शरीर को छूने की इच्छा है। सान लगा कर मुलायम बनाये सींग ज़रा मुड़ जाते तो बच्चे चिल्लाकर दौड़ पड़ते हैं।

दूर-दराज के इलाकों में भी शिवराम मेनोन के भैंसे की चर्चा है। उसके टक्कर का बैल या साँड़ और कोई नहीं। मेनोन चार-पाँच सालों से उसकी जोड़ी के एक भैंसे की तलाश में है।

सान लगा कर चिकने बनाये सींगों पर लाल रंग चढ़ाये दो गोरे बैलों को ले कर कुछ लोग आ पहुँचे।

"किसके हैं?"

पास खड़े एक आदमी ने सफेद निशानवाले साँड़ के साथ आये हलवाहे से पूछा।

"मनोक्कावु के तिय्यन का है। गाड़ी में जुतने लायक ही है। जोत के नहीं।"

साँड़ का गलथा सहला कर ज़मीन पर बैठ कर बीड़ी पीते हुए एक हलवाहे ने कहा।

उसने बैलों को एक नज़र देखा। "मैंने परखा था। उम्र बढ़ गयी है। दोनों के चार-चार दाँत घिस चुके हैं।"

पुत्तनकलम का साँड बहिर्गृह के आँगन में ही खड़ा कर दिया गया था। दूर खेत के किनारे से ठिंगने सींग और मोटा गदबदा कुबड़ावाले पून्तोट्टम के साँड़ पुल्ला को गले की पट्टी और पगही पकड़कर ले आता दिखाई दिया। सुपारी के पत्ते की टोपी पहन कर रस्सी का छल्ला पकड़े माम्पि साथ था। शरीर पर सफेद धब्बेवाला मैलन बहुत पीछे था। उसके गले की रस्सी पकड़ कर चलाने के लिये एक आदमी काफी है। शरारत न करनेवाली उसकी गम्भीरता ही गोविन्दन कुट्टि को पसन्द है।

पून्तोट्टम के बैल और साँड़ पहुँचे तो लोगों की भीड़ उमड़ी। दोनों सीधे पुत्तनकलम के बहिर्गृह में ले जाए गए। भीड़ मेंड़ के दोनों ओर सिमट गयी। उत्सुक आँखें उनके इर्द-गिर्द घूमने लगीं, पहली बार जोत में शामिल होनेवाले जो थे।

गोविन्दन कुट्टि खेत की भीड़-भाड़ से बाहर निकला। धूप तेज होने लगी थी। खेत के कोने में खड़े सूखे ताड़ की पतली छाया जहाँ मेंड़ के ऊपर तिरछी पड़ रही थी वहाँ खड़े होकर उत्तर की तरफ देखा तो शेखर भाई को आते देखा। धोती का सिरा ऊपर उठाकर बगल में दबाये, खड़ाऊँ पहने पैरों से लम्बे-लम्बे कदम भर कर, बीच-बीच में मुँह घुमा कर साथ चलनेवालों से कुछ बतिया कर, सिर उठाये चले आ रहे थे। पिछलग्गू होकर खुशामद करनेवाले सब साथ थे—थोड़ा ज्योतिष, जंतर-मंतर और कुछ स्तोत्रों के जानकार नाणु पणिक्कर, कारिन्दा पद्मनाभन और मुकदमेबाजी का कारिन्दा अप्पु नायर। पास पहुँचने पर ही चौथे आदमी को देख सका। लोकनाट्य के अभिनेता ज्यों लम्बे बाल, अंगोछा ओढ़ कर लय में झूम कर चलते इस मोटे काले आदमी को पहले भी कहीं देखा है। अचानक याद आया—वह राय बहादुर का ड्राइवर और कारिन्दा है। राय बहादुर मेनोन सूली की सज़ा सुनाने के अधिकारवाले न्यायाधीश थे। सेवानिवृत्त होने के बाद यहाँ से छह मील दूर 'द्वारका' नाम से एक बड़ा घर बनवा कर रह रहे हैं। सुना है, शेखर भाई से गहरी दोस्ती है। उनके किसी काम से आया होगा यह लोकनाट्य वेषधारी।

शेखर भाई सीधे पुत्तनकलम के फाटक की ओर चला। जोत देखने आये इज़्ज़तदार लोग सब वहीं बैठे थे। बहिर्गृह के सामने जहाँ मेंड़ खत्म होती है, ऊँचा चबूतरा बना कर शामियाना डाला गया था। वहाँ बैठने पर जुताईवाले खेत के चारों कोने दृष्टिगत होते हैं।

शिवराम मेनोन का भैंसा और पुत्तनकलम के साँड़ की जोड़ी ने पिछले साल जोत जीत ली थी। इस साल भी उसी जोड़ी को लेकर लोगों की उम्मीद है। लेकिन दो साल पहले ऊँचे दाम पर खरीद कर परवरिश किये गये शेखर भाई के बैल पहली बार खेत में उतर रहे थे; इसलिये कुछ कहा भी नहीं जा सकता था।

छोटे-छोटे खेतों में भी जुताई और पटतारी हो रही थी। जुते हुए खेत में पाटा चलाया जाता है, तो थर्रा कर निथर जाती कीचड़ गाढ़ी होकर मस्त लेटती है।

पुत्तनकलम का कारिन्दा गाँव भर को चौंकाते हुए चिल्लाया—

"दोपहर हो गयी; फिर भी ये औरतें उतरती क्यों नहीं?"

खेत की सीमा पर सुपारी के बागान की छायाओं में मड़ैये ज्यों दिखे ताड़ पत्र के छाते स्टार हिले। चेरुमियाँ खेत में उतरीं। बुजुर्ग चेरुमन ने मेंड़ के कोने में सर काट कर रखे धान के पौधों के गट्ठे खेत में फेंके। नपे तुले ज्यों सही-सही स्थानों पर गिरे गट्ठे काली कीचड़ में हरी चित्तियाँ बन गयीं।

इस दृश्य से बचपन में मन्दिर के अहाते में उत्सव देखने से मिलती खुशियाँ मन में लहरा जाती थीं। एक तरफ हल चला कर कीचड़ को खंगालते दस-बीस जोड़ी ढोर,

---

* ताड़ पेड़ों का बना खास तरह का छाता जो पीठ पर रखा जाता है, झुक कर काम करते वक्त भी पूरे शरीर पर छाया रहता है।

हाँकने का डंडा पकड़ा हाथ माथे तक उठा कर चिल्लानेवाले चेरुमा लोग, लहराती कीचड़ की कलकल। चेरुमियों का खेत में उतर कर कमर झुकाये पंक्ति में खड़ा होना, एक ही लय में उन हाथों की हलचल, कीचड़ में बिन्दी बन कर पड़े धान के पौधों के गट्ठों का, खुलते हरे लहँगे के सिलवटों की याद दिलाते हुए रोपा जाना—जब से किसान बन गया गोविन्दन कुट्टि को कटाई से ज्यादा ये दृश्य पसन्द हैं।

पहले कालि बुढ़िया और माणि मिल कर आठ-दस दिनों में अपने खेत का काम पूरा करते थे। लेकिन गोविन्दन कुट्टि ने यह रीत बदल दी; दस चेरुमियों को एक साथ खेत में उतार कर एक ही दिन में रोपण का काम पूरा करने का नया ढंग अपनाया। हल, पाटा और रोपनेवाली औरतों के हाथों की होड़ लग जाती है, तभी खेत जाग उठता है।

पुत्तनकलम के फाटक पर धान के पौधों के गट्ठे बिखराते कण्डंकोरन को पुकार कर किसी ने कहा—

"इस खास मौके पर चेरुमियों की जीभ उतर गयी क्या? बोल रे उनसे कि गाना शुरू कर दें।"

कण्डंकोरन अनसुना करके अपने काम में लगा रहा। औरतें भी झुक कर जल्दी-जल्दी पौधे रोपती रहीं।

धोती सिर पर बाँधे और तौलिया पहने दो लोग मेंड़ से गुज़रते हुए कह रहे थे—

"गाना-बजाना सब पुराने ज़माने के हो गए। अब क्या है? किसी तरह समय गँवाना है और मज़दूरी पूरी की पूरी तौल कर ले जानी है।"

उस रास्ते से बागान में चढ़ो तो ऊँची जगह होने से खेत के चारों कोने नज़र आते हैं। जोत में भाग लेते बैलों की जोड़ियों को खेत में उतरने में अभी देर थी। ताड़ की पतली छाया के हट जाने के बाद भी खपरैल के टुकड़े से रेखाएँ खींच कर गोविन्दन कुट्टि मील पत्थर के ऊपर बैठा रहा। धूप का तेज बढ़ रहा था। पुत्तनकलम के फाटक के सामने छाया में बैठा जा सकता है। लेकिन वहाँ लोगों की भीड़ है। बड़े लोग सब वहीं हैं। बहिर्गृह और तालाब के स्नान घाट की पिछली सीढ़ियों के बीच बागान की बाड़ टूटी पड़ी है।

"क्या है, छोटे मालिक, धूप सेंक रहे हो क्या?" माम्पि था।

गोविन्दन कुट्टि उठा।

"कहाँ चला रे?"

"एक डोरी ढूँढ़ रहा हूँ। अभी देखा कि पाटे की रस्सी टूटी हुई है।"

सिर खुजलाते हुए दबी आवाज़ में माम्पि ने माँगा—"बीड़ी है तो एक दे दे मालिक!"

जानते हुए भी कि चुन्नट में बीड़ी नहीं है, गोविन्दन कुट्टि ने टटोल कर देखा—

"नहीं है रे।"

"मालकिन की तकलीफ़ अब कैसी है छोटे मालिक?"

"ज्यादा नहीं।"

"बड़े मालिक आते नहीं क्या?"

"कभी-कभी आता है, कल घर पर था।"

माम्पि का घर पहले अपने अहाते के ऊपरी हिस्से पर अय्यप्पन की झोंपड़ी के पास था। वह अय्यप्पन का भानजा है। बचपन में गोविन्दन कुट्टि ने उसके साथ बहुत घूमा है।

शनिवार और इतवार की छुट्टियों में शीशम के जंगलों में मवेशियों को हाँकने का डंडा काटने माम्पि के साथ जाकर अघोरी के फल तोड़ खाता था। माम्पि को देखते समय उसकी गन्दी चुन्नट में छिपाकर लायी बीड़ी पीने की बात सबसे पहले याद आती है।

पहली बार कोई अनर्थ नहीं हुआ था। उसके साथ घूमते देख कर माँ गाली देती है—"उस लौंडे की पूँछ से बँध कर घूमने की तुझे क्या पड़ी है? छूत-छात का कोई ख़याल नहीं, हरदम नीच जाति के साथ रहता है।"

तब चौथे दर्जे में पढ़ता था। केले के झुंड के बीच माम्पि के साथ बैठ कर बीड़ी के धुएँ का वर्जित सुख पा रहा था। बाहर से आये कुमार भाई ने देख लिया। उनके देख लेने के बारे में बाद में पता चला।

माम्पि के उपदेश पर पत्ते चबा कर थूक दिया। होठ पोंछ कर दबे पाँव बरामदे में चढ़ा। अचानक न जाने कहाँ से गले के पीछे थप्पड़ पड़ा। सिर घूम गया। कुमार भाई!

इल्ज़ाम कई थे—नीच जाति के साथ घूमने का, छूत लगने के बाद बिना नहाये घर में घुसने का, और सबसे बढ़ कर बीड़ी पीने का।

माँ का हिस्सा तत्काल नहीं मिला। छूत से बचने के लिये उनको बेटे के नहा आने तक इन्तज़ार करना पड़ा।

जी भर मार देने के बाद रोने बिलखने लगी—

"जिस दिन मेरी कोख में तू फूटा उसी दिन शुरू हुआ इस घर का सत्यानाश।"

जिस समय गोविन्दन कुट्टि स्कूल में भर्ती हुआ माम्पि पून्तोट्टम का चरवाहा बन गया। गोविन्दन कुट्टि पाँचवीं पास हुआ तो माम्पि वहाँ ओणम और विषु की खास बख़्शीशें पानेवाला स्थायी मज़दूर बन गया।

कुन्नत मन्दिर की पाकशाला के बाहर काले पत्थर की बनी एक मूरत है। मान मनौती के दिन उस पर तेल लगाया जाता है। माम्पि के मज़बूत शरीर में कंधों और बगलों की पेशियाँ घुमड़ते देख कर गोविन्दन कुट्टि को वह मूरत याद आती है।

"धूप से बच कर पुत्तनकलम के फाटक पर जाइए छोटे मालिक।"

"जोत शुरू होने में अभी देरी है क्या?"

"मुतलाली के बैलों का इन्तज़ार है।"

तो यह बात है। जोत देखने के लिये कई मुसलमान लोग आये हुए हैं। मुतलाली के बैलों की जीत देखने के लिये ही दूर से भी मुसलमान लोग आ पहुँचे हैं। शिवराम मेनोन का भैंसा, पुत्तनकलम का साँड़ और शेखर भाई के बैल—इनसे मुकाबला कर यों आसानी से कोई जीत नहीं जाएगा।

पुत्तनकलम के सामनेवाले खेत में पहले भी जोत हुई है। लेकिन तब अनुरोध करने पर भी मुतलाली ने बैल नहीं भेजे थे।

"इस बार कैसे राज़ी हुआ?"

"बड़े मालिक ने बुलाया जो है। उनके अपने बैल भी उतर रहे हैं न पहली बार। मुकाबला करने का इरादा होगा। हलवाहा कोप्पक्कुट्टि है।"

आसपास दस-बारह मील तक कोप्पक्कुट्टि के मुकाबले का और कोई हलवाहा नहीं। पिछले साल साँड़ और भैंसे की जोड़ी को कोप्पक्कुट्टि ने हाँका था। बैलों के पारखी कहते हैं कि कोप्पक्कुट्टि पाटे के ऊपर खड़ा है तो जुए में बँधे बैल उसके मन की बात समझ लेते हैं। वह कभी डंडे से नहीं हाँकता, पीठ पर बस थपक देता है। पूँछ पर दाँत गड़ा कर, दायें-बायें बार-बार डंडे से मार कर पाटे के ऊपर खड़े होकर पागल से चिल्लानेवाले हलवाहे उसके सामने शरमा जाते हैं।

"बन्दा चला छोटे मालिक।"

धूप और गरम हो गयी। दायीं ओर पतली मेंड़ पर उतरा। इस रास्ते खलिहान के चक्कर काट कर जाने से फाटक पर खड़ी भीड़ से बच कर बागान में पहुँच पाऊँगा। बाड़ को लाँघते समय पुत्तनकलम के पिछवाड़े की ओर नज़र गयी। रसोई से सटे कुएँ के पास खड़ी विलायती कटहल की छाया से होकर कोई सूरत बरामदे में चढ़ी। आँखों से ओझल होने के बाद ही ध्यान आया कि वह राजम्मु थी। जब से बरसात शुरू हुई राजम्मु को बाहर कहीं नहीं देखा था। गर्मी में अपने अहाते के तालाब में पानी सूख जाता तो राजम्मु कल्याणि अम्मा के साथ नदी में नहाने जाती थी और दूर कहीं से गोविन्दन कुट्टि उसे देख लेता था।

एक बार फिर आँगन में उतरती तो देख लेता। कटहल की छाया की ओर फिर निकली घर की नौकरानी, बर्तन माँजने के लिये। ध्यान उस तरफ था, इसलिये पता नहीं चला कि बाड़ लाँघने के लिये पीछे कोई खड़ा है।

"आगे बढ़ना है तो चल रे।"

गलती के अहसास से सिर घुमा कर हड़बड़ा कर गोविन्दन कुट्टि बाँस की पट्टियाँ लाँघ गया।

बागान की सीमा पर डाँड के ऊपर कुछ लोग बैठे थे। झड़े हुए सुपारी का पत्ता बिछा कर गोविन्दन कुट्टि उनसे अलग जा बैठा।

यहाँ से पुत्तनकलम के सामने बैठे लोग दिखाई दे रहे थे। कुट्टिट शंकर मेनोन और शेखर भाई पास-पास बैठे हैं। उनके सामने थोड़ा हट कर नाणप्प मेनोन और मनय्क्कल् छोटे नंपूतिरि हैं। चाँदी के हत्थेवाले पंखे से हवा करके, बीच-बीच में मुड़ कर, शेखर भाई मेनोन के कानों में कुछ कह रहा है।

बहुत इन्तज़ार के बाद आखिर मुतलाली के बैल भी आ पहुँचे। मुतलाली खुद नहीं आया, कारिन्दा और सेवक साथ आए। सुपारी के पत्ते की टोपी पहन कर, बीड़ी पीते हुए कोप्पक्कुट्टिट आगे-आगे चल रहा था।

जुए में बँधे बैलों की जोड़ियाँ एक-एक करके खेत में उतरीं। ऐसा लगा कि वह विशाल खेत, उथली कीचड़ की सोंध और दर्शकों की भीड़ उन्हें मदमस्त कर रही हैं। वे इतने अधीर दिखायी दिये कि लगता था जुए पर रस्सी बाँध कर पीछे को खींच रहे हलवाहों को धक्का दे कर अभी-अभी आगे को लपक जाएँगे। पून्तोट्टम के साँड़ों को पाटे से लगाते वक्त पगही पकड़ रखने के लिये मेंड़ पर से दो और सहायकों को बुलाना पड़ा।

डंडे से पीठ खुजलाने के बाद उसे कमर पर ठोंसते हुए, बीड़ी का टोंटा फेंक कर, कोप्पक्कुट्टिट आखिर में उतरा।

आगे-आगे भैंसा और साँड़ की जोड़ी, अनेक बार जोत में भाग ले चुकने की अनुभवी मुद्रा में। न खुरों में अधीरता, न ही साँसों में फुंफकार। रस्सी के सहारे सामने से और बगल से सँभालने की कोई ज़रूरत नहीं। बुज़ुर्ग आपा उनका हलवाहा है। साँड का गलथा सहला कर बैल के पीठ पर हलके से मार कर पाटे की वन्दना करके उसने दमदार आवाज़ में हो—यह कहा तो गोविन्दन कुट्टिट के रोंगटे खड़े हो गए। अलसाये से खड़े साँड़ और बैल आगे को लपके। पाटे की मूठ पकड़ा बूढ़ा आपा एक नौजवान की चुस्ती से पायदान पर चढ़ गया। पीछे-पीछे बाकी जोड़ियाँ भी लपक गयीं। पहला कोना पार हुआ तो दौड़ की रफ़्तार बढ़ी।

पहली दौड़ मवेशी को खेत का परिचय दिलाने और ज़मीन को जगाने के लिये है।

कड़ी धूप में भी लोग मेंड़ पर डटे रहे। पूरे खेत का एक फेरा लेने के बाद सबने अपनी-अपनी जोड़ी को थूनी पर पहुँचा दिया। हलवाहे और मवेशी कीचड़ से तर हो गए।

तीन-तीन और दो-दो की जोड़ियों में कई दफे पटतारी हुई। मवेशियों में जो कम ताकतवर हैं, वे पूरे खेत के सात-आठ फेरे लगाते हुए थक जाते हैं। फिर एक-एक जोड़ी की अलग-अलग दौड़ होती है और यही मवेशी और हलवाहे की असली आजमाइश है, जब यह पता चलता है कि किसमें कितना दम है।

सबसे पहले उतरी, दक्षिण से आये बूढ़े बैलों की जोड़ी।

कोई पुकार उठा—

"सरहदों कोनों से लगा कर हाँको।"

वयस्क बैलों की वह जोड़ी दो फेरे पूरे नहीं कर पायी।

फिर पेरुम्पलत्तूर से आये साँड़ और बैल की जोड़ी की बारी आयी।

पीछे से किसी के हँसने की आवाज़ सुन कर गोविन्दन कुट्टि ने मुड़ कर देखा। झट से मुँह फेर लिया भी। रहट खींचने के लिये खड़ंजा डाले गये कुएँ की जगत पर राजम्मु खड़ी थी। नौकरानी कल्याणि अम्मा भी साथ थी।

सुपारी के तनों के बीच से खेत की ओर देख कर बैठी थी। अच्छा हुआ इस ओर नहीं देख रही है। ईश्वर करे, नज़रें इस तरफ न मुड़ें—गोविन्दन कुट्टि ने मन ही मन दुआ माँगी।

धुल-धुल कर पीली पड़ गयी धोती पहन कर जब भी राजम्मु के सामने जा फँसता गोविन्दन कुट्टि इसी तरह झेंप जाता। राजम्मु पुत्तनकलम की बेटी है। ऐसे में उसके सामने शान दिखाने की इच्छा रखना बेवकूफी है। गोविन्दन कुट्टि को बार-बार इस बात की याद आती भी है। नहा कर कल्याणि अम्मा के साथ लौटते समय खेत में कीचड़ से तर हालत में अय्यप्पन के साथ हल चलाते हुए उसने कई बार देखा होगा।

मुड़ कर देखे बिना, खेत में आँखें गड़ा कर बैठा रहा। अन्दर बेचैनी बढ़ी।

पेरुम्पलत्तूर से आये बैलों के जुए का डंडा बीच दौड़ में टूट गया। इसलिये वे पड़ोस के खेत में हटा दिये गये हैं।

भैंसा और साँड़ की बारी है। तेज़ लपकते पाटे के नीचे कीचड़ की एक लहर चल रही है। मेंड़ और बहिर्गृह के सामने से हल्ला उठा। हलवाहे ने तीन फेरे लगा कर बैलों को थूनी पर पहुँचा दिया तो नाणप्प मेनोन ने एक धोती उसकी ओर फेंक दी। बूढ़े आपा ने कीचड़ भरे हाथों से उसे पकड़ कर सिर पर बाँध लिया। मवेशी के तपते पीठ पर कीचड़ के ऊपर से अंजुली भर पानी छिड़का देने के बाद आप्पा मेंड़ पर चढ़ बैठा।

"अगली बारी किसकी है?"

जोत का सारा मज़ा जाता रहा। गोविन्दन कुट्टि ने थोड़ा मुड़ कर देखा। कल्याणि अम्मा जा चुकी थी। राजम्मु और पास आ गयी थी। नज़रें अब भी खेत पर ही थीं।

(घबराने की कोई वजह नहीं। यहाँ बैठे इस शख्स की ओर उसका ध्यान नहीं गया होगा।)

कुञ्ञोप्पोळ की शादी के दिन मूकामि अम्मा की पूँछ ज्यों अपने घर की तेक्किनि में खड़ी राजम्मु आज भी यादों में है।

कितनी जल्दी बड़ी हो गयी वह! आठवीं में तीन बार फेल होने के साथ उसकी पढ़ाई बन्द हुई। तभी मूकामि अम्मा की मौत हुई थी। राजम्मु पुत्तनकलम की इकलौती संतान है। कुट्टिशंकर मेनोन ने कहा—

"अब राजम्मु थोड़ा घर सँभालना भी सीख ले।"

स्कूल के दिन याद आये तो मज़ा आ गया। दबी-दुबकी सी अपने पीछे चलनेवाली वह लड़की पुत्तनकलम की गृहस्थिन बनी।

कोच्चप्पन और गोविन्दन कुट्टि एक ही क्लास में पढ़ते थे। राजम्मु एक दर्जा नीचे थी। तीनों साथ-साथ स्कूल जाते थे। जब तक गोविन्दन कुट्टि पुत्तनकलम के फाटक पर जाकर राजम्मु के साथ मेंड़ पार कर न आता, कोच्चप्पन सुनार के द्वार पर इन्तज़ार करता।

गोविन्दन कुट्टि की उम्र कोच्चप्पन से सात महीने ज़्यादा है। रिश्ते में गोविन्दन कुट्टि कोच्चप्पन का मामा है, मगर शुरू से वह भाई पुकारता आया है। कोच्चप्पन रोज़ धुले ट्राउज़र और कमीज़ पहनता है। और गोविन्दन कुट्टि अधसूखा मुण्डु और कमीज़ पहन कर स्कूल के लिये रवाना होता है। फाटक पर जाकर राजम्मु को पुकारता तो मूकामि अम्मा आँगन की डाँड तक आकर ज़ोर से कहती—

"सँभल कर जाना किनारे-किनारे; मवेशियों से बच कर चलना।"

कोच्चप्पन को गरूर था कि वह पून्तोट्टम के शेखरन नायर का बेटा है।

"गोविन्दुट्टि सचमुच तुम्हारा भाई है?"

"नहीं माता है, मगर हम रहते अलग हैं।" कोच्चप्पन हमेशा बच्चों से कहता रहता था।

तुला महीने में आसमान पर बादल घुमड़ते देख कर राजम्मु डर जाती थी। बिजली की कड़क और बारिश शुरू होती तो आँखों और होठों से रोती राजम्मु को अपने शरीर से चिपका कर साहस बाँधते हुए चरागाहों को पार कराता। एक-एक कदम पर उसे आगाह करता—

"सँभलके, वहाँ फिसलन है।"

कोच्चप्पन शान से चलता था, मगर था डरपोक।

चरागाह के पास पहुँचते ही वह भीगी बिल्ली बन जाता।

"गोविन्दुट्टि भैया, लगता है वह भैंसा सींग मारेगा।"

"इस तरफ से चल। राजम्मु, छत्तरी बन्द कर, भैंसे को मैं देखता हूँ।"

गोविन्दन कुट्टि इज़्ज़त और शोहरत से हाथ धो बैठे एक खानदान का सदस्य था। राजम्मु के सामने अपनी इज़्ज़त बनाये रखना उसके लिये बड़ी कठिन समस्या थी।

दोपहर के खाने के वक्त ही सबसे बड़ी मुसीबत पैदा होती थी।

तीनों दोपहर का खाना स्कूल में खाते थे। कोच्चप्पन और गोविन्दन कुट्टि सुबह घर से डब्बा ले आते थे। राजम्मु का खाना दोपहर के पहले नौकरों में से कोई रख जाता था।

छात्रों की कला कृतियों की रख-रखाव के लिये जो कमरा था उसके अन्दर बैठ

कर तीनों खाना खाते थे।

एक बजे खाने की छुट्टी मिलती तो कोच्चप्पन से कहता—"तू खा, मैं थोड़ी देर बाद खाऊँगा।"

दोनों के खा चुकने के बाद ही खाने जाता। क्योंकि अपने डब्बे में चावल की थोड़ी सी कञ्जी ही होती। उन दोनों के सामने उसे न खोलने की वह भरसक कोशिश करता था।

कभी साथ खाना हुआ, तो चुपचाप डब्बा एक ओर सरका कर, दोनों से मुँह मोड़ कर झट से बेआवाज़ माँड़ पी लेता और फिर ऊपर की छोटी तश्तरी में रखी चटनी मिलाटर भात खाने का स्वाँग रचाता।

कोच्चप्पन रोज़ पूछता—"गोविन्दुट्टि भैया, सोरबा क्या लाया?"

वह अच्छी तरह जानता था कि यह गोविन्दन कुट्टि को परेशान करनेवाला सवाल है।

कोच्चप्पन एक भोंदू था। खा कर हाथ धोने के बाद सांबार की गंधवाला हाथ दूसरे लड़कों को सुँघाता फिरता था।

एक बार उससे एक भूल हुई। जान-बूझकर नहीं किया होगा। गोविन्दन कुट्टि को रोकने का मौका न देकर राजम्मु के सामने उसने डब्बा खोल दिया।

"देखता हूँ, क्या लाया है?"

एक बुदबुदा टूट गया—

घबराहट की वजह से फीके पड़े गोविन्दन कुट्टि के चेहरे की ओर उसने एक बेढंगी नज़र फेंकी। उसी क्षण उसे मार डालने की इच्छा हुई। गलत इरादे से नहीं किया होगा, मगर गुस्से से पागल होकर बेबसी में राजम्मु को देखा। दस साल की उस लड़की के चेहरे पर हँसी के बदले उदासी नज़र आई।

शाम को कोच्चप्पन को सुनाये बिना उसने पूछा—"तुम्हें दोपहर को खाने के लिये घर से भात क्यों नहीं भिजवा देता?" गुस्सा नहीं आया; रुलायी को रोकना कठिन हो गया।

उससे नहीं कहा कि अपने घर में खास दिनों में ही दोपहर को भात परोसा जाता है। सिर लटकाये चला। फिर कोच्चप्पन के खा चुकने के बाद ही राजम्मु खाने आती थी।

एक बार झिझकते हुए पूछ बैठी—"हम दोनों मेरे डब्बे से नहीं खा सकते क्या?"

उसका न्यौता स्वीकार नहीं कर पाया। खाने से ज़्यादा मान स्वादिष्ट था।

डब्बा खोलकर बेइज़्ज़त करने के जुल्म में कोच्चप्पन को सज़ा नहीं दी। अगर उसे दंड देता तो बदले में वह सारे स्कूल में उसका ढिंढोरा पीटता। दीदी के कानों में बात पहुँचती। दीदी माँ से शिकायत करती और माँ विलाप करती—"पचास पार उम्र में बदनाम करने के लिये ईश्वर ने मुझे ऐसा एक पूत दिया।"

स्कूल के दिनों में सिर्फ एक बार कोच्चप्पन से झगड़ा हुआ था। उसने मोरी के

पानी में छपछपाकर राजम्मु के कपड़ों पर छींटे छिड़का दिये। कोच्चप्पन अपने से ज़्यादा लम्बा और तगड़ा लड़का है, मगर उस दिन उसे फूले हुए गाल, लाल आँखें और सिर पर सूजन लेकर घर जाना पड़ा।

पून्तोट्टम के बैल खेत में उतरे तो गोविन्दन कुट्टि तन कर बैठ गया। आँधी के वेग से वे थूनी से निकले। दर्शक दंग रह गए। लेकिन दूसरे फेरे में दोनों के सिर लटक गए। माम्पि ने आगे झुक कर एक की पूँछ में दाँत ग़ड़ा दिये तो उसने थोड़ी देर और चुस्ती दिखायी। लेकिन दूसरा फेरा पूरा होने के पहले ही सफेद साँड़ ने घुटना टेका। उसके लड़खड़ाने से जुआ तिरछा हो गया और दायीं ओर का साँड़ नाक के बल लुढ़क गया। पाटे को लपक लेने से माम्पि को चोट नहीं आई। कीचड़ में डूबे माम्पि ने उठ कर बारी-बारी दोनों को पीटा।

शेखर भाई चुप खड़ा देखता रहा।

नीचे से किसी को कहते सुना–

"रस्सी ठीक से नहीं पकड़ी गयी।"

लोग तरह-तरह की राय बता रहे थे।

"खेत में पहली बार उतरे न?"

पून्तोट्टम के बैलों की हार से गोविन्दन कुट्टि को कोई खास परेशानी नहीं हुई। मन खेत से कहीं दूर था। हाथ में छतरी और गले में सोने का हार पहनी एक छोटी लड़की के पीछे बचपन के चरागाहों में घूमने में मज़ा आ रहा था।

गन्दी कमीज़ और हाथ में खाने का डब्बा और घुटनों तक पहनी धोती के साथ चलते उन दिनों में भी कोच्चप्पन के सामने सिर उठा कर खड़ा होने की हिम्मत थी; लेकिन अब–

पिछली बार कोच्चप्पन गाँव आया तो शाम को घूमते हुए घाट पर मुलाकात हुई थी। शरीर में चर्बी चढ़ी है। चेहरा भी सुर्ख हुआ है। इस्त्री की गयी धोती, कमीज़ और पैरों में चप्पल। दाढ़ी बनाने से चेहरे पर हरा रंग चढ़ा है। गालों पर नीली नसों की फड़फड़ाहट स्पष्ट दिख रही है। होठों के ऊपर काली मुलायम मूँछ। सुलगते सिगरेट की गन्ध के साथ पाउडर की खुशबू भी आ रही है।

"क्या हाल है गोविन्दुट्टि भैया?"

उसने यों ही कुशल पूछा।

कोच्चप्पन बड़ा आदमी बन चुका है। सातवें दर्जे के बाद पढ़ाई खत्म करके हल कुदाल लेकर घूमता गोविन्दन कुट्टि उससे बहुत नीचे खड़ा है।

गोविन्दन कुट्टि हँसा।

"कब आया?"

"कल।"

"कितने दिनों की छुट्टी है?"

"परसों वापस जाना है।"

उसने नानी माँ और कुञ्ञुकुट्टि चाची के बारे में भी पूछ लिया। सिगरेट का टोंटा फेंक कर पैकेट आस्तीन के तहों के अन्दर रखने के पहले कुछ याद करके उसने पूछा–

"सिगरेट पिओगे?"

"नहीं, मैं बीड़ी ही पीता हूँ। वह भी अगर हाथ में पैसा रहा तो।"

खेत की तरफ से फिर हल्ला उठा। अब मुतलाली के बैलों की बारी है।

गोविन्दन कुट्टि को देखने की इच्छा नहीं हुई। वह चार फेरा पूरा कर ले और इनाम पाये, गोविन्दन कुट्टि को क्या?

मुतलाली के बैल जोत जीत जाते तो खुश होने के लिये यहाँ मुसलमान लोग हैं। शेखर भाई के बैल जीत नहीं पाये तो दुखी होने के लिये यहाँ के नायर लोग हैं। थाने में या कचहरियों में दोनों के बीच की होड़ सुलह नहीं हुई तो जोत के खेत में वह कैसे समाप्त हो जाए?

सूरज आसमान के शीश पर चढ़ चुका था। बाहर धूप जल रही थी। सुपारी के बागान की हरियाली से शीतलता लेकर हवा का एक नन्हा झोंका आया।

दूर से आती आँधी की फुसफुसाहट, ज्यों कीचड़ के हिचकोलों की आवाज़ आ रही थी।

भूख लगी थी। कुञ्ञोप्पोळ कञ्जी और कटहल की सब्जी बना कर इन्तज़ार कर रही होगी। माँ चाहे कुछ भी कहे, जब से गृहस्थी का भार अपने कन्धों पर आया है, कञ्जी हो या माँड़, दिन में तीनों बार चूल्हा जलता तो है। जब कुमार भाई घर चलाते थे, आषाढ़ में कई दिन बिना चूल्हा जलाये भी गुज़र जाते थे। सुपारी के बागान की सुखद छाया में अधमुँदी आँखों के साथ बैठा रहा तो बचपन की वह अविस्मृत घटना यादों में कौंध गयी।

तब चौथे दर्जे में पढ़ता था। शनिवार। घर में धान नहीं। अनाज खत्म होता तो कुमार भाई चुपके से ससुराल चला जाता। घरवाले खाएँ न खाएँ उनकी बला से।

सुबह कञ्जी नहीं बनी। कुञ्ञोप्पोळ पड़ोस के घरों में माँगने गयी और खाली हाथ लौट आई।

दस बज गये तो माँ ने कहा–"आज पून्तोट्टम में कोच्चप्पन का जन्मदिन है। तुमको बुलाया है।"

विश्वास नहीं आया।

"कब कहा था?"

"जाके पता कर ले।"

माँ गुस्सा हो गयी। "कहते हैं अच्छी चीज़ों से कुत्ते का क्या वास्ता। जा रे, जाके दावत खा ले।"

तब भी सन्देह बाकी था।

"शरमाने की क्या बात है? तेरी बहन का घर है न?"

झिझकते हुए वहाँ गया था। डर इस बात का था कि वहाँ पहुँचने पर अगर कोई पूछ ले कि 'कैसे आए?' तो?

लेकिन उस खतरे का सामना करना नहीं पड़ा। शेखर भाई बरामदे पर था।

बस इतना कहा—"आओ गोविन्दन नायर, आओ।"

शेखर भाई आदत से ऐसा है। लोगों को उनके नामों के साथ नायर, अम्मा आदि जोड़ कर बुलाते हैं। पत्नी को माधवी अम्मा और बेटे को कोच्चप्पन नायर पुकारता है।

माधवी दीदी व्यस्त थीं।

"गोविन्दन कुट्टि, तू इस तरफ आता ही नहीं? नज़दीक ही तो है न? बहुत दिन हुए तुझसे मिलके।"

नाश्ता किया। व्यस्तता के बीच भी माधवी दीदी ने सौ बातें पूछ लीं। जन्मदिन मनानेवाला कोच्चप्पन ऊपरी मंजिल पर था। दीदी ने उसे नीचे बुलाया।

"गोविन्दुट्टि भाई आया है। तू उसे अपने पास बुला ले।"

कोच्चप्पन के साथ घर बाहर घूमा। बहिर्गृह के बाहर राय बहादुर मेनोन के घर से लाये 'लगोन' नस्ल के चूजे को देख रहा था कि अचानक कोच्चप्पन ने पूछा—

"गोविन्दुट्टि भाई, कैसे आना हुआ?"

चुप रहा।

"आज घर में खाना नहीं पका क्या?"

जवाब नहीं था।

कोच्चप्पन, शेखर भाई और माधवी दीदी की नज़रें बचा कर खाने के पहले ही खिसक गया था।

कोच्चप्पन से नाराज़ नहीं हुआ, मगर अपनी माँ पर इतना गुस्सा आया कि उसे कागज़ के टुकड़े की तरह चीर फाड़ डालने की इच्छा हुई।

"बैठे-बैठे सो गया क्या?"

चौंक उठा। खेत का शोर और राजम्मु का हल्का स्वर कानों में लौट आए। घबरा कर उठा तो राजम्मु पास खड़ी थी। काले रंग का ब्लाउज़ और काले रंग में चौड़े किनारेवाली चुनरी। लाल पीले रंगों के धारीदार किनारेवाली नयी धोती पहनी है। आँखें झुकीं तो दायें टखने के ऊपर मुड़ी हुई धोती के नीचे अधोवस्त्र का सफेद सिरा दिखायी दिया।

गोविन्दन कुट्टि ने हँसना चाहा। मगर घबराहट में वह भी भूल गया। चरवाहे लड़कों के खेलते चरागाहों की पगडंडियों में पलते सीलन भरे घास के ऊपर से जिस लड़की को स्कूल तक ले जाया करता था वह एक पल यादों में कौंध गयी। लेकिन

सामने खड़ी कोई लड़की नहीं, पुत्तनकलम की गृहस्थिन थी।

"गोविन्दन कुट्टि की नज़र में कौन सी जोड़ी अच्छी है?"

मालूम नहीं था।

"देखा नहीं।"

"कमाल है। जोत देखने बैठे हो और कहते हो देखा नहीं। याद है, स्कूल के फाटक तक हमें पहुँचा कर तुम जोत देखने गये और परमेश्वरन मास्टर के हाथों पिट गया था।"

हे भगवान! राजम्मु अब भी वे दिन याद करती है। अपने लिये तो स्कूल के दिनों के सुख-दुखों के सिवा याद करने के लिये कुछ है ही नहीं। (कुछ भी भूला नहीं, भूलूँगा भी नहीं।)

"गोविन्दुट्टि, बहुत दिन हुए तुम्हें देखा नहीं।"

गोविन्दन कुट्टि चुप रहा।

यह देख कर राजम्मु की आँखें खेत की ओर हैं, गोविन्दन कुट्टि ने वह चेहरा अच्छ तरह देख लिया। सुबह को लगायी लाल बिन्दी माथे के पसीने में घुल रही थी। पसीने से तर गाल पर कानों के ऊपर से लटकती लट चिपक गयी है।

राजम्मु ने नज़र फेर ली तो गोविन्दन कुट्टि ज़मीन पर देखने लगा।

"सुना कि कुञ्जिक्कालि अम्मा की तबीयत ठीक नहीं। क्या हुआ?"

"बुढ़ापे की है, ज़्यादा नहीं।"

फटेहाल राजम्मु के सामने खड़े होते अन्दर झेंप महसूस हो रही थी–पीली पड़ी धोती, साँवला गया शरीर, हड्डियाँ उभरे बेहज़ामत चेहरे पर सीधे खड़े दाढ़ी के बाल, कदम बढ़ाते समय ज़मीन पर छा जानेवाले भद्दे पाँव–यों शर्मिन्दा हुआ मानो सरे आम नंगा किया गया। कहीं भाग जाने का मन हुआ। पल में कहीं बच निकलने की इच्छा हुई।

"मालकिन मैं जाती हूँ, आपसे जो माँगा था–" राजम्मु की नौकरानी ने पुकारा।

"ठहरो, मैं आई।"

राजम्मु मुड़कर चलने लगी तो एक बेवकूफ ख़याल मन में आया कि शायद विदा लेकर जाएगी, मगर ऐसा नहीं हुआ।

वह कुएँ के पास पहुँची। घौद निकलने को हुए केले के सहारे का खम्भा टूटा हुआ देख कर कुड़बुड़ाने लगी।

गोविन्दन कुट्टि ने मन ही मन सोचा : पुत्तनकलम की मालकिन की नज़रें हर जगह पहुँच रही हैं।

खेत से फिर शोर हुआ। किनारों कोनों से लग कर चार फेरे लगा लेने के बाद मुतलाली के बैल थूनी पर पहुँचे तो कइयों ने कोप्पक्कुट्टि को रुपये और धोती फेंक दिये।

आखिर में सभी जोड़ियों की एक साथ दौड़ होगी। उसके पहले लम्बे अन्तराल का आराम है।

गोविन्दन कुट्टि को और इन्तज़ार करने की इच्छा नहीं हुई। उठ कर धीरे-धीरे चलने लगा। खलिहान के पीछे से बाँस का फाटक लाँघते समय नज़र यों ही पुत्तनकलम के पिछवाड़े की तरफ उठी। कमर पर हाथ टिकाये, आँचल से पंखा किये आँगन में काम करते किसी से बतियाते हुए राजम्मु खड़ी थी।

खेत का चक्कर लगाते हुए जल्दी चला।

फाटक के पास पहुँचा ही था कि खेत से शोर-शराबा सुनायी दिया। पल भर के लिये ठिठका। दूर सड़क के किनारे से कुछ लोगों को मेंड़ की तरफ दौड़ जाते देखा। मन में खटका हुआ। आखिरी दौर की तैयारियाँ इतनी जल्दी पूरी हुईं? या और कोई गड़बड़...?

चाहे कुछ भी हो जाए। पचास-साठ एकड़ की खेतीवाले लोग सार में जोत के बैलों को पाल सकते हैं। जोत में नाम कमा सकते हैं। अपनी बात अलग है। एकड़ भर की ज़मीन जो चार जनों का अन्न था, बालियाँ निकाले खड़ी है। लेकिन उसे काटने के लिये ताषत्त परिवार के मज़दूर नहीं, मम्माली के नौकर जाएँगे। धत्....

पड़ोस के तालाब के निश्छल जल में अपनी बदसूरत परछाईं देख कर किनारे पर बैठा रहा। खेत की ओर से तब भी शोर हो रहा था।

चटाई में सुखाने के लिये डाले गये धान की ओर फिर छाया उतर आयी तो नबीसु खीझ उठी। उस बड़े आम की छाया पल-पल इधर-उधर होती रहती है। धान को जलती धूप में पड़े देख कर राहत के साथ मुड़ते ही चालाक आम की परछाईं ठीक चटाई के ऊपर फिर आ पड़ती है। एक भी आम पैदा नहीं करता। सड़क के किनारे खड़ा है इसलिये सरकार ने नम्बर लगाकर अपनी सम्पत्ति बना ली है। लकड़ी भी नहीं तोड़ी जा सकती। फिर भी उसे कोसने का मन नहीं होता। अब्बा हमेशा कहा करता है—

''तब की आँधी में इसने धोखा दिया होता, तो यह घर ज़मीन में धँस गया होता।''

दोपहर का खाना खा कर माँ के पैरों में दवा लगा देने के बाद कपड़े धोने और नहाने का इरादा था। बारिश के दिनों का क्या भरोसा? शाम तक शायद ज़ोरदार बरसने लगेगी।

चटाई के कोने के धान को एड़ी से रगड़ कर भूसी निकालने के बाद दो-चार दाने मुँह में डाल कर जाँचा। दाने अब भी नरम थे। थोड़ी देर और सेंकना है।

अम्मी के कपड़े भी सोडा में उबाल कर रखे हैं। लेकिन कौए नबीसु के हट जाने की ताक में हैं। वाप्पु का भी कहीं पता नहीं। यह छोकरा कहाँ मरा पड़ा है? दोपहर के खाने के बाद लुंगी को घुटनों पर तहा कर, सिर पर साफा बाँध कर शान से निकल

पड़ा। आठ-दस का लड़का है, मगर उसकी चाल देखो तो—ताषत्त घर के उस नायर लड़के ने उसे सही नाम दे रखा है—सुलतान।

कालिख पुते आँगन की सीमा पर डाँड़ के पास उसने दलहन बोये थे। सहारे की टहनी टूटी पड़ी थी। उसे ठीक कर दिया। बौर आने लगे हैं। माँ को एक भी छूने न दूँगी। हाथ भर लम्बे सेम होंगे। पूरे-के-पूरे सुखाकर अगली आर्द्रा में अहाते भर में बो देना है।

फाटक की बाँस की पट्टियों को थाम कर नबीसु ने सामने फैले खेत की ओर देखा। पुत्तनकलम के सामने जोतवाले खेत में हल्ला मच रहा था। सड़क से गुज़रे दो लोग खड़े देखने लगे और उस ओर दौड़ पड़े। नबीसु ने अनुमान लगाया कि खेत में जोत से बढ़ कर और कोई हंगामा हो रहा है।

वह अन्दर जाकर कोठार के ऊपर सोये अब्बा को जगाने लगी।

"देखो अब्बा पुत्तनकळम के फाटक पर झगड़ा-टंटा!"

(मक्कार कागा, तू नबीसु की आँखों में धूल झोंकने का इरादा छोड़ रे!)

"जोत का शोर है री।" अब्बा ने आँखें नहीं खोलीं।

"नहीं अब्बू, कई लोग दौड़े जा रहे हैं।"

अब्बा आँखें खोल कर कुछ कहनेवाला था, मगर अचानक कुछ याद आया सा हड़बड़ा कर उठा।

"या अल्लाह, गज़ब हो गया।"

नींद से उठने के कारण अब्बू की आँखें जवा के फूल ज्यों लाल दिख रही थीं। सफेद हो रही उमठी मूँछों का एक सिरा नीचे को लुढ़क रहा था। ज्यों ही उन्होंने बायें हाथ से होठ पोंछ दिये, मूँछ फिर खड़ी हो गयी। बचपन में नबीसु के मन में अब्बा की मूँछ पर लटक जाने की इच्छा होती थी।

अम्मी अन्दर कमरे में लेटी थी। जब से बारिश और सर्दी शुरू हुई है, उसके पैर में गठिया की शिकायत हो रही है। शाम होने पर उनको ठंड लगती है। बुखार भी चढ़ जाता है। कुञ्ञुण्णि वैद्य की मालिश लगाती है। दिन में दो बार पुल्टिस भी लगा लेती है। गर्मी में अम्मी को बीमारियाँ परेशान नहीं करतीं। वह घर के काम करती फिरती है। बुखार नहीं, गठिया भी नहीं।

अब्बा ने फाटक पर जाकर देखा। नबीसु भी अब्बा से हट कर बाड़ के द्रवन्ती की टहनियाँ घुमा कर बाहर झाँकी। झगड़ा ही था। थोड़ी देर बाद लोग खेत से बाहर निकले। कुछ लोग फाटक पर जमा हो गये और कुछ मेंड़ से होकर उत्तर की तरफ चले।

"क्या हुआ अब्बू?"

"जाके पूछ ले।"

अब्बा फाटक के सलाखों के ऊपर हाथ रख कर उस ओर गौर कर रहे थे। तभी

नबीसु को वाप्पु की याद आई। या रब्बा, वह कम्बख़्त कहीं झगड़नेवालों के बीच जा फँसा तो क्या होगा?

वाप्पु के घूमने निकलने की बात क्या अब्बा से बोल दूँ? अगर अब्बा का मिज़ाज ठीक नहीं रहा तो आज उसकी शामत आएगी। माँ के सामने रोने-झींकने और शिकायत करने के बाद वह अपना सारा गुस्सा दीदी पर उतार देगा।

''अब्बा से शिकायत करके तू ने मुझे बेकार पिटवाया न? मैं तुझे नहीं छोड़ूँगा।''

उसकी मार-पीट और नोच चिकोटियाँ नबीसु को सहनी ही पड़ेंगी। बदले में कुछ कर भी न पाएगी। माँ देखती तो कहती–

''तू क्या छोटी बच्ची है? सयानी लड़की होकर अपने छोटे भाई के साथ मार पीट करती है।''

सयानी लड़की को सुलतान बन कर घूमते अपने छोटे भाई की मार-पीट चुपचाप सह लेनी चाहिए। उसे हँसने या रोने की इजाज़त नहीं।

बाँस के फाटक के दोनों खम्भों पर हाथ रख कर अब्बा सीधे खड़े हो गए। खेत धीरे-धीरे खाली हो रहा है। बड़ी मेंड़ पर से आये कुछ लोग सड़क से इस ओर आ रहे थे। अब्बा उनसे पूछ लेंगे। झगड़े की बात मालूम पड़ जाएगी। धान सुखाने के मिस चटाई की चारों ओर घूम कर वह आँगन में ही बनी रही।

सड़क से आनेवाले पास पहुँचे तो अब्बा फाटक के बाहर निकला। दोनों कमसिन थे। केले के दालावाला बाँहदार बनियान, तत्कालीन फैशन के अनुरूप मैला जाँघिया बाहर दिखाते हुए पहनी लुंगी, सिर पर रूमाल और होठों पर सुलगती बीड़ी के साथ आगे-आगे चलता युवक तैश में हाथ घुमा-घुमा कर पीछे आनेवाले से लगातार बोलता जा रहा है।

''क्या हुआ बीरान?'' कुञ्जरय्क्कार की पुकार सुन कर लम्बे कदम भर कर चल रहा बीरान ठिठक गया और नापसन्दगी जता कर कुञ्जरय्क्कार को देखा।

''पुत्तनकळम के फाटक पर क्या हुआ?''

बीरान ने हँसी के स्वर में कहा–

''जोत।''

''जोत नहीं, तेरी माँ की...।''

गुस्से से तमतमाती आँखों से बीरान ने पहले अपने साथी की ओर फिर सफेद हो रही उमठी मूँछों वाले उस सख़्त चेहरे की उथली आँखों की ओर देखा। तभी पचपन में भी गठे हुए उस शरीर और छाती के ऊपर लम्बाई में पड़े घाव के निशान की ओर उसकी दृष्टि गयी। उसकी आवाज़ नरम हो गयी।

''कुञ्जरटक्कार भाई, आप क्यों आदमी को काटने दौड़ते हैं?''

"सवाल का जवाब दे। मेरे आगे नखरे मत कर।"

साथी नौजवान ने झट से कहा—"वहाँ झगड़ा हो गया।"

तब बीरान स्वयं घटना का ब्यौरा देने लगा। मुतलाली का हलवाहा कोप्पक्कुट्टि और शेखरन नायर का हलवाहा माम्पि जोत की आखिरी दौर में बेबात बात पर भिड़ गए। कोप्पक्कुट्टि ने माम्पि को हाँकने के डंडे से मारा।

साथी नौजवान ने सुधार दिया—"मार उसे लगी नहीं, हाथ उठते देख कर वह खिसक गया था।"

बदले में माम्पि ने कोप्पक्कुट्टि को मारा तो मेंड़ से कई लोग खेत में कूद पड़े और सबने मिल कर माम्पि को जी भर पीटा। पून्तोट्टमवालों के मकान तक माम्पि को उठा कर ले जाना पड़ा।

"हूँ—सात-आठ लोगों ने मिल कर उसकी पिटाई की?"

"बड़ा तगड़ा है न कम्बख्त, एक-दो लोग मिल कर उसे कुछ नहीं कर सकते थे।" बीरान ने स्पष्ट किया।

"उस वक्त तुम कहाँ थे?" कुञ्ञरयूक्कार ने नरमी से पूछा।

"मेंड़ पर।"

"क्या कर रहे थे?"

"कैसा अटपटा सवाल है" वाली मुद्रा में बीरान ने कुञ्ञरय्क्कार को देखा।

"सात-आठ लोगों ने मिल कर एक को मारा और तुम सब हाथ पर हाथ धरे खड़े देखते रहे?"

बीरान ने लार निगल ली। साथी ने अपने सिर पर डाला तौलिया ठीक कर, बगल में दबाये किताबों का गट्ठा सँभाल कर कहा—"मारनेवाले हमारे आदमी थे।"

"कौन-कौन थे?"

"कट्टि हसन भाई, नुम्ब्रत सेयतालि भाई, कुञ्येन, सब थे।"

कुञ्ञरटक्कार चुप रहा। बस, सख्ती से हुंकार दिया।

दोनों युवक सकपकाये खड़े रहे।

"जा, जा, सड़क पर मिलनेवालों को मार देखने का मज़ा बता दे, चल।"

दोनों फुसफुसाते हुए आगे बढ़े तो कुञ्ञरय्क्कार मन ही मन बोला—

"नामर्द कहीं के।"

चटाई के कोने उठा कर धान के अम्बार लगा लेने के बाद नबीसु उसे फटकनी में बटोर रही थी। अब्बा को अन्दर आते देख कर उसने झिझकते हुए पूछा—"झगड़ा क्यों हुआ अब्बा?"

कुञ्ञरटक्कार ने नहीं सुना।

"ये कम्बख्त गाँव को तबाह करके ही छोड़ेंगे।"

कुञ्ञरटक्कार ने अन्दर जाकर तित्तुम्मा को बुलाया।

"मैं कहता था न तित्तुम्मु, हरामज़ादों का दिल नहीं भरा; खेल अब भी बाकी है।"

तित्तुम्मा उठ बैठी। सिर की ओढ़नी ठीक करके पैरों पर हाथ फेरते हुए खड़ी हो गयी। चटाई के पास रखा खड़ाऊँ पहन कर दहलीज़ पर आ बैठी।

"झगड़ा किसने किया?"

तित्तुम्मा को मालूम है कि परेशान हालत में शौहर की ज़बान पर सवाल का जवाब नहीं, अपने ही ख़याल आएँगे।

"खेलने दे उनको। उनका क्या? मुतलाली रईस है। शेखरन नायर भी पैसेवाला है। मुकदमेबाजी उनके लिये बायें हाथ का खेल है। कुछ लापरवाह मुसलमान हैं; ऐसे ही कुछ हिन्दू भी हैं, थू....।" कुञ्ञरय्क्कार ने घृणा से थूक दिया।

शौहर ऐसे ही बोलता जाएगा। लेकिन तित्तुम्मा को यही जानना है कि किसने किसको मारा।

वाप्पु गुनगुनाते हुए आँगन से बरामदे में चढ़ आया। अब्बा को जागा देख कर गुनगुनाहट कहीं खो गयी। सुलतान का साफा उतार कर वह बड़ी संजीदगी से अन्दर घुसा और अम्मी अब्बा को खबर सुनायी—"पुत्तनकळम के फाटक पर झगड़ा-टंटा हुआ।"

"कौन भिड़े? अच्चु मूत्तान और आल्येमु?"*

वाप्पु की मानो जीभ उतर गयी।

"छोकरे पर क्यों बिगड़ती हो?" तित्तुम्मा ने शिकायत की।

कुञ्ञरटक्कार चुप रहा। बीड़ी सुलगा कर लगातार धुआँ लेते हुए बेटी को बुलाया—

"नबीसु, थोड़ा पानी ला दे बेटी। आषाढ़ में यह कैसी उमस है?"

नबीसु काँच के गिलास में पानी ले आई। एक घूँट पी लिया तो कुञ्ञरटक्कार को लगा कि ज़रा बाजार तक हो आना है। कोई ख़ास काम नहीं था; बस लोगों का गुस्सा देखना है और मस्जिद में नमाज़ पढ़ कर लौटना है। पानी आधा पीकर गिलास नीचे रखते हुए कुञ्ञरटक्कार बाहर निकला। आसमान पर बादलों के उमड़ आने से धूप मन्द पड़ गयी थी।

दूर जोत का खेत खाली पड़ा था। पुत्तनकळम के फाटक पर भी कोई नहीं था। रोपण हुए खेतों में धान के नये पौधों का हलका हरा रंग छा गया था। औरतें दोपहर को ही काम समाप्त करके वापस गयी थीं।

सड़क के किनारे से पेड़ों की छायाओं से होकर आगे बढ़ते समय कुञ्ञरय्क्कार ने पुरानी घटनाएँ याद कीं। मायनकुट्टि को कुछ नायर लोगों ने पीट कर सिर फोड़

---

* पुराने ज़माने के मलाबार के दो नामी पहलवान।

डाला। मामला कचहरी में पहुँचा तो सोचा बात खत्म हुई। लेकिन नहीं, लोगों को फूँक जलाने के लिये एक चिनगारी मिल गयी है। मुतलाली के बैलों को जोत जीतते देखने के लिये सुबह से इकट्ठे हो रहे मुसलमानों को देख कर मन में खटका हुआ था–जोत के जोश में कहीं मारपीट की नौबत न आ जाए। चक्कम्मा के द्वार पर पहुँचा तो अन्दर से नशे में धुत्त आवाज़ आ रही थी।

"वैसे ये टकले माप्ला लोग आये दिन सिर चढ़ने लगे हैं। अपने बाप के पैरों की कसम अगर आज मैं खेत पर होता तो कम से कम एक की आँतें निकाल लेता।

कुञ्जरय्क्कार ने वितृष्णा से एक नजर देखा। वेलु पसीने से तर खड़ा था, उस के पैर ज़मीन पर नहीं पड़ रहे थे।

बरामदे में और लोग भी थे। कुञ्जरटक्कार ने मन ही मन कह दिया–"घर में चूल्हा जले न जले, चार आने हाथ लगे तो इस हराम पर लुटा देना।"

एनु की चाय की दुकान में माप्ला लोगों का जमघट था।

"ऐसा कोई माई का लाल है यहाँ लंगोटी पहननेवाला; मुझे यही देखना है। 'क्यों एनु भाई मैं ठीक बोला न?" बोलनेवाला सुलेमान सड़क पर थूक कर देखा तो कुञ्जरटक्कार सामने खड़ा था। दोनों की आँखें मिल गयीं।

दुकान के आगे निकलते हुए कुञ्जरटक्कार ने अन्दाज़ा लगाया–इस वक्त वह कह रहा होगा–वह जा रहा इस्लाम के नाम पर इस्लाम का दुश्मन।

इस्लाम की ताकत दिखाने के लिये डंडा लेकर पगडंडियों में छिप कर बैठने के लिये कुञ्जरय्क्कार तैयार नहीं।

उस पर पहले से ही इल्ज़ाम लग चुका है कि वह मिलनसार नहीं है।

अपने हाथ का फावड़ा चलेगा तो अपनी हाँडी भरेगी।

आमिना के निकाह के बाद लोगों ने और एक इल्ज़ाम और लगाया है–दाम ले कर बेटी को पठान के हाथों बेचनेवाला हराम।

बोल कुत्ते, बोल।

आमिना बिन ब्याही घर में बैठ गयी तो खेद प्रकट करनेवाला कोई नहीं था। बाड़ के बाहर गुनगुनाते हुए, लार टपका कर गुज़रनेवाले बदमाश लोग माँ-बाप के सीने का दहन और गर्मी नहीं समझेंगे। लड़की का हाथ माँगने आनेवाले दहेज का हिसाब पहले बोल देते थे। उस वक्त सौ रुपये उधार देनेवाला भी कोई नहीं था।

तभी पुल की मरम्मत करने वह पठान आया–अकेला युवक–असगर अली। साठ रुपये महीने पानेवाला। तीन महीने वह गाँव में रहा। कुञ्जरय्क्कार से दोस्ती हो गयी।

उसने सिर्फ घर जमाई न बन सकने की बात की थी। कानों में, गले पर और कमर पर पहनाये जानेवाले ज़ेवरों की बात नहीं की थी।

नसीहत देनेवाले कई आए।

"दूर किसी अनजान देश के एक युवक के हाथों लड़की को सौंप देना क्या ठीक है?"

नसीहत देनेवालों में मौलवी और मुक्री भी थे। तित्तुम्मा भी सहमत नहीं थी।

"तो बेटी को अपनी छाती से चिपका कर रख।"

अपने निर्णय पर पछताना न पड़ा। परदेश में होने पर भी वह सुखी है।

मुँडेर को पार कर घाट पर पहुँचा तो कुञ्ञरटक्कार ने सोचा—इसी जगह पर हिन्दुओं ने मिल करामायन कुट्टि को मार कर सिर फोड़ दिया था। वही आखिरी मुकदमा था। पैरवी के दिन गाँव के कई लोग तिरूर कचहरी में गये थे। मजिस्ट्रेट कचहरी का आँगन लोगों से भर गया था।

सुना है उस दिन मजिस्ट्रेट ने मुतलाली और शेखरन नायर को आगाह करके छोड़ा। क्योंकि उनके अनजाने में गाँव में एक पत्ता भी नहीं हिलता।

इसलिये भविष्य में उन्हें सावधान रहना चाहिए।

दंगे के दिनों में इस इलाके में आपसी गाली-गलौज तक नहीं हुआ था। उन दिनों मुतलाली के वालिद ज़िन्दा थे। वे मक्का में हज़ कर्म करके लौटे थे। बिस्तर पकड़ चुके थे, इसलिये बेटा घर सँभालता था। दंगे की खबरें नज़दीक से भी आने लगीं। घर बार छोड़कर कहीं और निकल जाना पड़ा तो क्या हो जाएगा? लोग दुविधा में थे।

लेकिन बड़े मालिक ने सबको सांत्वना दी—

"कोई कहीं नहीं जाएगा। अल्लाह की दुआ से मैं ज़िन्दा हूँगा तो एक भी मुसलमान अपने हिन्दू भाई को नहीं छुएगा।"

उत्तर से आनेवाले एक गुट के टीले के नीचे पहुँचने की खबर मिली तो मुतलाली ने कारिन्दा को भेजकर उन्हें अपने पास बुला लिया। सीधे वे मुतलाली के आँगन में लाये गये। छब्बीस आदमी थे। छह बकरों को काट कर शानदार दावत का इन्तज़ाम किया गया। बैलगाड़ी भर अनाज अपने कोठार से तौल देने की आज्ञा दी। फिर गुट के मुखिया को अपने पास बुलाया। कन्धा थपथपाकर बोले—"अब मुड़कर मत देखना; सीधे चलते बनो। आसपास हमारे लोग हैं। उनमें से किसी का बाल भी बाँका हुआ तो"—हँसते हुए बोले थे—

"...कण्डत्त कोयस्सन हाजी अपना असली रंग दिखाएगा।"

शाम को उन लोगों का टीला पार कर जाना इलाकेवालों ने राहत के साथ देख लिया था।

"वे असल मर्द थे।"

बेटा घर का मालिक बना तो खुशामद करनेवाले साथ हो लिये। बुजुर्गों की कमाई खूब सम्पत्ति थी। बिन मेहनत की कमाई कचहरी में लुटा देते किसको दर्द होता है?

कुञ्ञरटक्कार पुत्तनकळम के मेनोन लोगों की इज़्ज़त करता है। वे कभी किसी की तरफ़दारी नहीं करते। चार-पाँच पीढ़ियाँ पहले पेरुमपिलाव के अपने खानदान से बँटवारा करके यहाँ आ बसे थे। वे न तो कुञ्ञयमद मुतलाली के खिलाफ हैं, न ही शेखरन नायर के।

कुञ्ञरटक्कार और शेखर नायर बचपन में केले के बागान के मड़ैया में एक साथ पहरेदारी करते थे। उसके भी पहले, कुञ्ञरटक्कार को याद है, बच्चे 'मक्खीभाग' पुकार कर उसकी हँसी उड़ाते थे। उन दिनों पगडंडी के किनारे दुकानें नहीं थीं। घाट के पास एक चाय की दुकान और मुँडेर के पास पंसेरी की एक दुकान मात्र थी। फसल कटे तिल के खेतों में मवेशी को चरने छोड़ कर सब बच्चे आम के पेड़ के नीचे जा बैठते थे।

शेखरन, कुञ्ञरटक्कार और शंकुण्णि जो बाद में ताड़ के ऊपर से गिर कर मर गया, एक साथ खेलते थे। हमेशा शेखरन को 'मक्खीभाग' मिलता था।

आधे पैसे की तीन बीड़ियाँ खरीद कर खेलने बैठते थे।

तीनों एक-एक बीड़ी ज़मीन पर रख देते। ज़मीन साफ होनी चाहिए। (सबसे पहले बीड़ी की जाँच करते हैं कि किसी ने गुड़ लगाकर मक्कारी न की हो।) जिसकी बीड़ी में सबसे पहले मक्खी आ बैठती है, तीनों बीड़ियाँ उसको मिल जाती हैं। बड़ी नाक, गोल-गोल आँखें, और छोटे सिरवाले शेखरन को देखते ही शंकुण्णि बोलता—"कुञ्ञरटक्कार देखो, मक्खी भाग आ रहा है।"

वह ज़माना दिन की नींद में देखे किसी अव्यक्त सपने की तरह अतीत में कहीं दूर है।

जिस दिन शेखरन नायर अमीर होकर लौटा, उसी दिन शुरू हुई मुतलाली के साथ उसकी होड़।

मुतलाली के खेत के पास शेखरन नायर ने जागीर खरीदी। सीमान्त रेखा को लेकर आपसी बैर शुरू हुआ। पहले बाड़ के स्थान को लेकर दोनों कारिन्दों ने बहस की। फिर कुदालों के हत्थों ने मामला तय करने की कोशिश की।

मुतलाली ने ज़िद करके अत्तम के दिन मुसलमानों से खेत जुतवाया। शेखरन नायर ने बदला लिया। ताषत्तेक्कावु (मन्दिर) के उत्सव का जलसा ढोल बजाते, चीखते-चिल्लाते मस्जिद के सामने से गुज़रा। दोनों बातें पहले कभी नहीं हुई थीं। अत्तम के दिन जोतनेवाले मजदूरों और चीखते-चिल्लाते मस्जिद के सामने से गुज़रे मण्णान जाति के लोगों की पिटायी हुई। मुकदमे में मुतलाली और शेखरन नायर ने पानी की तरह पैसे बहाये।

मुतलाली का कारिन्दा नायर जाति का था। हज कर लौटे बड़े मुतलाली के ज़माने से वही कारिन्दा था। उस बूढ़े को खेत की मेंड़ पर दो लोगों ने इसलिये मारा कि वह नायर होकर माप्ला की सेवा करता था।

बाज़ार से गुज़रते हुए कुञ्ञरटक्कार ने ग़ौर किया कि सबकी ज़ुबान पर जोत के खेत पर हुई वारदात की चर्चा है। दोनों ओर देखे बिना कुञ्ञरटक्कार सीधे मस्जिद में पहुँच कर नमाज़ पढ़ने के बाद बाहर निकले। कुछ लोग सलाम बोले। जवाबी सलाम हुई।

मस्ज़िद के बाहर मम्माली का बेटा कुञ्ञुट्टि केले का अधपका घौद कन्धे पर रख कर आता दिखाई दिया।

"रुको कुञ्ञरटक्कार भाई।"

"क्या है? तेरा अब्बा परदेश से लौटा क्या?"

"उनको घर पहुँचे कई दिन हो गए।"

"आपने सुना नहीं? हमारे एनु काका की दुकान में चेक्कुट्टि काका और कोलंकडत्त सुलेमान, सब बता रहे थे कि शेखरन नायर मयमुट्टि काका को मारने के लिये आदमी भेजनेवाला है।"

"मयमुट्टि ने क्या किया?"

"उसी ने तो सबसे पहले माम्पि को मारा था।"

"और बाकी लोग।"

"पहले उसी ने मारा था न?"

"हाँ–वही तो। लेकिन तू क्यों बिफर रहा है?"

कुञ्ञुट्टि दाँत निपोरते हुए बोला–

"इस्लाम में कोई पिट जाए तो हमें बदला लेना चाहिए न?"

कुञ्ञरटक्कार को गुस्सा नहीं, मज़ाक सूझा।

"मुकदमेबाजी के लिये लाल पगड़ीवाले आ पहुँचे तो?"

"मुतलाली है न हमें बचाने के लिये।"

"मर्म पर मार पड़ने से उसकी जान निकल गयी तो?–यह बात और है कि यों आसानी से तुझ जैसों के प्राण नहीं निकलेंगे।–तो किसका नुकसान होगा? तेरे अब्बा का या मुतलाली का।"

"वह सब ठीक है, मगर हम तुम मुसलमान हैं न काका?"

तब कुञ्ञरटक्कार ने मज़ाक का रुख छोड़ दिया।

"तुझसे और तेरे मुतलाली से ज़्यादा इस्लाम की बात मैं जानता हूँ। अपने मालिक से जाकर पूछ, कभी किसी को मारा है या कभी किसी से मार खायी है उसने? तुझ जैसे कुछ बदनसीब हैं न मार खाने के लिये।"

कुञ्ञुट्टि ने हिकारत भरी आवाज़ में कहा–

"डरो मत, आपको कोई कुछ नहीं करेगा।" और वह चल दिया।

"थू–" कुञ्ञरटक्कार अपने रास्ते चला।

कुञ्ञरटक्कार मार-पीट से डरनेवालों में नहीं है। सिर पर साफा बाँध कर,

वीरता का स्वांग रचा कर घूमनेवाले आजकल के छोकरे कुञ्ञरटक्कार के बाजुओं की ताकत से वाकिफ नहीं हैं।

—अरे, जाकर अपने बुजुर्गों से पूछ ले।

सीने पर दायें कन्धे के नीचे एक सीधी रेखा के रूप में पड़े उँगली भर लम्बे घाव के निशान की ओर हथेली अपने आप उठ गयी।

सतह की रेत के बह जाने से पगडंडी में मिट्टी घुल कर कीचड़ बन चुकी थी। निर्जन देहाती पगडंडी से कुञ्ञरटक्कार आगे बढ़ा। एक ओर दीवार ज्यों खड़े केवड़े के पौधों का झुंड पार कर सड़क के किनारे से उसकी लम्बी छाया आगे निकल गयी।

2

गोविन्दन कुट्टि पहुँचा तो कुञ्ञरटक्कार घर पर नहीं था। वाप्पु बरामदे की मुँडेर पर बैठ कर पैर हिला रहा था।

''अब्बा कहाँ गया रे सुलतान?''

''अब्बा मस्जिद में गए।''

शुक्रवार शाम को नमाज़ पढ़ने के लिये कुञ्ञरटक्कार मस्जिद जाया करता है। रोज़ा नमाज़ का क्रम वह कभी नहीं तोड़ता।

आवाज़ सुन कर तित्तुम्मा ने पूछा—

''कौन है वाप्पु?''

''गोविन्दुट्टि नायर आया है।''

तित्तुम्मा सूजे पैरों को खींच कर दरवाज़े पर आई। ''जबसे सावन आया पैरों में सूजन कम होने का नाम नहीं लेती। वह चटाई बिछा दे रे।''

ओरी में लटकाई ताड़ पत्ते की गोल चटाई उठा कर वाप्पु ने मुँडेर पर बिछा दी। गोविन्दन कुट्टि बैठा।

''मानुट्टि का खत आया?''

''एक माह और आठ दिन हो चुके।''

''एक महीना ही हुआ।'' अन्दर से नबीसु ने सुधारा।

''जा री, तू क्या मुझसे अच्छा जानती है? यहाँ से चिट्ठी भेजे एक महीना और आठ दिन हो गए। तुमको याद नहीं क्या? दिन का समय किसी न किसी तरह बीत जाता है, लेकिन रात को फूटी आँख नींद नहीं आती।''

''दो दिनों में चिट्ठी आएगी, डरने की कोई बात नहीं।''

तित्तुम्मा पैर सहला कर दरवाज़े की चौखट से टिक कर बैठ गयी—

''मेरा मन नहीं मानता बेटा, फौज का खाना मौत की दावत है।''

गोविन्दन कुट्टिट चुप रहा। पड़ोस की बुढ़िया का बेटा भारत से बहुत दूर हवाई जहाज़ से चार-पाँच दिनों में पहुँच जानेवाले किसी देश में था। महीने में एक बार चिट्ठी और पैसे घर में पहुँचते थे। डाकिया पत्र पढ़ कर सुनाता था। चार-पाँच दिनों के बाद खत को किसी दस्तावेज़ ज्यों चुन्नट में सँभाल कर बुढ़िया छड़ी टेक कर अहाते की सीढ़ियाँ उतर का आ पहुँचती थी—खत को दुबारा पढ़ सुनने के लिये। एक महीने चिट्ठी नहीं आई। पैसा आया था। तीन दिनों में तार आया। घरवाले रोने-चिल्लाने लगे। तार लेकर पुत्तनकळम की ओर गोविन्दन कुट्टिट भागा था। तार पढ़वा कर लौट आया तो बुढ़िया बुरे समाचार के इन्तज़ार में पथरायी बैठी थी। गला सूख जाने से अचकचाये खड़ा रहा तो उसी ने पूछ लिया—

"मेरा बेटा गया न—?"

"कैसे कहा जा सकता है कि अब्दु जहाँ है वहाँ ऐसा कुछ नहीं होगा।" उसने ठुड्डी पर हाथ टिका कर कालिख लिपे फर्श पर नज़र गड़ाये बैठी तित्तुम्मा को देखा।

अब्दु ने चौथे दर्जे के बाद पढ़ाई बन्द की थी। उम्र में गोविन्दन कुट्टिट से एक साल बड़ा है। जब से सेना में भर्ती हुआ हर महीने बीस रुपये भेजता है।

कुएँ से पानी खींचना, फर्श साफ करना, मिट्टी खोदना आदि कई काम उसे करने पड़ते हैं। पिछली बार छुट्टी पर आया तो उसने कहा था—

"गाँव के नामसझ लोगों के सामने ही शान दिखा सकता हूँ; वहाँ हड्डी तोड़ मेहनत करनी पड़ती है।"

उसने अपनी दोनों हथेलियों के गट्टे दिखा दिये। लोग सोचते हैं कि फौज में भर्ती होने वालों का काम सिर्फ युद्ध करना है। तसल्ली सिर्फ इस बात की है कि अपने बीस रुपये और अब्बा की तरकारी की खेती से किसी तरह घरवाले रोज़ का खाना जुटा पाते हैं।

तभी तित्तुम्मा को झगड़े की याद आई—

"सुना कि खेत में झगड़ा-टंटा हुआ। तुम थे क्या वहाँ?"

"मैंने अभी-अभी अय्यप्पन के मुँह से सुना।"

झगड़े का रुख देख कर नायर पहले ही खिसक गया—माँ के पीछे दीवार की आड़ में खड़ी नबीसु का आधा चेहरा नज़र आया। उसकी हल्की भूरी आँखों में शरारत भरी हँसी थी।

"मैंने आपको जाते देखा था।"

"तेरी तो गिद्ध की आँखें हैं। हर जगह पहुँचती हैं।"

अम्मी ने मुड़ कर देखा तो नबीसु दरवाज़े के पीछे चिपक गयी।

बालों में बाँधा मैला धागा पीछे लटकाये, पैरों में झनझनाता झुमरू पहन कर, ककड़ी के नन्हे फल को कुतरकर तित्तुम्मा के साथ घर आती एक छोटी लड़की अब भी यादों में है। उसको देख कर माँ कहा करती थी—"इस घर में पैदा हुई लड़की है।"

आँधी के दिन उसका जन्म हुआ था। सड़क के किनारे खड़े पेड़ों की डाल

टूट-टूट कर गिरने लगीं तो कुञ्जरटक्कार ने अपनी जचगीवाली बीवी और बच्चों को लेकर फाटक पर आकर पुकारा। माँ ने रसोई के पासवाले कमरे में सोने की इजाज़त दी। सुपारी के बागान में हवा को बाल खोल कर तांडव करते और पेड़ों को चीर-फाड़ डालते देख कर माँ राम नाम का जप कर रही थी। तभी तहस-नहस गिर पड़े सुपारी के पेड़ों के बीच से फाटक तक पहुँच कर उन्होंने पुकारा था।

''मालूम नहीं था कि सुबह तक किस-किस का मरा मुँह देखना पड़ेगा और कौन-कौन बाकी रह जाएगा। उस समय मैंने छूत-छात कुछ नहीं सोचा।''

''उस रात को वहीं तित्तुम्मा ने नबीसु को जन्म दिया।''

''ज़रा पान चबाने की देर में हो चुकी प्रसूति। हमारी औरतें होतीं तो—दाई, धोबिन, नाइन और भी कितने लोगों की ज़रूरत पड़ जाती है!''

कुञ्जरटक्कार के परिवार के वापस जाने के बाद मन्दिर के पुजारी को बुलाकर घर का पुन्नाह किया गया।

सुबह सबकी नज़रें बचा कर खिड़की पर डाली बोरी की टटिया हटा कर अन्दर झाँका। अब भी ताज्जुब होता है कि उस दिन सफेद गूदड़ों के अन्दर हिलती जो नन्ही जान नज़र आयी थी वही आज दरवाज़े पर मुँह गड़ा कर खड़ी नबीसु है।

''वह घर आ जाता तो चैन मिलता। चाहे चावल का माँड़ पीकर रहना पड़े, बेटे का मुँह तो देख सकूँगी।'' तित्तुम्मा ने फिर बेटे की याद की।

''आ जाएगा जल्दी, छुट्टी का समय होने ही वाला है।''

''उसके आने के बाद पट्टाम्पीवाले से नबीसु का रिश्ता तय करना है।''

दीवार पर नबीसु की परछाईं अन्दर की ओर सरकती नज़र आई।

एक को अनजान परदेश में भेज दिया। मैं कुछ कहती तो छोकरे का अब्बा मुझे काट खाने को दौड़ता है। कम से कम इसे, अल्लाह की दुआ से नज़दीक कहीं भेज देने का इरादा है।

फाटक पर कुञ्जरय्क्कार का सिर दिखाई दिया तो तित्तुम्मा चुप हो गयी। बरामदे पर चढ़ने के पहले ही कुञ्जरय्क्कार पूछ बैठा—

''कुछ लोगों को पीटना है, तुमसे होगा क्या?''

गोविन्दन कुट्टि ने भी मज़ाक के अन्दाज़ में ही जवाब दिया।

''किसको मारना है?''

''यहाँ जिन-जिन नौजवानों की नाक सीधी है, सबको मार-पीट की धुन लगी है। तुम से होगा क्या?''

गोविन्दन कुट्टि उठकर चटाई एक ओर सरका कर दीवार के सहारे बैठ गया।

''मारना है तो उसके लिये भी तैयार हूँ।''

''मेरे देखे दो लोगों की पिटाई ज़रूरी है। एक है तुम्हारा जीजा, 'मक्खी भाग'

से अमीर बननेवाला वह नकचढ़ा नायर। जीजा की बुराई सुन कर गुस्सा मत होना। अगर यह काम तुम अपने जिम्मे लोगे तो दूसरे को मैं देख लूँगा।''

झेंप छिपा कर नकली दिलचस्पी दिखा कर गोविन्दन कुट्टिट ने पूछा—

''दूसरा कौन है?''

''पूछना क्या है? मुतलाली ही। उतना दम तो अब भी इन बाजुओं में है।''

सुन कर तित्तुम्मा को बुरा लगा।

''देखो जी, वक्त-बेवक्त मज़ाक नहीं किया करते।''

''तू उधर चुप बैठ। गोविन्दुट्टि नायर, तभी इस किषक्कुममुरि इलाके के लोग चैन से रह पाएँगे। तुमको क्या लगता है?''

गोविन्दन कुट्टिट उस सख्त आदमी के मज़ाक का रस ले रहा था।

''यहाँ के मण्णान, चेरुमन और माप्ला छोकरों ने बहुत मार खायी। अब ज़रा उनको भी चखाना है पिटाई का स्वाद।''

कमरबन्द की जेब से चवन्नी ढूँढ़ निकाल कर मुँडेर पर डालते हुए कुञ्ञरटक्कार वाप्पु से बोला—

''सुना कि काञ्ञिरप्पटि दुकान में एक पीपा किरासन आया है। शीशी लेकर जल्दी जा। चार-पाँच दिनों से रात को चूल्हे के पास बैठ कर खाता हूँ। तुम्हारे घर में क्या इन्तज़ाम है?''

''कूठ का तेल मँगवाकर बत्ती जला लेते हैं।''

वाप्पु ने चवन्नी उठाकर उलटी तिरछी देखा। लटकाये पैर ऊपर खींच कर मुँडेर पर ही बैठा रहा।

बेटे की बेपरवाही देख कर कुञ्ञरय्क्कार नाराज़ हो गया। बायाँ हाथ उठाकर गाँव भर को चौंकाते हुए चिल्लाया—

''दौड़ रे कमबख्त।''

गले में धागा बँधा, पेंदी धँसी हुई शीशी लेकर वाप्पु दौड़ा। बाहर निकलते समय जो साफा अनिवार्य रूप से वह पहन लेता था, वह भी लेना भूल गया।

मिट्टी के तेल की कमी और गुड़ की चाय पीने की लाचारी के सम्बन्ध में कुञ्ञरय्क्कार ने बात की।

वह युद्ध की खबरें जानना चाहता था। लेकिन गोविन्दन कुट्टिट को इसकी कोई जानकारी नहीं थी। गाँव में किसी को भी ज़्यादा जानकारी नहीं है। चाय की दुकान में बैठ कर लोग मंडी से और पोन्नानी के अस्पताल से मिली खबरों का विवरण देते थे। पुत्तनकळम में अखबार मँगाया जाता है। उस घर का नौकर बाहर निकलते समय लोगों को नयी खबरें सुना देता है। कोई शक प्रकट करता तो वह बोलता—''मालिक अखबार पढ़ कर बता रहे थे।''

दुनिया में कहीं-कहीं युद्ध हो रहा है। हवाई जहाज़ से बम डाले जाते हैं, सागर में जहाज़ डूब जाते हैं और लोग मर जाते हैं। कइयों को फौज में नौकरी मिल गयी है। इसके आगे किषक्कुममुरि गाँव में किसी को कोई खबर नहीं। लोगों को यही सवाल परेशान करता है कि किरासन और चीनी का युद्ध से क्या ताल्लुक है?

युद्ध के परिणाम को लेकर उत्सुक रहनेवाले लोग गाँव में बहुत कम हैं। कुन्नत मन्दिर के पुजारी दर्शन के लिये आनेवालों से कहता है–'जर्मन जीतेगा।' जाने क्यों पुजारी जी को जर्मन के मामले में खास दिलचस्पी हो गयी थी। शाम की पूजा के लिये अपने मठ से निकलते वक्त पुत्तनकळम के फाटक पर रुक कर किसी से युद्ध का समाचार प्राप्त कर लेने के बाद ही पुजारी जी मन्दिर की ओर रवाना होते।

"अखबार क्या कहता है? जर्मन आगे ही है न?" सड़क से गुज़रते पुजारी जी का लोग मज़ाक करने लगे थे।

"सुना कि जर्मन का एक जहाज़ डूब गया। क्या यह सच है पुजारी जी?"

"न न सफेद झूठ। उसके जहाज़ को फिरंगी छू भी न पाएँगे। वह है बड़ा होशियार। लोगों को यकीन है कि युद्ध समाप्त हो जाए तो ज़रूरी चीज़ों की तंगी नहीं रहेगी। कहीं भी जाओ एक ही फरियाद सुनने को मिलती है"–

"तब तक युद्ध छिड़ गया न?"

लोगों को ऐसा कहते सुन कर गोविन्दन कुट्टि सोचा करता था–

चाहे युद्ध समाप्त हो जाए या ज़रूरी चीज़ों के दाम कम हो जाएँ अपने घर की तंगहाली में कोई फरक नहीं आनेवाला। गुड़ की चाय और कूठ के तेल का दिया। जिनके आँगन में अपने खेत का धान पहुँचता है उनकी परेशानियाँ कुछ नहीं।

अपनी ज़मीन का अनाज तो मम्माली के आँगन में पहुँचता है। एक बार फिर उसने कुमार भाई को कोसा। बात-बात पर शास्त्रों का वास्ता देनेवाली माँ हमेशा दूसरों को नसीहत देती थी–

"सामूतिरि राजा की शान और मज़दूर कण्डंकोरन के जीवन वाली बात सुनी है न? हमेशा एक बात का ध्यान रखो–जो चोंच में समाये उसे ही चुगो।" लेकिन जब खुद इसे याद करने की नौबत आई, माँ याद नहीं कर पाई।

मेलेप्पुरत्त खानदान की शान के नीचे दब कर भाई की रीढ़ टूट रही है। जाने कितनी देर और वे इसे लाद पाएँगे।"

"क्या है नायर, चुप क्यों हुआ?"

"बस ऐसे ही। मुझे क्यों बुलवाया?"

कुञ्ञरय्क्कार ने उठकर ओरी के छाजन पर खिसका हुआ नारियल का पत्ता उसकी जगह खोंसते हुए कहा–"छोकरे का खत नहीं आया, एक और खत डालें?"

"डालेंगे।"

"नबीसु, लिखने के सामान ले आ, चटाई और पीढ़ा कहाँ है?"

तित्तुम्मा ने चटाई का छल्ला ज़मीन पर बिछा दिया; पीढ़ा कुञ्जरय्क्कार की ओर सरका दिया।

ज़मीन पर चटाई बिछा कर पीढ़े के ऊपर कागज़ रख कर लिखना है। आँखें मूँद कर, छाती पर हाथ फेर कर, बरामदे पर घूमते हुए कुञ्जरय्क्कार बोलता जाता है। तित्तुम्मा एक-एक शब्द पर ग़ौर करती है। दरवाज़े के पीछे से नबीसु भी।

"खुदा की हिफाज़त से बेटा मानुट्टि के लिये अब्बा लिखता है–

ठीक ये ही शब्द लिखने हैं। पहली बार लिखा तो गोविन्दन कुट्टि ने अपनी ओर से सुधार किया–

"प्रिय बेटे।"

लेकिन कुञ्जरय्क्कार ने विरोध किया। "यों लिखना काफी नहीं। उसका एक तरीका है न, उसी तरह लिखो?"

तुम्हारी चिट्ठी न मिलने की हालत में अब्बा और शेष घरवाले परेशान हैं। आशा है खुदा की कृपा से खुशहाल हो। इस बार साग-सब्जी की फसल अच्छी नहीं थी। पौधों के ठंडल में शुरू से ही कीड़े लगे। बस परेशानी में गुज़ारा होता है।

"कब आएगा? ये भी लिखो।"

धीरज की सीमा पर तित्तुम्मा बोल दी तो कुञ्जरय्क्कार ने बड़ी सख्ती से उसे सावधान किया।

"चुप रह। ज़्यादा बक-बक करने की ज़रूरत नहीं।"

आखिर में लिखा कि जितना जल्दी हो सके मानुट्टि का घर आ पहुँचना ज़रूरी है।

"नबीसु के लिये रिश्ता लेकर पट्टांबी से कुछ लोग आये थे।"

गोविन्दन कुट्टि ने मुस्कुराते हुए दरवाज़े की ओर देखा। दबे पाँवों की आहट अन्दर की ओर हटने लगी। कुञ्जरय्क्कार आँखें मूँदे टहलते हुए बोलते जा रहे थे। अतृमान भाई का लाया रिश्ता है। लगता है बात बुरी नहीं। पाँच तोले सोने के गहने माँगे हैं। दूल्हा पट्टांपी बाज़ार में एक छोटी दुकान चलाता है। लगता है गुज़र-बसर की कोई दिक्कत नहीं। लेकिन चार पैसे कहाँ से जुटाऊँ मैं? आगे तेरी मर्ज़ी।"

कुञ्जरय्क्कार ने कागज़ में देख कर इन्तज़ार किया ताकि गोविन्दन कुट्टि पूरा लिख सके।

"इतना काफी है न?"

"हाँ!"

"आने में देर होगी तो रुपये भेजने की–" तित्तुम्मा अपनी बात पूरी नहीं कर पाई कि कुञ्जरय्क्कार की घूरती आँखों ने उसे चुप करा दिया।

"थू...कुम्हार लोगों को पता न चले कि तेरी खोपड़ी के अन्दर क्या है?"

तित्तुम्मा हताश सी सिमट गयी।

"अब ज़रा पढ़ कर सुनाओ। कुछ छूट तो नहीं गया?"

गोविन्दन कुट्टि ने पढ़ सुनाया। कुञ्जरय्ककार संतुष्ट हुआ।

"तहा कर रखो। बेटी नबीसु–"

"उस बक्से के अन्दर पता लिखा कागज़ का टुकड़ा है। ले आ।"

खत लिफ़ाफ़े में डाल कर पता लिखने के बाद कुञ्जरय्क्कार को दिया।

"सुबह छोकरे को भेजूँगा।"

"कल की डाक से गया तो यह कब तक वहाँ पहुँचेगा"–तित्तुम्मा ने पूछा।

"चार दिन काफी हैं।"

"लौटती डाक से जवाब भेजेगा तो शुक्र से शुक्र आठ, शनि नौ, सोमवार को डाकिये के हाथ में चिट्ठी होगी।"

डाक घर तीन मील दूर है। हफ्ते में सिर्फ दो दिन डाकिया इस गाँव में आता है।

ज़ोर-ज़ोर से बातें करते हुए सड़क से गुज़रनेवाले फाटक पर से पुकार उठे–

"सुनो कुञ्जरय्क्कार माप्ला, काञ्जिरप्पटि दुकान में मिट्टी का तेल बेचता है।"

गोविन्दन कुट्टि ने मुँडेर के ऊपर से झाँका। बढ़ई कुञ्जु का कैंसर खाया गाल चमगादड़ के चूसे अरबी आम की तरह दिखाई दिया।

"मैंने वाप्पु को भेजा है, कुञ्जु।"

"हाँ–कम्मल भी है क्या? गज़ब हो गया न! अप्पु कम्मल (शेखरन नायर) और तहसीलदार के बीच कुछ गड़बड़ हो गयी। लगता है लाल पगड़ी वाले आ ही जाएँगे।"

"क्या हुआ?"

"क्या हुआ रे कुञ्जु?"

शेखरन नायर ने 'याददाश्त' के लिये चौधरी के पास आदमी भेजा। चौधरी मुतलाली का पिट्ठू है न? उसने याददाश्त नहीं दी। नारायणन नायर को चौधरी का पद विरासत में मिला था। उसकी सारी जागीरें यहाँ तक कि रहने का घर भी मुतलाली को गिरवी रखा गया था। चौधरी के पद से उसको हटाने के लिये शेखरन नायर ने चाल चली होगी। तब नारायणन नायर के लिये मुतलाली ने जिलाधीश पर दबाव डाला होगा। जागीरें चली गयीं तो क्या, दमे की बीमारी और परिवार के बोझ से परेशान नारायणन नायर अब भी पद पर बना रहता है।

"सुनते हैं दारोगा के पास आदमी भेजा गया है।" 'खबर लानेवाले आगे निकल गये तो कुञ्जरय्क्कार ने सफेद मूँछों पर हाथ फेरते हुए पहलेवाला सवाल फिर दुहराया।"

"तुम कर सकोगे न पिटाई?"

अबकी बार मज़ाक का स्वर नष्ट हो गया था। गोविन्दन कुट्टि उठा।

"कहाँ चला?"

"उस पार! केले की खेती के लिये थोड़ी सी ज़मीन देख रखी है। जाकर बात करता हूँ।"

"इस रास्ते से जाओ। आये दिन वे यहीं से नाव निकालते हैं।"

कुञ्जरय्क्कार के घर के पिछवाड़े नदी में उतरने के लिये सीढ़ियाँ बनायी गयी हैं। यहाँ नदी पतली है। तुला महीने की बारिश में भी रेत का कगार थोड़ा बाकी रहता है।

उतरते वक्त नबीसु को ऊपर चढ़ आते देखा। सीढ़ियों पर एक ही आदमी के लिये रास्ता है। नबीसु को रास्ता देने के लिये वह ऊपर ही खड़ा रहा। ऊपर पहुँचने के बाद ही नबीसु ने गोविन्दन कुट्टि को देखा। नीले किनारेदार ओढ़नी के नीचे सुपारी के नन्हे पत्ते के रंग का वह चेहरा लाज से सुर्ख हो गया।

'पट्टांपीवालों ने देख कर क्या कहा नबीसु?'

नबीसु का चेहरा और लाल हो गया।

"तुम चुपचाप अपने रास्ते चले जाओ नायर।" बुदबुदाते हुए वह जल्दी-जल्दी चलने लगी। मुड़ कर देखा कि नायर चेहरे पर हँसी के साथ वैसे ही खड़ा है। नबीसु को चिढ़ हो गयी। थोड़ी देर के लिये माँ का कहना भूल गयी कि वह एक सयानी लड़की है। मुँह बनाकर घर के अन्दर चली गयी।

मेघाछन्न दिन था। सुबह से आसमान पर बादल घिर आये थे। मूसलाधार बरसने के आसार थे, लेकिन बूँदा-बाँदी ही शुरू हुई थी। कुञ्ञोप्पोळ ने गीले आँगन में गोबर लीप कर द्रोणपुष्पी और लज्जालु के दो गुच्छे तोड़ डाले तो बरामदे में उकड़ूँ बैठा गोविन्दन कुट्टि अनबूझ-सा बहन को देखने लगा।

"आज अत्तम है।"

कोई खुशी नहीं हुई।

बड़ी टोकरी भर कण्णांतलि फूल, छोटी टोकरी भर द्रोणपुष्पी, आँगन में गोलाई में गोबर लीप कर उसे फूलों से भर देने का दिन। बचपन में बड़ी उमंग के साथ इस दिन का इन्तज़ार होता था। उत्तराषाढ़ की सुबहों में चमेली और रंगन के फूलों की खोज में शीशम के जंगलों में घूमता था। लेकिन उन दिनों की याद कर आज मन में बेहद उदासी छा जाती है।

कम्बल ओढ़ कर छड़ी के सहारे कुएँ की ओर से चली आ रही माँ ने हमेशा की तरह एक कहावत सुनायी—"अत्तम काला तो ओणम उजला।"

मगर उजला हो कैसे? कटाई के चार दिन बाद भी मम्माली के मज़दूर धान लेकर नहीं आए। माँ का शास्त्र गलत साबित होने के आसार हैं।

"मम्माली ने क्या कहा?" कुञ्ञोप्पोळ मानों अपने ख़यालों को पढ़ रही थी।

"कुछ नहीं कहा। मैं एक बार फिर पूछ लेता हूँ।"

मम्माली से पूछने का मन नहीं करता था। हिचकता इसलिये था कि पिछली कटाई में दोनों बार की खेती का पगार ले चुका था। तंगहाली समझ कर उसे खुद मदद करनी चाहिए। सुपारी के सौदागर से भी देय से ज़्यादा ले चुका था।

माँ ने सलाह दी—"गोविन्दुट्टि, मैं पहले से कहे देती हूँ। जो धान खरीदना है अभी से खरीद कर ला दे। जब तब पड़ती धूप में सुखाकर चावल निकाल लेंगे, ताकि त्योहार के दिन धान भूनने, कूटने और चावल बनाने की नौबत न आए।"

गोविन्दन कुट्टि चुप रहा। कुञ्ञोप्पोळ खुले बालों को सुलझाते हुए आँगन की ओर देख कर खड़ी थी। उसका चेहरा सँवला गया था। आँखों के नीचे और ज़्यादा काली छायाएँ घुमड़ आयी थीं।

कल रात खाने के बाद बीड़ी सुलगाने के लिये रसोई में गया तो माँ खाने के कमरे में बैठ कर कञ्जी पी रही थी।

माँ दोनों जून कञ्जी ही पीती है। भात हज़म नहीं होता। कुञ्ञोप्पोळ रसोई में नहीं थी। झुलसी लकड़ी से बीड़ी सुलगा कर मुड़ते समय चौके पर रखी हाँडी का ढक्कन यों ही उठा कर देखता था। नीचे चावल के दो-चार सूखे दाने ही बचे थे। कुञ्ञोप्पोळ के पैरों की आहट सुन कर जल्दी बाहर निकल कर ड्योढ़ी की ओर निकल गया था।

कुञ्ञोप्पोळ को यों खड़े देख कर गोविन्दन कुट्टि समझ गया कि घर में चावल नहीं हैं।

उसने कुछ नहीं पूछा; कुञ्ञोप्पोळ ने बताया भी नहीं।

शहतीर के ऊपर से टोपी छतरी उठाकर सिर पर रखा और सीधे अहाते के बाहर निकल कर 'मुच्चिक्काटु' के पार अरबी आमों की कँकरीली ज़मीन से आगे बढ़ा। अतिरालन पहाड़ी की ढलान से लकड़ी काटने की आवाज़ और उसकी प्रतिध्वनि निकल रही थी। अचानक ध्यान आया कि कुमार भाई के बेचे बूढ़े कटहल को लकड़हारा अभी तक काट कर नहीं ले गया।

इक्के-दुक्के अरबी आमों की पलती वह कँकरीली भूमि सिलसिलेवार ऊपर उठ कर पहाड़ियों पर सिर टिकाती है।

सुपारी तोड़ने का काम करनेवाले परङोडन के घर को पार कर आगे बढ़ा तो औरतों और बच्चों की एक टोली पगडंडी से हड़बड़ाती नज़र आई।

उस पार की बंजर भूमि पर नारियल के पत्तों की बनी झोंपड़ी के द्वार पर पीप भरे रिसते घावों पर मँडराती मक्खियों को कोस कर ओढ़नी से शरीर ढँक कर बैठी कोढ़ी पारु बुढ़िया पुकार उठी—

"कहाँ भागी जा रही है, एचमू?"

किसी ने जवाब नहीं दिया।

"कोई नुमाइश देखने चले क्या?"

गुज़रनेवालों में से किसी ने भी जवाब देना ज़रूरी नहीं समझा। कुंजु बढ़ई के द्वार पर रुक कर एक औरत पुकार उठी–

'चीरु दीदी, चीरु दीदी, वेट्टत्त कम्मल के अहाते में ताड़ कट रहा है। चाहो तो आ जाओ।'

कोढ़ी पारु बुढ़िया ने एक बार फिर पुकारा–"सब मिल कर कहाँ चले जा रहे हैं री?" किसी ने ध्यान नहीं दिया।

"कहते हैं मंड़दार ताड़ है।"

टोली के सदस्यों की संख्या बढ़ती गयी। सब पगडंडी में उतरे। पारु बुढ़िया मक्खियों को भगाते-कोसते अपने आप कह रही थी।

"कुछ पूछो तो किसी की ज़बान नहीं खुलती।"

नारियल के जीर्ण पत्तों से ढँकी वह झोंपड़ी और कोढ़ से खुरची गयी वह बुढ़िया मौत के निर्दय उपहास के रूप में हमेशा वहाँ हाज़िर थी।

जिस दिन पहली बार स्कूल गया पारु बुढ़िया वहाँ बैठी दिखायी दी थी।

तब भी वह बहरी थी। अहाते की सीमा पर खड़ी चट्टान के ऊपर घावों को खुजलाते हुए धूप सेंकने बैठी उस भयानक सूरत से डर लगता था।

बाद में घृणा ने डर की जगह ले ली। उस ओर सीधे देखने का भी मन न करता था। गर्मी के दिनों में चरागाहों के नीचे पहुँच कर, जामुन के फल झड़ते ढलानों से होकर यहाँ तक पहुँचता तो आँखों की कोर से एक नज़र देख लेता था। झोंपड़ी के सामने शरीर को पूरा ढँक कर बैठी वह सूरत हमेशा दिखाई देती थी–पारु बुढ़िया।

सींग मारने को दौड़ते भैंसों और पागल आदमियों से ज़्यादा राजम्मु पारु बुढ़िया से डरती थी।

"देखो वह आती है, मुझे डर लगता है।"

"वह बुढ़िया तुझे कुछ नहीं करेगी। उसे कोढ़ है।"

मम्माली के फाटक पर पहुँचा तो उसके बड़े बेटे को देखा।

"अब्बा घर पर हैं क्या?"

"हैं शायद।"

मम्माली अहाते में था। सुपारी के बागान की सीमा पर खड़े आम के पेड़ के ऊपर बाँस टिका कर एक चेरुमन छोकरा पेड़ पर चढ़ाई काली मिर्च की बेल से गुच्छे तोड़ कर नीचे डाल रहा था।

"आओ गोविन्दुट्टि नायर। कैसे हो?" ज़मीन पर गिरते गुच्छे इकट्ठे करते हुए मम्माली ने कुशल पूछा।

आधी बोरी मिर्च एक इसी पेड़ से मिलता था। लेकिन इस साल, लगता है, टोकरी भर भी नहीं मिलेगा। उस 'पोड्येनि' पेड़ के ऊपर से भी तोड़ लेना रे। एक

भी गुच्छा बाकी न रहे। चुन कर बरामदे में डाल दे।

"गोविन्दन नायर बैठो न।"

"रहने दो।"

"कैसे आना हुआ?"

कटाई, फसल और अकाल की भूमिका बाँधने के बाद धान की बात कहने का विचार था। मम्माली जानता है कि आनेवाले को क्या चाहिए। घुमा-फिरा कर बोलने से खुद बेवकूफ बनना पड़ेगा।

"एक बोरी अनाज दो मम्माली।"

मम्माली को कुछ कहने का अवसर न देकर उसने अपनी बात बतायी–

"घर में एक दाना भी नहीं। ओणम है न।"

मम्माली सूखे पत्तों के बीच से मिर्च के गुच्छे चुनते हुए बिना सिर उठाये बोला–

"इस बार फसल अच्छी नहीं हुई गोविन्दुट्टि नायर।"

फसल बुरी नहीं थी। आते-जाते अपने खेत की पकी बालियों को सहलाये बिना एक भी दिन न गुज़रा था।

"खेत पर खड़ी थी तो बालियाँ अच्छी दिखती थीं, मगर माँडने पर ज्यादातर भूसी निकली। मज़दूरी और बीज के दाने मुश्किल से मिले।"

"अगर तुम मदद नहीं करोगे तो इस बार हमारा ओणम...।"

मम्माली गुच्छे चुनना खत्म करके सीधा हो गया। अनजान की मुद्रा बना कर पूछा–

"पिछली कटाई के हिसाब में कितना बाकी है गोविन्दुट्टि नायर?"

"बाकी कुछ नहीं, वह मुझे मालूम है। हिसाब का धान माँगने नहीं आया मैं।"

गोविन्दन कुट्टि को लगा कि उसके सामने छोटा होते-होते वह ज़मीन पर धँसा जा रहा है।

"एक बोरी धान दे दो तो बड़ा उपकार होगा। अगली कटाई में हिसाब बराबर कर लेना।"

मम्माली ने थोड़ी देर सोचने के बाद जवाब दिया–

"गोविन्दुट्टि नायर, अपने पास है तो मना नहीं करता। फसल अच्छी नहीं थी। इसीलिये कहता हूँ। मेरे पास नहीं है।"

मालूम हो गया कि अब दुबारा पूछना बेकार है।

"अच्छा!" बस इतना कहकर जाने को मुड़ा तो मम्माली बोला–

"बुरा मत मानना, मेरे पास नहीं है।"

"बुरा क्यों मानूँगा?"

वह मुड़ चला। फाटक के बाहर पहुँच कर उसने अपने कदम तेज़ कर लिये। बूँदा-बाँदी बन्द हुई थी। आसमान उजला हो चुका था। कँकरीली ज़मीन के अरबी

आमों के बीच की खाली जगहों में धूप की चमकती गीली झिल्लियाँ पड़ने लगी थीं।

अत्तम उजला हो रहा है। माँ का शास्त्र सच होने जा रहा है। इस साल का ओणम काला होनेवाला है।

गली पार कर परङोड़न के अहाते के बाहर पहुँचा। डाँड़ की 'चेलन्नी' की झुरमुटों के पास चट्टान के ऊपर पारु बुढ़िया गंदा चिथड़ा ओढ़ कर धूप खाने बैठी थी।

पहले कभी उस बुढ़िया से ऐसी घृणा नहीं हुई थी।

कम्बख़्त, मरती भी नहीं। सौ साल बाद एक श्रावण महीने में इस रास्ते से गुज़रनेवाले लोग उसे इसी चट्टान के ऊपर गीली धूप में बैठ कर मक्खियों से घिरे अपने घावों को सहलाते देखेंगे।

घर लौटने का मन न हुआ। सामने दो रास्ते हैं। सीधे पून्तोट्टम में जाकर माधवी दीदी से माँग सकता हूँ। लेकिन फिर कुछ सोचकर वह रास्ता छोड़ दिया। दीदी शेखर भाई से पूछे बगैर नहीं दे पाएगी। पूछने पर ज़रूर मिलेगा, मगर वह उधार नहीं होगा, लौटा नहीं पाऊँगा। बेइज़्ज़ती होगी।

पुत्तनकळम में जाकर कुट्टिशंकर मेनोन से माँगने पर भी मिल सकता है। कुट्टिशंकर मेनोन गोविन्दन कुट्टि को जानता है। उसके घर की हालत से वाकिफ़ भी है। लेकिन पुत्तनकळम में जाकर धान उधार माँगना–

भात के दो चार सूखे दाने मात्र चिपके एक हाँड़ी का चित्र मन में उभर आया। उसी वक्त तय किया, कुट्टिशंकर मेनोन से मिलना ही होगा।

पुत्तनकळम के अहाते की सीमा पर पहुँचा तो कण्डंकाली को ताड़ के पत्ते काटते देखा।

"कहाँ चले छोटे मालिक?"

"कुट्टिशंकर मेनोन से मिलना है।"

"तंपुरान घर पर नहीं है। तड़के उठ कर कहीं गए।"

गोविन्दन कुट्टि दुविधा में खड़ा रहा।

"बड़े मालिक हैं।"

नाणप्प मेनोन से मिलना बेकार है। गोविन्दन कुट्टि को वह नहीं जानता। बहुत सालों तक वह पैनांक या सिंगप्पूर में था। अब सेवानिवृत्त होकर गाँव लौट आया है। घर में वही बुज़ुर्ग है, लेकिन कुट्टिशंकर मेनोन ही घर सँभालता है।

"कण्डंकाली, वे कब तक लौटेंगे?"

लेकिन कण्डंकाली को मालूम नहीं कि मालिक कहाँ गये हैं।

"दोपहर तक आ जाना चाहिए। ज़्यादा दूर नहीं गये होंगे।"

वह सीधे लौट चला। घर पहुँचा तो कुमार भाई को घर की देहली पर बैठा देखा।

शायद कटहल का पेड़ कटवाने आया होगा। पहले बूढ़े कटहल से शुरू करने दे। उसके बाद काटने लायक कोई पेड़ बाकी नहीं है। फिर भी कय्याला के चबूतरे के पीछे खड़ा काजरा, नए-नए फल लगा आम का पौधा, और डाँड़ पर खड़े मौलसिरी का पेड़ भी एक-एक करके लकड़ी के दाम बेचा जा सकता है। टोपी छतरी ओरी में घोंस कर नज़र झुकाये बरामदे से अन्दर जाते वक्त भाई की ओर नहीं देखा।

ड्योढ़ी के दरवाज़े के पास चटाई पर माँ सिर झुकाये बैठ कर पैर दबा रही थी।

आदत के खिलाफ माँ चुप थी। कुञ्ञोप्पोळ से धान न मिलने की बात बोल दूँ? बोलना ही अच्छा है। कुञ्ञोप्पोळ पानी भरे मलसी के मुँह पर ढीला बँधे पतले कपड़े में कूटे हुए ताड़ का गूदा डाल कर हाथों से रगड़-रगड़ कर मंड निकाल रही थी।

खिसियाई सी कुञ्ञोप्पोळ उठी मानो उससे कोई गलती हुई।* ''पड़ोस से एक टुकड़ा मिला। लगता है मंड बहुत है।''

गोविन्दन कुट्टि ने अनुसना कर दिया। ''मम्माली के पास गया था। वह नहीं देगा।''

कुञ्ञोप्पोळ मंड लगे हाथों की ओर देख कर चुपचाप खड़ी रही।

बाहर निकलने लगा तो डरती झिझकती सी कुञ्ञोप्पळ ने पुकारा—

''गोविन्दुट्टि—''

वह रुक गया। दोपहर को क्या करेंगे? मेरी तो कुछ समझ में नहीं आता। भाई भी आ गया है न? कञ्ञी ही सही, घर के मर्दों के लिये दोपहर को थोड़ा परोसे बिना एक दिन गुज़र जाए, पहले कभी ऐसा नहीं हुआ।

''पेट सिर्फ मर्दों के नहीं होते कुञ्ञोप्पोळ। मैं पुत्तनकळम में भी गया था, एक बोरी अनाज उधार माँगने के लिये। लेकिन मेनोन वहाँ नहीं है।''

ड्योढ़ी की ओर चला तो अन्दर घृणा का बाँध टूट रहा था। आम और कटहल को बेचकर कुमार भाई को ससुराल में बीवी बच्चों का खर्चा उठाने दे। यहाँ की औरतें ताड़ का मँड निचोड़ कर और यहाँ के मर्द अनाज के लिये दर-दर भटकते—

आज अभी इसी क्षण कुमार भाई से दो टूक बात करनी है। अर्से से अन्दर बहुत कुछ घुमड़ रहा था। बेटे के ताल से ताल मिलाती बुढ़िया को भी सुनने दे।

ड्योढ़ी में पहुँचा तो कुमार भाई को कहते सुना—

''अपने मृत पिताजी के पैरों की कसम। आगे उस घर की चौखट के अन्दर कदम नहीं रखूँगा।''

माँ चुप थी।

''छेड़ने से चेरा* भी काटता है। मैंने इधर-उधर से उधार लेकर हड्डी तोड़ मेहनत करके अब तक बीवी-बच्चों का खर्चा उठाया और...''

---

* गरीब लोग ही ताड़ पत्र के तने से मंड निकाल कर पका लेते हैं।

* चेरा—विषहीन साँप जो नहीं काटता।

"लेकिन इसमें बीवी-बच्चों का क्या दोष?"

"औरों के सामने, घर के और दामादों के होते बूढ़े ने मेरी बेइज़्ज़ती की और उसने चूँ तक नहीं की।"

"मर्दों के बीच क्या औरतें ज़बान खोलती हैं?"—माँ झुँझलायी।

"अगर उसे मेरी कदर है तो मेरे साथ निकल आना चाहिए था। मैंने कहा भी था मेरे साथ चलने को।"

गोविन्दन कुट्टि समझ गया कि कुमार भाई ससुरालवालों से रूठ कर आया है।

गोविन्दन कुट्टि को देख कर भाई ने ज़बान रोक दी।

माँ का चेहरा भाई के चेहरे से ज़्यादा उतरा हुआ था।

बरामदे पर शहतीर को थाम कर गोविन्दन कुट्टि खड़ा रहा।

बूँदा-बाँदी फिर शुरू हुई थी। सुबह आँगन में गोबर लीप कर जहाँ फूल डाले गये थे वहाँ मिट्टी और गोबर मिल कर बनी गन्दगी में फूल गायब हो चुके थे।

कुमार भाई ने माँ के मिस अनुज को सुनाने के लिये कहा—

"मेरे यहाँ रहने से तुम लोगों को घबराने की कोई ज़रूरत नहीं। मैं खुद अपने पैर घिसा कर किसी तरह गुज़ारा कर लूँगा।"

गोविन्दन कुट्टि को भाई के शब्द निगल लेने पड़े। कुमार भाई कोर्ट कचहरी के मामले और दस्तावेज़ी का काम जानता है। वह किसी तरह गुज़ारा कर लेगा।

माँ हमेशा की तरह दर्शन बघारने लगी।

"जो अपना है उसे ही अपना कह सकोगे।"

कुछ क्षणों के बाद माँ की झड़ी टेकने की आवाज़ तेक्किनि की ओर हट गयी। बरामदे में दोनों भाई शेष रह गए।

"अरे, अब खर्चे कैसे चलते हैं?"

कई दिनों के बाद भाई के मुँह से ऐसा एक सवाल सुनने को मिला था। घृणा की जगह गोविन्दन कुट्टि को थोड़ी तसल्ली हो गयी कि बोझा उतारने के लिये एक कन्धा मिल गया है।

"गोविन्दुट्टि, मैं तुमसे पूछ रहा हूँ।"

"आज इस घर में चूल्हा नहीं जला।"

कुमार भाई ने आगे कुछ नहीं पूछा। देखा कि चुन्नट से कागज़ की पुड़िया खोल कर गिन रहा है। पाँच रुपये का एक नोट और तीन-चार एक-एक रुपये की रेज़गारी।

फिर अन्दर को मुखातिब होकर ज़ोर से पुकार उठा—

"कोई है वहाँ? काळि बुढ़िया या उस चेरुमा छोकरे को ज़रा बुलाओ।"

अहाते की डाँड पर जाकर कुञ्ञोप्पोळ ने अप्पु को पुकारा।

"अप्पु, जा कर काळि बुढ़िया को बुला ला।"

ज़ोर से अप्पु की पुकार सुनी—"काळी...पू...य।"

रसोई के पिछवाड़े काळि बुढ़िया के पैरों की आहट सुनायी दी तो माँ ने उससे कहा–

"काळि, मालिक ने बुलाया। ड्योढ़ी पर जा।"

कुमार भाई बरामदे में उतरा।

'इल्लम से दो परा धान खरीद ला। ले, छह रुपये हैं। पानवाली पुड़िया में रख कर खो न देना। सुनते हैं वहाँ परा के तीन रुपये दाम हैं। मगर धान अच्छा मिलेगा; भूसी नहीं होगी। टोकरी लेकर जल्दी जा।"

कुमार भाई सन्तुष्ट सा बरामदे में टहलने लगा।

"बागान बंजर सा दिख रहा है। सावन में केले के कुछ पौधे रोप दिये होते! बागान के केले बेच कर इस घर के बाहरी खर्च चल जाते थे।"

कुमार भाई ने सुपारी के पेड़ के सूखे सिरों की ओर देखा। कय्याला के पीछे उगी पेठे की फलहीन बेल की ओर भी उनकी नज़र गयी।

"सुपारी का हिसाब लिख रखा है क्या?"

गोविन्दन कुट्टि हुंकारा।

"दिखा ज़रा।"

ऊपरी मंज़िल के दायें कमरे में रखे सन्दूक से नीले जिल्दवाली एक पुरानी कापी उठा लाया। कुमार भाई चाँदी के रंग का फ्रेमवाला चश्मा लगाकर हिसाब देखने लगा तो ख़याल आया–

ताषत्त खानदान का शासन छोटे के हाथ से बड़े के हाथ में हस्तान्तरित हो रहा है।

अन्दर भूख की लपटें उठ रही थीं। करने को कुछ नहीं था।

वह फाटक के बाहर निकला। सूरज सिर के ऊपर पहुँच चुका था, लेकिन धूप गरम नहीं थी। बारिश में भीगे फाटक के पास रुक कर खेत की ओर देखा। धान के पौधे जड़ पकड़ चुके थे और रंग भी गाढ़ा हो गया था। हवा में खेत के ऊपर चमकती पीली धूप हिचकोले ले रही थी मानो किन्हीं अदृश्य पाँवों पर पहनी नयी धोती का ज़रीदार किनारा आगे को खिसक रहा हो।

अन्दर कहीं ओझल पड़ी एक तस्वीर दूसरों से छिपा कर पल भर के लिये बाहर निकाल कर देखा। नींद में ज्यों एक मुस्कान होठों पर छा गयी।

बागान में झड़े अनपके सुपारी चुनकर आता अय्यप्पन खँखार कर रुक गया। वह अपनी हाज़िरी दे रहा था ताकि मालिक को छूत न लगे।

"तू जा रे।"

यों ही मेंड़ पर उतरा। मेंड़ों पर बेकार घूमते हुए काळि के वापस आने, धान भून कर कूटने और कञ्जी पकाने के समय का मन ही मन हिसाब लगाया। कुमार भाई की वापसी, मम्माली, ताड़ के तने से मांड़ निकालती कुञ्ञोप्पोळ–सबके बारे में सोच

कर चला। साथ ही एक बच्चे की लालच से केले के पत्ते पर भरपूर परोसे भात और शोरबे की भी कल्पना की।

ख़यालों में खोकर चला और आखिर कुञ्जरय्क्कार के घर के सामने पहुँच गया।

"दीदी आपने बुलाया?"

मीनाक्षी ने कमरे के दरवाज़े पर जाकर पूछा।

"तू क्या कर रही है वहाँ? वह पानदान ज़रा ले आ।"

"अब पहले जैसे हाथ-पाँव कहाँ चलते काकी। इस लड़की की मदद से किसी तरह चला लेती हूँ।"

"कौन है यह?"

"हमारे किट्टुण्णि भाई की बेटी है न? पिछले मकर महीने से वह मेरे साथ है।"

"अच्छा हुआ, कोई ग़ैर तो नहीं है न?"

"मैंने कोच्चप्पन के पिता से कहा था—ग़ैरों को देने से अच्छा है अपनों को देना।"

मीनाक्षी पानदान ढूँढ़ लायी और इट्टिटच्चिरि अम्मा की ओर देख कर मुस्करायी। बुढ़िया माधवी दीदी के मायके के पड़ोस में रहनेवाली है। बचपन में कभी मीनाक्षी उस घर में गयी थी। कई साल पहले की बात है। बुढ़िया का एक बेटा फ़ौज में था। उसकी मौत की खबर लेकर तार आया था।

"मैं तुझे पहचान न सकी। नन्ही-सी उम्र में तुझे देखा था। यह सुपारी ज़रा पीस दे री!"

सिलबट्टे के ऊपर रख कर सुपारी पीस लायी तो बुढ़िया खुश।

"मैं न, मन्दिर से लौट रही थी। महीने का पहला शुक्र है न? इधर से गुज़री तो सोचा बहुत दिनों से तुम लोगों से नहीं मिला। मेरी ही गोद में पले बच्चे हैं।" इट्टिटच्चिरि अम्मा ने पिछले दिन याद किये। पड़ोसी होने से दोनों परिवार के लोग खूब हिल-मिल कर रहते थे। माधवी अम्मा, पारुक्कुट्टि और कुमारन नायर का अपने आँगन में खेलना बुढ़िया को कल की बात ज्यों याद है।

मीनाक्षी दरवाज़े के पास खड़ी सुनती रही।

"तुम तो मायके में आती नहीं। इसलिये हम जैसों को देखने का मौका ही नहीं मिलता।"—इट्टिटच्चिरि अम्मा ने फरियाद की।

"समय नहीं मिलता काकी; बोलो तो दस कदम की दूरी है, लेकिन क्या कहना? माँ की तबीयत खराब हुई तो थोड़ी देर के लिये हो आयी थी।"

फिर मीनाक्षी दीदी अपनी परेशानियों का ब्यौरा देने लगी। रोज़ घर-बाहर दस-बारह नौकर काम करते हैं। इतने लोगों के लिये खाना बना देना क्या मामूली काम है?

इट्टिटच्चिरि अम्मा ने सिर हिला कर हामी भरी।

''किले की तरह इस विशाल घर की झाड़ू पोंछ करना और जाले निकालना भी कम मुश्किल काम नहीं है।''

''एक 'करकट संक्रमण' को पूरे घर की सफाई क्या की, मेरी हड्डी पसली टूट गयी। चौका बर्तन नौकरानियाँ करती हैं; लेकिन उनसे काम करवाने के लिये एक मैं ही हूँ न?''

''ठीक कहा, अपनी देख-रेख का अलग ही फायदा है।''

मीनाक्षी को अक्सर ऐसी बातें सुनने को मिलती हैं। पान खाने और यों ही बातें बघारने के इरादे से अपने पास आती औरतों के सामने माधवी दीदी को घर-गृहस्थी के झंझटों को गिनते वह कई बार सुन चुकी थी।

''शेखरन नायर नहीं है क्या घर में?''

''बाज़ार में हैं। सुबह नहाने के बाद बाज़ार चले जाते, तो फिर शाम को ही लौट पाते हैं। वक्त-वक्त का खाना वहाँ भिजवाना है। वहाँ कोई न कोई आता रहता है। चाय का पानी हरदम चूल्हे पर रखना पड़ता है।'' ताँबे की पीकदान में थूक कर होठ पोंछते हुए माधवी अम्मा बोली–

''ओह! मैं तो भूल ही गयी; मीनाक्षी, इट्टिटच्चिरि अम्मा के लिये एक गिलास चाय बना दे।''–इट्टिटच्चिरि अम्मा ने शिष्टाचारवश 'न' कहते हुए उस ज़माने की याद की जब लोग चाय नहीं पीते थे।

''आज ज़माना ही ऐसा है कि दुधमुँहे बच्चों को भी सुबह-सुबह चाय चाहिए।''

''अपनी-अपनी आदत है। मेरा कोच्चप्पन चाय नहीं पीता। उसे काफी ही पसन्द है।''

मीनाक्षी ने रसोई में जाकर चाय बनायी।

खाना खाकर थोड़ा सुस्ताने का समय है। ''उसी वक्त आ धमकेगा पड़ोसिन या रिश्तेदार बन कर कोई।'' मन ही मन इट्टिटच्चिरि अम्मा को कोसा भी।

बड़ा लोटा भर चाय सामने रख दी। इट्टिटच्चिरि अम्मा खुश होकर हँसी।

''बच्चों को मना करती हूँ, लेकिन मुझे इसके बिना सिरदर्द सा महसूस होता है।''

मीनाक्षी की हँसी फूटी। इट्टिटच्चिरि अम्मा को गट-गट चाय के घूँट पीते देख कर वह रुकी रही तो माधवी दीदी ने याद दिलाया–

''तू यहाँ खड़ी होकर बातें ही सुनती रहेगी या रात के खाने का कुछ इन्तज़ाम भी कर देगी।''

तड़के उठकर दिया जलाने से शुरू हो कर आधी रात को सीढ़ियों के नीचे चटाई पर कमर सीधी करने तक काम ही काम है।

शेखर मामा बाज़ार से देर से लौटते हैं। बागान के पेड़ों के बीच से लालटेन की रोशनी देख कर माधवी दीदी याद दिलाती–"गुसलखाने के चूल्हे में फिर से आग सुलगा ले।"

आगे-आगे लालटेन लेकर माक्कुण्णि। अक्सर कोई न कोई साथ होता है। उससे बातें करते-करते शरीर पर तेल लगाते हैं। मात्र लँगोटी पहन कर शरीर पर तेल मलते हुए आँगन में टहलते हैं। बीच-बीच में अन्दर को मुखातिब होकर तरह-तरह के आदेश भी देते रहते हैं।

"माधवी अम्मा, कल मेरा उपवास है। भूलना मत।" माधवी अम्मा, कोच्चप्पन नायर–बीवी बेटे का यही सम्बोधन है।

गुसलखाने में रखा मूँग का उबटन ठीक से नहीं पिसा है तो 'मीनाक्षी अम्मा' को बुलाता है।

जब तक नहा कर लौटते हैं पूजा के कमरे में दिया जलाये रखना है और थाली में भभूत भी। जप के बाद सीधे खाने पर बैठ जाते तो मीनाक्षी जल्दी अपने काम निबटा कर सो सकती है। लेकिन कई-कई दिन ऊपर के कमरे में दुबारा 'भभूत लगाने' जाते तो उनके वापस सीढ़ियाँ उतरते तक मीनाक्षी ऊँघ-ऊँघ कर गिर पड़ने की हालत में पहुँच जाती।

दुबारा भभूत लगाने के लिये ऊपर गये तो माधवी दीदी को खुद इन्तज़ाम करना पड़ता है। तश्तरी में तले हुए अंडे लेकर ऊपर जाते समय वे मीनाक्षी को एक बार फिर याद दिलाती हैं–

"बालों को यों खुला मत छोड़। कहीं खाने में कोई रेशा पड़ गया तो आज हंगामा हो जाएगा।"

पिछले 'मकर' महीने में यहाँ आयी थी। इस बीच एक बार घर हो आने का भी अवकाश नहीं मिला। माँ कभी-कभी यहीं आकर देख जाती है।

पिता की मृत्यु के बाद माँ को बाहर काम करने जाना पड़ा। "अपने हाथ-पैर चलें तो अपना पेट भरे।"–माँ.हमेशा कहा करती है। इल्लमवालों ने मदद की। कूटने के लिये अनाज घर में पहुँचा देते। उबालने के बाद सुखा कर ऊखल में कूट कर भूसी निकाल देना है। चावल तैयार होता है तो कारिन्दा गोयिश्शार आकर पाँच तौल धान के तीन तौल चावल ले जाता है।

आए दिन माँ पहले जैसे काम नहीं कर पाती। मूसली उठाते पसलियों में दर्द होता है।

पिताजी शेखर मामा का रिश्तेदार है। शेखर मामा के साथ रहा करते थे। सुना है शेखर मामा के लिये ही वे कुञ्आलिक्कुट्टिवाले मुकदमे में मुजरिम बन गए थे।

पिता की मृत्यु के बाद उनका छोटा भाई नारायण चाचा कभी-कभी हाल पूछने आया करते थे। पून्तोट्टम में माधवी दीदी की मदद के लिये एक लड़की की तलाश

हुई तो नारायण चाचा ने ही मीनाक्षी का नाम सुझाया था–

"हमारे किट्टुण्णि भाई की बेटी है न, उसे बुलाएँगे। उनकी हालत थोड़ी खराब है आजकल।"

नारायण चाचा के बताये बिना भी शेखर मामा को मालूम है कि इल्लम वालों का धान कूट कर उस घर का गुज़ारा होता है।

"ग़ैरों को जो देना है, वह अपनों को देंगे?" जैसे माधवी दीदी हरदम कहा करती है, उस दिन शेखर मामा ने भी कहा होगा।

नारायण चाचा ने घर आकर इस बारे में बात की तो माँ पहले इसके लिये तैयार नहीं हुई।

"मैं लाचार जरूर हूँ। लेकिन मेरी बेटी को दूसरों की नौकरानी बनाना मुझे पसन्द नहीं।"

"मैं उसे किसी गैर के घर में भेजने की बात नहीं कहता भाभी जी, शेखर भाई हमारे लिये पराया है क्या?"

"माधवी दीदी की कोई लड़की नहीं है न? यह मीनाक्षी के फायदे के लिये है। मेरे देखे इसमें शर्मिन्दा होने की कोई वजह नहीं।"

माँ ने फिर बहस नहीं की। मीनाक्षी से पूछा गया तो उसने हाँ या न नहीं कहा।

विषु के हफ्ता भर पहले नौकर के हाथों एक बोरी अनाज के अलावा धोती और ब्लाउज़ भी घर में भिजवा दिये।

मीनाक्षी के बारे में किसी से कुछ कहने की नौबत आती तो माधवी दीदी कहती–

"वह मेरी बेटी जैसी ही है न? जानते हो इस बार विषु के त्योहार में कोच्चप्पन के पिताजी से कह कर मैंने उसे धोतियाँ और ब्लाउज़ दिलवा दिये। वह बुनकर आज कल आता नहीं है। मैंने तय किया है कि जब वह आएगा दो और खरीद दूँगी।"

बुनकर रावुत्तर हफ्ते में दो-तीन बार कपड़ों की बड़ी गठरी उठा कर बाँस का लम्बा डंडा टेक कर मेंड़ से पुकार उठता है। उस वक्त किसी न किसी काम के सिलसिले में मीनाक्षी पिछवाड़े आँगन के सायबान में खड़ी होगी। माधवी दीदी भी साथ होगी। ताज्जुब है कि उनको वह पुकार सुनायी नहीं देगी।

माधवी दीदी से चावल या रुपये उधार माँगने आतीं औरतें उनको सुनाते हुए मीनाक्षी से कहतीं–

"बड़ों का घर है। इनकी खातिर करके अदब से रहोगी तो आगे तेरा भला ही होगा।"

मीनाक्षी को लगता था कि पड़ोसिनों से गप लड़ाते वक्त ही दीदी को भली बातें याद आएँगी। घर में कामों का पहाड़ था। पकाना, परोसना, कुएँ से पानी निकालना, फर्श पोंछ कर साफ करना सारे काम वह अकेली करती थी।

माँ आयी तो पूछा था, "आराम से है न?"

माधवी दीदी को सुनाये बिना कहा—"क्या आराम है? मेरी हड्डी पसली टूट गयी।"

माँ गुस्सा हो गयी—"और क्या? तू यहाँ सासू बन कर बैठी रहने आयी है?"

चुप रहना पड़ा।

माँ भी विवश थी।

"थोड़े दिन और ठहर मीनाक्षी, छोड़ कर जाएगी तो शेखर मामा बिगड़ जाएँगे। नारायण भाई भी नाराज़ होगा। ओणम है न? ढेर सारे काम होंगे। त्योहार के दिन बीतने दे।"

माँ का दर्द समझ सकी। उसके चार बच्चे हुए। एक यही ज़िन्दा बची।

जाते वक्त माँ ने उपदेश दिया—

"रिश्तेदार हैं तो क्या हुआ? ये बड़े लोग हैं। कुछ भी कहें, काला मुँह दिखाए बिना मान ले। गाँव में इन्हीं के सहारे रहना है।"

माँ इल्लम में फूल ले गयी थी। टोकरी उठा कर लौटने लगी तो माधवी दीदी से बोली—

"उसे काम सिखा दीजिए; ताने या दंड देने का हक आप लोगों को है।"

(माँ माधवी दीदी को कुछ नहीं पुकारती, दोनों हम उम्र हैं।)

धुल-धुल कर काला पड़ गया तौलिया छाती पर डाल कर माँ टोकरी लेकर बागान के रास्ते चली गयी तो मीनाक्षी एक नज़र माधवी दीदी को देखे बिना न रह सकी। गले में हार, कानों में द्रवन्ती के फल ज्यों बड़े कनफूल और चोली के ऊपर धोबी की धुली किनारेदार चुनरी। पून्तोट्टम की गृहस्थिन की जगह कभी-कभी माँ को बिठा कर देखती थी। पता नहीं इस घर में आते समय माँ पुरानी बातें याद करती भी है या नहीं!

शेखर मामा पहले माँ के लिये रिश्ता ले आया था। बड़े मामा का समय था। शेखर मामा का रिश्ता आया तो बड़े मामा ने कहा—

"उस निकम्मे नालायक के साथ रिश्ता करना मुझे मंजूर नहीं। घर में जागीरें हों न हों मेहनत करने का मन तो हो। मेरी भानजी को वह कमबख्त नहीं चाहिए।"

इसके बाद मेहनती पिताजी से माँ का रिश्ता तय हुआ था।

शेखर मामा परदेश चले गए। सालों के बाद अमीर बन कर लौटे। गाँव का इज़्ज़तदार बन गया और नामी ताषत्त परिवार की माधवी दीदी से शादी की।

अपने आखिरी दिनों में पिता को भी शेखर मामा के सहारे रहना पड़ा था। एक बार किसी ने माँ को पुरानी बातों की याद दिलायी तो उन्होंने कहा था—

"सब ईश्वर की लीलाये हैं। जो तकदीर में लिखा है वही होगा।"

भंडार घर से उड़द दाल निकाल लेनी है। माधवी दीदी से कहने के लिये कमरे में पहुँचा तो इट्टिटच्चिरि अम्मा जाने का उपक्रम कर रही थी।

''बड़ा भाई घर चलाये या छोटा भाई, उस बुढ़िया की हालत बड़ी दयनीय है।''

इट्टिटच्चिरि अम्मा माधवी दीदी के मायके की बातें कह रही थी। मीनाक्षी दरवाज़े पर ठिठक गयी।

''माँ यहाँ राजी-खुशी रह सकती थी।''

''यही तो मैं भी कहती हूँ। राजी-खुशी क्या, रानी बन कर रहेगी न, रानी बन कर!''

''लेकिन मेरा कहना माने तब न?''

''अच्छा, चलती हूँ, आगे मिले या न मिले।'' हर बार इट्टिटच्चिरि अम्मा यही कह कर विदा लेती है।

इट्टिटच्चिरि अम्मा के जाने के बाद भी माधवी दीदी नहीं उठी। खुले रखे पानदान में देख कर खोयी खोयी सी बैठी रही। शायद अपने मायके की बातें याद कर रही होगी।

पून्तोट्टम के शेखरन नायर की बीवी बन जाने से बड़े घर की मालकिन बन गयी। अनाज से 'ारे कोठार, घर बाहर काम करनेवाले नौकर और गाँव भर की इज़्ज़त मिल गयी।

''ये सारे सौभाग्य शायद–'' मीनाक्षी ने अपने ख़यालों पर लगाम लगायी। इस तरह सोचना बेवकूफी है। धीमी आवाज़ में माधवी दीदी को बुलाया।

''माधवी दीदी...।''

पानदान एक ओर सरका कर माधवी दीदी उठी।

''उड़द दाल निकाल दीजिए।''

भंडार घर खोल कर दाल निकाल देने के बाद माधवी दीदी ने मीनाक्षी से कहा–

''दाल भिगोने के बाद कोठार घर के ऊपर जा और झाड़-पोंछ कर कमरा साफ कर दे। कोच्चप्पन के जाने के बाद बन्द पड़ा है।''

''कोच्चप्पन भाई कब आ रहा है दीदी?''

''तू अपना काम देख लड़की, बड़ी आयी कोच्चप्पन भाई की बात पूछनेवाली।''

मीनाक्षी खिसियायी-सी लौट चली।

उड़द दाल और चावल पानी में भिगोने के बाद झाड़ू, ज़मीन पोंछने का कपड़ा और बाल्टी में पानी लेकर मीनाक्षी कोठार घर के बरामदे में पहुँची। सीढ़ियों वाले कमरे के दरवाज़े पर ताला लगा था।

''चाबी उस तस्वीर के पीछे होगी।'' माधवी दीदी पीछे से पुकार उठी।

बरामदे की दीवार पर चौखटे में लगाये सरस्वती के चित्र के पीछे से चाबी निकाल ली तो माधवी दीदी फिर पुकार उठी।

''ठीक तरह से साफ करना मीनाक्षी, बन्द रहने से धूल जाली भर गयी होगी।''

कोठार घर के ऊपर दो कमरे हैं। दरवाज़ा खोला तो बन्द कमरे से अन्धकार और सीलन भरी उबकानेवाली गन्ध आई। फर्श टूटा-फूटा पड़ा था। निचली मंज़िल की मरम्मत हाल में कभी नहीं हुई थी।

ऊपर सलाखोंदार बरामदे से लगे दो कमरे हैं। छोटा कमरा हमेशा बन्द रहता है। जब घर में मेहमान ज़्यादा हों तभी वह कमरा खोला जाता है। दायाँ कमरा कोच्चप्पन भाई का है।

बरामदे के आधे हिस्से पर कालीन बिछा है। खूब मुलायम। पायदान से पैर रगड़ने के बाद वह आगे बढ़ी थी, फिर भी डर कर नीचे देखा—कहीं अपने तलवों की मैल कालीन पर न लग रही हो।

कमरे का बन्द दरवाज़ा खोला। अन्दर अँधेरा छाया हुआ था। खिड़कियाँ खोलीं तो उजाले का सैलाब आया। मुड़ कर देखा तो झटका-सा लगा। फिर पता चला—काले रंग की चित्तीदार चोली पहन कर, हाथ में झाड़ू पकड़ कर, अलमारी के ऊपर लगाये आईने से घूरनेवाली लड़की अपनी ही प्रतिकृति है। उत्सुक-सी कमरे में चारों ओर देखा। एक ओर मच्छरदानी लगा पलँग। कमरे के बीचोंबीच एक छोटी आराम कुर्सी। एक गोल तख्ता भी है। दीवार पर ताक में बहुत सी किताबें। खिड़की पर कंघी और पाउडर का खाली डब्बा। इधर-उधर देखते हुए डब्बा उलट कर थोड़ा सा हाथ में गिराया। सूँघ लिया। खुशबू आई। चेहरे पर डालूँ?

पुत्तनकळम की राजम्मु मन्दिर से लौटती तो मीनाक्षी ठगी सी देखती रहती। राजम्मु का रंग अपने से ज़्यादा उजला नहीं है, मगर पाउडर लगाती तो चेहरा दमक जाता!

"पाउडर लगाके बनावटी चमक लाने से क्या फायदा है?" मीनाक्षी खुद को तसल्ली देती थी। मगर राजम्मु सड़क से गुज़रती है तो सारा वातावरण महक उठता है।

आईने में अपनी सूरत देख कर वह शरमा गयी। बालों में राख लगी है। चेहरे पर बिखरी लटों को सहेज लिया। मैली धोती का सिरा उठा कर चेहरा पोंछा।

झाड़ू लगाने के बाद गीले कपड़े से पोंछ दिया तो फर्श आईने ज्यों चमकने लगा। मच्छरदानी उठा कर बिस्तर ठीक किया।

एक के ऊपर एक दो बिस्तर डाले गये थे। सिरहाने और पैताने बड़े तकिये। एक आदमी के सोने के लिये इतने सारे इन्तज़ाम क्या ज़रूरी हैं?

पून्तोट्टम के शेखरन नायर का इकलौता बेटा, वकालत पढ़नेवाला—ज़रूरी होता होगा।

मीनाक्षी मन ही मन सोचने लगी—जिस भाभी जी से कोच्चप्पन भाई की शादी होगी वह खुश रहेगी।

माँ कहा करती है—औरतों की बस माथे की रेखा अच्छी होनी चाहिए। भाभी जी की तकदीर में पहले से ही ईश्वर ने अच्छा लिखा होगा। मोटा, चिकना चादर लगा यह दोहरा बिस्तर कितना मुलायम है?

जिस ईश्वर ने माँ की तकदीर बनायी उसी के हाथों मेरी भी तकदीर न लिखी गयी होती तो अच्छा।

फाटक से बातचीत सुनायी पड़ी। बरामदे के सलाखों को पकड़ कर आम की टहनियों के बीच से देखा तो आगे कुट्टिट शंकर मेनोन और पीछे शेखर मामा को आते देखा।

अब माधवी दीदी की पुकार आएगी। जल्दी-जल्दी बरामदे पर झाड़ू लगाने लगी कि माधवी दीदी की पुकार आ ही गयी।

''तू वहाँ तपस्या कर रही है क्या?''

मीनाक्षी ने अनसुना कर दिया। जो काम कर रही हूँ उसे पूरा होने दे।

काम अधूरा रह गया तो गलती अपनी; काम करने दे, तब न?

संन्ध्या दीप देख कर वन्दना करने के बाद ही कुट्टिट शंकर मेनोन वापस जाने को उठा। ''बातों-बातों में वक्त के गुज़र जाने का पता ही नहीं चला।''—मेनोन आँगन में उतरे। शेखरन नायर भी पीछे-पीछे उतरे।

यों हर दिन कौन आता है? कहने को पड़ोसी हैं, मगर मिलने और बात करने की नौबत बहुत कम आती है।

सच! जो घर-गृहस्थी की झंझटों में उलझता है उनकी यही हालत है। हमेशा व्यस्त रहते हैं।

'धोबी की गधी जब देखो लदी' वाली बात।

''अब बड़े भाई भी हैं न मदद करने?''

''बड़े भाई साहब! उनकी कुछ मत पूछो। मैं कब से अपने कन्धों पर से यह बोझा उतारने के लिये बेकरार हूँ। लेकिन मालूम है उन्होंने क्या कहा? बुढ़ापे में कुछ दिन चैन से बैठने के इरादे से गाँव आया। घर-गृहस्थी की झंझटों में मुझे मत डालना।''

''यह भी सही है। जवानी में हड्डी तोड़ मेहनत करते ही इसलिये हैं न कि बुढ़ापे में थोड़ा आराम कर सकें।''

''अच्छा, चलता हूँ। कभी समय निकाल कर हमारे घर में भी आया करो शेखरन नायर।''

शेखरन नायर हँसा।

''जान बूझ कर नहीं टालता।''

''वह कौन लड़की है जो दिया लेकर आयी थी?''

''मरे हुए किट्टुण्णि भाई की बेटी है। रसोई में मदद के लिये रखा है। रिश्ते की ही है। अपना समझकर सब कुछ सँभालेगी। जानते हो मेनोन, अपना एक ही दुख है।

खून-पसीना एक करके मैंने मेहनत की। थोड़ा-थोड़ा इकट्ठा करके इतना कुछ कमाया। लेकिन खानदान को आगे ले जाने के लिये मेरी एक लड़की नहीं हुई।''

''यही ईश्वर की नीति है। जिसको ज़रूरत नहीं उसे भरपूर देता है। घर में बहू आएगी तो यह कमी भी पूरी हो जाएगी।''

शेखरन नायर ने इसी ख़याल से हाँ कर दिया।

मेनोन के जाने के बाद शेखरन नायर खड़ाऊँ पहन कर आँगन में टहलने लगा। एक हार की कड़वाहट और एक जीत की मिठास दोनों एक साथ मन में उभर रही थीं। चेरुमन माम्पि को मारने के मामले में तहकीकात के लिये आये दारोगा ने मुकदमा दर्ज किये बिना खारिज कर दिया। दारोगा उत्तर से आया एक नंपियार था। माम्पि और कोप्पक्कुट्टि बुलाये गये। सवाल-जवाब हुए। हाथापाई में भाग लेनेवाले मुसलमान भी बुलाये गये और सुलह करवायी। समझौता कुञ्ञहम्मद के आँगन में हुआ।

जीप में बाज़ारवाले अपने मकान के सामने से आते-जाते समय वह मिलने नहीं आया। कुञ्ञहम्मद के घर पहुँच कर आदमी भेजा।

मुसलमानों के पिट्ठू एक लफंगे को अपने पास भेजा।

''आपको बुलाया है।''

''कौन?''

''दारोगा जी, मुतलाळी के बंगले पर।''

''पू...फा...गुस्सा थूक दिया। कौन है रे तेरा मुतलाळी? जाके दारोगा को बोल, पून्तोट्टम के शेखरन नायर का अपना घर है; उससे मिलना है तो उसी के घर आ जाए।''

समझौता हो गया। कुञ्ञहम्मद के लोगों ने कोप्पक्कुट्टि को लेकर जुलूस निकाला। मकान की खिड़की से जुलूस देखा तो पैरों में झुरझुरी चढ़ गयी।

कुट्टि शंकर मेनोन मिलने आया तभी गुस्सा थोड़ा कम हुआ था। पुत्तनकळम वाले कुट्टि शंकर मेनोन का पून्तोट्टम में आना, चाय-पानी कर लेना और बातें करना आम बात नहीं थी।

आँगन के एक कोने में खड़े मूवाण्डन आम का पेड़ गाय चर गयी थी। देख कर एक बार फिर गुस्से का पारा चढ़ गया। तत्काल पत्नी को बुलाया –

''माधवी अम्मा...''

रसोई तक पुकार नहीं पहुँची।

''हे माधवी अम्मा...'' और ज़ोर से पुकारा।

पुकार सुन कर पत्नी ड्योढ़ी पर पहुँची।

''बहरी हो गयी हो क्या? घर को आग लगे तो भी तुम लोगों को खबर नहीं मिलेगी।''

खड़ाऊँ की टक-टक और चाल की तेज़ी बढ़ी।

"मेरे बाद इस घर की नींव पर तुम लोग केले के पौधे रोप देंगे।"

पत्नी दरवाज़े पर खड़ी रही। पति बोलना शुरू कर देते तो पूरा होने तक पत्नी को इन्तजार करना पड़ता। सुननेवाला कोई नहीं तो और ज्यादा बिगड़ जाते।

सुनते जाना, जवाब देने का हक नहीं, धीरे-धीरे गुस्सा उतरता है, गालियों की बौछार बन्द होती है।–माधवी अम्मा को आदत है।

"हे औरत, इस आम के पौधे को घेर कर एक बाड़ बनवाने के लिये भी क्या मुझे ही कहना पड़ेगा? दौलत का नुकसान हो जाए तो भी तुमको क्यों कष्ट होगा? मेहनत करनेवाला ही नुकसान का दर्द जानता है। मैं खून-पसीना एक करके–मेहनत करके–मुझसे ज़बान मत खुलवाना–हाँ–"

पत्नी ने बड़ी देर तक और इन्तज़ार किया। मूसलाधार बरसने के आसार थे, बूँदाबाँदी ही हुई। आश्वस्त होकर माधवी अम्मा अन्दर गयी। शेखरन नायर बरामदे में चढ़ा।

"तेक्किनि में एक दिया जला कर रखने के लिये भी यहाँ कोई नहीं है क्या?"

सीढ़ियाँ चढ़ कर सीधे ऊपर गए। मीनाक्षी डर कर माधवी दीदी के कानों में फुसफुसायी–

"ऊपर भी बत्ती नहीं।"

"तू जाकर अपना काम देख लड़की। उजाले में बैठ कर करने का कोई काम नहीं है वहाँ। अब होंठ गीले करके लौटेंगे तो पूरे ताम-झाम के साथ फिर बरस पड़ेंगे।"

ऊपर के कमरे का दरवाज़ा खुला। घबरायी-सी खड़ी मीनाक्षी से माधवी अम्मा बोली–

"जा कर अपना काम देख लड़की। कितने बरसों से यह सब देखती हूँ।"

शेखरन नायर नीचे उतरा तो कदमों में तेज़ी नहीं थी। सब्जी काटने के लिये चाकू लेकर आती मीनाक्षी सामने पड़ गयी और सकपका कर एक ओर दुबक गयी। शेखरन नायर आगे बढ़ा तो मीनाक्षी ने सोचा–'आज भभूत लगाना' जल्दी हो गया।

बरामदे में बड़ी देर घूमा तो शेखरन नायर का मन शान्त हुआ।

बरामदे के नीचे से कोई खँखारा।

"कौन है?"

"मैं हूँ, कुट्टिट नारायणन।"

"कैसे हो नारायणन नायर? मिलता ही नहीं।"

नारायणन नायर बरामदे पर चढ़ कर मुँडेर से सट कर खड़ा हो गया।

"दो दिनों से कसावा उखाड़ने का काम था। इसलिये बाज़ार की तरफ नहीं निकल पाया। अब मैं वहीं से आता हूँ। नौकरों ने कहा मालिक जल्दी घर लौटे।"

"शाम को शंकरन कुट्टिट मेनोन आए, उनके साथ निकल पड़ा।" नारायणन नायर चाव से सुनता रहा।

"सुनो नायर, पुत्तनकळम के मेनोन लोग पहले नायर घरों में नहीं जाते थे, न ही वहाँ से चाय पानी लेते थे, है न?"

"बेशक।"

हाँ या न कहना कठिन होता तो नारायणन नायर यही जवाब देता।

"ताषत्त माधवी अम्मा की शान देख कर तो वे नहीं आते?"

"बेशक।"

"सज्जन को सज्जन की परख होती है। इस इलाके में कुछ मवाली बदमाश लोग हैं। माप्ला के पिट्ठू, मुतलाली पुकार कर पीछे पड़ जाते हैं। मुतलाली डगर से गुज़रा तो आसन हिलने लगता है। यह देख कर मुझे...।"

"माम्पि का मुकदमा..." नारायणन नायर ने रास्ते में सुनी खबर उठा ली।

"कैसे भला होगा? हिन्दुओं में कोई एकता है क्या? खुद को सबसे बड़ा समझ बैठता है। मुसलमानों को देखो।"

"बेशक।"

"कुट्टिट शंकर मेनोन से मैं यही कह रहा था। जब मुझसे कुछ हो सकता था मैंने कर दिया। अब माप्ला लोग फिर सिर उठाने लगे हैं। नौजवान लोग हैं न? अब वे ही कुछ करके दिखा दें?"

"पुराने ज़माने के ज्यों होशियार नौजवान आज कहाँ मिलते हैं?"

नारायणन नायर पहले कभी मार-पीट के मामले में मुजरिम बन गया था। सड़क के किनारे पके खेत में आठ-दस लोग छिपे बैठे और सेयतालिक्कुट्टि के ऊपर झपट पड़े। आज भी चार लोग मिल जाते तो उस किस्से की ज़रूर चर्चा होती।

"तब माँ ज़िन्दा थी। दंडनायक की कचहरी में फैसले के दिन तड़के उठ कर निकला। माँ की ओर देखा तो कलेजा मुँह को आ गया।"

"तकदीर अच्छी है तो आपके हाथों का खाना खाने शाम तक पहुँच जाऊँगा। वरना मेरा खाना कण्णूर जेल में होगा।"

बुढ़िया रो-रो कर बेहाल हो रही थी। तब तक किट्टुण्णि भाई भी आ पहुँचा।

"रोती क्यों है? जेल मर्दों के लिये है। वह असल मर्द था। क्या ज़माना था!"

पुराना किस्सा एक बार फिर सुना तो शेखरन नायर को मज़ा आया।

"बैठ जाओ रे, कितनी देर से खड़ा है।"

बड़ी कुर्सी मुँडेर की ओर सरका कर शेखरन नायर बैठा और पैर पसारते हुए

पीठ टिका दी। नारायणन नायर मुँडेर पर आधा बैठा।

"आज के छोकरे पुरानी बातें क्या जानें?"

नौजवानों की रंगरेलियों के सम्बन्ध में नारायणन नायर को बहुत कुछ कहना था। बीड़ी और दियासलायी लेकर घूमते हैं। चाय की दुकान की बेंच से उठने का नाम नहीं लेते हैं।

"शेखर भाई, आपको मालूम है, मैंने अपनी आँखों से देखा है, आज कल के नौजवानों के चाल-चलन की चर्चा आयी इसलिये कहता हूँ, हमारा अपना लड़का है न, उसको यों तबाह होते देख कर दाँतों तले उँगली दबा कर रह गया।"

"मीनाक्षी अम्मा, पानदान में सुपारी नहीं है।" शेखरन नायर ने घर के अन्दर मुखातिब होकर कहा और इस गाँव का क्या होगा वाले अन्दाज़ में नारायणन नायर को देखा।

नारायणन नायर ने बात स्पष्ट करते हुए कहा—

"मैं कसावा के खेत में काम कर रहा था। दोपहर का समय था। गँडासा टूट गया। छुरा या गँडासा माँगने के विचार से मैं सड़क के किनारे कुञ्जरय्क्कार का घर है न, वहाँ गया। वहाँ पहुँचा तो—क्या कहूँ...!"

"तो?"

"हमारे गोविन्दुट्टि हैं न, ताषत्त गोविन्दुट्टि, वह वहाँ बैठ कर आराम से चाय पी रहे हैं। छूत-छात का ज़माना नहीं रहा, इसलिये नहीं कहता, एक लड़की है न वहाँ? वह मटक-मटक कर पास ही खड़ी थी।" नारायणन नायर ने आवाज़ उठा कर कहा—"सच बोलूँ, मेरे शरीर पर किर्र-किर्र करता कुछ चढ़ गया।"

कुर्सी के हत्थे पर रखे पानदान से पान चुन कर हथेली के ऊपर पोंछने के बाद आँगन में थूक दिया।

"आप जैसों का ख़याल करके मैं चुपचाप चला आया।"

मीनाक्षी सुपारी कूट लायी। डब्बे में भर कर हलके कदम भर कर अन्दर लौटी।

शेखरन नायर कुछ सोचते हुए बोला—"उस छोकरे के बारे में मैंने ऐसा नहीं सोचा था।"

"मैंने भी।"

"हाँ—बात आ ही गयी इसलिये पूछता हूँ, कुमारन नायर से कल परसों कभी मिले थे क्या?"

"वह यहाँ नहीं है न?"

"सुना कि ससुरालवालों से झगड़ा करके लौट आया है, मैंने देखा नहीं।" गोविन्दन कुट्टि के माप्ला के घर में चाय पीने की बात सुन कर भी शेखरन नायर को इतना गुस्सा नहीं आया था। कुमारन नायर रिश्ता तोड़ कर घर आ बैठा है तो अब

तक मिलने क्यों नहीं आया? कम से कम खबर तो दे जाता। अपने गाँव की खबरें दूसरों की ज़बान से सुनने की नौबत नहीं आती।

''अच्छी चीज़ों से कुत्ते का क्या वास्ता? मुझे मालूम है मेलेप्पुरत्तवाले खानदानी लोग हैं।''

''और वह गोविन्दुट्टि ताषत्त खानदान का भविष्य है न?''

''इसलिये नहीं कि दोनों मेरे साले हैं, मुझे उनसे कुछ लेना-देना नहीं है। लेकिन अपने गाँव का एक नायर लड़का बिगड़ जाए, यह मुझसे बर्दाश्त नहीं होता। मैं भी इसी इलाके में पला-बढ़ा।''

''बेशक, नसीबवालों को ही सत् सन्तान प्राप्त होती है। यह मत सोचना कि मैं मस्का लगा रहा हूँ। इस घर में भी एक लड़का है न? घर में हो या बाहर मैंने कभी उसे अधस्थितों से दोस्ती करते या पड़ोस में आवारागर्दी करते नहीं देखा। ओणम की छुट्टियों में कोच्चप्पन आ रहा है न?''

''लिखा है कि कल शाम की गाड़ी से पहुँचेगा। वह वकालत की पढ़ाई करके वकील बन चुका है। फिर भी मेरे सामने आते चूहा ज्यों सिकुड़ जाता है। बच्चे अगर बिगड़ जाएँ तो उनको दोष देने से क्या फायदा? सही ढंग से पालना चाहिए। उपदेश की जगह उपदेश, और दंड की जगह दंड।''

''कोई शक नहीं, कोई शक नहीं।''

केले के बागान से होकर आनेवाली ठंडी हवा बरामदे में चढ़ आई। लोहे के डंडे पर टँगी लालटेन की लौ में सिहरन हुई। हवा में नमी और सर्दी अटकी थी। दूर कहीं बारिश होती होगी।

नारायणन नायर मुँडेर के अँधेरे कोने में उकड़ूँ बैठ कर पान खाने लगा। मन में पछतावा हुआ कि इधर-उधर की बातों में उलझ कर मतलब की बात पर नहीं आ सका।

कहते-कहते ओणम नज़दीक पहुँच गया।

''आजकल ओणम का मज़ा ही क्या है? नये साल पर अब पहले जैसी खुशी कहाँ?''

नारायणन नायर को मानो तिनके का सहारा मिल गया।

''आपने ठीक कहा। वक्त बुरा है तो त्योहारों का क्या मज़ा? कटाई ओसाई वालों और फौज के पैसें आनेवालों की बात अलग है। बाज़ार आग ज्यों गरम है?''

शेखरन नायर कुर्सी से उठा।

''मैं अभी आया।''

अन्दर घुसने के बाद वह ऊपर जाने के लिये दिया माँगने लगा तो नारायणन नायर ने अनुमान लगाया कि फिर से 'होठ गीला करने' का इरादा है। नशा चढ़ा तो केंवड़े के काँटे की हालत में पहुँचते हैं। सावधानी से साथ हो जाओ तो चुभते नहीं; जो भी माँगो मिल जाता है। ज़रा सी गलती हुई कि मुँह से डाँट फटकार की बौछारें

निकलती हैं।

बाज़ारवाले मकान में जाकर एक बोरी अनाज माँग लेने के इरादे से शाम को घर से निकला था।

सीढ़ियों पर कदमों की आहट हुई। ऊपर कहीं कोई दरवाज़ा खुला। मन में आशंका जागी कि दूसरे दौर के बाद शेखर भाई का मिज़ाज जाने कैसा हो। गोविन्दन कुट्टि का माप्ला के घर चाय पीना, कुमारन नायर का पत्नी को छोड़ आना या माम्पि का मुकदमा अपने मन की परेशानियाँ नहीं थीं। किसी तरह कल तक एक बोरी अनाज का इन्तज़ाम नहीं कर पाया तो ओणम का क्या होगा? उत्राड़म (उत्तराषाढ़) के लिये अब ज़्यादा दिनों का इन्तज़ार नहीं।

शेखर ने नायर लौट आया तो चेहरा और भी सुर्ख हो गया था। कन्धे पर डाला तौलिया उठाकर चेहरा और गला पोंछ कर, सिगार पीते हुए वह बरामदे में टहलने लगा।

"तो हम क्या बता रहे थे...?"

"वह...चीज़ों के दाम बढ़ने से...।"

"पुराणों में है। कल्की का अवतार दुष्ट ग्रहों का मिल जाना, कुट्टिकृष्ण पणिक्कर कल भी बता रहे थे कि कलियुग अपना तेवर दिखाने लगा है।"

"अपनी अब तक की ज़िन्दगी में कभी भी धान का दाम तीन रुपये नहीं हुआ। इल्लमवाले—"

शेखरन नायर एक बार फिर कलियुग के लक्षण गिनने लगे तो नारायणन नायर मन मसोस कर रह गया। जिस काम से आया था उसके सफल होने के कोई आसार नहीं दिखते थे। शेखर भाई लड़खड़ाती ज़बान से संस्कृत के श्लोक भी सुनाने लगे थे।

फाटक पार कर कोई अन्दर आया। बहिर्गृह के पास मशाल बुझाकर खँखारा।

"कौन है?" शेखरन नायर ने उस ओर देखे बिना पूछा।

पेरुमपलत्तूर का कारिन्दा पद्मनाभन और बहिर्गृह में रात की पहरेदारी करनेवाला चेरुमन छोकरा आया था।

नारायणन नायर हताश हो गया। अब धान की बात कहने का मौका नहीं मिलेगा। कल से चौथे दिन उत्राड़म है।

"पेरुम्पलत्तूर से कब निकला?"

शेखरन नायर के धान के खेत दूर पेरुम्पलत्तूर में हैं। वहाँ दुर्दिन के मारे एक ब्राह्मण का बेचा जो अधूरा मकान है, उसी में कारिन्दा पद्मनाभन रहता था।

"मैं अभी-अभी पहुँचा। नाली की मरम्मत की बात कहने आया। इस वक्त दो मिस्त्री खाली हैं। सब कहते हैं कि अबकी बारिश में नारियल के तने से बनी बाँध नहीं ठहरेगी।"

शेखरन नायर ने सिगार का धुआँ निकालते हुए सीमेण्ट की मुँडेर पर हाथों से ठुमकी लगाते हुए सब कुछ सुन लिया और आखिर में एक बार हुंकारा।

नारायणन नायर धीरे से उठा।

"कहाँ चले?"

"मैं निकलता हूँ।"

"बैठो रे, माधवी अम्मा, खाने पर कुट्टि नारायणन भी होगा। तो हम क्या बता रहे थे? छोटे का बड़ा होना, बड़े का छोटा होना, सज्जनों की निंदा होना, छूत-छात मिट जाना, आस्तिकता का गायब होना—ये ही तो कलियुग के लक्षण हैं।"

आँगन के छोर पर एक छाया ज्यों पिछवाड़े की ओर चलते माक्कुण्णि पर शेखरन नायर की नज़र पड़ी।

"कौन है?"

"बन्दा माक्कुण्णि।"

"सुनो माक्कुण्णि, सुबह काम पर जाने के पहले ताषत्त जाकर कुमारन कम्मल से बोल कि आकर मुझसे मिल ले।"

"जी।"

"क्या बोलेगा? मिलने को बोल, ज़बरन साथ ले आने की ज़रूरत नहीं। समझा?"

"जी।"

नारायणन नायर को सिर खुजलाते हुए सकपकाते देख कर शेखरन नायर बोला—

"कुट्टि नारायणन, तुम रुको, मैं अभी आया।"

सीढ़ियाँ चढ़ कर एक बार फिर वह ऊपर गया तो कुट्टि नारायणन खुद को कोसते हुए दीवार के सहारे बैठ गया।

जाने किस कलियुग के लक्षण लेकर अब नीचे उतरेंगे!

कुमार भाई दिन भर बरामदे की चारुपटि के ऊपर बैठता या लेटता रहता है। इससे गोविन्दन कुट्टि मुश्किल में पड़ गया। कुमार भाई के बरामदे में होते चारुपटि में बैठना या लेटना उसके लिये नामुमकिन हो गया। ऊपरवाले कमरे के अँधेरे में थोड़ी देर बैठने पर दम घुटने लगता है। निचली छतवाले उस कमरे में बाहर को खुलती एक ही खिड़की है। ढली हुई ओरी की आड़ के कारण दिन में भी अन्धकार नहीं हटता। इसलिये सुबह होते ही घर से निकल पड़ता। नदी किनारे से आगे बढ़ कर कुञ्जरय्क्कार के घर में पहुँच जाता। मध्याह्न तक बातों में उलझ कर समय गँवाता। दोपहर का खाना खाने घर पहुँचता। खाने के बाद ऊपर चटाई बिछा कर लेट जाता। नींद कभी नहीं आती। शाम को फिर बाहर निकलता। कभी घाट की मुँडेर पर जा बैठता और कभी कुञ्जरय्क्कार के घर में दुबारा पहुँचता। कभी बीड़ी पीता और कभी गुड़ मिलायी बिन दूध की चाय पीता।

कुमार भाई तीन-चार दिनों तक घर से बाहर नहीं निकला। लकड़ी का सौदागर

कुट्टिट हसन एक दिन आया। फाटक के पास दोनों की बात-चीत हुई। उसके जाने के बाद कुमार भाई छतरी उठा कर बाहर गया। शायद सुपारी के सौदागर हाजियार को देखने गया होगा।

कुमार भाई घर में किसी से बात नहीं करता था। खाने पर बुलाया जाता तो आकर खाना खा लेता। ज़्यादातर समय बरामदे की चारुपटि में घुटनों पर ठुड्डी टिकाये उकड़ूँ बैठा रहता था।

एक दिन माँ ने पूछा—"तू यों मुनि की मुद्रा में हरदम क्यों बैठा रहता है?"

तब आदत के खिलाफ वह माँ पर गुस्सा हो गया—"और मैं क्या करूँ?, उछल-कूद कर लूँ?"

दस बरस मेलेप्पुरत्त खानदान के योग्य जमाई बने रहने की दौड़-धूप ने उसे यहाँ पहुँचा कर छोड़ दिया।—गोविन्दन कुट्टिट ने सोचा।

जिस समय वह ससुराल में जा बसा था माँ ने एक बार पूछा भी था—

"ससुराल में यों हमेशा के लिये बस जाना क्या उचित है?"

"मैं वहाँ हमेशा कहाँ रहता हूँ? कभी इल्लम में और कभी वहाँ। बड़े मामा हमेशा वहाँ रहने का आग्रह करते रहते हैं; कुमारन नायर, तुम यहाँ रहने से हिचकते क्यों हो? यहाँ-वहाँ घूमने की क्या ज़रूरत है? यहाँ के हर काम मुझसे नहीं सँभलते। यहाँ जो भी है तुम्हारे बच्चों के लिये भी है न?"

यों मेलेप्पुरत्त परिवार के लिये एक मुफ्त का कारिन्दा मिल गया। रात में इल्लम के लिये दस्तावेज़ी का काम और दिन में ससुराल की खेती की देख-रेख। आखिर ससुराल में सबके सामने अपमानित किया गया तो अपनी हैसियत मालूम हुई। इज़्ज़त बचाने के लिये लौटकर घर की गरीबी बाँट लेनेवाले उस आदमी को देखते समय मन में गुस्सा उमड़ आता है।

घुटनों को बाँहों में समेट कर चुपचाप बैठा देख कर कभी-कभी हमदर्दी भी होती है।

सुबह पून्तोट्टम का नौकर माक्कुण्णि शेखर भाई का सन्देश ले आया था। कहा कि मालिक मिलना चाहते हैं।

कुमार भाई अनमने से बस 'हाँ' कह दिया।

माक्कुण्णि लौटने लगा तो पुकार कर कहा, "कह दे मैं शाम को बाज़ार की ओर निकलता हूँ, तब मिल लूँगा।"

लेकिन माक्कुण्णि के पीछे-पीछे भाई भी बाहर निकला।

धूप ढलने के इन्तज़ार में गोविन्दन कुट्टिट बरामदे के छोर पर बैठा रहा। बाहर जाने निकला तो अहाते में घूम कर सब्जी के पत्ते चुन रही कुञ्ञोप्पोळ ने कहा—

"माँ तुम्हारे लिये पूछ रही थी।"

"उन्हीं के सामने से तो मैं निकल आया था।"

कुञ्ओप्पोळ ने इसका कोई जवाब नहीं दिया। जाने क्या फुसफुसाती रही। लौट कर माँ के कमरे के दरवाज़े पर पहुँच कर पूछा–

"आपने बुलाया?"

"हाँ बुलाया।"

"क्या बात है?"

लगा, माँ को वह सवाल अच्छा नहीं लगा। आवाज़ में व्यंग्य भर गया–

"मेरे इस सपूत को एक नज़र देखना था।"

गोविन्दन कुट्टि चुप रहा।

"जन्म देनेवाली माँ एक कोने में बीमार पड़ी है? बेटा उसको एक नज़र देख तो सकता है न?"

गोविन्दन कुट्टि को पहले गुस्सा आया। लेकिन बाद में उम्र के बारे में बचपन में सुना एक मज़ाक याद आया। पड़ोस के कणडुण्णि मामा कहा करते थे–"साठ में खुजली, सत्तर में दमा, अस्सी में ऊँघ, नब्बे में रेंग और सौ में फेंक। सत्तर में माँ को साठ की खुजली शुरू हुई है।"

वह कमरे के अन्दर घुसा। निचले घाट पर नाक के ऊपर उँगली रख कर छत के छल्लों में नज़र गड़ा कर लेटी माँ की मुद्रा गुस्सा पैदा करती है। जब काल रस्सी और मूसली के साथ ले जाने आएगा तब भी माँ को इसी मुद्रा में लेटी पाएगा।

"देख लिया न, अब जाऊँ?"

माँ चुप रही। जवाब का इन्तज़ार करना पड़ा।

"हवा खाने निकला होगा।"

"ठूँस-ठूँस कर खाया है न, पचाने के लिये थोड़ा घूमना है।"

"हमेशा उलटा मुँह जवाब देता है। जिस दिन तू मेरी कोख में फूटा, उसी दिन शुरू हुआ इस खानदान का सत्यानाश।"

गोविन्दन कुट्टि देहली लाँघ कर बाहर निकला। ज़्यादा देर वहाँ ठहर गया तो ज़बान पर काबू पाना मुश्किल हो जाएगा।

"अरे, तेरे दर्शन का पुण्य पाने के लिये नहीं बुलाया; उस मण्णान की दुकान से दवा खरीद लाने के लिये है।"

ज़बान पर आया "तापत्त कुञ्ञिक्कलि अम्मा के लिये है–कहने से मण्णान कुञ्अण्णि दवा मुफ्त में तो नहीं देगा।" मगर ज़बान को रोक लिया। वरना कोख में फूटते ही खानदान के सत्यानाश की बात फिर से शुरू करेगी।

घर से निकलते हुए सोचा–माँ को कैसे दोष दूँ? बुढ़ापे में आराम की कोई सुविधा उसे नहीं मिलती। मालिश का तेल, दवा यहाँ तक कि वक्त-वक्त का खाना भी नसीब नहीं होता। बीमारी की विवशताओं के साथ कम्बल के नीचे लेटते या छड़ी टेक कर लड़खड़ाते चलते वक्त माँ को अपने अभावों की चिन्ता सता रही होगी। जाने किस-किस के प्रति गुस्सा और विरोध मन में उभरता होगा! वही गुस्सा कभी अपने

प्रति और कभी कुञ्ञोप्पोळ के प्रति फूट पड़ता है।

चवन्नी दिये बिना दवा नहीं मिलेगी। काश! चार आने हाथ लग जाते! सड़क पर पहुँचा तो मंज़िल मालूम नहीं थी। सड़क के किनारे बरगद के ऊपर बैठी चिड़िया पर निशाना लगा कर चिड़ी मार खड़ा था। उसके साथ दो-चार और लोग भी हैं। शायद पुत्तनमळम में आये मेहमान होंगे।

हरियाली के बीच छिपी चिड़िया को देखने के लिये पेड़ के ऊपर नज़र गड़ा कर चल रहा था कि पीछे से किसी ने पुकारा।

''रुको।''

मुड़ कर देखा तो ताज्जुब हुआ कि नबीसु खड़ी थी।

''बुलाया है।''

''कौन?''

''अब्बा।''

''सुलतान कहाँ गया?''

''दुकान में।''

सड़क के किनारे डाँड़ पर खड़े द्रवन्ती का पत्ता तोड़ कर नाखून के ऊपर रगड़ते हुए नबीसु सिर झुकाये खड़ी रही।

''अभी बुलाया है?''

''तुमको जाते देख कर अब्बा ने बुला लाने के लिये कहा।''

दोपहर तक कुञ्ञरय्क्कार के घर में ही था। उस वक्त कुछ नहीं बोला।

''भाई का खत आया?''

''मालूम नहीं, अब्बा से पूछ लो।''

नबीसु का चेहरा सुर्ख़ था। ज़रूरत से ज़्यादा नील में रँगाई ओढ़नी सिर को आधा ही ढँक रही थी। माथे पर गिरी रूखी लटों के नीचे पसीने की बूँदें चुहचुहा आयी थीं। वह आगे-आगे चली। धोती के हरे किनारे के नीचे शाम की सुनहली धूप में चमकते रेत कणों के ऊपर पड़ते उसके गुलाबी पाँवों को देखते हुए गोविन्दन कुट्टि ने उसका पीछा किया। बाँहों में लाल पीले रंग की कई चूड़ियाँ लय में खिलखिला रही थीं।

चार कदम चलते ही नबीसु मुड़ी। वह राज़ खोले बिना न रह सकी।

''भाई जान का खत और पैसा आया।''

''तो आज दावत मिलेगी, है न? तेरे मेमने को मार कर गोश्त बनाने के लिये अब्बा से कहूँगा।''

''मेरे मेमने के गोश्त के लिये कोई लार न टपकाये।''

वह नबीसु के बराबर चलने लगा। कदमों के नीचे पड़ते रेत कणों की ओर मुसकुरा कर चलती नबीसु को उसने मुँह मोड़ कर देखा। लाल धागे से सिये तंग ब्लाउज़ के

हिलते अचानक ताज्जुब के साथ उसने समझ लिया कि नबीसु बड़ी हो गयी है। अपने घर की रसोई के पास धान कूटने के कमरे में चटाई की आड़ लगायी रोशनदान की झिरी से सफेद चिथड़े के अन्दर लाल रंग में एक नन्हीं जान के हाथ-पैर हिलाने का वह उबकाऊ दृश्य देखे कई साल बीत चुके थे। उसकी शादी की बात सुनते या रोज़ उसे देखते समय यह चमत्कार आँखों से कैसे छिपा रह गया? एक बार फिर उसकी ओर देखा। खनखनाती चूड़ियाँ पहने हाथों में उगे बालों के महीन रेशे नज़र आए। लाल रंग में आड़ी-तिरछी गोट लगायी चोली के अन्दर सिमटे कबूतरों को देखा।

नबीसु ने चेहरा उठाया तो गलती के अहसास से आँखें नीचे कर जल्दी चलने लगा।

अतिराळल पहाड़ी के ढलान में पलते कण्णांतळि पौधे याद आए। साल भर वे पौधे वहाँ पलते-बढ़ते रहते हैं लेकिन किसी को नज़र नहीं आते। या उस ओर किसी का ध्यान नहीं जाता। ओणम के मौसम में अचानक एक दिन नीलिमा लिये हलके लाल रंग के फूलों से टीला पूरा भर जाता है।

"वह तुम्हारा बड़ा भाई खड़ा है न?"

"क्या?"

वे नबीसु के घर के फाटक पर पहुँच रहे थे। तभी पीछे से नबीसु ने पूछा था–

"वह तुम्हारा भाई खड़ा है न?"

गोविन्दन कुट्टि ने खेतों के ऊपर से पश्चिम में अपने घर के फाटक की तरफ देखा। मेंड़ पर आँखों के ऊपर हथेली रख कर सड़क पर नज़र गड़ाये इसी ओर देख रहा है। पुकार उठने का इरादा है क्या? पल भर के लिये वह ठिठका। कहने के लिये क्या रखा है?

कुञ्जरय्क्कार आँगन की सीमा पर घास छील रहा था।

'सकून मिल गया गोविन्दुट्टि नायर, छोकरे का खत आया।'

आवाज़ सुन कर बाहर निकली तित्तुम्मा ने शौहर से अनुरोध किया–

"एक बार फिर पढ़वाओ न? वह डाकिया नंपियार, भोंदू, हड़बड़ी में बेसिर-पैर कुछ पढ़ गया।"

"बैठो, मैं हाथ धोकर आता हूँ।"

कुञ्जरय्क्कार झोंपड़ी के पीछे गया।

अन्दर सन्दूक किरकिराया तो मालूम पड़ा कि तित्तुम्मा खत ढूँढ़ रही है। दरवाज़े की आड़ में खड़ी नबीसु से उसने फुसफुसाया–

"तो भाईजान के पहुँचने पर पट्टांपीवाले ले ही जाएँगे।" सोचा कि वह गुस्से से मुँह बनाकर अन्दर कहीं ओझल हो जाएगी। लेकिन वह अनसुनी सी किवाड़ के ऊपर गाल दबा कर अधमुँदी आँखों के साथ चुपचाप खड़ी रही। सुलतान को सिखाने के लिये उसने दो पंक्तियाँ बनायी थीं–

"नबीसु दीदी की शादी में
क्या गाना गाया था?
बक्सा सामने रख कर
क्या गाना गाया था?"

अकेले में उसे छेड़ने के लिये बनायी उन पंक्तियों को उसने ज़बान पर ही रोक रखा।

नीले रंग का एक लिफाफा बढ़ा कर तित्तुम्मा बोली–

"कहते हैं अगले महीने आने की बात लिखी है। तुम ज़रा ठीक से पढ़ कर सुनाओ।" कुञ्जरय्क्कार बरामदे में पहुँचा–

"थोड़ा शक्कर खरीद लाने के लिये मैंने छोकरे को भेजा है। वह अभी ले आएगा। आज एक बढ़िया चाय पीने का मन करता है। नबीसु, तू वहाँ खड़ी-खड़ी मुँह क्या ताक रही है? जल्दी जाकर चाय का पानी चढ़ा दे।"

नबीसु की चूड़ियाँ खनकीं। दूर हटती कदमों की आहट की ओर कान लगा कर एक बेवकूफ-सा वह कुञ्जरय्क्कार का मुँह ताकता रह गया।

"तुमसे सुनने पर ही तसल्ली हो जाएगी; तुम्हीं पढ़ कर सुनाओ।"

तेक्किनि की देहली पर रखे दिये की रोशनी बरामदे तक नहीं पहुँचती थी। अन्धकार में बाहर किसी को नहीं देखा। अँधेरे बरामदे से ड्योढ़ी पर कदम रखते ही कहीं से पुकार आई–

"गोविन्दुट्टि.."

गोविन्दन कुट्टि ठिठक गया। बरामदे के पश्चिमी छोर से कुमार भाई धीरे-धीरे छाया ज्यों पास पहुँच गया।

आवाज़ से पता चल गया था, वह पुकार सहज नहीं है।

ड्योढ़ी में चढ़े बिना शहतीर पर हाथ रख कर गोविन्दन कुट्टि मुड़ गया।

"कहाँ गया था?"

"बाहर।"

"बाहर हवा खाने गया था क्या?"

जवाब ज़रूरी नहीं था।

"चुप क्यों है रे?"

यों ऊँची आवाज़ में आये दिन कभी उन्होंने बात नहीं की थी।

"तेरी ज़बान नहीं है क्या?"

गोविन्दन कुट्टि ने अन्दर घुमड़ती घृणा को सँभाल लिया। यों ही अन्धकार में घूर कर खड़ा रहा। केले के बागान में रोशनी की गीली बूँदें जैसे चार-पाँच जुगनू भटक

रहे थे।

"तेरे पास जवाब नहीं है, है न?"

सन्देहों की झुरमुट में गिरते-पड़ते तब भी वह खामोश खड़ा रहा।

"अरे तू कोई बच्चा नहीं, बालिग मर्द है, मर्द। धन-दौलत नहीं तो क्या हुआ? इज़्ज़त से जीना सीखो।"

ज़बान खोलने का मौका एक युग के बाद मिला।

"मैंने बेइज़्ज़ती का कोई काम नहीं किया।"

"तू मुझसे कहता है? मुझे दूसरों के सामने सिर ऊँचा करके चलना है समझा तू? इस खानदान में पहले कभी किसी के बारे में दूसरों को बात बनाने का मौका मिला है? लोगों को कहते सुन कर मुझे कानों में उँगली डालनी पड़ी।"

कुमार भाई ऐन सामने आ खड़ा हुआ।

"लेकिन मैंने किया क्या?"

"तू पूछता है—मैंने क्या किया? ऐरे-गैरे माप्ला घरों के पिछवाड़े मटरगश्ती करने के अलावा तू करता ही क्या है?"

गोविन्दन कुट्टि के मन में एक चिनगारी गिर कर सुलगने लगी। शरीर थर-थर काँपने लगा। मुँह खोलने पर गले में शब्द अटक गया सा महसूस हुआ। फिर भी पूछ लिया—

"तुमने मेरे लिये और कोई पेशा ढूँढ़ रखा है क्या?"

"मक्कार, मवाली..." भाई के काले चेहरे की आग उगलती आँखें और गले क सूजन और नज़दीक पहुँच गयी। खँखार कर गला साफ करके गोविन्दन कुट्टि बोला—

"तमीज़ से बात करो भाई, वरना मैं भूल जाऊँगा कि आप अग्रज हैं।"

"तू मुझे मारेगा?—तो मार रे।"

अन्दर से माँ की छड़ी की ठक-ठक सुनायी दी।

"कुमार, कम से कम पड़ोसियों का तो ख्याल कर।"

झट से वह माँ की ओर मुड़ा।

"बुढ़िया, तुम अपनी जगह जाके बैठो। पचास पार उम्र में तुम्हारे पैदा किये इस पूत की वजह से चार लोगों के सामने सिर ऊँचा करके चलना मुश्किल हो जाएगा। भुगतोगे, देखते जाओ, सबको भुगतना पड़ेगा।"

चालमोगरे का तेल डाल कर जलाये पीतल के दिये के पीले प्रकाश में गुस्से से तिलमिला कर वह घूमता रहा।

"आज मुझ पर तेरा हाथ उठा। कल तू सचमुच मुझे मारेगा। इसका मुझे कोई शक नहीं। मैंने तुझे खूब समझ लिया है।"

धीरे-धीरे पतली हो-हो कर उनकी आवाज़ भर्रा गयी।

"तू जो चाहे कर ले, लोग सुपारी को गोद में रख सकते हैं, सुपारी के पेड़ को नहीं। तू अपनी मर्जी से मुसलमानिन या चेरुमी के यहाँ, जहाँ चाहे जा... ।"

गुस्से और विषाद से गोविन्दन कुट्टिट चकनाचूर हो चुका था। कुछ देर और ठहरा तो पता नहीं अपने हाथ और ज़बान क्या-क्या हरकतें कर बैठेंगे। वह मानो पागलपन के दौर से गुज़र रहा था। दिये की लौ को हवा से बचाने के लिये भिड़के किवाड़ को उसने लात मार कर खोल दिया। अन्दर खाट पर उठ बैठी माँ ने कहा–

"गोविन्दन कुट्टिट, यह तू अच्छा नहीं कर रहा।" कमरे में धुआँ निकालती ढिबरी के सामने कुञ्ञोप्पोळ सिर के बालों के बीच उँगलियों से रगड़ कर दीवार के सहारे बैठी थी।

माँ बोलती जा रही थी–

"बुढ़ापे में बच्चों का झगड़ा-टंटा देखे बिना एक ओर पड़ी रहने और मर जाने नहीं देंगे न...?"

जीर्ण सीढ़ियाँ कदमों के नीचे किरकिरायीं। सीलन की गन्ध भरे गलियारे से लगे कमरे के अन्दर खुली चारुपटि के पास पहुँचा। सब कुछ तोड़-फोड़ डालने की इच्छा हुई।

चाहा था कि बरामदे की आवाज़ें कानों में न पड़ें, मगर कान लगाये बिना भी न रह सका।

आक्रमण के नहीं, शिकायत के स्वर आ रहे थे।

"पुरानी शान बघारने से पेट कैसे भरेगा? बड़ा आया मर्दानगी जतानेवाला, सोचता है वक्त-वक्त का खाना थाली में अपने आप भर जाता है। मैं जब उसकी उम्र में था फावड़ा उठाता था। उसके गट्टे अब भी मेरी हथेलियों पर हैं।"

अपना खेत दूसरों के पास गिरवी रख कर मेहनत करने की नसीहत दे रहा है। नंपूतिरि के इल्लम में और बँटवारा होते अन्य घरों में घूम कर जो कमाया, सब कुछ अपने ससुराल में दे आया–

वक्त आने पर एक बार सब कुछ बोल देना है। अय्यप्पन जमीन जोतने का काम करता तो मेंड़ बनाने का काम खुद सँभालता था। एक मज़दूर से ज़्यादा काम खुद करता था। गर्मी में पोखर से पानी निकाल कर सुपारी के पेड़ सींचने के लिये नौकर नहीं रखा जाता था। अब मेहनत करने का उपदेश देने आया है। कहाँ मेहनत करूँ? किसकी छाती पर...?

चारुपटि में औंधा लेट गया। तभी गोद की शीशी का ध्यान आया। माँ के लिये दवा खरीद ली थी। कुञ्ञरय्क्कार के हाथ से आठ आने उधार लिये थे। लौटते वक्त मण्णान की दुकान से दवा खरीद ली। शीशी आँगन में फेंक देने की इच्छा हुई। बुढ़िया ने अपने काबिल बेटे से दवा क्यों नहीं खरीदवायी?

काले आसमान ने दाँत निपोर कर बेआवाज़ बिजलियाँ चमकायीं। हवा में उठे आँगन के सूखे पत्ते खिड़की से अन्दर आए।

पहाड़ी के पश्चिमी ढलान के पार परया लोगों की झोंपड़ियों से ढोल बज रहे थे। केले के सूखे पत्तों की सरसराहट, दूर बजते ढोल और देहाती पगडंडी से गुज़रती बैलगाड़ी की खड़-खड़ के लिये बारी-बारी से कान लगा कर खुली आँखों अन्धा बन कर लेटा रहा। तभी ध्यान आया कि घर खामोश हो चुका है।

''तो गुस्सा ठंडा हो चुका क्या?''

''खाना खाने आ जाओ।'' सीढ़ियों के नीचे से कुञ्ञोप्पोळ ने पुकारा। सोचा, मना कर दूँ? कहना चाहा कि मुझे कुछ नहीं चाहिए।

कुञ्ञोप्पोळ ने फिर पुकारा—

''गोविन्दुट्टि, खाना खाने आ जाओ।''

अब वह ऊपर चढ़ आएगी।

''अभी आया।''

आमने-सामने दो पत्ते रखे थे। गोविन्दन कुट्टि बायीं ओर पीढ़े पर जा बैठा।

लाल रंग का बदबूदार भात परोसा गया। भूसे के धान* का चावल है।

माँड़ में पकाये बरहन्ता के पत्तों का शोरबा और आग में भुने नारियल की चटनी परोसी गयी।

दो कौर खाया। बाहर से कुमार भाई के पैर धोने और खँखारने की आवाज़ें आयीं। कुमार भाई सामने आकर बैठा। गोविन्दन कुट्टि ने चेहरा नहीं उठाया।

भात की बदबू और बिन तेल मिर्चे के शोरबे ने उबकाई पैदा की। भाई को खाना परोसती कुञ्ञोप्पोळ ने चेहरे और पत्ते की ओर बारी-बारी से देखा। झट से हाथ धोकर ऊपर चला।

माँ फुसफुसाती आवाज़ में जप कर रही थी। बीच-बीच में कराहती भी थी। रातों में माँ को नींद नहीं आती। जप करती और कराहती रहती है। ऊपर चारुपटि में रखी दवा की शीशी का ध्यान आया। ला दूँ? नहीं, रहने दे। माँ बेटा दोनों मिल कर मान-अपमान सिखा रहे थे न!

पेशाब करने की नाली में पानी रखने आयी तो कुञ्ञोप्पोळ ने कहा—

''किसी ने कान भर दिये होंगे, इसीलिये भाई...''

गोविन्दन कुट्टि हुंकारा।

अगले दिन घर से बाहर नहीं निकला। पूराटम* का दिन था। ऊपर के तंग कमरे की चारुपटि में लेट कर पूरा एक दिन बिता दिया।

दिन भर भाई घर पर नहीं था। दोपहर को एक माप्ला लड़का पके केले का एक घौद ले आया। ऊपर गलियारे की शहतीर पर कुञ्ञोप्पोल ने उसे लटका दिया। पंक्ति में लटकाये सुनहले रंग के पके केले के घौदों और 'पूराटम' की मंडी से खरीद लाये सामान से भरा एक कमरा—वह ज़माना सपने में ज्यों बहुत दूर है।

---

* माँड़ने के बाद भूसे के ऊपर जो खराब दाने बाकी रह जाते हैं।

* ओणम के दो दिन पूर्व।

"जब अपने दिन अच्छे थे तब खूब मनाया था न ओणम।"—कुमार भाई जाने किसको सांत्वना देने के लिये कह रहा था।

"पून्तोट्टम में कोच्चप्पन आया है।"

"वह अब भी मद्रास में ही है क्या?" माँ ने भाई से पूछा।

"पढ़ाई पूरी करके वकालत शुरू कर दी है ओट्टप्पालम में।"

"ईश्वर उसे लम्बी उमर दे"—माँ ने अपनी बड़ी बेटी को आशीर्वाद दिया। उसकी तकदीर अच्छी है।

"शादी-वादी की कोई बात चल रही है क्या? तुमने कुछ सुना?"

"मैंने वह सब नहीं पूछा। अभी उसकी शादी की उम्र कहाँ हुई है?"

"उसको बोल कि वापस जाने के पहले मुझे एक नज़र उसे देखना है।"

कुमार भाई ने 'हाँ' कहा।

थोड़ी देर बाद भाई ने पूछा—

"गोविन्दुट्टि कहाँ गया?"

"ऊपर होगा।"

"हूँ।"

शाम को कुञ्जरय्क्कार से मिलने का इरादा था। तृत्ताला के राशन की दुकान में एक मुनीम की ज़रूरत है। चार दिन पहले कुञ्जरय्क्कार ने ही खबर दी थी। ट्रक मालिक कुञ्जिप्पा की सिफारिश से बात बन जाएगी। कुञ्जिप्पा बड़ा रईस है। दो बसों और चार-पाँच लॉरियों का मालिक है। उसकी सिफारिश से अपने गाँव के पास कहीं नौकरी मिलेगी। उससे सिफारिश करवाने का कोई रास्ता ढूँढ़ना है—यही सोच कर कल घर पहुँचा था।

कहीं न जाने का संकल्प लेकर बड़ी देर और लेटा रहा। आखिर नीचे उतरा। भाई आँगन में टहल रहा था। एक रात और एक दिन के बाद फिर आमने-सामने आए। गोविन्दन कुट्टि पूरब की ओर बरामदे के खम्भे के पास बैठ गया। कुञ्जरय्क्कार के घर की तरफ उनके सामने से निकल जाना चाहिए। इसी को लेकर कल फसाद हुआ था।

"उसे चेरुमन से कल थोड़ी मिट्टी खोद डालने को कहा है, मातेवर* की मूर्ति बनाने के लिये।"

गोविन्दन कुट्टि ने ऐसी मुद्रा अपनायी मानो किसी और से बोला जा रहा है।

सिर्फ अय्यप्पन को दो सेर धान, पाव सेर नारियल तेल और एक नारियल देना है। बाकी बढ़ई, लुहार आदि आये तो कह देंगे इस साल हम त्योहार की भेंट देने की हैसियत में नहीं हैं। खुशहाली में सब को खूब दिये थे न? उन दिनों नज़राना ले आनेवालों को त्योहार की भेंट के अलावा खाना भी देते थे। लेकिन अब बदहाली है।

---

* ओणम के देवता।

गोविन्दन कुट्टिट दूर नज़र गड़ा कर बैठा रहा मानो काई लगी आँगन से या टूटी-फूटी चहारदीवारी से ये बातें की जा रही हैं।

ऐसा लगा कि भाई की बातें पूरी हुईं।

''गोविन्दुट्टिट...'' हलके स्वर में अचानक भाई ने पुकारा तो गोविन्दन कुट्टिट ने उस ओर देखा।

भाई चहारदीवारी पर हाथ रख कर सिर झुकाये खड़ा था।

''मैं तुम पर गुस्सा नहीं कर रहा था; तुम्हारे भले के लिये कह रहा था।''

सुनकर अन्दर जलते विद्वेष ने थकावट और दर्द का रूप ले लिया।

''धन-दौलत नहीं है तो भी इस घर का एक नाम है। इसलिये लोगों को बातें बनाते सुन कर...।''

गोविन्दन कुट्टिट को लगा कि उसकी आँखें नम हो रही हैं।

पहले कभी इतना दुख महसूस नहीं हुआ था। वह उठा।

बहुत कुछ कह डालने को जी चाह रहा था।

कल रात को उस पिचके चेहरे की ओर अपना हाथ उठ गया था। सोचने पर मन में ग्लानि भर गयी कि छाती के अधपके घनों बालों में हाथ फेर कर खड़े इस आदमी की ओर कल अपना हाथ उठा था। आँगन में पड़ रही ढलती धूप की ओर पौधे की छाया नमी ज्यों छन कर आई।

अहाता पार कर गोविन्दन कुट्टिट तलहटी की ओर चला।

आनेवाली शामों में 'सियार चट्टान' के ऊपर बैठा जा सकता है। वहाँ बैठने से उत्तर की ओर अतिराळन पहाड़ी की ढलान और दूर घाट का दृश्य मिलता है। इस पार के अरबी आम के झुंड और ब्रह्म राक्षस के चबूतरे के नीचे पुत्तनकळम की छत पर स्थापित गरुड़ एक काली बिन्दु ज्यों दिख रहा था।

अपना हाल कोल्हू से बँधे मरियल बैल जैसा है। घाट की मुँडेर और चुणडोली पहाड़ी की तलहटी के 'सियार चट्टान' के बीच गोल-गोल घूमते रहना; जहाँ से निकलना, वहीं पहुँच जाना।

निस्तेज आसमान के नीचे, हलकी पीली धूप में काले बिन्दु की तरह दिखते गरुड़ को देखते-देखते वह अपने आप बोल उठा—

''एक दिन ज़रूर बच जाऊँगा। कभी एक दिन।''

3

'उत्राटम' की सुबह रसोइया कुट्टन नायर पून्तोट्टम में पहुँचा। उसके सहायक के रूप में और मर्द भी साथ थे। वे ओणम की दावत के लिये तरह-तरह के व्यंजन बनाने आये थे। मीनाक्षी का काम ज़रूरी चीज़ें उन तक पहुँचाना मात्र था। रसोई के बाहर

बनाये सायबान के चूल्हों पर पकाने का काम हो रहा था। दोपहर तक केले भुनने का काम पूरा हुआ। एक ओर केले की मीठी चिप्स तैयार हो रही थी।

"सुनो कुट्टन नायर, दावत बढ़िया होनी चाहिए।" सायबान में पीढ़े पर बैठ कर पान खा रही माधवी अम्मा ने याद दिलायी।

'मुळकाप्पच्चटि', 'नारंगाक्करी' और 'कुरुक्कु काळन' आदि व्यंजन बनाने के बाद कुट्टन नायर ने पूछा—

"माधवी अम्मा, और क्या बनाना है?"

"बाकी चीज़ें बनाने के लिये मीनाक्षी और मैं काफी हूँ। है न मीनाक्षी?"

माधवी अम्मा के सवाल के लिये मीनाक्षी ने जवाब नहीं दिया।

दिन में रसोई के कामों की मदद के लिये आयी इम्मट्टु अम्मा चावल का माँड़ पसा रही थी। शाम को 'तृक्काक्करा अप्पन'* की पूजा के लिये 'अटा'* चूल्हे पर चढ़ाया तो माधवी दीदी ने कहा—

"अब तू तालाब में जाकर नहा-धो ले।"

दिन भर रसोई के अन्दर गर्मी और धूप में काम करने के कारण पूरा शरीर पसीने से तर हो गया था। तड़के उठ कर हड़बड़ी में नहा कर रसोई में घुस गयी थी।

गुसलखाने से कपड़े धोने का साबुन का टुकड़ा और भंडार घर से 'वाका'* लेकर मीनाक्षी तालाब की ओर चली।

बागान में सुपारी के पेड़ों के बीच में होने के कारण जल में धूप ज़्यादा नहीं पड़ती थी और इसलिये पानी खूब ठंडा था। पानी में डूबकी लगायी तो बड़ा अच्छा लगा। बाहर निकलने का मन न करता था। बालों को धोने का इरादा नहीं था। मगर सिर से पैर तक राख और धुएँ से लथपथ होने के कारण पूरा नहा लिया।

सीढ़ियों के नीचे धान डाले जानेवाले कमरे में जाकर कपड़े बदल लिये। उस कमरे में एक पुरानी अलगनी टँगी थी; इसलिये गीले कपड़े सुखाने की सुविधा थी। रोज़मर्रा के इस्तेमाल के लिये उबाल कर सुखाया गया धान इसी कमरे के कोने में डाला जाता है। जिस दिन पून्तोट्टम में पहुँची माधवी दीदी ने इस कमरे का दरवाज़ा खोल कर कहा था—

"अपने सामान को इस कमरे में रख।"

लेकिन अपने पास एक धोती और ब्लाउज़ को छोड़ कर और कुछ नहीं था।

रसोई में जाकर देखा कि इम्मट्टु अम्मा ने अटा चूल्हे से उतार रखा है। रात का खाना भी तैयार हो चुका था। परोसने के पहले सिर्फ पापड़ के टुकड़े करके भून लेने का काम बाकी था। उसी तेल में 'कोण्टाट्टम'* भी भून लेना है।

---

* ओणम के देवता की मूर्ति।
* चावल की रोटी के अन्दर नारियल और गुड़ रख कर पका लिया जाता है।
* नहाने का चूर्ण।
* दही में सुखाई मिर्च।

संध्या दीप जलाने का वक्त अभी नहीं हुआ है। बरामदे से मर्दों की बातचीत सुनायी दे रही है। शेखर मामा बाज़ार से नहीं लौटे हैं। त्योहार का दिन होने से शायद जल्दी लौटते होंगे।

आँगन के कोने में रखे पत्थर के ऊखल के ऊपर एक पैर रख कर मीनाक्षी बाल सुलझाने लगी। पूरे दिन काम की व्यस्तता थी। सोचा कि व्यस्तता के बावजूद ऐसे दिनों में थोड़ा आराम भी मिलता है। और दिन होते तो नहाने के बाद बाल सुलझाने के लिये भी थोड़ा खाली वक्त नहीं मिलता। गीले बालों का जूड़ा बना-बना कर बालों में थक्के पड़ गये हैं।

अगवाड़े आँगन से टहलते पैरों में पहने चप्पल की आहट आ रही थी। थोड़ी देर के लिये आवाज़ रुकी रही।

''कुट्टन नायर, ओणम है न? चौसर क्यों नहीं खेला जाता?''

कोच्चप्पन भाई पूछ रहा है, मीनाक्षी ने मुड़ कर देखा। सिगरेट का धुआँ निकाल कर खड़े देख रहे थे, कुट्टन नायर की ओर नहीं, इस ओर। उसने ऊखल के ऊपर से पैर उतार लिया और आँखें हटा लीं।

''आजकल चौसर कौन खेलता है? सब पुराने ज़माने की बातें हैं न? बाहर निकल कर देखो, लगता ही नहीं कि त्योहार के दिन हैं। पुराने ज़माने में होता तो..''

''मद्रास का क्या हाल है? वहाँ के लोग क्या ओणम मनाते हैं?''

वेलायुधन नायर ने शक प्रकट किया।

''ओणम तमिलों का नहीं है।''—कुट्टन नायर ने वेलायुधन नायर की अज्ञता दूर की। ''उनका त्योहार 'माट्टु पोंगल' है, सुना है न 'माट्टु पोंगल'। मैं बचपन में पाँच साल तमिल देश में था।''

''ओणम, विषु जैसे त्योहार बच्चों के लिये हैं।'' कोच्चप्पन भाई की आवाज़ है। पूरब की ओर आँगन में वैसे ही खड़े हैं।

आर्द्रा के त्योहार* के दिनों में 'इल्लम' के आँगन में झूले पर झूलने के लिये अपनी बारी का इन्तज़ार करना और नाच-गानवाले घरों का चक्कर लगाना याद आया। कितना उत्साह था! कोच्चप्पन भाई ठीक कहता है। बचपन बीत जाता तो त्योहारों का मज़ा भी जाता रहता।

ज़मीन पर गिरे बालों के रेशों को चुन कर उँगली में लपेट कर रसोई के पीछे केले के बागान में फेंक आई। लौटते वक्त एक बार फिर नज़रें अगवाड़े आँगन की ओर उठीं। धोती को घुटनों पर तहा कर और बाँहोंवाला बनियान पहने, कंघी किये बालों को सहला कर खड़े कोच्चप्पन भाई की आँखों से आँखें मिल गयीं। हड़बड़ा कर

---

* तिरुवातिरा (आर्द्रा) स्त्रियों का उत्सव है। अपने सुहाग के लिये स्त्रियाँ व्रत रखती हैं, तड़के उठ कर तालाब के पानी में हाथ फड़फड़ाकर नहाती हैं, बालों में दशपुष्पम पहनती हैं नाच-गान करती हैं और झूले पर झूलती हैं। अगली सुबह आर्द्रा नक्षत्र का दर्शन करके व्रत समाप्त करती हैं।

गलियारे में, चढ़ी और किवाड़ की पीतल की घुंडियों में उलझ कर खड़ी रही। सामने के आँगन से चप्पल पहन कर टहलते कदमों की आहट फिर से आने लगी।

परसों शाम की गाड़ी से कोच्चप्पन भाई आया। सामान उठाने के लिये चेरुमन और लालटेन लेकर साथ चलने के लिये माक्कुण्णि स्टेशन भेजे गये थे। माक्कुण्णि के लालटेन के पीछे आँगन में चढ़ आया तो एक नज़र देखने की इच्छा हुई थी। आँगन में शेखर मामा के होते बाहर झाँकने का साहस नहीं हुआ। बरामदे की ओर दौड़ते हुए माधवी दीदी ने आगाह किया–

"चूल्हे पर ध्यान दे री, कहीं जल न जाए।"

शेखर मामा ने कहा–"बड़ी देर कर दी।"

मेल गाड़ी से षोरनूर पहुँचा। लोकल गाड़ी के लिये बहुत इन्तज़ार करना पड़ा।

रात को खाने बैठा तो उसी ने भात परोसा। कटोरी में दही भी वही ले गयी थी। घबराहट सी हो रही थी और रसोई के बाहर निकलते और वापस आते नज़रें नीची करके चली। सिर्फ पत्तल में देख कर परोसा।

बहुत समय लगाकर खाना खाया। शेखर मामा खाकर उठे तो माधवी दीदी देहली पर बैठ कर कुशल पूछने लगी।

"होटल में पेट भर खाना मिलता है क्या?"

"फिर भी यों दुबला कैसे हो गया?"

"मुझसे कहता है? पिछली बार आया तो इससे बेहतर था।"

माधवी दीदी के पीछे दीवार के सहारे खड़ी होकर मीनाक्षी ने सब-कुछ सुन लिया। सोचा, मद्रास के बारे में भी बहुत कुछ कहेगा। देखने का सौभाग्य न हो, सुनने को तो मिले। लेकिन मद्रास के बारे में कुछ नहीं कहा। शायद ज़्यादा बोलने की आदत नहीं है। ज़बान खोलने में यों कंजूसी दिखाने की क्या ज़रूरत है? क्या पता? बहुत पढ़े-लिखे लोग ऐसे होते होंगे।

वकालत पढ़नेवालों में लड़कियाँ भी होंगी क्या? जानने की इच्छा थी। माधवी दीदी भी कैसी-कैसी बातें पूछती हैं? होटल के खाने की बात को छोड़ कर और कोई विषय नहीं मिला पूछने को? खुद ही तो बता रही थी कि आज कल लड़कियाँ भी वकालत और डॉक्टरी पढ़ लेती हैं। कोच्चप्पन भाई के लिये लायक लड़कियाँ होंगी उनमें। अँग्रेज़ी जाननेवाले लोग आपस में शादी कर लेते तो शादी के बाद वे अँग्रेज़ी में ही बात करते हैं क्या? सोचने में मज़ा आता है।

"शोरबा और परोस दे मीनाक्षी।"

कटोरी उठा लायी तो कोच्चप्पन भाई ने मना किया–"नहीं, थाली में है।"

"सहिजन के पत्तों का शोरबा है, तुझे बहुत पसन्द है न?"

"इसमें है।" वह लौट चली।

"यह कौन है माँ?"

उस सख़्त सवाल को सुन कर मीनाक्षी घबरा गयी।

"हमारे किट्टुण्णि भैया की बेटी है न? रसोई में मदद के लिये रखा है। कुछ दिनों से वह यहाँ है।"

"हूँ" घने स्वर में हुंकारा दिया। अपने मैले कपड़े देख कर सोचा होगा—गंदी। कोई साफ-सुथरी लड़की नहीं मिली माँ को?

माधवी दीदी ने कहा कि घर के सामने तृक्काक्करा अप्पन की पूजा के इन्तज़ाम का समय हो गया है।

"पहले संध्या दीप जलाओ।"

बरामदे में कोच्चप्पन भाई के अलावा दावत बनाने आये दो मर्द भी हैं।

मीनाक्षी ने दिये में तीन बत्तियाँ डाल कर जलायीं। दिया लेकर तेक्किनी में पहुँचा और बरामदे के लोगों को सुनाने के लिये 'दी...प' कहा। लेकिन उसकी आवाज़ गले से बाहर नहीं निकली। दिये की वन्दना करना चाहनेवालों को मौका मिले, इस इरादे से थोड़े और ऊँचे स्वर में एक बार फिर कहा—'दी...प'।

कन्धे से तौलिया उठा कर हाथ में रखते हुए कुट्टन नायर और वेलायुधन नायर ने हाथ जोड़े। दिये की चंचल लौ के ऊपर से मीनाक्षी ने आँगन में देखा। कोच्चप्पन भाई शेखर मामा की बड़ी आरामकुर्सी पर लेटा था। दीप देख कर भी नहीं उठा, न ही हाथ जोड़ा।

पढ़े-लिखे लोग ऐसे रस्मों में विश्वास नहीं रखते होंगे।

बरामदे की सीढ़ियों पर और श्रीफल के चबूतरे पर साँप के फन के आकार के पत्थर के दिये में एक-एक बत्ती रखी। तेल में उतर कर बुझने को हुई बत्ती को आगे की ओर सरका देने के बाद उँगली बालों में पोंछ कर अन्दर चली। मुड़ कर देखे बिना ही महसूस हुआ कि आरामकुर्सी से दो आँखें अपने ऊपर पड़ रही हैं। घबराहट और बढ़ गयी।

तृक्काक्करा अप्पन की पूजा कुट्टन नायर ने की। नारियल, पीतल के लोटे में पानी, केले के पत्तों में घी, चन्दन, तुलसी, धूम्रदान आदि रख कर 'मातेवर' के सामने पीढ़े पर बैठते हुए कुट्टन नायर बोला—

"दरअसल यह पूजा कोच्चप्पन को करनी चाहिए। यह घर के लड़कों का काम है।"

आरामकुर्सी पर पीठ टिका कर सिगरेट का धुआँ निकालते हुए कोच्चप्पन बोला—"बचपन में मैं ही करता था।"

बन्द खिड़की की झिरी से धुआँ के छल्ले और सिगरेट की गन्ध आई। वह गन्ध मीनाक्षी को अच्छी लगी।

"गँड़ासा ले आ मीनाक्षी।" कुट्टन नायर ने जोर से पुकारा। सोचा होगा कि रसोई में है। इसीलिये यों ज़ोर से पुकार रहा है। पूजा का इन्तज़ाम करते वक्त नारियल फोड़ने के लिये गँड़ासा रखना भूल गयी थी।

माधवी दीदी बरामदे की ओर आई। दूर कहीं से पूजा के बाद की पुकार उठी।

"कुट्टन नायर, पूजा के बाद ज़ोर से पुकार उठना चाहिए।"

"तृक्काक्करा अप्पन की पूजा करके ज़ोर से पुकार उठना बच्चों का काम है। कोच्चप्पन से यही तो मैं कह रहा था।"

"वह बड़ा हो गया न?"

सोचा कि कोच्चप्पन भाई इसके जवाब में कुछ कहेगा, लेकिन कुछ नहीं कहा।

खिड़की की झिरी से सिगरेट के धुआँ की महक फिर-फिर पास आई।

"इस धुएँ को यों खींच लेने से तेरा शरीर मुर्झा रहा है। मुर्गे की तरह दो दाने खा लेता है। पकवान खाने को कहो तो वह भी नहीं खाता।"—माधवी दीदी ने बेटे के दुबले होने का कारण ढूँढ़ लिया।

"परदेश की आदत पड़ने से हमारी सब्जियाँ रुचती नहीं होंगी।"

पूजा की पुकार चारों ओर से आने लगी।

"बिल्ली की म्याऊँ और कुत्ते की भौंक की सी आवाज़ें भी आ रही हैं।"

पूजा के बाद कुट्टन नायर ने ज़ोर से पुकारा—"आरपो..."

तृक्काक्करा अप्पन को चढ़ाया भोग पूजा करने वाले का हक है। परोसने के लिये केले के पत्ते और तश्तरी में गरम-गरम अटा लेकर माधवी दीदी आई। कुर्सी के हत्थे पर पत्ता रखा तो कोच्चप्पन भाई ने कहा—"मुझे नहीं चाहिए।"

"तो रात को चावल खाने के बाद खा लेना।"

"बढ़िया बना है, मिठास बराबर।"—वेलायुधन नायर ने कहा।

"कुट्टन नायर, पाणर लोग* आज ही आते हैं न?" कोच्चप्पन भाई कुर्सी से उठा।

"हाँ, पाणर लोग 'करकट संक्रमण' और 'उत्राड़म' की रात को ही आया करते हैं।'

कुट्टन नायर ने पाणन जाति के उण्णिप्पेरयन के कुत्ते के कुएँ में गिर कर मर जाने का किस्सा सुनाया।

"कुट्टन भाई, तुमको उण्णिप्पेरयन का बापू याद है? हमारे बचपन में वही एक था अभिचार करनेवाला। जादू-टोना करता था। बरगद के नीचे दुकान चलानेवाले रावुत्तर को पालत्तरा मंडी से लौटते समय उसी ने जंतर-मंतर करके मार डाला।"

मीनाक्षी डरने लगी कि अभिचारों की कहानी कहीं आगे न बढ़े। जादू-टोने के किस्से सुनने पर रात को बर्तन माँजने के लिये आँगन में उतरते भी डर लगता है। अच्छा हुआ किस्से आगे नहीं बढ़े।

पाणर लोगों के गानों का दक्षिण में प्रचार ज़्यादा है। दस-बारह लोग एक साथ आते हैं। मर्द भी और औरतें भी। रस्म पूरा हुआ तो फिर घरवाले अपनी मर्जी से गवा

---

* पाणर जाति के लोग ओणम की पिछली रात को गाना गाते हुए घरों में घूमते हैं और त्योहार की भेंट प्राप्त करते हैं।

सकते हैं। बढ़िया गाते हैं ये लोग। औरतों और मर्दों का वृत्त में खड़े होकर नाचना भी देखने लायक है।

''ऐसा है क्या?''

''हमारा वह बेसुरा पाणन अपनी बीवी को लेकर आधी रात के बाद ही पहुँचता है।''

''नहीं, नहीं, इस ओर वे जल्दी आते हैं। पहले तीनों इल्लम में, फिर पुत्तनकळम में, उसके बाद ताषत्त और फिर यहाँ।''

''पिछले साल यहाँ पहले आये और बाद में ताषत्त और पुत्तनकळम में गए।'' माधवी दीदी ने सुधारा।

फाटक से खड़ाऊँ की खट्-खट् के साथ बातचीत सुनायी पड़ी।

''आ रहे हैं वे।''

कोच्चप्पन आँगन में उतरा। माधवी दीदी अन्दर चली।

''शेखर मामा नहीं नहाएँगे, पैरों की सिंकाई के लिये थोड़ा गरम पानी तैयार करना काफी है।''—माधवी दीदी ने कहा।

खाने पर कुट्टन नायर और वेलायुधन नायर भी थे। सब मिलकर खाने बैठे।

''कुट्टन, तुमने पकाया न सब कुछ?'' शेखर मामा ने पूछा।

''ज़्यादा कुछ तो नहीं जानता। यों ही कुछ...''

चखने के बाद शेखर मामा ने अपनी राय दी—'मुलकापच्चटि'* में मिठास कम है, नारंगा करी* बढ़िया है।'

''मुझे भी लगा था कि मुलकापच्चटि में गुड़ कम है। मैंने माधवी अम्मा से कहा भी था चाशनी का स्वाद कल तक ही मिल जाएगा, इसलिये कल चख कर देखने के बाद गुड़ मिलाना ठीक रहेगा।''

रसोई के पिछवाड़ेवाले बरामदे में माक्कुण्णि के लिये खाना परोस दिया। उसके बाद माधवी दीदी का खाना परोस कर खुद खाने बैठी। दूर से पाणन लोगों के डमरू का डम-डम सुनायी दिया।

माधवी दीदी ने कान लगाये।

''इल्लम से है। लगता है आधी रात को ही आकर जगायेंगे।''

पल में आसमान साफ हो गया और चाँदनी फैल गयी। जूठे पत्ते लपेट कर मीनाक्षी बाहर निकली तो ठगी सी रह गयी। कैसी उजली चाँदनी फैली है। सुपारी के पेड़ों के बीच से छनती चाँदनी आईने की झिल्लियाँ जैसी बिखरी पड़ी थीं। केले के पत्तों के छोर पर मानो सोने के सिक्के लुढ़काये जा रहे थे।

गोबर लीपा आँगन चाँदनी का झील था। मानो डुबकी लगा कर नहाया जा सकता है।

---

* मीठी चाशनी।

* नीबू का अचार।

हाथ धोने के लिये बाहर निकली माधवी दीदी ने भी कहा—"इस बार ओणम की चाँदनी कमाल की पड़ रही है।"

चौका बर्तन करने के बाद, सुबह आँगन बुहारने आनेवाली को देने के लिये भात पानी में भिगो रखा। माधवी दीदी एक-एक काम की याद दिलाने लगी—

"सुबह केले उबालने का बड़ा बर्तन कोठार से निकाल लिया है न?"

"जी।"

"पाणर को धान और चावल तौल देने के लिये 'नाषि' और 'इडंगाषी'* दिये के पास ही रख। उस वक्त दौड़-धूप करनी न पड़े।"

कुट्टन नायर माधवी दीदी से विदा लेने आया।

"चतयम'* के दिन तड़के आ जाना, कुट्टन नायर, नज़राना ले आनेवालों के अलावा अपने सभी मज़दूर उस दिन दावत खाने आ जाएँगे। इससे ज़्यादा मुश्किल काम और कोई नहीं।"

कुट्टन नायर ने आने का वादा किया।

"वेलायुधन नायर गया?"

"नहीं, बाहर है। जाने के कोई आसार भी नहीं। उनकी बात सुनने के लिये भी कोई चाहिए न? वह बैठ कर हाँ-हाँ करता जाएगा।"

कुट्टन नायर के जाने के बाद माधवी दीदी ने कहा—"अब जल्दी जाकर सो जा। तड़के उठ कर रसोई में घुसना है। सौ काम पड़े हैं। पाणन लोग जल्दी आ जाते तो एक जगह जाकर कमर सीधी कर लेती।"

पाणन लोगों को देने के लिये मीनाक्षी ने धान चावल आदि ला रखा।

सीढ़ियों के ऊपर जाते हुए माधवी दीदी ने याद दिलायी, "मीनाक्षी, एक बात भूल गयी। तश्तरी ठीक से साफ करके कोच्चप्पन को दो 'अटा' दे आ।"

किनारे पर फूलों और लताओं की चित्रकारीवाली साफ तश्तरी को और एक बार पोंछ दिया। तश्तरी में मैल देखकर खाने से इनकार न कर दे। अब तक शेखर मामा को परोसते समय ही डर लगता था। अब उससे भी ज़्यादा डर लगने लगा।

शेखर मामा आरामकुर्सी के दोनों हत्थों पर पाँव पसार कर वामन द्वारा राजा महाबली से तीन पग धरती नाप लेने की कहानी सुना रहे थे। बरामदे में चटाई पर बैठ कर वेलायुधन नायर 'हूँ-हाँ' करता जाता था।

अन्दाज़ा लगाया कि कोच्चप्पन भाई आँगन में टहल रहा होगा। लेकिन मालूम हुआ कि ऊपर जा चुका है। दुविधा हो गयी कि पकवान ऊपर कमरे में ले जाना है या परोस कर पुकारना है? कोच्चप्पन भाई के होते वह भंडार घर के ऊपर नहीं जाती थी। उनके नीचे उतरने के अन्तराल में झाड़ू लगाकर, बिस्तर बिछा कर लौटती थी। माधवी दीदी से पूछने जाऊँ तो शायद बिगड़ जाएगी।

---

* अनाज की मापक।

* शतभिष्क—ओणम के तीसरे दिन मनाया जाता है।

आँगन में आम के पेड़ को घेर कर चाँदनी लहरा रही थी। हल्की सर्द हवा में आम की टहनियाँ हिलतीं तो लहरों में हिल कर दब जाते शैवाल की तरह काली परछाइयाँ डोल जातीं।

पैरों की आहट सुनाये बिना दबे पाँव सीढ़ियाँ चढ़ी। बरामदे में कदम रखते ही चारों ओर फैल रही सिगरेट की गन्ध आई। बरामदे के पूर्वी छोर पर कमरे की रोशनी पड़ रही है। सलाखों के बीच से छनती चाँदनी की वजह से बरामदे का अन्धकार पतला हो रहा था। आगे बढ़ा तो कालीन के छोर पर रखे तख्त से टकरा गयी। घुटनों का दर्द कोई बात नहीं थी, कमरे में बैठ कर पढ़नेवाले को आवाज़ सुन कर बुरा लगने का डर हुआ। अच्छा हुआ तश्तरी हाथ से न छूटी। गिर जाती तो टूट जाती।

दरवाज़े पर सकपका कर खड़ी रही। बाहर की मेज़ पर रख कर लौटूँ?

कोच्चप्पन भाई मेज़ के ऊपर पैर रख कर पढ़ रहा था, आँचल सिर पर ओढ़ कर हँसती-मदमाती एक औरत की तस्वीरवाली किताब।

जल्दी अन्दर घुसकर कुर्सी के पास रखे तख्त पर दोनों हाथों से पकड़कर तश्तरी रखने के बाद लौटने लगी तो पूछा–

"क्या है?"

"अटा।"

"मुझे नहीं चाहिए, ले जाओ।"

मीनाक्षी असमंजस में पड़ गयी। बोलूँ कि अच्छा है, प्रसाद है?

"खाने का मन नहीं करता, ले जाओ।"

दुबारा कहा तो उसने तश्तरी उठायी।

"मीनाक्षी, पाणर आ रहे हैं क्या?"

बिना मुड़े घबराहट दबा कर बोली–

"व...वह...इल्लम से आवाज़ आ रही थी।"

वह जल्दी वहाँ से निकल जाना चाहती थी।

"सुनो, एक गिलास पानी ला कर रखो।"

मीनाक्षी को तश्तरी वापस लाती देख कर माधवी दीदी ने पूछा–"क्या हुआ?"

"बोले, नहीं चाहिए।"

"वह हमेशा ऐसा है, मीठा पसन्द नहीं है।"

"उबला पानी माँगा है।"

"उस छोटी सुराही में ले ले, गिलास भी लेती जा। रात को ज़रूरत पड़ेगी।"

नारियल तेल निकालने के लिये भरनी और करछुल लेकर वे फिर ऊपर गयी।

पानी लेकर बरामदे में पहुँची तो कोच्चप्पन भाई आँगन में टहल रहा था। अभी-अभी तो ऊपर था, इतनी जल्दी नीचे कैसे पहुँच गया? शायद पाणर के गाने के लिये कान लगाता होगा। डमरू बजा कर, अपने पोपले मुँह से, बन्द गला फाड़कर उण्णिप्पेरयन गाता है। उसके गाने से इन लोगों को इतना लगाव क्यों है?

शेखर मामा वामन का किस्सा पूरा करके ओणम के दिन खेत जोतने निकले मुसलमानों के साथ हुई मुठभेड़ का किस्सा शुरू कर चुके थे। वेलायुधन नायर का हूँ-हाँ कमज़ोर होने लगा था।

भंडार घर के ऊपर सिगरेट का धुआँ तब भी घूम रहा था। सुराही और गिलास मेज़ पर रखा। छलका पानी हाथ से पोंछ डाला। मीनाक्षी ने हड़बड़ी में कमरे में एक नज़र दौड़ायी। एक नयी तस्वीर दीवार पर टँगी है। दिन में झाड़ू लगाने आते वक्त यह तस्वीर यहाँ नहीं थी। काला चोगा पहने, गले में तितली जैसी कोई चीज़ चिपकाये गम्भीर मुद्रा में बैठा है कोच्चप्पन भाई।

सीढ़ियोंवाले कमरे में नज़राने के रूप में लाये गये खीरे में से पके हुए खीरे चुन कर बल्लियों पर टाँगने के लिये अम्बार लगा रखे थे। अन्धकार में उससे बचने के लिये पैरों से टटोल कर चलते समय अचानक ऐन सामने से सवाल सुन कर चौंक उठी।

"कौन है?"

"मैं हूँ" के शब्द गले में अटक गए। रास्ते से हटने का मौका नहीं मिला। उसके पहले ही वे हाथ अपने शरीर को घेर चुके थे।

"हे भगवान!" मन ही मन ज़ोर से पुकार उठी। बाँहों को छुड़ा कर भाग जाने, ज़ोर से चिल्लाने और सिगरेट की गन्धवाले होठों को चेहरे से झटक देने की इच्छा हो रही थी, मगर डंठल के टूटे केले के नन्हें पत्ते की तरह थकी-मुरझायी खड़ी रही। शरीर भर में मानो आग जल रही थी।

"अब जाओ, पाणर आये तो मुझे जगा देना।"

बेसुध सी लौट चली। लगा कि बरामदे पर बैठे शेखर मामा और वेलायुधन नायर की निगाहें उसके ऊपर पड़ रही हैं।

थर-थर काँपते हुए तेक्किनी के अँधेरे कोने में जाकर दम लिया। माधवी दीदी के सामने जाने से डर लग रहा था। चेहरे और गले पर सिगरेट और पाउडर की गन्ध अटकी है क्या? डरते-डरते गलियारे की ओर चली। सुपारी के बागान से हो कर डमरू के डम-डम के साथ पाणर के गाने की लहरें ठंडी चाँदनी भरी हवा के साथ सरक कर पास आ रही थीं।

"मैंने की पूजा तेरी, मेरे तृक्काक्कर देवा..." उण्णिप्पेरयन के बन्द गले से शब्द रुक-रुक कर बाहर निकल रहे थे।

लगता है 'चात्तमपट्ट इल्लम' तक ही पहुँचे हैं। यहाँ पहुँचते-पहुँचते आधी रात हो जाएगी। मुझे थोड़ी कमर सीधी करनी है।

माधवी दीदी पानदान के सामने बैठी थी।

"लकड़ी सूखी नहीं है तो चूल्हे के ऊपर रख दो। शुभ दिन में सुबह-सुबह फूँक-फूँक कर बेहाल न होना पड़े।"

मन ही मन प्रार्थना की कि माधवी दीदी आँखें उठाकर अपनी ओर न देखे। बात आधी सुनते ही जल्दी-जल्दी रसोई की ओर चली। कालिख लगी रोशनदान से बाहर

देखा। बागान में चाँदनी और परछाईं एक-दूसरे को बाँहों में भर रहे थे। डमरू के ताल के साथ उण्णिप्पेरयन के गाने दोहराये जा रहे हैं।

"तुमने वर दिया देव, हम बाजा लेकर गाने निकले।"

चेहरे पर चुहचुहा आयी पसीने की बूँदें धोती के सिरे से पोंछ कर आँगन में फैली चाँदनी की झील की ओर दुबारा देखा। सब कुछ दुबारा जी लिया तो उसे रोने की इच्छा हुई, हँसने की भी।

ताड़ पत्ते की छतरी के नीचे से महाबली और उसकी सन्तानों की मूर्तियों को सार के चबूतरे की ओर हटाया तो गोविन्दन कुट्टिट ने सोचा—और एक ओणम बीत गया।

बचपन में महाबली की मूर्ति को आँगन से हटाते वक्त बड़ा दुख होता था। क्योंकि समृद्धि के दिनों के फिर लौटने के लिये साल भर का इन्तज़ार करना था। अब कोई दुख नहीं। न ही उत्राटम के दिन महाबली को बनाने के लिये मिट्टी गूँधते समय खुशी होती है।

शाम को कोच्चप्पन आया। कुमार भाई घर पर नहीं था। गोविन्दन कुट्टिट केले के पौधे रोपने के लिये फावड़ा लेकर बागान में उतरा था। तभी फाटक से कोच्चप्पन को आते देखा। अन्दर पहने बनियान की झलक दिखानेवाला, हल्के पीले रंग का रेशमी कुर्ता, टखनों के नीचे ज़मीन को छूनेवाली धोती और दाढ़ी बनाने से हल्का हरा रंग फैला सुर्ख चेहरा। पहली नज़र में ही गोविन्दन कुट्टिट ने समझ लिया कि उसके होठों के ऊपर से नीचे उतरती मूँछें पहले से ज़्यादा काली और घनी हो गयी हैं। फावड़ा क्यारी में ही छोड़ कर कुएँ की जगत पर जाकर लाल मिट्टी से सने पैरों को धो लेने के बाद पहुँचा तो कोच्चप्पन बरामदे में टहल रहा था।

"कैसे हो गोविन्दुट्टिट भाई?"

गोविन्दन कुट्टिट हँसा।

टूटी चारुपटि के ऊपर वह बैठने लगा तो कहना चाहा—"सम्भलके, वरना धोती फट जाएगी।"

"कब आया?"—यद्यपि 'पूराटम' की पिछली शाम को उसके घर पहुँचने की खबर कुमार भाई से मिल चुकी थी। कुशल पूछने के लिये यों ही पूछ दिया।

"मुझे घर आये एक हफ्ता हो गया। कुमार मामा कहाँ गया?"

"बाहर गया हुआ है।"

"नानी माँ लेटी है क्या?"—पूछते हुए कोच्चप्पन अन्दर घुसा। देहली को पार करते समय कोच्चप्पन को खूब झुकना पड़ा। कोच्चप्पन के पास खड़े होते गोविन्दन कुट्टिट अपनी कद-काठी को लेकर लज्जित हुआ।

"कौन आया गोविन्दन कुट्टट?" माँ ने लेटे-लेटे ही पूछा।

"मैं हूँ नानी माँ।"

गोविन्दन कुट्टि तेक्किनी तक उसके साथ चलने के बाद बरामदे में लौट आया। कोच्चप्पन के सामने माँ फरियादों की पोटली खोलेगी। धत्—

"मेरे बेटे, कितने दिनों से तुझसे मिलने की आस लेकर बैठी थी! जिस दिन कुमारन तेरे आने की खबर लाया, उसी दिन से मैं इन्तज़ार कर रही थी। नानी माँ अब ज़्यादा दिन इस धरती पर नहीं रहेगी।" माँ भर्रायी आवाज़ में कहती जा रही थी।

"दूसरों को परेशान किये बिना, सबको देख कर आँखें मूँद लेने की आशा मात्र बाकी है।" बातों की लड़ी टूट गयी और माँ रोने लगी। यह उनकी आदत है। आखिर वह उठ बैठी।

"बेटे, तू पहले से भी दुबला हो गया!"

"नहीं-नहीं दुबला कहाँ हुआ है?"

"अपनी सेहत का ख़याल रखना। कहते हैं न, दीवार के बिना चित्र कैसे खींचा जाए? कुञ्ञुट्टि, चाय का पानी रख, कोच्चप्पन के लिये एक गिलास चाय बना दे।"

चाय के लिये दूध नहीं होगा। चाय की पत्तियाँ भी शायद ही होंगी। बेचारी को अब पड़ोस की ओर दौड़ना पड़ेगा।

"नहीं चाहिए मौसी, मैं अभी पुत्तनकळम होकर आ रहा हूँ। उन्होंने ज़िद करके चाय पिलायी।"

बार-बार मना करने पर माँ ने कहा—

"तो मत पिओ, एक केला आग में भून कर ला दे, बचपन से उसे वह पसन्द है।"

कुमार भाई के खरीदे केले के घौद में नीचे की ओर चार-पाँच छोटे-छोटे सड़े हुए केले बाकी हैं। कुञ्ञोप्पोळ वह कैसे किसी को दे सकती है? अपने पास नहीं है तो मेज़बान बनने की ज़िद क्यों करती है माँ?

पुत्तनकळम में कुट्टि शंकर मेनोन और नाणप्प मेनोन के साथ बैठ कर बात करते कोच्चप्पन को राजम्मु के चाय पिलाने का दृश्य गोविन्दन कुट्टि ने मन ही मन देख लिया। ज़रूरी नहीं कि राजम्मु ने ही चाय पिलायी हो। नौकरानी कल्याणि अम्मा और अप्पुण्णि भी तो है वहाँ। फिर भी—

(दरवाज़े के पीछे खड़ी होकर राजम्मु ने देखा होगा। ढलती धूप के रंग के रेशमी कुरते के ऊपर, पाउडर लगाये सुर्ख चेहरे पर, घुँघराले बालों पर, सब जगह राजम्मु की आँखों ने सैर की होगी।)

जोत के दिन सुपारी के बागान में खड़ी होकर राजम्मु ने अपनी ओर भी देखा था—लेकिन देखने लायक क्या है अपने में? भूरे रंग के रोयाँदार हाथ और मोटा, ठिंगना शरीर?

ज़िन्दगी में कभी भी नज़र उठा कर राजम्मु के चेहरे पर देखने का साहस नहीं जुटा पाऊँगा।

अन्दर माँ बेटी की शिकायत कर रही थी। "ऐसी भी क्या व्यस्तता कि कभी न कभी जन्म देनेवाली माँ को देखने आने का भी अवकाश नहीं?"

"मैं माँ से कहूँगा।"

"उससे कहने के लिये नहीं कहा, कितनी प्रतीक्षा के बाद वह मेरी कोख में फूटी थी! रहने दे, बीती बातों को दोहराने से क्या फायदा?"

माँ की व्यस्तता के सम्बन्ध में बताते हुए कोच्चप्पन ने नानी माँ को अपने घर आकर रहने का न्योता दिया।

"कुछ दिन वहाँ आकर रहिए न? वहाँ आपको कोई कष्ट नहीं होगा।"

"अब मुझे ऐसी कोई चाह नहीं है। यहाँ भी मुझे कोई कष्ट नहीं है। बस, तुम लोग कभी-कभी याद करना कि यह बुढ़िया यहाँ पड़ी है।"

"वह सब याद है नानी माँ।"

कोच्चप्पन ने कहा कि वह ओट्टप्पालम में वकालत शुरू करनेवाला है। वैसे मद्रास में काम करना अच्छा है, लेकिन माँ-बाप चाहते हैं कि बेटा घर के आस-पास ही कहीं नौकरी करे। खैर, कुछ दिन यहाँ काम करके देखता हूँ, बाद में देखा जाएगा।

बातों-बातों में माँ गोविन्दन कुट्टि के बारे में कहने लगी तो सुन कर वह बेचैन होने लगा।

"एक यहाँ भी है न आवारागर्दी करके दिन-रात गुज़ार देनेवाला। माथे का लिखा अच्छा होना चाहिए।"—माँ ने स्वगत कहा।

"उम्र बाईस-तेईस ही हुई है, तब तक ज़िन्दगी सँवर गयी। ईश्वर लम्बी उमर दे।"

"कैसी हो मौसी?" कोच्चप्पन ने कुशल पूछा। कुञ्ञोप्पोळ का जवाब सुनायी नहीं दिया।

"चलता हूँ नानी माँ, आता रहूँगा। मैं कुछ दिनों के बाद ही वापस जाऊँगा।" कोच्चप्पन विदा लेने लगा तो माँ ने आखिरी बार कहा—"मुझे तुम लोगों के रुपए-पैसे कुछ नहीं चाहिए। उसके लिये नहीं कहती। बस इतना याद रहे कि नानी माँ जिन्दा है। कितनी भी ऊँचाई पर पहुँचो, अपनी नींव को मत भूलो। माँ से भी कह देना।"

"चलता हूँ, मौसी।" दरवाज़े पर झुकते हुए कोच्चप्पन बाहर निकला।

देहली पार कर कोच्चप्पन बाहर निकला तो गोविन्दन कुट्टि भी बरामदे में पहुँचा।

"चलता हूँ, गोविन्दुट्टि भाई। तुम तो उस ओर आते ही नहीं।" गोविन्दन कुट्टि नहीं कह सकता था कि उसे फुर्सत नहीं मिलती। इसलिये कहा—"आऊँगा।"

आँगन में उतरने के बाद सिगरेट जला कर धुआँ निकालते हुए कोच्चप्पन ने

कोने में पलती झाड़ी को लक्ष्य करके पूछा—"यह क्या पौधा है?"

"पौधा नहीं बूटी है, अडूसा, माँ की दवा के लिये इसका रस चाहिए।"

"बड़े-बड़े फूल पैदा करनेवाला एक पौधा है, मैंने सोचा वही है।"

"ओट्टप्पालम में कब जाना है?"

"तय नहीं किया है। दुविधा में हूँ कि वहाँ माधव मेनोन के जूनियर के रूप में काम करूँ या बालकृष्ण नायर के। ओट्टप्पालम पास ही है न, हर इतवार को घर आ सकूँगा। सिगरेट पिओगे?"

"नहीं।"

"देखो गोविन्दुट्टि भाई, हमारे इस इलाके की तरह मनहूस और कोई प्रदेश नहीं। एक लिफाफा खरीदने के लिये चार मील चलना पड़ता है और सिगरेट तो छह मील दूर से ले आनी पड़ती है।"

"तुम सब लोग रहते कैसे हो यहाँ?" कोच्चप्पन ने ताज्जुब के साथ पूछा था।

"कभी-कभी हमारे घर में भी आ जाओ गोविन्दुट्टि भाई" और एक बार न्यौता दे कर चप्पलों को चरमराते वह चला गया।

मेंड़ के ऊपर से शान से चले जाते उस युवक को गोविन्दन कुट्टि देखता रह गया। यकीन नहीं हुआ कि वह अपना भानजा है। आँगन में धुएँ की गन्ध थोड़ी देर और ठहर गयी थी।

आँगन की पूर्वी सीमा पर खड़े हो जाने पर कुञ्ञरय्क्कार के घर के सामने खड़े भीमाकार आम के पेड़ के पत्तों का विस्तार देखने को मिलता है।

कुछ दिनों से कुञ्ञरय्क्कार के घर नहीं गया था। इसी वक्त वहाँ निकल जाऊँ तो कोई कुछ नहीं कहेगा? वहाँ जाने का कोई खास मकसद तो नहीं। माप्ला घरों में जा बैठना कुमार भाई को पसन्द नहीं। किसी को पसन्द नहीं, इसीलिये वहाँ जाने में मज़ा आता है।

"माप्ला के घर में तेरा क्या काम है रे?"

"कोई काम नहीं।"

"तो फिर वहाँ पहुँच कर हँसी ओढ़ कर क्यों बैठता है?"

"जाने को और कोई जगह नहीं, इसीलिये।"

खुद से तर्क करके अन्दर ही अन्दर खुद बड़ा होकर कुछ देर यों ही खड़ा रह गया। फिर केले के पौधे रोपने का काम पूरा करने के लिये बागान में चला।

कुछ दिनों के बाद माधवी दीदी माँ से मिलने आई। अपनी व्यस्तता और परेशानियाँ उन्होंने माँ को समझा दीं। माँ के लिये कम्बल, दो गट्ठे पान के पत्ते और सुपारी के नन्हे पत्ते में ढँक कर थोड़ा 'तण्णीरामृत'* लायी थी। रसोई में मदद के लिये रखी लड़की भी साथ थी। वह 'नम्ब्रत' रहनेवाली लक्ष्मि अम्मा की बेटी है। वलिय

---

* चावल के आटे की मिठाई।

वलप्पु तिय्या लोगों का उत्सव 'कलंकरी' देखने के लिये उस घर के सामने से कभी गया था।

वापस जाते समय बरामदे पर खम्भे के सहारे बैठे गोविन्दन कुट्टिट से माधवी दीदी ने पूछा—

"एक बुद्धू की तरह क्यों बैठा है तू?"

"और क्या करूँ मैं? नाचूँ? उछल-कूद कर लूँ?"

माधवी दीदी से ज़्यादा उनके साथ आयी लड़की घबरा गयी थी।

दीदी पर यों गुस्सा नहीं होना चाहिए था। गोविन्दन कुट्टिट उसका प्यारा छोटा भाई है। सुना है बचपन में उन्होंने ही पाला था।

दीदी की आवाज़ धीमी हो गयी।

"तू मेरा छोटा भाई है न? इसीलिये पूछा। तू चल मीनाक्षी, मैं अभी आई।"

गोविन्दन कुट्टिट चुप रहा। गुस्सा अभी ठंडा नहीं हुआ था। "भाई पर इतना प्यार है तो राज करनेवाले अपने पति से कह कर कोई नौकरी क्यों नहीं दिलवा देती?"

"तुझे अपने पैरों पर खड़ा होते देखने की इच्छा से पूछा था।"

मीनाक्षी निकल चुकी थी। दीदी के पीछे-पीछे सिर झुकाये गोविन्दन कुट्टिट फाटक के बाहर निकला। क्या अभी पूछना उचित होगा? कुछ दिनों से मन ही मन एक ख़याल पनपने लगा था। माधवी दीदी के बस की बात है। वही मदद कर सकती है।

एक बेवकूफ सा सिर लटका कर खड़े गोविन्दन कुट्टिट से दीदी ने पूछा—

"क्या सोचता है?"

अपनी बड़ी दीदी से पूछने में क्या हर्ज़ है? शरमाने की कोई बात नहीं।

"दीदी, मेरा एक काम कर दीजिए"—उसका स्वर लड़खड़ा गया था।

"क्या चाहिए तुमको।"

"मैं कहीं परेदश में जाकर किसी तरह जी लूँगा। जूठन उठा कर या बर्तन माँज कर कैसे भी हो, गुज़ारा कर लूँगा। किसी को खबर नहीं होगी। आप किसी तरह चुपचाप मुझे दस रुपये दीजिए।"

माधवी दीदी चुप खड़ी रही। गोविन्दन कुट्टिट और भी बहुत कुछ बोलना चाहता था। मन की गुत्थियाँ सुलझ जाने से राहत मिल रही थी।

"मैंने आज तक आपसे कुछ नहीं माँगा। कभी परेशान नहीं किया, जब मेरे पास होगा, लौटा दूँगा।"

अनजाने में गला भर आया। दूर किसी शहर में सड़क के भीड़-भाड़ में खोये एक घबराये हुए चेहरे की पल भर कल्पना कर सका। जाने कहाँ किस अनजान देश में अपनी तकदीर खुलेगी!

उसे अपने शब्द वापस मिले।

"अगर कुछ बन न पाया तो भी मुझसे आप लोगों को कोई परेशानी नहीं होगी।"

हे ईश्वर, आँखों की नमी दीदी से छिपी रहे।

माधवी दीदी बोली–

"तू यह क्या कह रहा है मेरे बच्चे? तुझे क्या हो गया रे?"

आँसू भरी आँखें मोड़ कर दूर कहीं नज़रें गड़ा कर वह हताश-सा खड़ा रहा।

माधवी दीदी क्या, कोई भी अपना दर्द नहीं समझ पाएगा।

"तू अभी बाईस-तेईस साल का ही हुआ है न? पूरी ज़िन्दगी पड़ी है सुधरने के लिये।"

"कैसे सुधरेगी ज़िन्दगी? यहाँ पड़े-पड़े कैसे सुधर जाएगी हालत? कोई काम नहीं, घर में दो वक्त का खाना नहीं, पास एक कौड़ी नहीं, आप ही बताओ, कैसे सुधरेगी हालत? एक जोड़ी कपड़ा खरीदने और कोयंपत्तूर या मदुरै पहुँचने का भत्ता मात्र दे दीजिए।"

बागान की सीमा पर टूटी-फूटी हालत में पड़ी चहारदीवारी से खिसके पत्थर के ऊपर उसने नाखून से टेढ़ी रेखाएँ खींचीं। मान का ख़याल कर चुप रहूँगा तो भूख कैसे मिटेगी? कई दिनों से सोच रहा था–किसी के सामने अपना मन खोलना ही होगा।

"गोविन्दुट्टि, मैं तेरी बड़ी बहन हूँ। मेरी गोद में पल कर तू बड़ा हो गया। दीदी का कहना मानोगे?"

"दीदी क्या कहना चाहती हैं?" गोविन्दन कुट्टि की खामोशी का यही मतलब था।

"हड़बड़ी में कुछ न करना। मुझे शेखर भाई से सलाह लेने दे। माँ और कुञ्ञुट्टि का तू ही एक सहारा है। ससुराल से मान-मनौव्वल हुआ तो कुमार भाई अपने रास्ते चला जाएगा।"

गोविन्दन कुट्टि ने यों ही हामी भरी।

"थोड़े दिन और सब्र कर; कोई न कोई रास्ता निकल आएगा। मैं शेखर भाई से ज़रूर कहूँगी।"

माधवी दीदी चली गयी। पहले कभी भी इतनी श्रद्धा उनके प्रति मन में नहीं जागी थी।

कैसे-कैसे अजीब सपने आते हैं लोगों को–उस रात बीच नींद में आँखें खुलीं तो गोविन्दन कुट्टि को यही ख़याल आ रहा था। सपने में देखा कि बड़े एक मकान के एक कमरे में एक आदमी मेज़ पर अम्बार लगाये नोटों को गिन कर उसके गट्ठे बना रहा है और काली जिल्द वाली एक मोटी किताब में कुछ लिखता जा रहा है। उस मकान के सामने सड़क है, पक्की सड़क, परिचित कई लोग सामने से गुज़र रहे हैं।

अनजान जगह, मकान भी पहले देखा हुआ नहीं, अन्धकार के काले चेहरे पर

हैरान-सा घूर कर लेटा रहा तो एक बात साफ हो गयी—सफेद कुर्ता और धोती पहन कर बैठा वह नौजवान कोई ग़ैर नहीं, वह गोविन्दन कुट्टि है।

हल्की उम्मीद ने इन्तज़ार के दिनों को सार्थक बना दिया। धीरज रख कर इन्तज़ार किया—एक दिन माधवी दीदी का सन्देश लेकर पून्तोट्टम से कोई आ पहुँचेगा।

बारिश में उफनती नदी पतली हो गयी। बरसात के थमने पर सुबहों में बालियों से भरे पड़े खेतों में धुन्ध उतर आने लगी।

ठंडी हवा की चलती एक सुबह, धुआँ ज्यों फैले कुहरे के बीच से किसी को फाटक की ओर आते देखा। आनेवाला पास पहुँचा तो अचरज हुआ—अब्दु।

"खत में अगले महीने आने की बात लिखी थी। कब आया?" उसके फाटक पार करने के पहले ही पूछा।

"रात को।"

कहा कि छुट्टी जल्दी मिल गयी। अब्दु पहले से ज़्यादा मोटा हो गया है। रंग भी सँवला गया है।

बरामदे में कुमार भाई के सामने बात करने में झिझक हो रही थी, इसलिये दोनों मिल कर बाहर निकले।

हवा में ठंड थी। सिगरेट का पैकेट निकालते हुए अब्दु ने कहा।

"चल, सिगरेट पीते हैं।" तीखी गन्धवाली काली तम्बाकू भरी कड़वे सिगरेट का धुआँ खींच लिया तो शरीर में गर्मी और ताज़गी भर गयी। बात करते हुए मेंड़ के ऊपर से आगे बढ़े।

"सुनाओ, क्या हाल है?"

"तू ही सुना, मैं यहाँ दिन-रात मक्खी मार रहा हूँ?"

अब्दु की टुकड़ी जगह बदल रही है। इसलिये एक महीने की छुट्टी दी गयी है। वापस पहुँचते ही देहरादून के लिये रवाना होना है। देहरादून हिमालय के पास है। इंडिया के उत्तरी छोर पर। वहाँ कड़ाके की सर्दी पड़ रही होगी।

अब्दु को फौज की खबरें सुनाने से ज़्यादा गाँव के समाचार सुनने में दिलचस्पी थी।

"मुतलाली और तुम्हारे जीजा की अनबन अब कैसी है?"

"पहले जैसी ही है।"

"मुकदमे दर्ज़ हैं क्या?"

"कौन जाने? जिनकी जेब में पैसा है, वे आपस में मार-पीट करें, मुकदमे चलायें, हमको क्या?"

"चल, हम घर जाकर चाय पी आएँगे।"

गोविन्दन कुट्टि ने न कहा।

"तो चल, दुकान से ही पी लेते हैं।" गरम-गरम एक चाय पीने की इच्छा हो रही थी, मगर 'न' पर अड़ा रहा। शाम को उसके घर पहुँचने का वादा करके विदा ली।

हर शाम अब्दु के साथ घाट के पास सीमेण्ट की मुँडेर पर बैठ कर सेना के शिविरों और बड़े-बड़े शहरों में घूमने में मज़ा आ जाता था। सम्राट अकबर का राजमहल और पाठ्य पुस्तकों में दुनिया के सात अजूबों में गिना गया ताज महल अब्दु ने देखा है। एक बड़े शहर की वेश्याओं की बस्ती के बारे में अब्दु ने कहा तो यकीन नहीं आया। ऐसी औरतें सचमुच होती हैं क्या?

"फिर भी अपने गाँव में दस रुपये कमाने का कोई ज़रिया होता तो मैं फौज में नहीं जाता। फौज माने नरक है, नरक।"

सोचा था अब्दु के वापस जाने के पहले नबीसु की शादी तय हो जाएगी। कुञ्जरय्क्कार अब्दु के साथ दो बार पट्टांपी हो आया। सफेद दाढ़ीवाला एक बूढ़ा, अब्दु ने कहा कि वह मौलवी है, इस ओर भी आया।

लेकिन बात बनी नहीं।

"रिश्ते और भी आएँगे, खुदा के करम से।" कुञ्जरय्क्कार बोला।

छुट्टियों के अठारहवें दिन अब्दु के नाम तार आया। "छुट्टियाँ खत्म, तुरन्त हाज़िरी दो।"

रोज़ की तरह शाम को द्वार पर जाकर पुकारा तो तित्तुम्मा बाहर आई। "अन्दर आओ न, दो घड़ी बैठ जाओ।"

तभी तार की बात मालूम पड़ी। तित्तुम्मा हैरान थी। कुञ्जरय्क्कार ने अपनी निराशा प्रकट होने न दी।

"यह छोकरा अपने घर में चार दिन और ठहर गया तो फौज पर कौन पहाड़ टूट पड़ेगा? बेशुमार और लोग हैं न वहाँ?"

तित्तुम्मा की निरीहता पर हँसी आई।

अगले दिन दोपहर को निकलना तय हुआ। ढाई बजे की गाड़ी से षोरनूर तक जाना था। सिर्फ एक घंटे के इन्तज़ार के बाद गाड़ी मिलेगी।

कञ्जी पीकर कुञ्जरय्क्कार के घर की ओर चला। अब्दु तैयार हो चुका था। सामान के नाम पर टीन का एक बक्सा मात्र था।

"स्टेशन तक बक्सा उठा ले जाने के लिये कुट्याप्ता को बुला ला, वाप्पु।"

अब्दु ने कहा कि कुली की कोई ज़रूरत नहीं है, बक्सा वह खुद उठायेगा।

अन्दर रोना-सिसकना शुरू हुआ। सिर्फ कुञ्जरय्क्कार दुख छिपाये खड़ा रहा।

घाट तक गोविन्दन कुट्टि अब्दु के साथ चला। रास्ते में दोनों खामोश थे। नाव उस पार थी।

नाव के इन्तज़ार में मुँडेर पर गिरती बाँस की झुरमुट की छाया में दोनों खड़े रहे।

टोपी छाता पहने एक चेरुमन को लेकर नाव हिलती-डुलती किनारे से लगी।

"मैं स्टेशन तक आऊँगा।"

"नहीं।" अब्दु ने कहा।

"किनारे की रेत धूप में आग ज्यों तप रही है।"

"कोई बात नहीं।"

"नहीं, तकलीफ़ मत करो। मैं अकेले जाऊँगा।"

कुट्यात्ता बक्सा नाव में रखा तो अब्दु उठा।

"कब आओगे?"

"खुदा करे मिलने की नौबत जल्दी आए।"

अब्दु ने हँसने की कोशिश की।

"गाँव में अब्बा की मदद करनेवाला कोई नहीं। गलती उन्हीं की है। किसी से भी नरमी से पेश नहीं आते। तुम लोगों के भरोसे छोड़ जाता हूँ।"

गोविन्दन कुट्टि के शब्द कहीं खो गये थे।

"चलता हूँ।"

फेनिल होते उथले पानी के ऊपर से नाव आगे बढ़ी तो गोविन्दन कुट्टि लौट चला।

चक्कम्मा के घर के सामने पहुँचा तो बड़े आम के पेड़ के नीचे नबीसु खड़ी दिखी। मध्याह्न की धूप में लम्बी पसरी तपती रेतीली सड़क पर नज़र बिछाकर सुध-बुध खोई सी खड़ी थी। सड़क के किनारे खड़े छायादार पेड़ों के नीचे से वह आगे बढ़ा।

सुबह हल्के से सिरदर्द के साथ जागा। रात को ठीक से नींद नहीं आयी थी। आधी रात के बाद पड़ोस के तालाब से औरतों के गाने, नहाने और पानी में हाथ फड़फड़ाने की आवाज़ें आ रही थीं। चार-पाँच दिन और यही क्रम जारी रहेगा। आधी रात के बाद वे लोगों को सोने नहीं देंगी।

आँखें खुलीं तो खिड़की से बाहर देखा। फीकी चाँदनी में धुन्ध की घनी परतें भर गयी थीं। रात को सोने से पहले कुमार भाई ने एक काम सौंपा था—सुबह जल्दी उठ कर मम्माली से जाकर मिलो। तड़के नहीं गया तो वह घर पर नहीं मिलेगा।

ठंडी हवा के सर्द झोंकों में झुरझुराते गोविन्दन कुट्टि के मन में मम्माली या अपना खेत नहीं था। सोचता था सुबह के इस वक्त भी सर्दी बर्दाश्त नहीं होती, तो आधी रात के बाद सर्दी में सिकुड़ कर ये औरतें ठंडे पानी में डुबकी लेकर गाती कैसे होंगी? शायद उन्हें ठंड कम लगती होगी। बड़ी अजीब सृष्टियाँ हैं। अपनी तो आधे शरीर को नंगा छोड़ो तो भी गर्मी की परेशानी सही नहीं जाती। औरतों को देखो, ताज्जुब होता है। शायद उन्हें गर्मी भी कम लगती होगी।

"क्या पता, औरतों की बात है न?"

"पिछले श्रावण में अत्तम के दिन मम्माली से मिला था। उसके बाद कुमार भाई दो-तीन बार मिल आया।

कहीं कोई नौकरी मिल जाती। किसी न किसी तरह कुछ रुपयों का इन्तज़ाम

करके अपनी ज़मीन मम्माली के हाथ से छुड़ा लेता। उस खेत ने कभी धोखा नहीं दिया। साल में दो बार खेती करो तो घर में अनाज की कोई कमी नहीं होती।

लेकिन हाथ में रुपये आयें कैसे? नौकरी मिले कैसे? एक अनपढ़ आदमी को कौन नौकरी देगा? अगर शेखर भाई कोशिश करें तो कुछ हो सकता है। कइयों से उनका परिचय है। राय बहादुर से निकट की दोस्ती है। षोरनूर के पास किसी बड़े कारखाने में ऊँचे ओहदे पर बैठा आदमी है। हफ्ते में एक बार वहाँ जाता है। कुछ लोगों को वहाँ नौकरी दिलवा चुका है। उन्हीं की कोशिश से मनक्कावु करुणाकरण को पोन्नानी की कचहरी में अमीन की नौकरी मिली थी। काश, कहीं किसी तिनके का सहारा मिल जाता।

लोग कहते हैं माथे की रेखा अच्छी है तो पढ़ाई-लिखाई की कोई जरूरत नहीं।

छोटे दर्जे की पाठ्य पुस्तक में एक महान आदमी की कहानी पढ़ी थी। लकड़ी काट कर बेचता था। पुस्तक उधार लेकर पढ़ता था; पढ़ने के लिये रोज़ आठ-दस मील पैदल चलता था। आखिर बहुत बड़ा आदमी बन कर किसी देश का शासक बन गया।

कौन है? याद नहीं।

स्कूल में पढ़ी बातें कुछ भी याद नहीं। 'मणिप्रवाळम' के कई श्लोक कंठस्थ कर रखे थे। याद करने की कोशिश बेकार हो जाती थी।

ठेले के रूप में आये शकटासुर के—

शंकुण्णि के पास बैठता था। मार पड़ने पर भी वह शकटासुर का उच्चारण 'चकटासुर' ही करता था। उन दिनों बिना रुकावट के सारे श्लोक रट सकता था। लेकिन अब कोशिश करके भी दूसरी पंक्ति याद नहीं आती।

स्कूल के बाद पढ़ाई-लिखाई के नाम पर अब्दु के खत पढ़ना और अब्दु के लिये खत लिखना ही है।

कल्पना में खुद को अमीन, मुंशी या धान तौलनेवाले के रूप में देखने की कई बार कोशिश की है। छोटी ही सही, हर महीने एक रकम अपने हाथ आती, अपने पैसे से अपने खर्चे चलाता और यों ही कई साल गुज़रते किस्मत की सीढ़ियों को पार करते-करते शायद—लेकिन तकदीर के खुलने के कोई आसार नहीं दिख रहे थे। 'अतिराळन पहाड़ी' और 'भारतपुषा' के बीचवाले इस गाँव में घूम-घाम कर, बैठी छतवाले इस अँधेरे तंग कमरे में ज़िन्दगी जी लेना ही अपनी तकदीर है।

मम्माली से मिलने तड़के निकला था मगर वह चाँद के अस्त होने के पहले उठ कर नौ मील दूर चालिश्शेरी के लिये रवाना हो चुका था। अरुमुखन के पड़ोस में डाँड़ के बाहर पत्थर के ऊपर गन्दे कपड़े ओढ़ कर बैठी पारु बुढ़िया को उस दिन भी देखा था।

घर पहुँचा तो कुञ्ञोप्पोळ बोली—

"शेखर भाई ने कुमार भाई को बुलवाया था।" सोचा, इसमें ताज्जुब की क्या

बात है?

"क्या बात है?"

कुञ्ञोप्पोळ ने जवाब नहीं दिया। उनके सूखे चेहरे पर एक अनदेखी चमक हँसी की पतली रेखा बन प्रकट हो रही थी। सोते शिशु की हँसी याद आई।

अन्दर माँ और कुमार भाई बहस कर रहे थे।

"यह सच है कि वह मेरा दामाद है, लेकिन पून्तोट्टम के शेखरन नायर को मैं जानती हूँ।"

"आपकी सहमति नहीं है तो रहने दीजिए। किसी पराये का दास बनने के लिये नहीं बुलाया। भलाई करने के लिये कोई तैयार हो जाता तो भी–कहने से क्या फायदा?"

दोनों की बातचीत से गोविन्दन कुट्टि समझ गया कि शेखर भाई ने गोविन्दन कुट्टि की नौकरी के सिलसिले में कुमार भाई को बुलाया। माधवी दीदी को प्यार से याद किया।

लेकिन नौकरी क्या है, यह बाद में माँ से मालूम पड़ा। पून्तोट्टम के खेत के कामों की देखरेख। कारिन्दा पद्मनाभन की जगह खाली है। खेती करवाने के लिये कोई चाहिए।

"कुमार, तुम्हीं बोलो ताषत्त खानदान के एक लड़के को अपना नौकर बनाने का ख़याल उसे आया कैसे? धन-दौलत से ज़्यादा हमें अपनी इज़्ज़त प्यारी है।"

गोविन्दन कुट्टि ने सब कुछ सुन लिया। 'वटक्किनी' में घुसा तो कुमार भाई झट से बोला–

"वह खड़ा है न, उसे तय करने दे।"

गोविन्दन कुट्टि चुप रहा। माँ उठ बैठी। वह कुछ कहने वाली थी। लेकिन माँ को बोलने का मौका न देकर भाई बोला–

"पद्मनाभन के जाने के बाद वहाँ खेती की देखरेख करने के लिये कोई नहीं। पराये को जो देना है उसे अपने को देने के इरादे से शेखर भाई ने तुमको भेजने के लिये कहा है। तुम्हारी मर्जी है तो जाओ। मैं इल्लम का कारिन्दा बन सकता हूँ तो मेरा छोटा भाई पून्तोट्टम की खेती का कारिन्दा क्यों नहीं बन सकता?" फिर वह माँ से बोला–

"आप यह क्या सोच कर बात करती हैं? पून्तोट्टमवाले हमारे लिये पराये हैं क्या? वहाँ जो कुछ भी है, हमारे बच्चों का ही है। इसलिये वहाँ काम करने में कोई गलती नहीं है। मैंने भी दुनिया देखी है।"

"मान-मर्यादा सब कुछ बेच कर खा जाओ। सब कुछ बेच कर खा जाओ।"

"मेरी राय मत लो। घर में सब की सहमति से ही जाना।"

गोविन्दन कुट्टि कोच्चप्पन के बारे में सोच रहा था।

"कुञ्जुट्टि, तुम भी सुनो।" गलियारे में खड़ी कुञ्ञोप्पोळ को देखा तो कुमार भाई ने उनको भी सहारे के लिये साथ ले लिया।

"तुम्हारी राय क्या है?"

सोचा नहीं था कि कुञ्ञोप्पोळ अपनी ज़बान खोल कर कुछ कहेगी। लेकिन बेझिझक जब उन्होंने परोसने के लिये एक थाली कम होने की बात कही तो सचमुच ताज्जुब हुआ।

माँ चुप हो गयी।

"तू क्या कहता है?"

वह फिर सोच में पड़ गया। मन के अन्दर से कई चेहरे गुज़र गए। कोच्चप्पन, अब्दु, कुञ्ञोप्पोळ, माधवी दीदी, शेखर भाई–कहने के लिये बहुत था। लेकिन कुमार भाई से नहीं, शेखर भाई से। अगर वे अपना साला समझ कर बिना वेतन का काम लेना चाहता है तो–लेकिन कैसे बोला जाए?

जवाब के लिये शब्द ढूँढ़ते वक्त कुमार भाई बोला–"आगे तेरी मर्जी" और तौलिया झटक कर कन्धे पर डालते हुए वह बाहर निकला।

कुञ्ञोप्पोळ ने सही कहा था। परोसने के लिये एक थाली कम होने से कितना बड़ा अन्तर आ जाता है यह बात कुमार भाई या माँ नहीं समझ पाएगी, शायद खुद भी।

कुञ्ञोप्पोळ ने सुबह नहा कर खुले बालों के निचले सिरे पर गाँठ बनायी थी। इस दृश्य से मन बचपन की ओर रवाना हो गया। आर्द्रा के दिन आधी रात को नहा कर माथे पर हल्दी का तिलक लगा कर बालों में फूल लगा कर सामने खड़ी होनेवाली लड़की यही थी। तालाब के बाहर सुपारी के पौधे जलाकर आग सेंकते हुए बैठ कर इसी को औरतों के गाने का अगुवा करते हुए सुना था।

गोविन्दन कुट्टि की नौकरी को लेकर आगे घर में चर्चा नहीं हुई। माधवी दीदी से मिलने को लेकर मन में दुविधा पाल रहा था कि इतने में शेखर भाई खुद आ पहुँचा और कोई साथ नहीं था। कुमार भाई के साथ बरामदे पर बैठ कर इधर-उधर की बातों में उलझ गया। फिर माँ के कमरे में गया। जाने के पहले माँ से बोला–

"एक बात बतानी थी। सुबह कुमार से मैंने बात की थी। खेती का कारिन्दा पद्मनाभन नौकरी छोड़ गया। रसोई को छोड़ और कोई काम माधवी अम्मा के बस की बात नहीं है। मेरी भी उम्र चढ़ रही है, कुञ्ञिक्कालि अम्मा। अगर आप सबकी सहमति है तो गोविन्दन कुट्टि मेरी खेती के कामों की देख-रेख करे। यह काम उससे हो सकेगा। नज़र रखने के लिये अपना कोई नहीं होगा तो 'खेत में आधा, खलिहान में आधा।'

"अपने से बढ़कर कौन अपना होगा?" माँ का स्वर सुबह को सुना स्वर नहीं था।

"माधवी अम्मा से भी मैंने यही कहा था। कोच्चप्पन न उधर का है, न इधर

का। घर पर रहेगा तो भी खेती के कामों में उसकी कोई दिलचस्पी नहीं। मेरे बाद बहन को भाइयों के सहारे ही रहना पड़ेगा न?''

''बेशक।''

''गोविन्दुट्टि को कोई परेशानी नहीं होगी। माधवी भी हमेशा कहा करती है—उसे कहीं कोई काम दिलवा दो। मैंने सब इन्तज़ाम कर रखा है।''

गोविन्दन कुट्टि को सुबह बाज़ार आने को कह कर, माँ से विदा लेकर शेखर भाई लौटा।

उसके बाहर निकलने के पहले माँ सबको सुनाकर बोली—

''अबकी बार उसने जो कहा, सही कहा। रिश्तेदारी निभाना गलत नहीं। अपनी मान-मर्यादा छोड़ो, तो दूसरों की नज़र में गिर जाओगे। सबने देख लिया न? वह अब भी मेरी कितनी इज़्ज़त करता है। तुम लोगों को मालूम नहीं है कि ताषत्त कुञ्ञिक्कालि अम्मा कौन है? लेकिन दूसरे लोग जानते हैं।''

पेरुम्पलम में रह कर पून्तोट्टम की खेती की देख-रेख करने के बारे में सोचा तो गोविन्दन कुट्टि को अच्छा लगा। बारिश में झील बन जाने वाले, 'कुट्टनाटन' तरीके से खेती करनेवाले करिंकोरा खेत को मिला कर लगभग बीस एकड़ खेत है। ओणम और विषु के खास भत्ते पानेवाले तीस के करीब चेरुमा लोग साल भर काम पर लगे रहते हैं। ज़मीन जोतने के लिये छह जोड़ी ढोर। पूरे एक साम्राज्य के शासक बन जाने का सपना लेकर दिन बिताया। मगर एक बात याद न करने की भरसक कोशिश की—कोच्चप्पन! मेंड़ पर खड़े होकर काम करवाते वक्त रेशमी कुरता, ज़मीन पर रेंगती सी पहनी डबल धोती और होठों पर सिगरेट के साथ सिर ऊँचा करके चले आनेवाले कोच्चप्पन की तस्वीर मन के अँधेरे कोने में देख कर बेचैन हो जाता था।

कोच्चप्पन गाँव में कब रहता है? खुद को तसल्ली देने के लिये ऐसा भी सोच लिया। रहेगा तो भी दोनों का रिश्ता मालिक-नौकर का नहीं होगा।

अगली सुबह बाज़ार पहुँचा। सड़क के किनारे दुकानों की पंक्ति से ज़रा हट कर शेखर भाई ने अपना मकान बनवा लिया है। चहारदीवारी के अन्दर सीमेण्ट का बड़ा-सा आँगन है। धान और बीज सुखाने के लिये काफी जगह है। जोत के बैल भी यहीं पाले जाते हैं।

गोविन्दन कुट्टि पहुँचा तो किसी की ज़मीन के भू-मापन के पत्थर को अपनी जगह से हटाने के लिये एक मुद्दे को लेकर कुछ लोग शेखर भाई को घेर कर खड़े थे।

ऊपर एक ही कमरा है। अधिकांश समय शेखर भाई खिड़की के पास आराम कुर्सी में पालकी में ज्यों लेटा रहता है। यहाँ से आने जानेवालों को देखा जा सकता है।

बचपन में इस मकान का काम पूरा होने पर एक बार यहाँ आया था। तब दीवारों की पुताई नहीं हुई थी। अब दीवार पर नीले रंग का चूना लगा है। दीवार पर

पषनि मन्दिर, भगवान अय्यप्पन और माखनचोर बालक कृष्ण की तस्वीरें हैं। एक ओर शीशम का बड़ा पलँग। मेज़ के ऊपर रामायण, भागवत और पत्रा।

"बैठो।"

गोविन्दन कुट्टिट हँसा, बैठा नहीं।

"तो क्या किया जाए? पेरुम्पलम में रहे बिना काम नहीं चलेगा। वहाँ रह सकोगे न?"

"रहूँगा।"

"हर सुबह उठ कर यहाँ से वहाँ तक जाना आसान नहीं होगा। यही नहीं, काम की निगरानी के लिये हरदम वहाँ रहना ज़रूरी है। मैंने सही कहा न?"

"हाँ।"

फिर उन्होंने काम करवाने के तरीके बता दिये। चेरुमा लोगों से किस तरह पेश आना चाहिए यह भी बता दिया।

"समझदार आदमी सौ की जगह दस से काम चलायेगा, बशर्ते कि ज़बान मीठी हो। पद्मनाभन की यही गलती थी।"

बघार में बर्तन और अन्य ज़रूरी सामान है। पड़ोस की बुढ़िया आकर आँगन बुहारती है। खाना पकाने में भी मदद करती है। उसका वेतन साल में दो बार पाँच-पाँच 'परा' अनाज है।

गोविन्दन कुट्टिट ने हामी भरते हुए सब-कुछ सुन लिया।

"ज़्यादा दूर तो नहीं न? कभी समय निकाल कर घर हो जाना मुश्किल नहीं होगा। खलिहान कभी भी धान और बीज से खाली नहीं होता, इसलिये निगरानी के लिये किसी का वहाँ रहना अनिवार्य है।"

"हूँ।"

"कब जाओगे?"

"जब आप कहें।"

शेखर भाई ने पत्रा देख कर हिसाब लगाया। आज तिथि अच्छी नहीं, कल तिथि और पक्ष दोनों शुभ हैं। राहु काल के पहले निकलना। तड़के उठ कर जाओ।

गोविन्दन कुट्टिट सहमत हो गया।

चाबियों का गुच्छा लेकर सीढ़ियाँ उतरने लगा तो शेखर भाई ने कहा—

"फाके के दिन हैं। धान और बीज उधार माँगने लोग आएँगे। दोगे तो वापस मिलना मुमकिन नहीं होगा। याद रखना।"

"हाँ।"

सड़क पार कर खेत में उतरा तो पून्तोट्टम में जाकर माधवी दीदी से कह कर जाना उचित समझा। पून्तोट्टम में गये कई साल गुज़र चुके थे। कहने को खेत के दस टुकड़ों की दूरी ही है, मगर लगता था कोसों दूर है।

भंडार घर की सीढ़ियों का दरवाज़ा बन्द था। कोच्चप्पन लौट गया होगा। आज मंगलवार है। अगले शनिवार को ही वह घर आएगा।

ड्योढ़ी पर कोई नहीं था। अहाते में दो चार चेरुमा लोग मिट्टी खोद रहे थे। उनके बीच माम्पि को नहीं देखा। बरामदे का फर्श आईना ज्यों चमक रहा था। आषाढ़ संक्रमण को लटकाये धान की बालियों का गुच्छा छत की खूँटी पर अब भी लटक रहा था। गोविन्दन कुट्टि ने देखा कि दीवार पर एक नयी तस्वीर ने जगह पायी है—हाथ में लपेटे हुए कागज़ पकड़े, लम्बा काला कोट पहने कोच्चप्पन का चित्र।

गोविन्दन कुट्टि खँखारा। दरवाज़े पर आहट हुई। उस दिन माधवी दीदी के साथ घर आनेवाली लड़की थी। मरे हुए किट्टुण्णि नायर की बेटी।

लगा कि रसोई में आग फूँक कर आ रही है। आँखें लाल और चेहरा सूजा हुआ था।

"माधवी दीदी नहा रही है।"

नज़रें नीची करके पतली आवाज़ में उसने कहा। कोच्चप्पन की गैर हाज़िरी का पता था, फिर भी पूछा—"कोच्चप्पन नहीं है क्या?"

उसने 'न' के अर्थ में सिर हिलाया और आँखें पोंछ कर अन्दर लौट गयी।

माधवी दीदी नहाने के बाद गीले कपड़ों में ही दरवाज़े पर आई।

"तू गैरों की तरह बाहर क्यों खड़ा है?"

वह अन्दर घुसा। बड़ी-बड़ी खिड़कियोंवाले उस रोशन कमरे को जब भी देखता गोविन्दन कुट्टि को जलन हो जाती। लकड़ी की बनी किरमिजी रंग की छत और लाल सीमेण्ट पुता कर चमकाया फर्श। फर्श पर पैर रखते डर लगता है कहीं मैला न हो जाए।

कमरे में एक ओर पड़े कोठार के ऊपर रखे केले के पत्तों को थोड़ा सरका कर गोविन्दन कुट्टि बैठ गया।

"बाजार में गया नहीं?"

"गया था।"

"पेरुम्पलम में कब जाना है?"

"कल सुबह।"

"गोविन्दुट्टि, गैरों के तलवे सहलाने से अच्छा है, अपनों की मदद करके ज़िन्दगी गुज़ारना।"

गोविन्दन कुट्टि ने हामी भरी।

"तुमने कहा था न, उसी दिन से मैं कह रही थी, अभी एक रास्ता निकल आया। पद्मनाभन को नौकरी से निकाल देने की बात सुन कर मैंने तुम्हारा नाम सुझाया।"

अब समझ में आ गया, पद्मनभान ने नौकरी नहीं छोड़ी, वह नौकरी से निकाल

दिया गया है। वह माणियूर गाँव का है। उसका पिता राय बहादुर मेनोन का कारिन्दा था। सुना है कि मेनोन की सिफारिश पर शेखर भाई ने पद्मनाभन को रखा था।

माधवी दीदी पद्मनाभन की कमियाँ गिन रही थी। ''महीने में दस रुपये भत्ता। रहने के लिये घर, रोज़मर्रा खर्चा अलग। ओणम पर नये कपड़े। साल में दो बार दो-दो बोरी अनाज। उस जैसा अनपढ़ एक आदमी कौन-सी नौकरी करके इतना कमा लेगा? फिर भी एहसानमन्द नहीं। हम भरोसा करके सब कुछ सौंप देते हैं तो होशियारी के साथ सब कुछ सँभालना चाहिए न?''

पद्मनाभन शादीशुदा है। घर में पत्नी और बच्चा है। और अन्य लोग भी होंगे। भूसा छाये अपने घर के बरामदे की टूटी-फूटी चारुपटि में समय को कोस कर बैठे पद्मनाभन की गोविन्दन कुट्टिट ने मन में कल्पना की।

''मीनाक्षी...।''

मीनाक्षी आई।

लगता है चूल्हे में गीली लकड़ी ठूँसी है। अब भी चेहरा सूजा हुआ और आँखें लाल थीं।

''गोविन्दुट्टिट भाई के लिये एक गिलास चाय बना दे। इसकी मदद से यहाँ का कार्य किसी न किसी तरह चल जाता है। हमारे रिश्ते की ही लड़की है।''

चाय पीते हुए पूछा—''कोच्चप्पन आता रहता है न?''

''शनिवार रात को आया, इतवार सुबह को वापस भी गया। जाने किस बात पर बाप-बेटा आपस में झगड़ा कर रहे थे।''

गोविन्दन कुट्टिट जाने का उपक्रम करने लगा तो बाहर किसी के आने की आहट हुई। छतरी बन्द करने और पतली आवाज़ में बात करने के साथ चूड़ियों की खनक भी कानों में पड़ी। दरवाज़े पर पहले कल्याणि अम्मा का चेहरा दिखाई दिया। माथे पर पूरी लम्बाई में लगाया चन्दन और सफेद हो रहे बालों में लगाये रंगन के फूल दिखे। ''मेहमान आये हैं'' कहते हुए कल्याणि अम्मा अन्दर घुसी, पीछे राजम्मु भी।

राजम्मु को साड़ी में पहली बार देख रहा था। बैंगनी रंग की आधी बाँह की चमकदार रेशमी चोली, हलके लाल रंग में फैलती लताओं और चमकते छोटे-छोटे नीले फूलों वाली साड़ी। पसीने से तर गले में तीन लड़ियों का लाल पत्थर जड़ित हार।

माधवी दीदी हड़बड़ा कर उठी।

''इस घर का रास्ता अब भी याद है क्या?''

राजम्मु हँसी। ''आप भी तो भूल चुकी हैं हमारे घर का रास्ता।''

माधवी दीदी ने खुद चटाई उठा कर पलँग पर बिछा दी। फिर मेज़बानी निभाने के चक्कर में लग गयी। ''कॉप्पी बनाऊँ? या पहले नीबू पानी पिओगी?''

''कुछ नहीं चाहिए। मन्दिर से लौटते वक्त फाटक पर पहुँचा तो मैंने कल्याणी से बस यों ही कुशल पूछ कर जाने की बात कही।''

"अच्छा किया। देखने का अवसर तो मिला। मीनाक्षी, चूल्हे पर पानी रख, जल्दी। एक गिलास कॉप्पी पीकर ही जाना। चलते-चलते थक गयी होगी।"

गोविन्दन कुट्टि पहले ही खिसक चुका था। राजम्मु की आँखें दरवाज़े के पार बढ़ आयी तो गोविन्दन कुट्टि सिकुड़ गया था।

"मेरे लिये इस घर की झंझटों से छुटकारा पा लेना मुमकिन नहीं। बाहर निकल कर सबसे मिल लेने की इच्छा तो है, मगर क्या करें? कोच्चप्पन ने कहा था–"

कोच्चप्पन ने क्या कहा था–दीदी ने बात पूरी नहीं की।

मीनाक्षी के नाम एक के बाद एक कई आदेश निकले।

"कॉप्पी जल्दी बना दे।"

"चूल्हे में नारियल के पत्ते न रख, पानी में धुआँ मिल जाएगा।"

"यहाँ सबको चाय ही पसन्द है। कोच्चप्पन को–" गोविन्दन कुट्टि को जाने किस-किस से घृणा और खीझ होने लगी।

लगता है कॉप्पी बनाने का आदेश मीनाक्षी ने सुना नहीं। गलियारे के निचले दरवाज़े के सहारे खड़ी वह आँखें पोंछ रही थी।

इस दरवाज़े से सीधे आँगन में पहुँचा जा सकता है। विदा लिये बिना ही निकलता हूँ। पुत्तनकलम की मालकिन और पून्तोट्टम की गृहस्थिन आराम से बैठ कर बातें कर लें।

दरवाज़े के पास पहुँचा तो मीनाक्षी घबरा कर हट गयी। पहली नज़र में लाल आँखों और सूजे हुए चेहरे के साथ खड़ी उस लड़की के गले में काले धागे पर पहना सोने का घिसा हुआ तावीज़ आँखों में आ गया।

पहले कभी विरक्ति का ऐसा भाव मन में नहीं जागा था–गले में तीन लड़ियों का लाल पत्थर जड़ित हार, कानों में लटकन, बैंगनी रंग की रेशमी चोली, चमकते नीले फूल बिखराये हलके लाल रंग की साड़ी पहन कर आएगी तो इसके सामने राजम्मु...।

यही क्या? कोतम्मा की बेटी जानु, सुभद्रा....मन बड़े उत्साह के साथ अन्दर के अँधेरे गलियारों से परिचित लड़कियों की सूरतें ढूँढ़ निकालने लगा।

घर लौटते वक्त पुत्तनकळम के फाटक के बाहर ऊँची मेंड़ पर खड़े होकर कुञ्जरय्क्कार के घर की मिट्टी की लाल दीवारों और फूस के बदरंग छप्पर की ओर देखा। शाम को वहाँ जाना है, कुञ्जरय्क्कार, तित्तुम्मा, नबीसु सबसे विदा लेनी है।

इसी रास्ते चावल की दुकान, मस्जिद और मुतलाली के घर को पार कर पाँच मील की दूरी पर उसका गन्तव्य है।

लेकिन बहुत दूर अनजान किसी जगह जाने का अहसास हो रहा था। एक गाँव से दूसरे गाँव में नहीं, अपने देश से परदेश जाने का अहसास।

प्रिय अब्दु के नाम गोविन्दन कुट्टि लिखता है–

मुझे खेद है कि उस दिन बिछड़ने के बाद तुम्हारा कोई समाचार पा न सका। खास खबर यह है कि अब मैं पेरुम्पलम में हूँ। खत यहीं से लिख रहा हूँ। पिछली बीस तारीख को यहाँ आया। पून्तोट्टमवालों का खेती का कारिन्दा नौकरी छोड़ गया तो मुझे यहाँ आकर रहने के लिये कहा गया। माँ और बड़े भाई ने ज़ोर दिया तो मैंने भी हाँ कहा। शायद मेरी तकदीर में यही लिखा होगा।

यहाँ कोई परेशानी नहीं। बखार में रहता हूँ। पहले यह मन्नंपिल्ली नंपूतिरि का खेत था। नालांकल्लु से पूरब की ओर कच्ची सड़क पर करिंकोरा खेत के उत्तर में यह जगह है। तुमने देखा होगा। मैं यहाँ अकेला रहता हूँ। रात को चेरुमन का पहरा है। दिन में एक बुढ़िया सारे काम कर जाती है। घर की हालत की तुलना में यहाँ आनन्द है।

यहाँ आने के पहले मैं तुम्हारे अब्बा से मिला था। वहाँ सब ठीक-ठाक है। उस पार की केले की खेती अच्छी है। यहाँ कटाई कुछ दिनों के बाद ही शुरू होगी। कटाई शुरू होने पर उसके पूरी होने तक घर जाना मुमकिन नहीं होगा। उसके पहले एक बार घर हो आने का इरादा है। मेरे घर की खास कुछ खबर नहीं।

वेतन के बारे में बात नहीं हुई है। अपना आदमी होने के कारण झिझक होती है। सुना कि पहलेवाले को खर्चे के अलावा दस रुपये मासिक और दानों कटाई पर एक-एक बोरी अनाज दिया जाता था। जो भी मिले सँभाल कर रखने और मम्माली के हाथों गिरवी रखा खेत छुड़ा लेने की कामना है। आगे ईश्वर की मर्जी।

देहरादून का क्या समाचार है? जंग की कोई आशंका है क्या? अपना ख़याल रखना।

और कुछ खास नहीं। लौटती डाक से जवाब देना। मेरा पता—टी. गोविन्दन कुट्टि नायर, पून्तोट्टम का खलिहान, मन्नंपिल्लि इल्लम के पास, पो. पेरुम्पलत्तूर।

सस्नेह,

गोविन्दन कुट्टि।

पिछली रात को अधूरा छोड़ा खत पूरा करके ज़मीन पर लेट कर ढिबरी के प्रकाश में उसने एक बार फिर पढ़ लिया। लिफाफे में डाल कर बड़े ध्यान से कागज़ के टुकड़े पर लिख रखा पता भी लिख लिया। कपड़े से स्याही सोख कर शहतीर के ऊपर रखा।

समय क्या हुआ होगा? यहाँ आने के बाद समय का ख़याल मन से छूट गया है। घर पर होता तो गाड़ी के पुल के ऊपर चढ़ने की आवाज़ से समय का अन्दाज़ा हो जाता है। गाँववालों ने समय के नाम से गाड़ियों का नामकरण कर रखा है—साढ़े दस की गाड़ी, पौने एक, साढ़े तीन, साढ़े पाँच—ऐसे। यहाँ गाड़ियों की गड़गड़ाहट नहीं, इसलिये ऊपर आसमान को या नीचे परछाइयों को देख कर ही समय का पता लगाया जा सकता है।

पके खेतों में इधर-उधर बाँस के खम्भों पर बनाये मड़ैयों से चेरुमा लोगों की कूक उठ रही थी। पानी भरने से झील बने करिंकोरा खेत को पार कर बर्फीली खेतों से होकर आनेवाली हवा हड्डियों को भेद जाती थी। नारियल के पत्तों से छाये, खाँचों और खेती के औज़ारों से भरे, सायबान में नारियल की लकड़ी के पाटों पर लेटा चेरुमन कारी करवटें लेता है तो पाट किरकिराते हैं।

"छोटे मालिक, सो गये क्या?"

"नहीं।"

मनहूस हवा, ठंड से मरा जा रहा है।

अँधेरे में टटोल कर कारी उठ आया। वह अब भी काम करने लायक उम्र में ही है, लेकिन बड़ा आलसी है। काम पर उतरता तो भी बेकार के बहाने बना कर समय गँवा देता। अकेले में मिलता तो बातें बघारता रहता। जब से यह ज़मीन शेखर भाई की हुई तभी से वह शेखर भाई के साथ है। उसका विचार है कि वह कुछ ज़्यादा रियायतों का हकदार है।

"बीड़ी का टुर्रा है तो फेंक दे मालिक।"

गोविन्दन कुट्टि ने धुआँ निकालती ढिबरी की लौ से बीड़ी सुलगा कर बरामदे के नीचे सिकुड़-सिमट कर उकड़ूँ बैठे कारी की ओर फेंक दी।

पिछले कुछ दिनों में कारी कई किस्से सुना चुका था। वह अकेला रहता है। औरत को मरे ग्यारह साल हो चुके थे। वह बाँझ थी। कण्णेंकावु उत्सव में पहली बार कारी ने उसे देखा था। उसकी वजह से परुतूर से आये कुछ चेरुमन लोगों से उसका झगड़ा हुआ था।

"तब इतना हट्टा-कट्टा था कि एक के ऊपर एक धान की दो बोरियाँ सिर पर लाद कर छह मील आराम से चल सकता था। आप ही बताइए अब आधी बोरी धान उठानेवाला भी कोई मिलता है?"

अँधेरे में कारी के होठों की बीड़ी आग की एक चिन्गारी ज्यों चमकी।

ऐसा लगा उसे कि चारों ओर फैला खेत एक विशाल सागर है और उसमें आसमान की ओर उभरी एक चट्टान के ऊपर वह अकेला बैठा है। बीच-बीच में मड़ैयों से उठती कूक से चौंक उठते उस गीले काले परिवेश ने उसे अकारण बेचैन कर दिया।

"आपकी उम्र क्या है, छोटे मालिक?"

कारी की बीड़ी ने आँख झपकी।

"तेईस, पूछता क्यों है रे?"

"बस, ऐसे ही पूछ लिया। आपकी नज़र में बन्दे की उम्र क्या हुई होगी?"

गोविन्दन कुट्टि हँसा।

"तुम्हीं बोलो कितनी है?"

"बन्दे को मालूम नहीं, इसीलिये पूछा।"

गोविन्दन कुट्टि चुप रहा तो कारी ने फिर पूछा–

"बड़े मालिक की उम्र क्या है?"

कारी शेखर भाई की उम्र पूछ रहा था।

"कोई पचास साल के हो गये होंगे।"

"बन्दे की उमर बड़े मालिक से कम ही है।"

"अपनी उम्र जानने से तुझे क्या फायदा है रे?"

अन्धकार में घुटनों को बाँहों में समाये बैठा कारी गुदगुदाया-सा हँसा।

"फायदा है मालिक, अपन के भरोसे के लिये।" वह बेवकूफ-सा हँसा। विभोर होकर बोला–

"कण्णेंकावु उत्सव में इस बार ज़रूर जाना है।"

बीड़ी पीकर कारी उठा। चलते वक्त उसके पैरों से टहनियों के टूटने की सी लयबद्ध आवाज़ निकलती है। लकड़ी का पाटा फिर किरकिराया।

आज कारी बात करने के मिज़ाज में नहीं। शाम को कुट्टाटा के शराबखाने से उधार नहीं मिला होगा। कुट्टाटा का कर्ज़ कभी नहीं चुकता। सारी कमाई उसको दे दे तो भी कर्ज़ बाकी रह जाता है।

नींद न आने के कारण लेटने का मन न हुआ। यहाँ आये आज नवाँ दिन है। एक-एक दिन एक-एक साल की चाल से गुज़रा। आते वक्त कई दिनों के बाद घर लौटने का संकल्प लेकर निकला था। लेकिन दो-चार दिन किसी तरह गुज़ार दिया तो मालूम हुआ कि घर में कितना सुकून था।

चौथे दिन घर गया। लौटते वक्त बाज़ार गया। शेखर भाई नहीं मिला। मालूम हुआ कि ओट्टप्पालम में गया है। मन में दुविधा था कि माधवी दीदी से मिलना है कि नहीं। देर हो जाने के कारण जल्दी लौटा।

कुञ्ञोप्पोळ ने कहा था–"देर हुई न, रात को ठहर जाओ, सुबह जाना।"

लेकिन निकल पड़ा। खेत पक चुका है। पहरे पर चेरुमन लोग हैं फिर भी खलिहान को सूना छोड़ना ठीक नहीं।

दुकान से रसोई की चीज़ें खरीद कर लौटता सुल्तान मिला तो रोक कर कुशल पूछ लिया। कहा कि–"अब्दु का खत आया है। चिट्ठी किससे लिखवाता है?" पूछने पर चौथे दर्जे के उस छात्र ने गर्व के साथ कहा–"हम हैं न?"

"तो, पता?"

"पता डाकिया लिख देता है।"

कुञ्जरय्क्कार के घर हो आने की इच्छा थी, लेकिन देर हो जाने के कारण नहीं गया। अगली बार आते समय जाने का निर्णय किया। रात को सात-आठ घंटों का अन्धकार होगा। देर हुई तो मुसीबत हो जाएगी।

मस्जिद को पार कर पश्चिमी सड़क पर पहुँचा तो मंडी से लौटता माक्कुण्णि दिखायी दिया।

"कम्मल, आप हैं?"

वह रुक कर बात करने लगा। माधवी दीदी से मिले बिना लौट रहा था। पता चलने पर उन्हें बुरा न लगे इस विचार से गोविन्दन कुट्टि ने कहा–

"बाज़ार में गया तो शेखर भाई नहीं मिला। देर हुई इसलिये पून्तोट्टम में नहीं गया।"

"मालिक कल से छोटे कम्मल के पास गये हुए हैं।"

"कोच्चप्पन पिछले हफ्ते नहीं आया क्या?"

"इसीलिये बड़े कम्मल हाल जानने गये हैं। सुना है कि शादी है। मैंने मालकिन को किसी से कहते सुना था।"

"किसकी शादी?"

"छोटे कम्मल की।"

"कब? कहाँ से?"

उसकी आवाज में आवेग था।

यों अचानक कोच्चप्पन की शादी की बात सुन कर ताज्जुब हुआ।

जब गोविन्दन कुट्टि ने कहा कि उसने इस बारे में अभी तक कुछ नहीं सुना है तो माक्कुण्णि को ताज्जुब हुआ। मुँडेर पर सिर का बोझा उतार कर उसने कहा–

"कब से फुसफुसाहट होने लगी थी इस शादी को लेकर?"

एक मैंने नहीं सुना, बेवकूफ जो ठहरा, इसकी कल्पना भी न कर सका। वैसे, कल्पना करने से भी फायदा क्या था?

"दोनों मेनोन तंपुरान को रिश्ता मंजूर है, लेकिन सुना कि 'अक्करेक्कळम' के उनके मामा लोग थोड़ा नाखुश हैं। बिरादरी अलग है न? आज के ज़माने में बिरादरी को लेकर कौन परेशान होता है?" अचानक समझ में आनेवाले इस अद्भुत रहस्य के साथ कुछ देर वह मन ही मन खेलता रहा। कोच्चप्पन राजम्मु से शादी करनेवाला है! यकीन नहीं आ रहा था। मैं सचमुच बेवकूफ हूँ। बेशक। इस बात की कल्पना भी नहीं की थी।

सोचा बस इतना था कि अचानक एक दिन सुनने को मिलेगा–पुत्तनकलम में शादी है।

कब?

अमुक तारीख को।

कहाँ से?

दूर एक जगह-से किसी बड़े घर का, किसी बड़ी नौकरी का नाम सुनने को मिलेगा। फिर राजम्मु के ससुराल जाने की खबर मिलेगी। कई सालों के बाद पति और बच्चों के साथ पूरी ताम-झाम के साथ मायके में आने का समाचार मिल जाएगा। घाट

पर या मेंड़ पर बच्चों का हाथ पकड़ कर चलती राजम्मु को दूर से देखने का अवसर भी शायद प्राप्त होगा।

(दूर से ही सही, उसे देखने की इच्छा है, कभी न कभी)

आँखें खुलते ही नष्ट होनेवाला सपना जान कर भी नींद और जागरण के बीच जिस रंगीन दुनिया को देखा करता था, कल्पना की उस अव्यक्त मगर सुन्दर रंग एक बार फिर यादों में कौंध गए—राजम्मु।

दोनों ओर खड़े होकर हवा में पाजेब झुनझुनाते बरगद के पेड़ों के बीच से रेतीले डगर पर चलते वक्त उसका मन तेज़ हवा में बरबाद हो रहे केले का बागान जैसा था। हवा में हिलते तने, झाड़ियों से ऊपर उठते सूखे पत्ते और आपस में उलझ कर डंठल टूट कर लटक जाते पत्ते।

कोच्चप्पन तकदीरवाला है। उसने खुद को डाँटा। जलने से कोई फायदा नहीं। पढ़ा-लिखा, पेशेवर, कद-काठी भी अच्छी।

जैसे माँ कहती है, "इस खानदान में कम से कम एक मर्द को पढ़-लिख कर बड़ा बनने का सौभाग्य मिला। ईश्वर लम्बी उमर दे।"

बघार के दरवाज़े पर धुआँ निकाल कर जलती ढिबरी के पास बैठ कर गोविन्दन कुट्टि ने बाहर देखा। सूने अहाते की सीमा पर खड़ी इमली के पेड़ की नन्ही टहनियों ने धुँधले आसमान के नीचे एक भीमाकार जाली का निर्माण किया था। चिराग को छिपाये धूमिल आसमान की पूर्वी क्षितिज की ओर उसकी आँखें उठीं।

भानजे की पत्नी की हैसियत से कभी न कभी राजम्मु अपने घर में भी आएगी। मज़ाक की बात है कि नदी में नहाकर लौटती इसी राजम्मु को एक नज़र देखने के लिये दूर बरगद के पेड़ के नीचे छिप कर खड़ा रहता था। सोचते-सोचते मन बेचैन होने लगा। राजम्मु अपने खानदान की बहू बन कर अपने आस-पास की दुनिया में आनेवाली है।

ढिबरी लेकर वह अन्दर चला। छोटे ही सही, रसोई के अलावा दो कमरे और हैं। बिना पुते दीवारों के बीच चटाई बिछा कर लेटा। पहनी हुई धोती को उतार कर ओढ़ लिया। शरीर में ठंड की झुरझुरी चढ़ रही थी और मन में बारी-बारी से चेहरे उठ रहे थे। घास काटते मज़दूरों के बीच दिन में देखे गले में ढेर सारी पत्थरों की मालाएँ पहनी चेरुमी औरत का चेहरा भी एक पल कौंध गया।

रात बहुत हो चुकी थी। सो जाना है। तड़के उठ कर कुछ कामों का इन्तज़ाम भी करवाना है। उसने आँखें बन्द कीं।

ताषत्त घर की ड्योढ़ी पर टहलते हुए खड़ाऊँ की खड़-खड़ के साथ शेखरन नायर बोलता जा रहा था—

''मामा के पहले भानजे की शादी करवाना उचित नहीं। कुञ्जिकालि अम्मा, आपकी क्या राय है?''

कम्बल ओढ़कर ड्योढ़ी की देहली के पास पाँव दबाये बैठी कुञ्जिक्कालि अम्मा बोली—

''वह सब ठीक है, मगर आज के ज़माने में कुछ भी हो सकता है। फिर भी कुछ करो तो ढंग से करना ही अच्छा है।''

''इसीलिये मैं कहता हूँ। मुझे जल्दी ही कोच्चप्पन की शादी करवानी है। सच कहूँ तो मुझसे ज़्यादा मेनोन को जल्दी है। उसके पहले यह शादी हो जानी चाहिए। गोविन्दन कुट्टि के मामले में मेरा भी कुछ फर्ज़ बनता है न?'' शेखरन नायर की नज़र कुञ्जिक्कालि अम्मा से हट कर कुमारन नायर के चेहरे पर टिक गयी। बीच-बीच में कुञ्जिक्कालि अम्मा के मिज़ाज को ताड़ कर शेखरन नायर आगे बोला—

''कोच्चप्पन और गोविन्दन कुट्टि मेरे लिये समान हैं। उसे मैं अपना साला नहीं बेटे की तरह मानता हूँ। कुञ्जिक्कालि अम्मा को याद होगा, मेरी और माधवी की गोद में वह पला था।''

कुञ्जिक्कालि अम्मा ने सबको सुनाने के लिये कहा—

''मैं पुरानी बातों को भूलनेवाली नहीं।''

कुमारन कुछ नहीं बोला। दाँत कुरेदते हुए बरामदे पर सिर झुकाये बैठा रहा।

''मैं गोविन्दन कुट्टि और कोच्चप्पन में भेद क्यों रखूँ? सब कुछ समय पर हो जाए यही अच्छा है। आजकल के नौजवान हैं। जाने कब बदनाम हो जाएँ? कुमारन से पूछो, मैंने पहले भी उससे कहा था, उसका संग-साथ ठीक नहीं। मैं उसको दोष नहीं देता हूँ। उसकी उम्र ही ऐसी है।''

अचानक शेखरन नायर की आवाज़ दब गयी। ''सुनो तुम लोग, समय-असमय उसको उस घर में आते-जाते लोगों ने देखा है। माप्ला लोग है न? सुन कर मुझे बहुत बुरा लगा। इसलिये उसी दिन कुमारन को बुलवा कर मैंने सब कुछ बता दिया था।''

''मैं क्या कहूँ? क्या करूँ? खानदान के चेहरे पर कालिख लगाने के लिये असमय पर ऐसा एक बीज मेरी कोख में फूटा।'' कुञ्जिक्कालि अम्मा की आँखें भर आयीं।

''लेकिन अपने बच्चों को हम छोड़ भी तो नहीं सकते। इस झमेले से उसे निकाल लेने के लिये ही मैंने उससे पेरुम्पलम में जाकर रहने को कहा। अगर आपकी सहमति है तो—कुमारन, तुम भी सुनो—मैं एक सुझाव देता हूँ।''

शेखरन नायर रुक गया। आँगन की सीढ़ियों के ऊपर छाती के बालों में हाथ फेरते हुए वह खड़ा रहा। कुमारन नायर नारियल की तीली आँगन में फेंक कर थूकने के बाद उजाले की ओर सरक आया।

शेखरन नायर ने अपनी बात कही तो कोई कुछ नहीं बोला। सवालों के इन्तज़ार

में उसने बारी-बारी से दोनों की ओर देखा। आखिर कुमारन नायर ने पूछा–

"शादी कर भी ले, क्या लेकर वह खर्चा चलाएगा?"

"इसकी तुम लोग चिन्ता न करो।"

एक बार फिर उसने वही वाक्य दोहराया।

"कोच्चप्पन और गोविन्दन कुट्टिट मेरे लिये समान हैं। मैं भी चाहता हूँ कि यह शादी जल्दी से जल्दी हो जाए। क्योंकि उसके बाद मुझे कोच्चप्पन की शादी करवानी है। मेनोन का उतावलापन भी है। हमारे सौभाग्य से यह रिश्ता आया है। गोविन्दुट्टिट की बात कहूँ तो वह लड़की भी मेरे लिये परायी नहीं। ईश्वर साक्षी है कि यह एक पुण्य कर्म है। मैं सिर्फ यही चाहता हूँ कि वह खुश रहे।"

कुमारन नायर ने बरसों पहले इसी आँगन में अपनी शादी तय होने की बात याद की।

ड्योढ़ी पर खानदान के बुजुर्ग लोगों के साथ पिताजी की बात हुई थी। उससे किसी ने कुछ नहीं पूछा था। अगले दिन शाम को पिताजी ने कहा–"कुमार, ग्यारह मेष को तुम्हारी शादी है। मेलेप्पुरत्त से बुजुर्ग लोग इसीलिये आये थे।"

जिस लड़की से शादी होनेवाली थी उसका नाम तक शादी के तीन दिन पहले ही जान पाया वह भी रसोई घर में औरतों की आपसी बातचीत से। ससुराल की यादें आने लगीं तो कुमारन नायर बेचैन हो गया।

"क्या कहते हो कुमारन नायर?"

"कुछ नहीं, आप सब लोगों की मर्ज़ी।"

"मेरे कहने को अन्यथा न लेना। ताषत्त खानदान के लड़के की दलितों की झोंपड़ियों में और माप्ला घरों में मटरगश्ती करने की खबर फैल गयी तो सबकी बेइज्जती होगी। इस शादी से वह सुधर जाएगा। बघार में आराम से रहेगा। औरत साथ होगी तो सबकी देख-भाल हो जाएगी, है न?"

"बेशक।"

"मुझे जो कहना था, कह दिया। खानदान के बुजुर्ग को, मर्द हो या औरत, निर्णय लेने का अधिकार है। अब कुञ्जिक्कालि अम्मा ही सब कुछ तय करें।"

"उसका भविष्य तुम्हारे हाथ में है, तुम ही उसके भले की बात तय करो।"

"इसकी आप चिन्ता न करें। इस शादी के बाद ही कोच्चप्पन के बारे में सोचेंगे। अब तक कुछ भी तय नहीं हुआ। मन ही मन दोनों राज़ी हो गये हैं। रिश्तेदारों में कोई-कोई जानता भी है। इस मामले में भी आप ही निर्णय लेंगी।"

शेखरन नायर जाने लगा तो कुमारन नायर लालटेन लेकर साथ चला। दोनों के फाटक पार करने के पहले ही कुञ्जिक्कालि अम्मा ने बेटी से कहा–

"कुछ भी कहो, वह आदमी समझदार है।"

बेट चुप रही।

"बन्दर मरे मदारी ज्यों बैठ कर क्या सोच रही है तू?"

बेटी ख़यालों में खो गयी थी।

"आधी रात होने को है, आप जाकर सो जाइए।"

कूठ के तेल का दीप लेकर फोड़ेवाले पैरों से लँगड़ा कर वह धीरे-धीरे अन्दर चली।

अगली सुबह नींद से जाग कर गोविन्दन कुट्टिट आँगन में पहुँचा तो फाटक लाँघ कर किसी को आते देखा। आनेवाला माक्कुण्णि था।

"क्या है माक्कुण्णि?"

"बड़े मालिक ने बुलाया है।"

"यों अचानक कैसे?"

"अपन से कुछ नहीं बोले। कल रात को ही कहा था, तड़के उठ कर चले जाओ।"

"शाम को आऊँगा, तू जा।"

"अभी जाने को कहा है। खेत में कोई काम हो रहा है तो अपन को यहाँ ठहरने के लिये कहा गया है।"

गोविन्दन कुट्टिट को कुछ मालूम नहीं हुआ। शायद कोई ज़रूरी काम आ गया होगा।

पून्तोट्टम का कारिन्दा जो हूँ। सोचने पर सन्देह दूर हुआ। कोच्चप्पन की शादी की तैयारियाँ हो रही हैं न? उस सिलसिले में कोई काम आ गया होगा।

सुबह की सर्दी में गोविन्दन कुट्टिट पून्तोट्टम की ओर चला। बर्फ में गीली बालियाँ मेंड़ों पर झुक आयी थीं।

4

जिस समय सूरज की पहली गुलाबी किरणें धरती पर पड़ने लगीं, गुरुतिप्परम्पु के पास खड़ी की गयी बैलगाड़ी धीरे-धीरे रवाना हुई।

गोविन्दन कुट्टिट ने देखा कि कुञ्ञरय्क्कार के आँगन की सीमा पर खड़ी नबीसु बड़े चाव से बाड़ के बाहर झाँक रही है। धुरी के सिरे पर फन के आकार में उलटी बिठाये छल्लेदार पेच पर लटकती घंटियाँ बज उठीं। रँगाये गये गोल सींगवाले गोरे बैल की पूँछ पकड़कर कुछ विकृत स्वर निकालते हुए गाड़ीवान अत्तुण्णि मुहम्मद ने बैल को आगाह किया–

"तू नखरा न कर बैल, मैं तेरी पीठ छील दूँगा।"

जब तक गाँव को पार कर निर्जन सड़क पर नहीं पहुँचा गोविन्दन कुट्टिट

खामोश बैठा रहा। सड़क के किनारे खड़े बरगद और घाट की मुँडेर को पीछे छोड़ा तो गोविन्दन कुट्टि को लगा कि शायद वह वापस नहीं आएगा।

मीनाक्षी बैलगाड़ी की बल्लियों पर सिर टिकाये आँखें मूँद कर बैठी थी। फीके पड़े चेहरे पर तेल की चिपचिपाहट फैल रही थी। तड़के उठकर नहाने के बाद दो लटों से ढीले बाँधे बालों से तिल के तेल की गन्ध निकल रही थी। सिर से रिसती चिपचिपाहट में माथे की बिन्दिया घुल रही थी।

टीन के छोटे बक्से के ऊपर पैर रख कर बैठी यह गोरी पतली लड़की अपनी पत्नी है यकीन न आनेवाले इस विस्मयकारी सत्य को उसने बार-बार याद किया।

मन में आँकड़े लगाये। पिछले बारह दिनों में कितना कुछ हो गया!

माघ महीने की सात तारीख को सुबह शेखर भाई ने बुलवाया था। बाज़ारवाले मकान में जाते समय सोचा था, कोच्चप्पन की शादी के सिलसिले में कोई काम सौंपने के लिये बुलाया है। कुमार भाई को बुला लाने आदमी भेजा तो पूरा यकीन हो गया था।

कुमार भाई आया। बड़ी देर तक दोनों नहीं बोले। आखिर शेखर भाई बखार का निवास, खेती के काम और जागीरों की देखभाल से शुरू कर शादी की बात पर पहुँचे।

उसने पूरा नहीं सुना।

''माँ और भाई से सलाह करके जैसा चाहो, तय कर लो।''

शेखर भाई के दिये रुपये उसने बिना गिने चुन्नट में ठूँस दिये।

''सौ रुपये हैं, कम पड़ गये तो आकर मुझसे ले लो, झिझकना मत, मेरे लिये जैसे कोच्चप्पन, वैसे ही तुम।''

दिमाग ने ठीक से काम करना बन्द कर दिया था। बोलने के लिये शब्द नहीं मिल रहे थे। स्वयं बहुत बदल चुका था। पहलेवाला गोविन्दन कुट्टि होता तो देखी सुनी हर बात पर यकीन न करता।

बाज़ारवाले उस मकान के सामने बढ़ती धूप की गर्मी में अनबूझ-सा स्तब्ध खड़ा रहा। दोनों ओर सुपारी के बागानों के बीच से पून्तोट्टम के फाटक तक जाती, लाल पत्थर के लेप से पुती डगर आँखों के सामने है। बागान के पीछे पून्तोट्टम नामक उस बड़े मकान के किसी कोने में चूल्हे में आग फूँक कर आँखें मलती हुई पतली गोरी एक लड़की है। आज से नवें दिन वह अपनी पत्नी बननेवाली है। ताषत्त गोविन्दन कुट्टि उससे शादी करनेवाला है।

यकीन नहीं आ रहा था।

कुछ पल पहले तक अपनी शादी का कोई ख़याल मन में नहीं आया था। पूस की 'आर्द्रा हवा' में सिकुड़ती ठंडी सुबहों और सावन की मूसलाधार बारिशवाली काली रातों में पहनी हुई धोती ओढ़कर सिकुड़े ठिठुरे पड़े रहते वक्त औरतों के बारे में सोचा है। गुप्त आनन्द के साथ कल्पना में औरतों के सुन्दर शरीर को देखा है। लेकिन शादी के

बाद अपनी पत्नी के साथ रहने के सपने कभी मन में नहीं आये थे। कोच्चप्पन के साथ राजम्मु की शादी की खबर पाने पर भी। सोचता था, शादी तकदीरवालों की होती है।

अफसोस करूँ या खुशी मनाऊँ? वज्र चूर्ण ज्यों चमकते रेत कणों को देख कर वह बेवकूफ-सा खड़ा रहा। उस हालत में राह चलते लोग भी उसे पहचान न पाएँगे।

घर जाने का मन नहीं हुआ। माँ, कुमार भाई और कुञ्ओप्पोळ ने मिलकर ही तो सब तय किया। उनसे बताने के लिये क्या रखा है?

खेत में उतर कर मेंड़ों का रास्ता लेने से दूरी कम है। लेकिन गोविन्दन कुट्टि सड़क के रास्ते चला। रास्ते में किसी ने कुशल पूछा–"कौन गोविन्दुट्टि नायर? कब आया?"

"अभी।"

"अब तुम परेदशी हो गये न?"

जवाब नहीं दिया।

शाम को पेरुम्पलम में वापस जाना है। चार दिनों के बाद माक्कुण्णि फिर आएगा–हफ्ता भर वहाँ रहने की तैयारी के साथ। तब गोविन्दन कुट्टि लौट सकता है। बखार में घर बसाने के लिये ज़रूरी बर्तन और अन्य ज़रूरी सामान पून्तोट्टम से भेज दिये जाएँगे। शादी के तीसरे दिन वहाँ लौट जाना है। वह तिथि शुभ है। बाईस माघ को कटाई शुरू करनी है। तब तक गोविन्दन कुट्टि को वहाँ पहुँच जाना चाहिए।

"तुम्हें किसी चीज़ की कोई कमी नहीं होगी, मैं सब कुछ सम्भाल लूँगा।" शेखर भाई ने कहा।

"अगर तू जानना चाहता है कि इसमें मेरी दिलचस्पी क्या है और मैं क्यों ज़िद करता हूँ तो ले तेरा भाई खड़ा है न? उसी से पूछ ले। मैंने सब कुछ कह दिया है।"

कोच्चप्पन की शादी की जल्दी है। मामा के पहले भानजे की शादी करवाना खानदानी लोगों के योग्य बात नहीं।

"लड़की कोई ग़ैर नहीं। मेरे रिश्ते के मामा की बेटी है। समझ लो वह भी मेरी ही जिम्मेदारी है।"

घाट की मुँडेर के पास खड़ी होकर सूखी दुबली नदी की ओर देखते हुए बाज़ारवाले मकान की ऊपरी मंज़िल पर सुनी बातों के रेशे खोल लेने की कोशिश की।

"मेरा कहना मान कर चलने में ही तेरी भलाई है। देखता जा तेरी कुंडली मेरे हाथों कैसे सुधर जाती है।" शेखर भाई सख्त आवाज़ में बोला।

बार-बार उन शब्दों की जुगाली करके दूर कहीं उसने अपनी थोड़ी-सी ज़मीन और अपना एक घर देख लिया।

शाम को घाट की इस मुँडेर पर बैठ कर कई बार खुद को कोसा था। सोचा था मुसीबतों से कभी छुटकारा नहीं मिलेगा। लेकिन ज़िन्दगी में पहली बार अब भूख से

छुटकारा मिला है। नौकरी के रूप में एक विशाल खेत की जिम्मेदारी है। कल शायद अपना भी थोड़ा खेत होगा। कभी सोचा भी नहीं था कि शेखर भाई यों उदार बनेगा।

घर जाने के पहले कुञ्जरय्क्कार के घर में गया। उसको खबर देने का इरादा था। बरामदे पर किसी को न देख कर बाहर से खँखारा। दरवाज़े से झाँक कर हँसते हुए नबीसु ने धीमी आवाज़ में पूछा–

''शादी में हमको भी बुलाओगे न?''

दंग रह गया। अपनी जानकारी के पहले गाँव में शादी की खबर फैल चुकी!

''पेरुम्पलमवाले लोगों को इस घर का रास्ता अब भी मालूम है क्या?'' पूछने हुए तित्तुम्मा अन्दर से आई।

वह बरामदे में चढ़ा। ''कुञ्जरय्क्कार कहाँ गया?''

''केले के बागान में गया होगा। अभी-अभी तो यहाँ था। बैठो न।''

''नहीं, जल्दी है।''

''शादी की दौड़-धूप है क्या?''

''नहीं, नहीं, मैं अभी पेरुम्पलम से आ रहा हूँ। घर नहीं गया।''

जितना जल्दी हो सके वहाँ से खिसक जाना चाहता था। दरवाज़े की आड़ में नबीसु की छाया दिखायी दी।

''मैं निकलता हूँ। अब्दु को मैंने खत लिखा था। जवाब नहीं मिला। एक और लिखता हूँ।'' जल्दी बाहर निकला तो तित्तुम्मा बोली–''लड़के का उतावलापन देखो।''

मुड़कर बेवकूफ-सा हँस कर वह आगे बढ़ा।

घर में खास कोई सरगर्मी नहीं दिखायी दी। बाज़ार से लौटा कुमार भाई हमेशा की तरह चारुपटी में उकड़ूँ बैठा था। कुञ्ञोप्पोळ लंगड़ाती हुई अपने कामों में लगी हुई थी, मानो कुछ हुआ ही नहीं। सिर्फ माँ बीच-बीच में शादी के बारे में कुछ-न-कुछ कह देती थी।

''पारुक्कुट्टि और उसके बच्चों को खबर देनी है। यहाँ दावत का इन्तज़ाम हो न हो, उसे खबर देना और शादी पर बुलाना ज़रूरी है। धन-दौलत नहीं तो क्या, वह भी मेरी ही कोख से जनी है।''

''शेखर भाई के दिये रुपयों से क्या-क्या करना है?'' कुमार भाई के पास जाकर पूछा। उम्मीद के खिलाफ कुमार भाई नाराज़ हो गया। ''मुझे क्या पता? सब कुछ शेखर भाई को ही मालूम है न? जाकर उसी से पूछ ले।''

गोविन्दन कुट्टि उदास सा खड़ा रहा। चारुपटी के ऊपर नाखून से रेखाएँ खींचते हुए कुमार भाई बोला।

''शेखर भाई गाँववालों के सामने खुद को बड़ा दिखाना चाहता है। दस लोगों के सामने डींग मारता है कि अपने साले की शादी मैंने करवायी। शायद और भी कोई

मकसद होता होगा। इस घर से भी चार लोगों को न्यौता जाना है। कम से कम निकट के रिश्तेदारों को बुला कर एक वक्त का खाना परोसना है। उसके लिये मैं किसके आगे हाथ पसारूँ?"

"किसी के आगे हाथ मत बढ़ाना।" गुस्से के साथ सिर्फ इतना कहा।

शाम को पेरुम्पलम में लौटते वक्त शेखर भाई से मिल कर बात की।

माक्कुण्णि को बखार में ठहरा कर माणियूर में जाकर बहन को समाचार देकर लौट आया। माधवी दीदी का भेजा पाँच 'परा' चावल और रावुत्तर की दुकान से भरपूर रसोई के सामान पहुँच चुके थे। शेखर भाई दो बार घर आकर देख-रेख करके लौटा।

बारात में जाने के लिये सिर्फ दस-बारह लोग बुलाये गये थे। मीनाक्षी के घर का खर्चा भी शेखर भाई ने ही उठाया।

बैलगाड़ी के हिलते मीनाक्षी एक ओर लुढ़क गयी। ढाँचे की पट्टी पर लटकाये रस्सी के छल्ले को पकड़े उसके हाथ ने पल भर उस शरीर को सहारा दिया। उसने चेहरा उठा कर देखा। गोविन्दन कुट्टि हँसा।

"ऊँघ रही है क्या?"

वह नहीं हँसी। आँखों में थकावट उमड़ रही थी। पीले पड़े चेहरे पर अभी-अभी रो चुकने की मुद्रा। माधवी दीदी के साथ अपने घर आने पर, पून्तोट्टम के दरवाज़े पर और शादी की रात कमरे में दोनों के अकेले हो जाने पर मीनाक्षी के चेहरे पर विषाद की यही छाया उसने देखी थी।

पिछली तीन रातों में वे साथ थे।

शादी के दिन।

नारियल के पेड़ों के बीच दलहन की खेती वाले एक अहाते के मध्य में मिट्टी की दीवारोंवाले एक छोटे घर में उसने रात बितायी। सारे मेहमानों के विदा ले जाते रात बहुत हो चुकी थी। बाहर सर्दी थी, लेकिन मात्र एक छोटी खिड़कीवाले उस कमरे के अन्दर गर्मी लग रही थी। प्यास भी लगी थी। दो बुजुर्ग औरतों ने उसे खींच-खाँच कर कमरे के अन्दर पहुँचा दिया तो गोविन्दन कुट्टि को उससे ज़्यादा बेबसी और घबराहट का अनुभव हुआ। मेज़ पर रखी काँचवाली ढिबरी के प्रकाश में काली चित्तीदार सफेद चोली, काले किनारेवाली धोती और जरीदार चुनरी पहन कर वह खड़ी थी। अपराध के अहसास से उसने उसे ध्यान से देखा। सबसे पहले उसके पीले चेहरे पर चमकती आँसू की धारायें आँखों से आ गयी थीं।

बात करने का मन न हुआ। हिलने पर किरकिराती टाँगोंवाली एक पुरानी इकहरी खाट पर वे लेटे। कमरे में अँधेरा हो गया तो पीठ पर हाथ रख कर धीमे स्वर में उसने पुकारा—

"मीनाक्षी...।"

उसकी सिसकी ने जवाब दिया। विवशता की थकान से आँखें बन्द करके उसके

शरीर से अपने को भरसक दूर रखा। उसकी सिसकियाँ सुनते-सुनते वह सो गया।

अगली सुबह दोनों को घर ले जाने के लिये कुञ्ञोप्पोळ आई। उस दिन घर में एक छोटी दावत का इन्तज़ाम था। अपने घर के अपने कमरे में सोने गया तो घबराहट नहीं हो रही थी। अपनी दुनिया में वापस पहुँचने से हिम्मत और आत्मविश्वास महसूस हो रहा था।

वह मलसी में पानी लेकर ऊपर आयी तो चेहरे पर आँसू की धाराएँ नहीं थीं। पास लेटी तो सिसकियाँ भी नहीं सुनीं। लेकिन उसकी रोनी सूरत उससे छिपी नहीं रही।

बात करने के लिये कुछ नहीं था।

"परसों सुबह जल्दी उठ कर जाना है।"

जवाब नहीं मिला।

"जो भी सामान ले जाना है, कल शाम को ही तैयार रखो।"

उसने चुपचाप सब सुन लिया।

"शेखर भाई ने कहा है कि बैलगाड़ी भेजेंगे।"

"तुम कुछ बोलती क्यों नहीं?"

"ऊँ-हूँ"

छटपटाकर अलग होने का मौका न देकर जबरदस्ती उसे बाँहों में भर कर गुस्सा पीते हुए उसने पूछा–

"मीनाक्षी, तुम्हारी क्या परेशानी है? बीमार हो क्या?"

"नहीं।"

अगर उसका रोना-सिसकना फिर से शुरू होता तो गुस्सा रोकना मुश्किल हो जाता।

वह दूसरी रात थी। अपने पति बन जाने की रात।

गाड़ीवान के सिर के ऊपर से बाहर की ओर देख कर बैठी अपनी पत्नी के चेहरे से उसने नज़र नहीं हटायी। उसने हाथ से माथा दबा कर आँखें झपक लीं, तो गोविन्दन कुट्टि ने पूछा–

"तबीयत खराब है क्या?"

"नहीं।"

रेतीली सड़क थी। गाड़ी के पहिये चरमराते हुए आगे बढ़ रहे थे। नदी के उस पार पहाड़ी की तलहटी में कहीं से आग और धुआँ उठ रहा था।

उसने बीड़ी सुलगाय।

रास्ता सुनसान था। बोरिया पर टिकायी उसकी हथेली उठा कर उसने धीरे से सहलाया। उँगलियों के नीचे गट्ठे पड़ गये थे। पून्तोट्टम के सारे काम यही तो करती थी। माधवी दीदी ने उससे काम करवा-करवा के उसकी यह हालत कर दी है। जेठ में पानी के अभाव में मुरझा गये सुपारी के फूलों के गुच्छे ज्यों यह पीली पड़ गयी है।

उसे दुख हुआ। बखार में तुम्हें कोई काम नहीं करना पड़ेगा। वह बुढ़िया आकर सारे काम कर जाती है। तू मालकिन बन कर रहना। तेरे सुख के दिन आनेवाले हैं।...

महीन साड़ी, लाल पत्थर जड़ित आभूषण, और कानों में कचनार की कली जैसे कनफूल न होने पर भी तू कितनी सुन्दर है?...

कुछ साल बीतने दे। मैं तेरे लिये सब कुछ दे दूँगा। फिर गाढ़े रंग की साड़ी, बैंगनी रंग की चोली, गले में चमकता हार और चेहरे पर पाउडर की चिकनाहट और सुगन्ध के साथ एक बार तुझे देखना है। (तब वकील कोच्चप्पन की औरत से ज़्यादा सुन्दर होगी तू।)

अपनी हथेली के गट्ठों पर हलके से चिकोटी काटते हुए सपने में डूबे उसको देख कर मीनाक्षी ने मुसकुराने की कोशिश की। आँखों के नीचे फैली काली छायाओं की ओर उसकी नज़र उठी तो मीनाक्षी माथा दबाते हुए बाहर देखने लगी।

गाड़ीवान की ओर एक तिरछी नज़र देख कर गोविन्दन कुट्टि ने फिर सवाल किया।

"तबीयत ठीक नहीं क्या?"

"सिर दर्द हो रहा है।"

"तड़के सिर में तेल लगा कर नहा लिया न? इसलिये सिर में दर्द होता होगा।"

पेरुम्पलम बाज़ार दिखायी दिया। खेत के किनारे गोल दीवारवाला शिव मन्दिर भी दिखायी पड़ा। पुलिया को पार करते ही गोविन्दन कुट्टि ने गाड़ीवान से कहा—

"उस मुँडेर के पास रोको।"

साँपों की तरह टेढ़ी-मेढ़ी जाती शाखाओं के कारण बदसूरत दिखनेवाले एक आम के पेड़ के पास गाड़ी रुकी। पहले गोविन्दन कुट्टि उतरा। बक्सा मुँडेर के ऊपर रखा। 'मन्नंपिल्लि नंपूतिरि का बेटा वासुदेवन का बनवाया'—'मुँडेर के काले पत्थर पर कुरेदे उन अक्षरों को किसी ने लाल पत्थर से रगड़ कर चमकाने की कोशिश की थी।

"पायदान नहीं है, सँभल कर उतरो।"

मीनाक्षी नीचे उतरी।

गाड़ीवान ने गाड़ी मोड़ ली। गोविन्दन कुट्टि को चुन्नट में टटोलते देख कर उसने कहा—"उधर से ले लूँगा।"

"भाड़ा नहीं, रास्ते में चाय पी लो।"

दो आने मिले तो अत्तुण्णि मुहम्मद खुश हो गया।

"देखो, बखार वहाँ है। उधर वह सिंचाईवाला खम्भा दिख रहा है न, उसके आस-पास के खेत पून्तोट्टमवालों के हैं। दूसरी ओर भी बहुत हैं—मुँडेर के पास खड़े होकर गोविन्दन कुट्टि ने हाथ के इशारे से मीनाक्षी को दिखा दिया।

बाँस का फाटक लाँघ कर वह मेंड़ पर उतरा। बक्सा नीचे रख कर मीनाक्षी को अन्दर आने के लिये पट्टियाँ एक ओर सरका दीं।

बखार में झाड़ू-बुहार करके बुढ़िया इन्तज़ार कर रही थी। माक्कुण्णि से मज़दूरों

* पीट कर पतला किया गया चावल। * नाश्ता।

को खबर मिल चुकी थी कि छोटे मालिक अकेले नहीं आ रहे।

बुढ़िया मीनाक्षी को अन्दर ले गयी। गोविन्दन कुट्टिट ने शादी के लिये पट्टांपी में सिलवाया कुर्ता उतार कर बल्ली पर लटकाया। सेर भर 'अवल' नज़राना लाकर बातें बघारने के लिये तैयार होकर कारी सार के सामने खड़ा रहा।

गोविन्दन कुट्टिट ने माक्कुण्णि को बुला कर कहा–

"माक्कुण्णि, तू अभी जा, शेखर भाई ने कहा है कि वहाँ तेरे बिना काम नहीं चलता।"

"मालकिन के आने की खुशी में मजदूरों को खाना नहीं मिलेगा क्या?" कारी ने माक्कुण्णि से सिफारिश करवाना चाहा।

"कटाई के बाद सबको नये धान की दावत दी जाएगी।" माक्कुण्णि ने कारी को वचन दिया।

गोविन्दन कुट्टिट ने खेत में उतर कर देखा। कटाई में अब बिल्कुल देरी नहीं होनी चाहिए। देरी हुई तो दाने झड़ने लगेंगे। एक हफ्ते के अन्दर कटाई ओसाई पूरी होनी चाहिए। कटाई के लिये और मज़दूरों को बुलाने का काम चेरुमा लोगों को सौंपा। स्थायी मज़दूर काफी नहीं होंगे।

कुछ ढूँढ़ने के बहाने अन्दर रुका रहा। रसोई से बर्तनों की खनक सुनी। बाहर लकड़ी छीलती बुढ़िया रसोई के दरवाज़े की ओर लगातार बोलती जा रही थी।

खुशी से चिल्ला उठने का मन हुआ। अपना भी एक परिवार बन गया है। रसोई में उसका काम करना देखते रहने की इच्छा हुई मगर बुढ़िया के डर से इस ख़याल को छोड़ दिया।

दुबारा बाहर निकलने लगा तो मीनाक्षी ने पुकारा–

"रुकिये।"

"क्या है?"

बिना दूध की काप्पी और एलूमिनियम की तश्तरी में 'उप्मा'* लेकर मीनाक्षी खड़ी थी। तभी ख़याल आया कि सुबह से कुछ नहीं खाया है।

"बिना दूध की काप्पी है।"

"बुढ़िया को बोलो कल से आधा सेर दूध ले आए। और कुछ ज़रूरी है क्या?"

"नहीं, सब कुछ है।"

उसने कोठार के ऊपर काप्पी और उप्मा रखा।

"सिर दर्द कैसा है?"

"ज़्यादा नहीं।"

"तुमने खाया?"

"उँ...हूँ।"

---

* नाश्ता।

"गरम काप्पी थोड़ी पी लो, सिर दर्द के लिये अच्छा है।"

"पी लूँगी।"

नाश्ता कर लेने के पहले ही बाहर से किसी ने पुकारा–'छोटे मालिक...'

"अभी आया।"

"लगता है छोटे कण्णप्पन बैल के मुँह में फोड़े निकले हैं। वह पानी नहीं पीता, फूस भी नहीं खाता।"

सार के अन्दर जाकर देखा। बैल को पानी पिलाने का कुंभ ढूँढ़ कर फिर अन्दर गया तो बाहर से उलटी करने की आवाज़ सुनी। रसोई के पिछवाड़े जाकर देखा। मीनाक्षी बरामदे पर उकड़ूँ बैठ कर कै कर रही थी।

बुढ़िया नहीं दिखी। बायें हाथ से कन्धे को सहारा देकर उसके पीछे ज़मीन पर घुटने टेक कर पीठ सहला दिया।

"सिर दर्द के कारण उलटी आ रही है। कोई बात नहीं। उस चेरुमा छोकरें को भेज कर दवा मँगवाता हूँ।"

"नहीं।"

मुँह धोने और कुल्ला करने के बाद मीनाक्षी अन्दर आयी तो अपनी घबराहट छिपाकर उसने कहा–

"तबीयत ठीक नहीं तो थोड़ी देर आराम कर लो। खाना बनाने के लिये बुढ़िया से कहना।"

"ज़्यादा नहीं है।"

दोपहर को मीनाक्षी ने खाना नहीं खाया। मीनाक्षी के बार-बार मना करने पर भी उसने ज़बरदस्ती उसे थाली के सामने बिठा दिया। मीनाक्षी को फिर उलटी आई।

दिन ढलते गोविन्दन कुट्टि की घबराहट बढ़ने लगी। रात को हालत बिगड़ गयी तो! दिन में दौड़-धूप करने के लिये ढेर सारे लोग आस-पास हैं। वैद्य को बुला लाने की बात कही तो उसी ने मना किया। कहा कि कोई बात नहीं, सब ठीक हो गया है।

शाम को बाज़ार में दवा की दुकान पर गया। दुकानदार माप्ला यद्यपि वैद्य नहीं है, दवाओं का थोड़ी-बहुत जानकार है। सुना है इरिम्पिलियत्त वैद्यों के घर में कुछ साल दवा बनाने का काम किया है। उसने चूर्ण और एक गोली दी। चेरुमा लोगों की झोंपड़ियों वाले अहाते के नीचे से अदरक उखाड़ लिया। घर पहुँचते शाम ढल चुकी थी। संध्या दीप नहीं जलाया गया था। अन्दर से कोई आहट नहीं आई। गलियारे में घुसा तो देखा कि ज़मीन पर चटाई बिछाकर मीनाक्षी औंधी लेटी है। पैरों की आहट सुन कर वह उठी। गोविन्दन कुट्टि ने दियासलाई से ढिबरी जला कर दीवार की क़ील पर टाँग दी।

"उठो मत, लेटे रहो।"

उसने गोद की पुड़िया निकाली। "यह गोली अभी अदरक के रस में मिलाकर ले लो। यह चूर्ण खाने के बाद मट्ठे में घोल कर पीने के लिये है। क्या हुआ मीनाक्षी?"

मीनाक्षी रो रही थी।

"क्या हुआ, बोलो क्या है?" कन्धे पर हाथ डाल कर अपने से सटा लिया तो हथेली से चेहरा ढँक कर सिसकती रही।

भर्रायी आवाज़ में उसने फिर पूछा–

"क्या हुआ है तुमको? बोलो न?"

भीगे चेहरे से उसके हाथ हटा ले कर उसने बार-बार वही सवाल दोहराया। धीरज टूट रहा था। विवशता और विषाद के कारण आवाज़ ऊँची हो गयी।

"शादी की मुहूर्त के समय से देख रहा हूँ। मन में कुछ है तो बता दो। मैं हूँ न?"

टूट कर गिरते केले के नन्हे पत्ते की तरह वह चटाई में नीचे झुकी। क्या हो रहा है, इसकी पहचान मिलने के पहले ही उसके हाथ अपने पैरों को घेर चुके थे। गीला चेहरा चरणों के बीच रख कर वह विलाप करने लगी–

"मुझे मार डालिये, मुझे मार डालिये।"

रात।

इमली के पेड़ के तने पर धारदार चाकू से गहरे कुरेदते हुए पति खड़ा रहा। विशाल पंखोंवाले एक भीमाकार गिद्ध की तरह अन्धकार धरती के ऊपर दब गया था।

मैं सब कुछ समझता हूँ। बेवकूफ था मैं। दुनिया का सबसे बड़ा मूर्ख।

(मुझे मार डालिये, मुझे मार डालिये।)

किसका शव देख कर मन शान्त हो जाएगा?

अब मैं पहलेवाला बेवकूफ गोविन्दन कुट्टि नहीं हूँ।

इमली के तने से चाकू खींच निकालते वक्त अँगूठे में चोट लगी। खून निकलती उँगली को मुँह में रखकर खारापन चखते हुए उसने अन्धकार में फुसफुसाया–

"मैं सब कुछ समझ रहा हूँ। खबरदार। सारी बातें मेरी समझ में आ रही हैं।"

पगडंडी से अहाते में चढ़ा तो छह मील अपने पीछे चली आयी सिसकी नहीं सुनी। उस यात्रा में पहली बार उसने मुड़कर देखा। मीनाक्षी अहाते की सीढ़ियों के नीचे खड़ी बेज़बान रो रही थी।

उसने दबे स्वर में आज्ञा दी–

"आ।"

वह धीरे-धीरे चढ़ आई। मध्याह्न की धूप में फूस के बदरंग छप्पर के एक कोने से नीली धुआँ की एक बेल ऊपर चढ़ रही थी। उस छोटे घर का दरवाज़ा खुला पड़ा

था। पड़ोस के आँगन के एक छोटे आम के पेड़ के नीचे से बच्चों के खेल का शोर उठता था। काश! यह जल्दी कदम बढ़ाकर अपने घर के अन्दर घुस जाती! गोविन्दन कुट्टि ने देखा कि अहाते की सीमाओं के पार बड़ों की उत्सुक नज़रें इकट्ठी होने लगी हैं।

लगा कि चलते वक्त उसके पाँव ज़मीन पर ठीक से नहीं पड़ रहे हैं। हवा में घास के ऊपर से बिछलते सूखे पत्ते की तरह जाने कब रुके कब चले?

बरामदे के नीचे रुक कर उसने फिर दबे स्वर में कहा–

''हूँ–जल्दी चल अन्दर।''

''कौन है?'' अन्दर से एक थकी हुई आवाज़ ने पूछा।

वह चुप रहा। राहत के साथ उसे बरामदे में चढ़ते देख कर वह मन ही मन बोला–''तुम्हें अपने घर पहुँचा दिया। मेरा दायित्व पूरा हुआ।''

धूप में चौंधिया गयी उसकी आँखों ने दरवाज़े पर खड़ी बूढ़ी औरत को पहचानने में देर लगायी।

माँ सामने आ गयी तो बेटी के कंठ की व्यथा बाँध तोड़कर बहने लगी।

''यह सब क्या है गोविन्दुट्टि?''

''सब कुछ अपनी बेटी से पूछ लीजिए। बेटी को सही सलामत आपके पास पहुँचा दिया है मैंने।''

मुड़ कर दो कदम चला तो माँ की आवाज़ फिर सुनायी दी–

''रुको गोविन्दुट्टि।''

''मैं रुकने के लिये नहीं आया लक्ष्मि अम्मा।''

पीछे से ज़ोर से अपना नाम लेकर रोने-कलपने की आवाज़ आ रही थी लेकिन वह नहीं रुका। मुड़ कर देखा भी नहीं। ऊपर मध्याह्न की धूप और नीचे नारियल के बागानों की रेत सुलग रही थी। उसके कदमों में तेज़ी आई। उस वक्त वह होश में नहीं था।

रास्ते में किसी ने बात करने की कोशिश की थी। अपना नाम पुकारे जा़ने और कुशल पूछे जाने की धुँधली सी याद है। सड़क पर शेखर भाई के बाज़ारवाले मकान के तारकोल लगाये मज़बूत फाटक पर पहुँच कर ही दम लिया। किवाड़ बन्द था। पून्तोट्टम के द्वार की ओर देखा। मेंड़ों से ऊपर चढ़ने की सीढ़ियों से शुरू हो कर बहिर्गृह के दरवाज़े तक रास्ते की दोनों ओर लोग बैठे थे। काली सूरतें। कालिख लगी मिट्टी की हाँड़ियाँ सिर पर उठाकर चेरुमियों को जाते देखा। सदावर्त हो रहा है। आज कोई खास दिन है। जन्मदिन या श्राद्ध? या कोच्चप्पन की सगाई?

पून्तोट्टम की ओर चला। सड़क से मेंड़ पर उतरते रास्ते पर बने बाँस की फाटक पर 'सफेद कपड़े से ढँकी एक काली सूरत को रास्ता देना पड़ा।' 'कैसा चमत्कार है? जो कल गया वह आज दिख रहा है!' पणिक्कर ने कुशल पूछा।

पून्ताट्टम से दावत खाकर आता होगा। उसने हँसने की कोशिश की। दोनों ओर खुली हाँडियों के पीछे बैठे और खड़े होकर लोग लगातार बोलते जा रहे थे। ज़्यादातर चेरुमा लोग ही थे। उनके बीच चार-पाँच मुसलमान बच्चे भी हैं। दोनों ओर देखे बिना आगे बढ़ा। किसी ने 'छोटे मालिक' पुकारा। किसी ने कुशल पूछा।

बहिर्गृह को पार कर आँगन में पहुँचा तो सबसे पहले पश्चिम की ओर गोबर पुते आँगन में श्राद्ध का चावल बीनते कौवे नज़र आए। शेखर भाई की बड़ी कुर्सी खाली थी। यहाँ भी नहीं है क्या?

भंडार घर के निचले मंजिल का दरवाज़ा बन्द पड़ा था। सुपारी के पत्ते से बने पंखे से हवा करते हुए दीवार से सट कर बैठे नारायणन नायर ने पूछा–

"अरे कौन है? गोविन्दुट्टि!"

"कहाँ गया?" खाली कुर्सी की ओर इशारा करके पूछा।

"सायबान में है। यों अचानक कैसे?"

वह चुप रहा।

"खाना नहीं खाया तो जल्दी नहा कर खा ले।"

सीमेण्ट की फर्श पर लेट कर सोनेवालों में से किसी ने कहा–"इस बार गर्मी जल्दी शुरू हो गयी है, इस झुलसती धूप में छतरी भी लिये बिना तुम कैसे चलते हो रे?"

कानों के ऊपर से बहते पसीने की धारियों को हथेली से पोंछ कर खाली कुर्सी की ओर देखते हुए गोविन्दन कुट्टि ने नारायणन नायर से अनुरोध किया–"ज़रा बुलाओ।"

"अन्दर जाओ रे, अचानक यह छूत-छात का ख़याल कहाँ से आया?"

बुलाने की ज़रूरत नहीं पड़ी। अगले ही पल मात्र तौलिया पहन कर चाँदी का हत्था और किनारे पर लाल जरीवाले पंखे से हवा करते हुए बरामदे की ओर आये शेखर भाई पर गोविन्दन कुट्टि की नज़र पड़ी।

वह भूल गया कि बरामदे में और भी लोग हैं और अपनी बातें उनके कानों में भी पहुँच जाएँगी। सामने खड़े शेखर भाई की आँखों में आँखें गड़ायीं। देखा कि उन धूसर आँखों का विस्मय पल में आतंक में बदल गया।

"अजीब किस्सा है? कल जो गया...।"

"मैं कोई किस्सा सुनाने नहीं आया। सोचा नहीं था कि अपने शब्दों में वातावरण को यों बदल देने की ताकत है। दावत के अवसाद से सीमेण्ट के ठण्डे फर्श पर लेट कर सुस्ता रहे लोग हड़बड़ा कर उठे।"

"लो, पकड़ो।"

चाबियों का भारी गुच्छा ज़मीन पर गिर कर खनखनाया।

झट से शेखर भाई की आवाज़ उठी।

"अरे, अरे, क्या करता है तू?"

"तुम्हारी अमानत है, बखार की चाबियाँ। दूसरों को उसकी जगह पहुँचा कर आया हूँ।"

"पागल हो गया क्या? आ, अन्दर जाकर बात करते हैं।"

"जो कहना है वह मैं कहीं से भी कह दूँगा।"

"गोविन्दुट्टिट...।" नारायणन नायर ने पास आकर कन्धे पर हाथ रखा।

शेखरन नायर बहुत घबराया हुआ था। अनेक सालों के एक साथ बीत जाने से अचानक आये बुढ़ापे की मुद्रा चेहरे पर प्रकट हुई। विवशता की आवाज़ ज्यों उसने धीरे से पूछा—"मुझे अपमानित करने का इरादा है?"

गोविन्दन कुट्टिट ने कन्धे पर रखे हाथ को पहचानने की कोशिश किये बिना उसे झटक दिया।

"नहीं, तुम्हारी आँतें निकालने का। इसीलिये आया। यह काम करके ही जाऊँगा।"' गोविन्दन कुट्टिट बोला।

"अरे अरे...।"

"छोड़ रे मेरा हाथ।" गोविन्दन कुट्टिट ने मुड़कर जलती निगाहों से नारायणन नायर को देखा। "इस घमण्डी की आँतें निकाल कर ही जाऊँगा।"

"पागल हो गया है क्या?"

गोविन्दन कुट्टिट को आगे बढ़ते देख कर शेखरन नायर दरवाज़े की ओर पीछे हटा। द्वार पर शेखर भाई की जगह फिर माधवी दीदी दिखायी दी। अन्दर कहीं से शेखरन नायर की आवाज़ उठी।

"खड़े-खड़े क्या देख रहे हो कुत्तो, यहाँ एक भी बहादुर मर्द नहीं है क्या, इस मवाली के...।"

बात पूरी नहीं हुई। उम्र का ख़याल किये बिना मर्द हड़बड़ाकर उठे। चार लोग श्राद्ध का दावत खाने आये बुजुर्ग थे। पाँचवाँ नारायणन नायर बोला—

"तुम्हारी इस ढिठाई को दूर करने के लिये अकेला मैं काफी हूँ।"

सामने थोड़ी दूर पाँच लोगों को पंक्ति में खड़े होते देख कर गोविन्दन कुट्टिट को भय नहीं लगा। गुस्से से बढ़ कर अन्दर निन्दा जागी। भैंसे की सींग के हत्थेवाला चाकू दाँतों से खोल कर आँगन में थूकते हुए सख़्ती से कहा—

"उम्र का ख़याल नहीं करूँगा। मुझे छूनेवाले का शव यहाँ गिरेगा।"

आँगन की ओर देखने का मौका मिला। उसे अपनी आँखों पर विश्वास नहीं आया। सायबान में काम करनेवाले लोग, सदावर्त का खाना लेने आये चेरुमा लोग, पून्तोट्टम के अन्य मज़दूर—भीड़ साँस रोक कर चुपचाप खड़ी थी।

दरवाज़े पर खड़ी होकर दीदी ने पुकारा—"गोविन्दुट्टिट, तू अपनी दीदी का कहना मान।"

उसने दीदी को पूरा कहने न दिया—"दीदी, तुम यहाँ मत आओ, मैं ज़िन्दा हूँ तो बदला लिये बिना नहीं छोड़ूँगा। अपने पति से कहें, गोविन्दन कुट्टि को उल्लू बनाने का ख़याल न करे।"

किसी ने कुछ नहीं कहा। अन्दर बाहर दस-बीस लोग चुपचाप खड़े रहे।

वह आँगन में उतरा। उस बड़े घर की ऊँची दीवारों को देख कर कहा—

"ऊपर जाकर बैठ। हज़ार आदमियों का पहरा बिठायेगा तो भी तेरी आँतें नहीं निकालीं तो मेरा नाम ताषत्त गोविन्दन कुट्टि नहीं।"

आँगन में इकट्ठे लोगों की ओर अवज्ञा से देखा। मारने के इरादे से कोई आ रहा है क्या? रोकनेवाला कोई है क्या? लगा कि लोहे की जंजीर को भी तोड़ डालने लायक शक्ति बाँहों में फड़क रही है। सारी दुनिया खिलाफ खड़े हो जाए, मैं अकेला काफी हूँ।...

बहिर्गृह के पार पहुँचा तो भीड़ ने दो पाटों में खड़ी होकर रास्ता दिया।

अपनी मर्दानगी पर गर्व हुआ। किसी के सामने सिर झुकाने की उम्र बीत गयी।

कटाई के बाद नंगे पड़े खेत के विस्तार से बवंडर ज्यों वह निकल गया।

बाहर से खाँसने की आवाज़ सुन कर कुञ्ञुकुट्टि तेक्किनि से झाँकी। कुमार भाई आज इतनी जल्दी कैसे? शाम को बाहर निकलता तो इधर-उधर घूम कर साढ़े आठ की गाड़ी के पुल पार कर जाने के बाद ही वापस आता। पूरब की ओर नदी सूख चुकी है। उत्तर की तरफ सब्जियों के खेतों के पास गड्ढे में पानी है। कुमार भई रोज़ वहाँ जाकर नहाता है। रोज़ माँ के खाने के बाद कमरे में पीढ़े के सामने पत्ता रख कर बड़ी देर तक इन्तज़ार करने के बाद ही अन्धकार में फाटक पर उनके आने की आहट होती है।

"कौन है री?" माँ ने पूछा।

"भाई है।"

कुञ्ञुकुट्टि काढ़ा गरम करने के लिये रसोई में चली। आये दिन माँ को बीच-बीच में दमे की शिकायत होती रहती है। तीन तरह की बूटियाँ पीस कर एक काढ़ा बनाना है।

काढ़ा बना कर एक कटोरी में उँड़ेल कर माँ के हाथ में दिया। बागान से केले का एक पत्ता काट कर लौटते वक्त कुमार भाई को चारुपटि में उकड़ूँ बैठा देखा।

कुछ दिनों से उनका यों बैठना बन्द हो गया था। दिन में दस्तावेजी के छोटे-मोटे कामों को लेकर बाहर रहते। जिस दिन काम नहीं होता फावड़ा लेकर शाम तक बागान में कुछ न कुछ करता रहता है। सिर्फ खाने के वक्त पर अहाते से निकल आता है।

जिन दिनों ससुरालवालों से झगड़ा कर आये थे, सुबह-शाम इसी तरह बैठा करते थे। रसोई के कामों को निबटा कर पड़ोस के तालाब में नहा कर गीले कपड़े बदल आई। कुमार भाई तब भी वैसे के वैसे बैठे थे। माँ की खाट के नीचे से कटोरी उठाने गयी तो उन्होंने पूछा–

"कुमारन फिर बाहर गया क्या?"

"नहीं।"

"क्या कर रहा है?"

"बरामदे पर है।"

"फिर से शुरू हो गया उसका तप?"

बेटी ने जवाब नहीं दिया। क्या पता नहाने के लिये पानी रखना है कि नहीं? अँधेरा हो गया तो रहट से पानी खींचना मुश्किल होगा।

दरवाज़े के पीछे आड़ में खड़ी होकर पूछा–

"नहा चुके क्या?"

जवाब नहीं मिला।

"कुएँ पर पानी खींच रखूँ क्या?"

जवाब का इन्तज़ार बेकार हो गया। थोड़ी देर और रुक कर कुञ्ञुकुट्टि लौट चली।

बेटी के सवाल पर बेटे की खामोशी देख कर माँ को खटका लगा।

"उसको क्या हो गया है री?"

बेटी चुप रही।

"लो, तेरी भी ज़बान उतर गयी क्या?"

"आप उठिए, मैं बिस्तर ठीक करती हूँ।"

माँ उठी। "कम्बल लेकर अलगनी में डाल दे। मैं अब उसे ओढ़ती नहीं।"

छड़ी के सहारे माँ तेक्किनि की ओर चली तो पीछे से कुञ्ञुकुट्टि ने सोचा–माँ पहले से ज़्यादा झुक कर चलती है। ऐसा लगता है मानो छड़ी ही उस शरीर का पूरा बोझ उठा रही है।

"यहाँ एक ढिबरी जला कर रख नहीं सकती क्या?"

तेक्किनि में अँधेरा था।

चारुपटि में उकड़ूँ बैठे पत्थर की मूरत की ओर बिना देखे माँ नीचे बरामदे में पूरब की ओर जा बैठी। "उस पिंजरे में बड़ी उमस हैं।" माँ ने स्वगत किया।

पड़ोस के बच्चे जाप समाप्त करके पाठ रटने लगे थे।

"मैं आयी पास तेरे, तू रोना नहीं पियारे।"...

बालों में टटोल कर खींचते हुए माँ बाहर के धुँधलके में देख कर बैठी रही। सुपारी के बागान से होकर सुखद हवा आ रही थी।

"सुन रे।"

बेटे ने माँ की पुकार नहीं सुनी।

"इस बार भी मम्माली धाँधली कर जाएगा क्या? तू उससे मिला कि नहीं?"

बेटे ने इसका भी जवाब नहीं दिया।

बचपन में अपने गुरुजी के मुँह से सुना था—"पहले बोल दो, फिर पीट दो, आखिर छोड़ दो।"

बेटे ने यह नहीं सोचा कि पुराने ज़माने के उस अध्यापक के उपदेश की इस वक्त क्या ज़रूरत है।

"पहले जाकर पूछ, नहीं मिला तो धमकी दे, फिर भी फायदा नहीं हुआ तो थाने में रपट लिखा दे। कांख में कागज़ात दबा कर कब से पैर घिसा रहा है? उसके हाथ से धान की वसूली का कोई रास्ता नहीं है क्या? बड़ा आया दस्तावेज़ी का काम करनेवाला!"

चारुपटि में बैठा शख्स तब भी नहीं हिला तो माँ के तेवर बदल गए।

"अरे, तू रोज़ शाम को यों बन्दर मरे मदारी की तरह क्यों बैठा रहता है?"

"देख बुढ़िया, मेरी ज़बान बहुत बुरी है, उसे मत खुलवाओ।"

माँ खामोश हो गयी।

बड़ी देर बाद कुमारन नायर चारुपटि से नीचे उतरा।

"वह नहीं आया क्या?" उसने अचानक सवाल किया तो माँ दंग रह गयी।

"कौन?"

"गोविन्दुट्टि, तुम्हारा वह पूत।"

"वह यहाँ कहाँ? पेरुम्पलम के बखार में है न?"

"कौन पेरुम्पलम में! उसकी हथकड़ी हो जाए या जेल, मुझे कुछ नहीं। लेकिन मुझे ही सब कुछ सुनना पड़ रहा है, इसी का गम है।"

"बोल रे, क्या हो गया? तू बोल तो सही।" माँ का गला भर आया।

"तो सुनो, तुम्हारा वह सपूत आज छुरा लेकर शेखर भाई को मारने गया।"

माँ को काटो तो खून नहीं। पैर सहलाते हाथों ने धीरे से उठकर चेहरे के सामने हाथ जोड़ने की मुद्रा अपनायी।

"झूठ, लोग कभी-कभी झूठी अफवाह फैलाते हैं। सबकी मार खाने के लिये वही एक ढोल है न?"

बेटे की आवाज़ धीमी पड़ गयी। गुस्सा सँभाल कर वह गम्भीर हो गया।

"झूठी बातें बनाने से लोगों को क्या मिलेगा माँ। श्राद्ध की दावत पर आये लोग घर बाहर भर गये थे। सबके सामने ही उसने शेखर भाई को...।"

"फिर?"

"लोगों ने दबोच कर रोक लिया, वरना आज पून्तोट्टम में लाश गिरती।"

"अ..अ...और?"

"और क्या चाहिए तुम्हें?"

तेक्किनि का दरवाज़ा किरकिराया। दरवाज़े के सहारे खड़ी बेटी को लगा कि उसके हाथ-पैर कमज़ोर हो रहे हैं।

"तुमने शेखरन नायर को देखा?"

"कैसे देखूँ? कौन सा मुँह लेकर जाऊँ, जो हुआ वह कोई मामूली बात नहीं है।"

"ईश्वर जाने और क्या-क्या सुनना और देखना पड़ेगा?" माँ की आवाज़ भर्रायी।

"इस पापिन को उठा क्यों नहीं लेते भगवान?" माँ ने धोती की चुन्नट से आँखें पोंछीं। दीमक के खाने से अन्दर से खोखले हो चुके बरामदे के चौकोर खम्भे पर सिर टिका कर माँ छोटे बच्चे की तरह ज़ोर-ज़ोर से रोने लगी।

"उसको क्या हो गया कुमारन, इस वक्त वह कहाँ है? ज़रा पता कर लेता कि उसने ऐसा क्यों किया?"

बेटे में जवाब देने की ताकत नहीं थी।

नाक पोंछ कर टूटे-फूटे शब्दों में माँ ने फिर पूछा–

"मगर वह है कहाँ? इसका पता तो कर लेता।"

बेटा यों ही दरवाज़े तक चला। किवाड़ों के बीच से तेक्किनि में गिरते उजाले की आयत में बहिन की परछाईं उसने देखी। वह फिर बरामदे में उतरा।

"उस लड़की को उसके घर पहुँचा दिया है।"

माँ ने नहीं पूछा कि किस लड़की को? "कुट्टिनारायणन नायर ने मुझसे कहा था। पहले बखार की चाबियों का गुच्छा चेहरे पर फेंक दिया। सुन कर मेरे पैर काँपने लगे। ईश्वर ही जाने मैं कैसे यहाँ पहुँच गया।"

"लेकिन वह है कहाँ?"

"मुझे क्या पता? मेरी आँखों के सामने आये तब न? आने दो उसे।"

अचानक लार निगलते हुए उसने अपनी ज़बान पर लगाम लगायी। क्योंकि फाटक से किसी के खँखारने की आवाज़ आयी थी। यद्यपि माँ ऊँचा सुनती थी, बेटे का मिज़ाज बदलता महसूस कर बाहर देखने लगी। कौन आ रहा है?

पैरों की आहट आँगन में पहुँची तो माँ से रहा नहीं गया। छड़ी टेक कर वह उठ खड़ी हुई। बेटा बरामदे में चढ़ने के बाद बेचैन-सा फिर नीचे उतरा।

"कौन है?" माँ ने काँपती आवाज़ में पूछा।

"मैं हूँ, गोविन्दुट्टि।"

उसने बरामदे पर खड़ी माँ की परछाईं ही देखी थी। माँ कुछ कहने के लिये शब्द ढूँढ़कर हार गयी। भाई ने पूछा–

"किसका सिर काटने आया?"

गोविन्दन कुट्टि नामक छाया चुप रही।

आखिर माँ सिसकियाँ रोक कर बोली–

"यह मैं क्या सुन रही हूँ। मुझे दक्षिण में एक गढ्डा खोद कर गाड़ देने के बाद तू मनमानी कर लेता! तुझे भी क्या दोष देना?" माँ आँखें पोंछती हुई बेज़बान रोती रही।

गोविन्दन कुट्टि नीचे ही खड़ा रहा। वह अँधेरे में था और माँ और भाई बरामदे में लटकाये दिये के उजाले में। भाई को अपनी ज़बान वापस मिली तो आग बबूला होने लगा।

"आगे कभी इस घर के चौखट के अन्दर कदम न रखना। जेल कचहरियों के चक्कर लगाना मेरे और इस घर की औरतों के बस की बात नहीं। गोविन्दुट्टि से कह रहा हूँ। तू चाहे किसी का भी सिर काट ले, मगर इस फाटक के अन्दर कदम रखोगे तो मेरा असली रंग देखोगे।"

"मैं नहीं आऊँगा।"

"इस परिवार को एक तुझे छोड़ कर और किसी ने यों बदनाम नहीं किया। आगे इस खानदान से तेरा कोई रिश्ता नहीं।"

माँ ने बीच में दखल दिया।

"यों उलटे जवाब मत दे। जाके उसके पैर पकड़। बहनोई के रिश्ते का नहीं, उम्र का तो ख़याल किया होता।"

"वह-वह एक दिन मेरे सामने आएगा। मुझे मालूम है कि उसके साथ क्या करना है। एक दिन ज़रूर आएगा और तब मैं सब कुछ लौटा दूँगा।"

"तुझे किसी के हाथों कुत्ते की मौत मरते भी मुझे देखना पड़ेगा।"

"मुझे मरने से डर नहीं। मेरे साथ जो धोखा किया गया वह मर्दों के लायक नहीं।" वह भाई की ओर मुखातिब हुआ। "आप समझ रहे हैं न?" उसकी आँखें बोल रही थीं।

"मैं मरते दम तक नहीं भूलूँगा। आप बहनोई से बोलिये।"

"तू यह क्या कह रहा है गोविन्दुट्टि? पागल हो गया है क्या?"

माँ फिर से ज़ोर से रोने लगी।

"आप इसे पागलपन समझते हैं तो वही सही। माँ, भाई, कुञ्ञोप्पोळ, आप सब सुन लें, पता नहीं किस किसने मिलकर मुझे उल्लू बनाया। पता चले तो, माँ हो या भाई मुझे कोई फरक नहीं पड़नेवाला।"

उसने कुञ्ञोप्पोळ को ढूँढ़ा। तेक्किनि में कहीं खड़ी होगी। दरवाज़े की झिरी से उसकी आँखें अपने ऊपर पड़ रही होंगी।

मालूम नहीं था कि जो बातें कहने आया था, सबके सब कह चुकीं या नहीं। बिना कुछ सोचे बाहर निकला।

पीछे से माँ की पुकार रुदन बन कर उठी–"गोविन्दुट्टी।"

“गोविन्दुट्टिट...।”

मुड़कर नहीं देखा।

अन्धकार के खेत को पार कर सड़क पर पहुँचा। कहाँ चलूँ? कुञ्जरय्क्कार के घर के सामने रोशनी की एक लाल आँख दिखायी दी।

दोपहर को पून्तोट्टम से सीधे कुञ्जरय्क्कार के घर गया था। तित्तुम्मा के सवालों के लिये सीधा जवाब न दे कर इधर-उधर की बातों में उलझ कर शाम तक कुञ्जरय्क्कार का इन्तज़ार किया। वह आया तो पता चला कि पून्तोट्टमवाली घटना इलाके भर में फैल चुकी है।

‘या अल्लाह, मेरा सिर भी जाएगा क्या?’ वाले मज़ाक के साथ कुञ्जरय्क्कार घर में घुसा था।

धीरे-धीरे कुञ्जरय्क्कार को उसने सब कुछ बता दिया। किसी से सारी बातें कहना ज़रूरी था। इसीलिये कुञ्जरय्क्कार का इन्तज़ार किया था। घर जाने के लिये निकला तो कुञ्जरय्क्कार बोला–

“घर जाकर झगड़ा मत करना। तुम कमसिन हो। खुदा के भरोसे रहो तो किसी से डरने की कोई बात नहीं।”

नदी किनारे सुनसान रेत पर लेट जाऊँ? आखिर वहीं पहुँच गया जहाँ से निकला था।

लोहे की पट्टियों से मढ़ी लकड़ी के पानदान को खुला रख कर कुञ्जरय्क्कार पान खा रहा था।

उसे देख कर अचरज के साथ पूछा–

“क्यों लौट आया?”

“बस यों ही।”

“यह भी कोई जवाब है?”

दोपहर से शाम तक जिस चटाई पर बैठा था वह अब भी उसी जगह पड़ी थी। कुञ्जरय्क्कार के सवाल को अनसुना करके चटाई पर बैठ कर उसने माथे का पसीना नाखून से काछ लिया।

थोड़ी देर दोनों चुप रहे।

“क्या पिओगे?”

“पहले थोड़ा पानी पिला दो।”

कुञ्जरय्क्कार खुद अन्दर जाकर पानी ले आया।

“और क्या चाहिए?”

“मुझे–मैं यहाँ आँगन में बेंच पर सो जाऊँ तो तुमको एतराज़ होगा?”

उमठी हुई मूँछों के ऊपर से हमेशा लाल दिखनेवाली आँखें अपनी ओर उठीं तो नज़रें झुकाये बिना ही दमदार आवाज़ में गोविन्दन कुट्टिट ने कहा–

"अगर तुमको स्वीकार नहीं है तो बताओ। झिझकना मत। मैं नदी किनारे रेत पर जा लेटूँगा। इसके लिये मुझे किसी की सहमति ज़रूरी नहीं है न?"

कुञ्जरय्क्कार आँगन में थूक कर बोला—"मैं कुछ और सोच रहा हूँ।"

"क्या?"

"इस घर का एक नियम है—रात को खाली पेट कोई नहीं सोएगा—मुसलमानों का खाना खाओगे?"

मना करने का मन हुआ था, लेकिन ज़बान से 'हाँ' निकला।

पहली बार उस दिन उसकी लबों पर हल्की हँसी फूटी।

"तित्तुम्मू, मेहमान को खिलाने का इन्तज़ाम कर लो।"

आँगन में सेम के शामियाने के नीचे दोनों पास-पास लेटे। कुञ्जरयय्क्कार के सोने तक उससे बात की। फिर नींद की दुआ माँगते हुए सेम की बेलों के बीच से आसमान की तरफ पर देख कर लेटा रहा।

सेम के पत्तों के बीच से उतरती कुनकुनी धूप शरीर पर पड़ी तो गोविन्दन कुट्टि जागा। घबराया सा चारों ओर देखा। कुछ पलों के बाद ही होश आया कि कहाँ सोया था। सुलतान काँच के बड़े गिलास भर चाय लेकर सामने पहुँचा। कुञ्जरय्क्कार कहाँ गया होगा?

"अब्बा कहाँ है रे?"

"बाहर गया।"

"कब?"

"सुबह।"

"अब समय क्या हुआ?"

"दिन चढ़ गया है।" सुल्तान हँसते हुए बोला।

"सुबह तू ने मुझे जगाया क्यों नहीं?"

"तुम सो जो रहे थे।"

सड़क से गुज़रनेवालों ने मुझे यहाँ लेटा देखा होगा। तड़के उठकर चले जाना चाहिए था।

लेकिन कहाँ?—यह सवाल रात को कई बार खुद से पूछ चुका था। मगर यही तो मालूम नहीं था कि कहाँ जाना है। घर जा सकता हूँ। कुमार भाई का गुस्सा और माँ के ताने मुझे क्यों रोकेंगे? वह मेरा भी घर है। उन लोगों की तरह ताषत्त घर में मेरा भी हक बनता है। चारपाई की बाँस की टाँग में लटकायी नयी कमीज़ की जेब में टटोला। बीड़ी नहीं मिली। सुलतान को भेज कर एक पुड़िया बीड़ी मँगवाऊँ? काश! कुञ्जरय्क्कार जल्दी लौट आता!

यद्यपि बचपन से परिचित घर-बार है, इस हालत में घर के बरामदे पर अकेले

बैठते बुरा लगता है। कोई आएगा तो क्या सोचेगा? लोगों की नज़र से बचना होगा। कुञ्जरय्क्कार घर पर होता तो कोई बात नहीं थी।

दातुन करने के पहले चाय पीने की आदत नहीं थी। लेकिन दातुन करने के लिये नदी किनारे जाना पड़ेगा। नहीं तो गगरी में पानी लाने के लिये सुलतान से कहना पड़ेगा। अन्दर से चूल्हे में जलते नारियल के सूखे पत्तों की, किसी चीज़ के फटके जाने की और तित्तुम्मा की बातचीत की आवाज़ लगातार आ रही थी। चाय का घूँट लेकर सड़क पर नज़र बिछाये बैठा रहा तो कुञ्जरय्क्कार का साफा दिखाई दिया।

"सुबह हुई क्या?" पूछते हुए कुञ्जरय्क्कार अन्दर आया।

"अभी-अभी उठा। पता ही नहीं चला कब सुबह हुई।"

सिर पर बाँधा तौलिया उतार कर चेहरा और गला पोंछने के बाद उसे कन्धे पर डालते हुए कुञ्जरय्क्कार बोला—"सोचा था मैं देश भर में घूम कर आऊँ तब भी कोई यहाँ खर्राटे भर कर सो रहा होगा।"

चारपाई पर एक ओर वह बैठ गया। वाप्पु से पानदान ले आने को कहा। पान खाने लगा तो सुपारी नहीं था।

"अरे अम्मी से पूछ कि सुपारी का एक टुकड़ा है कि नहीं।"

सुलतान ने खड़े-खड़े कुछ पूछ लिया। तित्तुम्मा का जवाब भी मिला—

"मैंने नारियल के जड़ के एक टुकड़े के साथ चबाया था, पूछ, क्या वही ले आऊँ?"

"पू...फ" कुड़बुड़ाते हुए दरवाज़े की ओर अपना गुस्सा थूक कर उसने बीड़ी निकाल ली।

"पिओगे?"

गोविन्दन कुट्टि ने 'हाँ' कहा। चाय के बाद बीड़ी पीते हुए गोविन्दन कुट्टि चुप बैठा रहा। आखिरी धुआँ खींच लेने के बाद टोंटा ज़मीन पर डाल कर पैर से कुचलने के बाद कमीज़ पहनने लगा तो कुञ्जरय्क्कार अपनी जगह से हिला।

"ऊँ?"

"कुछ नहीं।"

"मैंने पूछा कपड़े बदल कर कहाँ चला?"

उसने जवाब नहीं दिया।

"घर चले क्या?"

"नहीं।"

"और कहाँ चले?" आवाज़ में सख्ती थी।

कुञ्जरय्क्कार की ओर देखा तो गोविन्दन कुट्टि की आँखों में दीनता झलक रही थी।

"घर जा रहे हो तो जाओ।"

"मैं घर नहीं जाऊँगा।"

"तो कहीं मत जाओ।" वह नासमझ सा कुञ्जरय्क्कार को देखने लगा।

"यकीन करो, मैं यों ही नहीं बोलता। इस वक्त तुम्हारा बाहर निकलना खतरनाक है।"

बुझी पड़ी ज्वालाएँ अन्दर फिर से जीभ निकालने लगीं।

"यह बात है तो मैं भी देख लूँगा।"

"कल के खेल में तुम जीते। ज़रूरी नहीं कि हर बार तुम्हारी ही जीत हो।"

कुञ्जरयय्क्कार बोलने लगा तो गोविन्न कुट्टिट शान्त होकर सुनता रहा। गाँव में खबर फैल चुकी है कि गोविन्दन कुट्टिट छुरा भोंक कर शेखरन नायर की हत्या करने गया। शेखरन नायर चुप बैठनेवाला आदमी नहीं है। अब तक लाल पगड़ीवाले नहीं आये तो ज़ाहिर है मामला थाने में नहीं पहुँचा। और तरीके से बदला चुकाने का इरादा है। चार नौजवान मिलेंगे तो बड़े से बड़े पहलवान को भी धराशायी करना मामूली बात है। इसके लिये हिम्मत की कोई ज़रूरत नहीं, चार लोगों का मिल लेना काफी है। वैसे मारपीट और हँगामा यहाँ के छोकरों का विनोद है।

कुञ्जरय्क्कार ने घाट पर, मेंड़ पर, और जोतवाले खेत पर हुई घटनाओं को याद किया। सब कुछ हिन्दू और मुसलमान के नाम पर हुआ था न? लेकिन अब यह हिन्दू का मामला है। नायर लोगों के बिन ताज बादशाह का अपमान हुआ है। हिन्दू हो या मुसलमान, मान सबको प्यारा है।

"दूर की क्यों सोचते हो? भूल गये क्या, एक चेरुमा छोकरे को कई लोगों ने मिल कर मारा था और लोग खड़े-खड़े तमाशा देखते रहे?"

कैसे भूलता? तेल लगा कर चिकना बनाये पत्थर की मूर्ति की तरह मज़बूत शरीरवाले माम्पि को दुबारा देखा तो वह मात्र ठठरी रह गया था। सीने में लोटती पेशियों की जगह हड्डियों के उभार दिख रहे थे।

"तुमसे ज़्यादा तुम्हारे बहनोई को मैं जानता हूँ। 'मक्खी भाग' के लिये हाथ में गुड़ मल कर आता था। बदला लिये बिना नहीं छोड़ेगा। लेन-देन का हिसाब मरते दम तक नहीं भूलेगा।"

"बाहर निकलूँ तो क्या वह मुझे...?"

"मैंने ऐसा तो नहीं कहा। फूटने के बाद ही पता चलेगा कि उठते धुएँ के नीचे क्या है?"

गोविन्दन कुट्टिट ने सोचा—कौन हिम्मत करके आगे आएगा मारने के लिये? उस दिन पून्तोट्टम के बरामदे में दिखे बुजुर्ग? शेखर भाई का कहना माननेवाले नौजवान लोग अपने भी परिचित हैं। सबके सब जानते हैं कि गोविन्दन कुट्टिट ने किसी का कोई बुरा नहीं किया। एक निर्दोष पर लोग यों ही हाथ उठाएँगे?

"कुञ्जरय्क्कार, तुम्हीं बताओ मैं क्या करूँ।" बाड़ से नज़रें हटाये बिना

गोविन्दन कुट्टिट ने पूछा।

"रुको, जल्दबाजी मत करो, मैं तुम्हारे भाई से मिल कर सलाह करता हूँ। अरे वाप्पु, गगरी में पानी ले आ। दातुन भी ला दे। तुम बेफिक्र रहो, शाम होने दे। कुछ इन्तज़ाम हो जाएगा।"

गोविन्दन कुट्टिट हक्का-बक्का रह गया। तेईस साल जिस गाँव में पला-बढ़ा वहाँ बाहर निकलने की मनाही! लोग ताक में बैठे हैं। कुञ्ञरय्क्कार के मन में अन्धकार की आड़ में चुपके-चुपके यहाँ से और कहीं भेज देने की बात है क्या?

"मुझे लगता है, किसी को मालूम नहीं कि तुम यहाँ हो। अगर किसी को पता चल जाए तो भी डरने की कोई बात नहीं। मेरे अहाते में मेरी अनुमति के बिना घुसने की जुर्रत करनेवाले ने अभी जन्म नहीं लिया।"

चारपाई बरामदे में एक कोने में हटा दिया गया। गोविन्दन कुट्टिट ने कभी चारपाई पर और कभी बरामदे की मुँडेर पर बैठते-लेटते विरसता में दिन का गुज़र जाना देख लिया।

शाम को जल्दी लौटने का वादा करके कुञ्ञरय्क्कार बाहर निकला। जाने के पहले वाप्पु को गोविन्दन कुट्टिट के पास से न हटने का निर्देश देना न भूला।

कुमारन नायर से मिलने गया था। घर में जाने की ज़रूरत न पड़ी। फाटक के बाहर चेरुमन ने कहा कि घर पर नहीं है, दोपहर को कहीं बाहर गया। सड़क से सीधे चल कर शेखरन नायर के बाज़ारवाले मकान के द्वार पर पहुँचा तो किसी ने पुकारा। द्वार पर मात्र तौलिया पहने, एक पैर देहली पर रख कर सुपारी छीलते नारायणन नायर बोला—

"मैंने ही बुलाया।"

कुञ्ञरय्क्कार रुका।

"ऊँ?"

"हम सब एक ही गाँव के रोज़-रोज़ मिलनेवाले लोग हैं।" जिस ढंग से बात कही गयी कुञ्ञरय्क्कार को अच्छा नहीं लगा।

"तो?"

"हम को सब मालूम है कुञ्ञरय्क्कार। हमको निरे बेवकूफ मत समझना। सुना कि ताषत्त गोविन्दन कुट्टिट को तुमने अपने घर में बसाया है। क्या यह सच है?"

"सच है तो?"

"तो तुमने अच्छा नहीं किया, बस। देखते हैं कितने दिन छुपा कर रखोगे। सयानी लड़कियों के होते पराये मर्दों को घर में बसाना मुसलमानों के लिये भी अच्छा नहीं है।"

कुञ्ञरय्क्कार की लाल आँखों से अंगारे निकले। वह एक कदम आगे बढ़ा।

"द्वयार्थ हमारी समझ में भी आता है नायर। हमारी एक बेटी है। मालूम है वह

सयानी हो चुकी है। वह किसी ऐरे-गैरे की नाजायज औलाद को कोख में नहीं पालेगी। अगर ऐसा हुआ भी तो मैं राह चलते किसी निरीह के कन्धे पर ज़बरदस्ती उसे बाँध न दूँगा।''

इतना कह कर कुञ्जरय्क्कार थोड़ा ठहरा। नारायणन नायर का चेहरा कागज़ ज्यों सफेद हो गया।

''मैंने जो कहा, तुमने सुन लिया न?'' कुञ्जरय्क्कार ने पूछा। मगर नारायणन नायर ने जवाब नहीं दिया। कुञ्जरय्क्कार निडर होकर थोड़ी देर और रुका। नारायणन नायर ने अहाते में काम करनेवाले मजदूरों की ओर एक नज़र फेंकी। कुञ्जरय्क्कार आगे चला। फिर कुछ याद आया सा मुड़ गया–

''नारायणन नायर, एक बात और सुन लो। कुञ्जरय्क्कार से टक्कर लेनी है तो बदन को थोड़ा और सँवार कर आओ।'' पसीने की बूँदें चुहचुहा आयी छाती के घाव के दाग को उँगली से कसकर पोंछने के बाद वह आगे बढ़ा।

सड़क के उस पार द्रवन्ती के पौधे का तना पकड़कर खड़ा एक नौजवान साथ चलने लगा।

''कुञ्जरय्क्कार भाई, हम पास ही थे।''

''क्यों?''

''हमने सोचा वह नायर आपसे भिड़कर ही छोड़ेगा। मैं भी ताक में खड़ा था। अगर वह हाथ उठाता तो मैं लपक कर बीच में आ जाता।''

''अच्छा, तो मदद के लिये खड़ा था न?'' छोटे कटे बालों के ऊपर चौखानेदार रूमाल बाँधे उस नौजवान को कुञ्जरय्क्कार ने चिढ़ाती नज़रों से देखा। ''सड़क पर आवारा घूमने के अलावा तेरा और कोई काम नहीं क्या, कमबख़्त?''

''मुझे उस पार जाना है।''

''तो चल रे।''

कुञ्जरय्क्कार मस्जिद की ओर चला। नमाज़ पढ़ने के बाद उसी रास्ते वापस आया। आन्तूर नायर की चाय की दुकान से नारायणन नायर की ऊँची आवाज़ सड़क तक पहुँच रही थी। उस ओर नहीं देखा। सड़क से गुज़रा तो पल भर के लिये चाय की दुकान में खामोशी छा गयी। बाज़ारवाले मकान के सामने पहुँचा तो ऊपर की खुली खिड़की की ओर कुञ्जरय्क्कार की नज़र गयी। रंग पुते सलाखों के बीच से नीचे की ओर देख कर पान चबाते हुए शेखरन नायर खड़ा था। 'मक्खी भाग का महल!'

कुञ्जरय्क्कार ने कुमारन नायर के बारे में पूछ-ताछ की। किसी ने भी सड़क पर उसे नहीं देखा था। बड़ी मेंड़ पर उतर कर पुत्तनकलम के फाटक के सामने से उसके घर की ओर चला। उलटी दिशा से आकर अपने फाटक की ओर मुड़ते कुमारन नायर को देखा। धोती के दोनों सिरे कमर में ठूँस कर, छतरी को ज़रूरत से ज़्यादा ऊँचा पकड़ कर, चलनेवाला वह आदमी कुमारन नायर ही है। तेज़ कदम चल कर उसके घर

में घुसने के पहले ही कुञ्जरय्क्कार पास पहुँच गया।

कुमारन नायर ने मुड़ कर देखा, मगर चेहरे पर हँसी नहीं लाया। चेहरे भर खीझ के साथ पूछा—"हूँ?" कुञ्जरय्क्कार ने कुशल पूछ कर थोड़ी भूमिका बाँधने के बाद गोविन्दन कुट्टि का मामला उठाने की योजना बनायी थी। लेकिन कुमारन नायर का खट्टा मिजाज देख कर बिना किसी भूमिका के सीधे बात पर आ गया—

"छोटे को हमेशा के लिये घर के बाहर रखने का इरादा है क्या?"

"वह बाहर कहाँ है? अन्दर ही तो है, कुछ समय से, तुम्हारे घर के।"

"मेरे घर की बात मुझे मालूम है। उस बारे में कहने नहीं आया। उस लड़के से दो भले शब्द बोल कर—"

"कुञ्जरय्क्कार मैं तुमको जानता हूँ। उसके भले के लिये मैं क्या करूँ? माप्ला के साथ रहता है न वह? उसी का खाता-पीता है, इसलिये वही उसको भले शब्द बोल दे।"

"नहीं नायर, मैं यही कह रहा था कि—"

"पहले होता तो उसे रास्ते पर ले आने के लिये अकेला मैं काफी था। लेकिन आज मुझमें इसकी ताकत नहीं। तुमने उसे सुधारने का व्रत लिया है न? तो उसे पोन्नानी में भेज कर टोपी पहना दो। अब उसका एक यही भला है।"

कुञ्जरय्क्कार चुपचाप सुनता रहा। गुस्सा होने का मन नहीं हुआ। हड्डियों का ढाँचा मात्र रह गया वह काला शरीर, चेहरे पर हड्डियों के गड्ढे के नीचे से झाँकती आँखें और झुकी कमर वाले उस आदमी से कुछ बोलते नहीं बन रहा था।

"मुझे क्या ज़रूरत थी सुलह करवाने की?" कुञ्जरय्क्कार फुसफुसाया।

घर पहुँचा तो देखा कि गोविन्दन कुट्टि बरामदे में वैसे का वैसा बैठा है। कुञ्जरय्क्कार ने हँसने की कोशिश की। मुँडेर पर बैठ कर पान खाते हुए पुकारा—

"गोविन्दुट्टि नायर—"

"ऊँ...।"

"चाँद देर से निकलेगा। उठ कर चलते बनो। पहाड़ी लाँघ कर नय्यूर के रास्ते चलो। सुबह तक माणियूर पहुँचोगे। वहाँ बहन है न? कुछ दिनों के लिये वहाँ रहो।"

"अभी निकलता हूँ।"

कुञ्जरय्क्कार का मिजाज बदल गया।

"तुम्हें यहाँ से भगाये बिना गाँववालों की खुजली नहीं मिटेगी। अपने घर की औरतों की बदनामी सुन कर आ रहा हूँ। मुझे इसकी कोई परवाह नहीं। मैं तुम्हारे भले के लिये कहता हूँ। जानते हो भाई ने क्या कहा था?"

गोविन्दन कुट्टि चुप रहा।

"कहा कि पोन्नानी जाकर टोपी पहन लो। तुम्हारे लिये एक वही होना बाकी है। समझा न? इस्लाम का खाना खा कर इस्लाम के घर सो कर इस्लाम बन जाना घर

और खानदानवालों के लिये अपमान की बात है। इसीलिये मैंने तुमसे जाने को कहा।"

"जाता हूँ।"

शाम को सड़क से कई लोगों को गुज़रते गोविन्दन कुट्टि ने देखा था। बेचैनी के साथ उसने फाटक के ऊपर से बरामदे तक पहुँच कर पीछे हटती नज़रों को भी महसूस किया था। कुञ्जरय्क्कार ने भी इस ओर गौर किया था। फिर भी घबराहट प्रकट किये बिना कुञ्जरय्क्कार मुँडेर पर बैठ कर पान चबाता, बीड़ी पीता रहा।

शाम हुई तो कुञ्जरय्क्कार ने पूछा–

"नहाओगे?"

"हाँ।"

"तो आओ, मुझे भी नहाना है।"

घर के पिछवाड़े नदी में उतरने के लिये बनायी सीढ़ियों से कुञ्जरय्क्कार के पीछे गोविन्दन कुट्टि नीचे उतरा। नदी में पानी कम था। पानी की पतली धारा में एक जगह गड्ढा खोदा गया था जहाँ घुटनों तक पानी में लेट कर नहाना पड़ता है। बहते पानी में लेटा रहा तो चैन आया। नहाकर लौटते ही कुञ्जरय्क्कार ने बेटी को बुलाया।

"खाना तैयार है क्या?"

"अभी तैयार होगा।"

"तो जल्दी कर।"

अन्धकार फैलने लगा। पूरब की ओर क्षितिज के ऊपर बिजली कड़कने लगी। लगा कि रात को बारिश आएगी।

"असमय बारिश शुरू होने के आसार दिख रहे हैं।"

"बड़ी उमस है।"

काले आसमान ने अन्धकार को और भी गहराया। खाने पर बुलाने तक दोनों बाहर के अन्धकार में चुपचाप बैठे रहे।

अन्दर के गलियारे में दोनों खाने बैठे। सफेद थाली में बोरीवाले सफेद चावल का भात और एक रकाबी में सूखी मछली का शोरबा परोसा गया। गोविन्दन कुट्टि ने एक कौर लिया। दूसरा कौर बना रहा था कि बाहर से दबी आवाज़ में बात करने की आहट मिली। कौर थाली में डाल कर कान लगाया। आवाज़ कुञ्जरय्क्कार के कान में भी पहुँची थी। वह उठ खड़ा हुआ।

बाहर अन्धकार था। कुछ भी साफ नहीं दिखा।

"कौन है?"–कुञ्जरय्क्कार ने आवाज़ लगा कर पूछा।

"ताषत्त गोविन्दन कुट्टि अन्दर है क्या?"

"मैंने पूछा बाहर कौन है?"

"हम कुछ मर्द हैं।" एक दूसरी आवाज़ ने जवाब दिया।

"उसे बाहर आने को कहो।"

कुञ्जरय्क्कार बरामदे में पहुँचा। अन्दर से नबीसु और पात्तुम्मा ने दबे स्वर में अल्लाह को पुकारा—"या खुदा।"

कोठार के नीचे भीगे चूजे की तरह वाप्पु सिकुड़ कर बैठ गया।

बरामदे से देखने पर फाटक के बाहर लोगों की काली सूरतों और कपड़ों की हलकी सफेदी की अव्यक्त सी झलक मिली।

"मत जाओ अब्बा।"—अन्दर से नबीसु का क्रन्दन सुनायी दिया। कुञ्जरय्क्कार आँगन में उतरा। अँधेरे में लोग परछाइयाँ रह गये थे। सूरत पहचानना मुश्किल था।

"कुञ्जरय्क्कार है, कुञ्जरय्क्कार।" फाटक के बाहर की परछाइयों ने कहा।

"बाहर कौन है?"

कुञ्जरय्क्कार की आवाज़ चाबुक जैसी कुलबुलायी।

"उससे औरतों के वहाँ से बाहर निकलने को कह रे।" अन्धकार में कुञ्जरय्क्कार ठगा सा रह गया। उससे कोई जवाब नहीं बन पड़ा। क्या करे कुछ समझ में नहीं आ रहा था। बाहर कितने लोग होंगे? अन्दाज़ लगाना मुश्किल था।

"अगर वह बाहर नहीं निकला तो हम अन्दर आकर ढूँढ़ेंगे। अन्दर की औरतों की जानकारी के लिये हम कहते हैं।"

कुञ्जरय्क्कार को अपनी आवाज़ वापस मिली।

"फाटक के अन्दर जो भी कदम रखेगा उसके मैं टुकड़े-टुकड़े कर दूँगा।" यह कुञ्जरय्ककार बोलता है। "वाप्पु, गँड़ासा ले आ।" उसके पैरों के अँगूठे से उठी थरथरी पूरे शरीर में फैल गयी।

"वाप्पु...।"

वाप्पु जो कोठार के नीचे बैठ कर सिकुड़ रहा था, अपनी जगह से नहीं हिला। भात के दाने लगी बन्द हथेली के साथ बैठे गोविन्दन कुट्टि ने वाप्पु के भयाक्रांत चेहरे की ओर देखा। कमरे के दरवाज़े के पीछे तित्तुम्मा को पीछे से पकड़ कर और उसकी पीठ पर चेहरा दबा कर कान लगाये बैठी नबीसु की आँखों की विवशता की दुनिया भी उससे छिपी न रही।

"उसको बाहर निकालते हो कि हम अन्दर आ जाएँ?"

"ला दे रे कम्बख्त गँडासा"—कुञ्जरय्क्कार पीछे मुड़े बिना दुबारा आँगन से चिल्लाया।

गोविन्दन कुट्टि जूठन भरी बन्द मुट्ठी के साथ उठा।

जब तक कुञ्जरय्क्कार ने गोविन्दन कुट्टि को देखा वह उसके आगे निकल चुका था।

"कहाँ जाता है रे कमबख्त?"

थर-थर काँप कर कोने में सिमटे वाप्पु और अल्लाह की दुआ माँग कर बैठी तित्तुम्मा के पीछे बैठी नबीसु को याद कर गोविन्दन कुट्टि ने कहा—

"कुञ्जरय्क्कार तुम अन्दर जाओ। यह मेरा मामला है। लेन-देन का हकदार सिर्फ मैं ही हूँ।"

आँगन में एक दूसरी परछाईं हिल गयी तो फाटक के बाहर से फुसफुसाहट उठी—

"वही है, वही है।"

पहली बार गोविन्दन कुट्टि के सामने कुञ्जरय्क्कार छोटा हो गया।

"मर्द है तो निकल बाहर।" गोविन्दन कुट्टि ने याद करने की कोशिश की कि बन्द गले की वह आवाज़ किसकी है। 'बैल सींग' उपनामवाला कुञ्जुरामन याद आया। बचपन में ओणम के दिनों में बैल के सींग के आकार का तिलक लगा कर पहाड़ी की ढलान में साथ खेलनेवाले मोटे कुञ्जुरामन की आवाज़ है।

बाहर निकल कर उन लोगों से अनुनय का इरादा था—तुम लोगों से मुझे कुछ लेना-देना नहीं है। मुझे तो शेखर भाई से हिसाब चुकाना है। सिर्फ शेखर भाई से। तभी भैंसे के सींग का हत्थावाला वह चाकू याद आया। उस दिन पून्तोट्टम से दोपहर की धूप में पागल सा इस घर में पहुँचा तो कुञ्जरय्क्कार का सबसे पहला काम चाकू अपने हाथ से ले लेना था।

फाटक लाँघ कर बाहर गया तो होश में नहीं था। मन और आँखों की तालाबन्दी की उस हालत में भी उसने पहचान लिया कि उसको बाहर आते देख कर लोग पीछे हट रहे हैं। तो ये लोग भी डरना जानते हैं। कुञ्जरय्क्कार ने पीछे से कुछ कहा मगर उसने नहीं सुना, मुड़ कर देखा भी नहीं। फाटक के बाहर सड़क पर पहुँचा तो उसे अपनी हिम्मत और ताकत वापस मिली। सड़क सबकी है। यहाँ कुछ भी हो जाए किसी को क्या परवाह?

अपने सामने की छायाओं को देख कर उसने कहा—

"मैं हूँ, ताषत्त गोविन्दुट्टि।"

काली आकृतियों के बीच से उसकी आँखों ने किसी-किसी को पहचान लिया। श्राद्ध के दिन क्रिया कर्मों में साथ देनेवाला अप्पु नायर। उसके मोटे फूले चेहरे की संकुचित आँखें अन्धकार में चमक रही थीं।

"अरे मुसलमानों का खाना खाकर उन्हीं की चटाई में सोनेवाला तू कब इज़्ज़तदार लोगों पर हाथ उठाने के काबिल बन गया रे?

उनकी तरफ से अप्पु नायर बोला। बात करना अप्पु नायर को आता है।

"कुत्ते, जवाब दे।"

गोविन्दन कुट्टि की साँसों की गति बढ़ गयी। गुस्सा करना बेकार था। उसके अन्दर विवशता जागी। "मैंने तुम लोगों का कोई बुरा नहीं किया। मुझसे...।"

"पू...फ कुत्ते, कुल नासी..." बात पूरी करने के पहले ही दायें कान के नीचे गले

पर एक दमदार हाथ आ गिरा। पैर लड़खड़ाये। गिरते-गिरते बचा। दर्द महसूस नहीं हुआ। थुरथुरी-सी चढ़ी।

"मैंने तुम लोगों का.... ।" उसने दोहराया। वह हाथ दुबारा उठा। रोकने के लिये उठे अपने बायें हाथ की कुहनी पर वह हाथ लगा तो दर्द का स्वर उठा। दूसरों ने सिर्फ गोविन्दन कुट्टि का हाथ उठता देखा और अप्पु नायर की कराह सुनी।

"बूढ़ों पर हाथ उठाता है रे? बराबरवालों से ले टक्कर।" बैलसींग कुञ्जुरामन के बन्द गले का स्वर सुनायी दिया। चारों ओर से गुर्राते हुए लोगों ने आकर घेर लिया। बातों का समय बीत चुका था।

बैलसींग कुञ्जुरामन का मोटा-तगड़ा शरीर आँखों के सामने पहाड़ सरीखा आ खड़ा हो गया। उसकी मार शरीर पर लगी नहीं। संयम की जंजीरें तोड़कर सारा गुस्सा बाहर निकलने लगा। कुञ्जुरामन की मार से बच कर उसने जूठन भरी बन्द मुट्ठी से बायीं ओर खड़े अप्पु नायर की छाती पर घूँसा मारा। बकरियों की जुगाली की सी आवाज़ निकली। चारों ओर से लोगों ने धर-दबोच लिया। शरीर पर मार पड़ने लगी। तन में जगह-जगह दर्द की कुलबुलाहट उठी। लेकिन उसे गिरना नहीं था, डटे रहना था। गुस्से से तिलमिलाते विकृत चेहरे पास आते रहे और जूठन भरी बन्द मुट्ठी उन्हें जवाब देती रही। कन्धे की ओर उठी लकड़ी पकड़े हाथ को बायीं उँगलियों से रोक कर दायें हाथ के सहारे मुकाबला करता रहा। दर्द की कराहों और गुस्से की चिल्लाहटों को सुन कर होश को सँभाल कर रखा। गिरना नहीं है, गिरना नहीं चाहिए।

"तुम कैसे मर्द हो? इकलौते आदमी को परास्त नहीं कर सकते?" वह आवाज़ भी उसने पहचान ली—नारायणन नायर। होठों पर खून का स्वाद और हल्की गर्मी महसूस हुई। घेरनेवाली काली आकृतियों की पहचान होश से ओझल होने लगी।

गिरना नहीं चाहिए...

बायीं उँगलियों के नीचे किसी कलाई की हड्डियाँ किरकिरायीं। दर्द की तीखी आवाज़ उठी। हाथ स्वतन्त्र हो गये मगर उठा नहीं पा रहा था।

खड़े रहने की ताकत के लिये दुआ माँगते हुए चेहरे के सामने बाँह की आड़ करके डटा रहा।

गिरना नहीं चाहिए...

अचानक अन्धकार घना हो गया। ऐसा लगा कि आँखों के अन्दर एक लाल पर्दा उठता गिरता रहता है। गिरना नहीं चाहिए। सुन्न हुआ बायाँ हाथ चला कर वह डटा रहा।

तब रोशनी की बाढ़ आई। अँधेरे में एक जूठे पत्ते के लिये आपस में झपट पड़ते कुत्ते ज्यों सब सकते में आ गए। फाटक के बाहर एक हाथ में जलती मशाल और दूसरे में गँड़ासा लेकर कुञ्जरय्क्कार खड़ा था।

गोविन्दन कुट्टि ने आँखें खोलीं। मशाल के उजाले में छायाएँ आकृतियाँ बन गयीं।

"एक-एक करके आ जाओ। चाहो तो सब मिल कर आ जाओ। सबको मज़ा चखाने आया है कुञ्ञरय्क्कार।" कुञ्ञरय्क्कार की आवाज़ उठी।

आग उगलती मशाल लेकर खड़ी वह सूरत कोई आदमी नहीं शैतान दिख रहा था, आसमान तक आग उगलनेवाला शैतान!

वह आगे बढ़ा तो किसी ने पूछा–"इससे तेरा क्या वास्ता है रे?"

"दस लोग मिलकर एक को मारें तो मैं देखता नहीं रह जाऊँगा। भाग जाओ कमबख्तो, नहीं तो एक-एक कर आओ।"

गँड़ासे ने बात की थी। लोग फिर से छायाएँ बन कर अन्धकार की खोह की ओर पीछे हटे। ताज्जुब के साथ गोविन्दन कुट्टि देखता रह गया।

सड़क सूनी हो गयी तो कुञ्ञरय्क्कार ने मशाल बुझा दी। गोविन्दन कुट्टि लड़खड़ाते कदमों आगे बढ़ा।

"कहाँ चला?"

....

"वह भी इस हालत में!"

....

जवाब नहीं मिला। एक-एक कदम यों मुश्किल से उठा मानो अगले कदम पर गिर पड़ेगा। कुञ्ञरय्क्कार ने रोका नहीं, खामोश देखता रहा। लगा, लँगड़ाकर चला जाता वह आदमी किसी के रोके नहीं रुकेगा।

"आज मैंने एक मर्द को देखा।"

रेतीली सड़क पर गिरे बरगद के पत्तों के ऊपर से गोविन्दन कुट्टि चला। दूर बाज़ार की ढिबरियाँ आँखों के आगे नाच रही थीं। होठों पर खारापन और नमी थी।

कुञ्ञरय्क्कार अपने अहाते में घुसा। रात को बरामदे पर निर्निद्र लेटा रहा तो अन्दर से तित्तुम्मा का अल्लाह को पुकार कर आहें भरना कानों में आ पड़ा।

ज़रा सी आँख लग गयी थी कि बाहर से फिर किसी ने पुकारा।

"कुञ्ञरय्क्कार भाई....कुञ्ञरय्क्कार भाई...।"

"अब कौन है?"

"खेल क्या अभी तक बन्द नहीं हुआ कमबख्तो?" वह आँगन में उतरा।

"कौन है?"

"मैं हूँ, कादरुट्टि।"

कादरुट्टि मुतलाली के सेवकों में एक है। कादरुट्टि की कुञ्ञरय्क्कार से मिलने आने की कोई वजह नहीं थी।

"क्या है रे, क्या बात है?" कादरुट्टि सकपकाया। वह फाटक के बाहर से बातें कर रहा था।

"वो...वो...मुझे मुतलाली ने भेजा है। वह नायर छोकरा यहाँ है क्या?"

"कौन नायर छोकरा?"

"ताषत्त परिवार का, शेखरन नायर से जिसका झगड़ा हुआ था।"

"है तो?"

"उस लड़के को मुतलाली ने बुलाया है।"

"मुतलाली को यों अचानक उस पर प्यार कैसे उमड़ा?" कुञ्जरय्क्कार ने आँगन में थूक दिया।

"देखो कुञ्जरय्क्कार भाई, मुतलाली ने कहा कि उस छोकरे को मारने के लिये शेख नायर ने कुछ लोगों को भेजा है। सच ही।"

"वह चला गया।"

"कौन चला गया?"

"मैंने कहा वह छोकरा चला गया।"

कादरुट्टि को आगे पूछने का मौका न दे कर ज़ोर से थूकते हुए कुञ्जरय्क्कार अपने घर के अन्दर चला।

5

सफेद चूने से पुते प्राचीर के ऊपर दोनों हाथ रख कर उसने नीचे की ओर देखा। उस बड़े तालाब के तल में मोटे शीशे का एक टुकड़ा ज्यों गहरे हरे रंग में पानी निश्चल पड़ा था। तालाब के चारों ओर सड़कें हैं। दक्षिण और पश्चिम में खपरैल से छाये छोटे-छोटे घर सड़क पर खुलते थे। दक्षिण की ओर सड़क पर बच्चे हल्ला मचा कर खेल रहे थे।

उत्तर की ओर सफेद दीवारों के ऊपर नीले रंग की खिड़कियोंवाले उस बड़े मकान को और उसके नज़दीक खड़े मस्जिद के ऊपर ढलती धूप में चमकते चाँद को उसने एक बार फिर देखा। इक्कीस दिन पहले मुतलाली के कारिन्दे के साथ वहाँ पहुँचा तो यहीं से पहली बार उस मकान को देखा था। नीले रंग में रँगा दरवाज़ा घने दीवार के बीच एक बड़ी दरार बना कर अब भी खुला पड़ा था। दो बार उस दीवार को लाँघने के बीच मात्र इक्कीस दिनों का अन्तराल था। लेकिन अनेक लम्बे सालों की अनन्त दूरी का अहसास हो रहा था।

नीचे की ओर जाते सँकरी होती सूखी चौकोर सीढ़ियों के नीचे निश्चल पड़े गाढ़े हरे रंग के पानी में नज़रें गड़ा कर वह खड़ा रहा। वह पानी आईना है। एक पत्थर मारने से वह टूट जाएगा। ढलती धूप की अन्तिम किरणों की हलकी उजास लिये उस आईने में उसे अपना चेहरा देखना है।

ख़तना करने के बाद छत पर रस्सियों के सहारे बाँधे लाल कम्बल के तम्बू के अन्दर पेशाब की खुली नालियों की बदबू बर्दाश्त कर लेटते समय नीचे के गोल खम्भे

में लगाये आईने में झाँक कर अपना चेहरा एक बार देख लिया था और वह एक परिचित चेहरा था। सात दिनों तक पेशाब और सड़े मांस की बदबू में साँस लिया। लोग कई पंक्तियों में लेटे थे। लाल तम्बुओं की दो कतारें थीं। कटहल की लकड़ी से बनी पुरानी छत पर छत्ता बनाते तत्तैयों को देख-देख कर ऊब चुका था। तभी निचली मंज़िल के बरामदे के खम्भे में आईना नज़र आया।

उस वक्त अपनी सूरत नहीं बदली थी।

बाद में सिर का मुंडन किया गया और हज़ामत करके भौंहों को छोटा बनाया गया।

पश्चिमी ओर की सीढ़ियाँ उतर कर जल की सतह के पास पहुँच कर उसने पानी में अपना चेहरा देखा। सफेद धागे की पैबन्द लगायी धोती और सिर के ऊपर पतला सफेद कपड़ा पहन कर खड़े एक आदमी की सूरत देख कर अचरज के साथ एक बार फिर देखा।

"अब्दुल्ला!" अब्दुल्ला गोविन्दन कुट्टिट नहीं है क्या? अनजाने में अपने होठों से शब्द निकले तो वह चौंक उठा।

बाईस दिन! बाईस दिनों में एक आदमी दूसरा आदमी बन कर सामने खड़ा है।

उसकी आस्थाएँ नयी हैं।

"ला इलाह इल अल्लाह, मुहम्मद रसूलल्लाह।" नमाज़ सिखाते हुए कई बार रटाया गया था।

कल रात को दूर कहीं से आये एक व्यक्ति ने नये आस्थावानों और क़ुरान की शिक्षा लेने के लिये ठहरे नौजवान छात्रों को सम्बोधित किया था।

अल्लाह और रब की आज्ञाओं का पालन करते हुए सही नीयत के साथ जीनेवाला ही सच्चा मुसलमान बन जाता है। निश्चल जल में देख कर खड़े इस मनुष्य से पूछने की इच्छा जागी—तू कौन है? तू अब्दुल्ला है क्या? तू सही मुसलमान है क्या?

मन की तस्वीरें साफ नहीं। सिर को घेर कर हज़ारों आवाज़ें शोर मचा रही हैं। मन की परतों से यादें बाहर नहीं निकलतीं।

एक शाम को नीले रंग में रँगे उस दरवाज़े को लाँघते समय मन सूना था। सोचा नहीं था कि ज़िन्दगी में बहुत बड़ा परिवर्तन आनेवाला है। अन्दर पहुँचा तो सबसे पहले एक सुन्दर बगीचा नज़र आया। गमलों में और रेतीले आँगन में बराबर की दूरी पर रोपे गये फूलदार पौधे। मुतलाली का कारिन्दा साथ था। उसने द्वार के पास तख्त पर बैठे सफेद उमठी मूँछोंवाले आदमी के कानों में कुछ कहा।

सुन नहीं सका कि क्या बोला गया। दायीं ओर के कमरे में फर्श पर साफ कालीन बिछा था। मेज़ पर कागज़ के गट्ठे और शीशेदार अलमारियों में मोटी-मोटी किताबें रखी थीं। मेज़ के पीछे बैठ कर कुछ लोग काम कर रहे थे। कुछ भी वैसा नहीं था जैसा सोच रखा था। दरवाज़े को पार करते समय सोचा था कि लम्बी-लम्बी

दाढ़ीवाले मौलवियों से भरी एक बड़ी मस्जिद में घुस रहा हूँ। क़ुरान की आयतों और नमाज पढ़नेवालों और माला जपते दाढ़ीवालों की उस दुनिया की मन में कल्पना की थी। बारी-बारी से रेतीले आँगन के गमलों, दफ्तर में सिर झुका कर बैठ कर काम करनेवाले लोगों के चेहरों और कारिन्दे की बेरुखी भरी आँखों की ओर देखा।

"आओ।"

पायदान में रगड़ कर पैर साफ करने के बाद कारिन्दा आगे चला तो उसने पीछा किया और अन्दर पहुँच कर दरवाज़े के पास खड़ा रहा। मालूम हुआ कि कारिन्दा पहली बार आया है। उसको भी पता नहीं था कि क्या करना है।

पहली मेज़ के पीछे बैठे चश्मेवाले नौजवान ने उनको देखा। कारिन्दे ने मेज़ का फेरा लगा कर बायीं ओर उसके पास पहुँचते हुए दबे स्वर में कुछ कहा। कान लगाने पर सुन सकता था, लेकिन सुनना नहीं चाहा। पाँच जोड़ी आँखों को अपने ऊपर महसूस करते हुए चेहरा उठाये बिना ज़मीन पर बिछी कालीन की कड़ियों को गिनने की मुद्रा अपनायी। फिर दीवार की तस्वीरों को देखा। सिर में साफा और सुनहरी घुंडियों वाली अचकन पहने एक भीमकाय मनुष्य की तस्वीर बायीं ओर टँगी थी। उसके पास सुनहले अरबी हर्फों की एक तस्वीर।

चश्मावाला उठा। "बैठो।" दीवार से लगी बेंच दिखा कर उसने कहा।

वह मुतलाली के कारिन्दे के साथ मेज़ों के बीच से अन्दर के कमरे में गया। दफ्तर के लोगों ने आँख उठा कर उसको जाँचा।

हरे रंग की लुंगी के ऊपर पहने, चौड़े कमरबन्द के अन्दर मृग के सींग का हत्थेवाला छुरा ठूँसे एक ठिंगना काना, मेज़ की किताबें उठा कर अलमारी के अन्दर बन्द करने के बाद पास आया।

"कहाँ से है?" उसने पूछा।

उसने गाँव का नाम नहीं बताया, बल्कि तुमसे मतलब? की अदा में उसकी ओर देखा।

"गूँगे हो क्या?"

"थोड़ी दूर से हूँ।"

"लेकिन उस जगह का कोई नाम तो होगा?"

जाने क्यों उस आदमी के हाव-भावों और बातचीत से उसे चिढ़ हो रही थी। उसकी चुप्पी से ऊब कर काना दरवाज़े पर जाकर बगीचे की ओर देख कर खड़ा हो गया। फिर वह छुरा खोलकर नाखून तेज़ करने लगा। अन्दर से चश्मेवाला लौट आया।

"आओ।"

उसके पीछे अन्दर के कमरे में घुसा तो मुतलाली के कारिन्दे को अदब से खड़ा देखा। बड़ी मेज़ के पीछे काली तुर्की टोपी पहने मोटे शरीरवाला एक बुज़ुर्ग, मेज़ के

पेंसिल से रेखाएँ खींच रहा था।

वे अन्दर पहुँचे तो सफेद भौंहों के नीचे से धारदार आँखें उठीं।

"हूँ।" वह हुंकारा। मुतलाली के कारिन्दे और चश्मेवाले का आँखें मिलाना उसने नहीं देखा। लेकिन चेहरा घुमाये बिना ही दोनों का बाहर जाना वह देख सका।

लगा कि उसकी घूरती आँखें शरीर में धँसी जा रही हैं। वह सकपका गया।

एक किताब खोल कर बूढ़े ने पूछा–

"नाम?"

नाम बता दिया।

बूढ़े ने कुड़बुड़ाते हुए एक कलम नीचे रख कर दूसरी उठायी। टोपी उतार कर सिर में इधर-उधर दिखायी दिये सफेद बालों की खुत्थियों पर हाथ फेरा।

"हूँ, नाम बताओ।"

एक बार फिर नाम बताना पड़ा।

उसने किताब में लिखा।

"उम्र?"

"चौबीस।"

"खानदान का नाम?"

"ताषत्त।"

"ऊँ, ताषत्त–कौन परगना?"

"किषक्कुममुरि।"

"किषक्कुममुरि परगना, किषक्कुममुरि। गाँव, अच्छा, लिखना-पढ़ना जानते हो?"

उसने 'हाँ' कहा।

"तालुका पोन्नानी ही है न?"

"जी।"

"अपनी मर्जी से दीन में शामिल होने आये हो न?"

पल भर सोचने के बाद उसने यों ही हुंकार दिया।

"मैंने पूछा, अल्लाह और रब के फरमानों को मानकर इस्लाम होकर रहने के लिये तैयार होकर ही आये हो न?"

"जी।"

बूढ़े ने किताब में कुछ लिखा। कलम नीचे रख कर कुर्सी में पीठ टिकाया और सिर पर हाथ फेरते हुए कहा–

"इस्लाम में सब ईश्वर की संतानें हैं। अल्लाह को गवारा नहीं होगा कि जब एक भूखा है, दूसरा पड़ोस में बकरी को काटकर दावत का इन्तज़ाम करे।"

(मुझे कुछ नहीं सुनना।)

“अल्लाह और मुहम्मद नबी के रास्ते में आनेवालों के लिये ‘जमाअत इस्लाम’ लाखों खर्च कर रही है।”

“हूँ।”

“खालिस मुसलमान बनने के लिये दुनिया के किसी भी कोने से यहीं आना पड़ेगा। मालूम है?”

“नहीं।”

“हाँ, इसीलिये कहता हूँ दीन में शामिल होनेवाला क़ुरान और हदीसों के खिलाफ काम करेगा तो–”

बूढ़े की सफेद भौंहों के नीचे से धुँधली आँखें छाती पर धँसती जा रही थीं। अचानक कुछ याद करके किताब उलटी रखी और एक लकीर दिखा कर कहा–

“यहाँ दस्तखत कर दो।”

लकीर के ऊपर अरबी में और मलयालम में लिखे शब्दों को बिना पढ़े ही हस्ताक्षर कर दिये। बूढ़ा सन्तुष्ट होकर दमदार आवाज़ में हुंकारा। मोटी हथेली से उसने मेज़ पर रखी घंटी बजायी तो बाहर के कमरे में बात करने आया काना दुबारा प्रकट हुआ।

“मौलवी के पास ले जा।”

मुड़ कर पीछे के दरवाज़े की ओर देखा। मुतलाली का कारिन्दा नहीं दिखा। कहाँ गया वह?

“क्या ढूँढ़ता है?”

“कुछ नहीं।”

“तो चल।”

काने के पीछे चला। दो खाली गलियारों को पार किया। कोनों में केवड़े के पत्ते की बनी चटाइयों के गट्ठे दीवार पर तिरछे रखे थे। गलियारे से नीचे उतरा तो लोहे के मोटे पट्टे जड़े एक बड़े दरवाज़े के सामने पहुँचा। तिरछी आँखों से देख लिया कि काने की नज़र अपनी ओर है। अन्दर नीले खरोंचवाली बिल्लौरी गोली सी वह निर्जीव आँख जीवित आँख से ज़्यादा डरावना थी। दरवाज़े के अन्दर पहुँचा तो वह दंग रह गया।

अन्दर की कोई आवाज़ बाहर नहीं आ रही थी। एक बड़े सें आँगन के चारों ओर कई लोग इकट्ठे हुए थे। तीस के करीब लोग थे। सबके सब खामोश थे। पहली नज़र में मुँडेर के ऊपर और नीचे बैठे उन लोगों के सफेद कुर्ते और सिर पर पहने पतले सफेद कपड़े ही नज़र आये थे। किसी भी चेहरे की ओर नहीं देखा। काने के कन्धों के ऊपर से अपने ऊपर पड़ती नज़रों को महसूस किया। क्या जान-बूझ कर इस आदमी ने अपनी चाल तेज कर ली?

पसरे हुए पैर खींच लिये गये। वह उनके बीच से जल्दी-जल्दी चला। और एक

निचला दरवाज़ा पार करके एक गलियारे में पहुँचा जहाँ रोशनी कम थी। दोनों ओर सीमेण्ट के ऊँचे चबूतरे। बचपन में नंबूतिरि के घर के तेक्किनी में देखे चबूतरे याद आए। चबूतरे पर बैठ कर सफेद टोपी पहने तीन दाढ़ीवाले पान खा रहे थे।

कानें ने उनके सामने पहुँचा दिया। पान चबाना बन्द कर उन्होंने उसकी ओर ध्यान दिया।

"कमरे में डाल, सुबह देखा जाएगा।" हवा से कुछ झटक देने की अदा में एक ने हाथ घुमा कर इशारा किया।

जाने क्यों उसके अन्दर खीझ और घृणा जागी। लेकिन उसने खुद को सँभाला। उस कमरे के पार और एक विशाल गलियारा है। पूरे फर्श पर चटाई बिछी है। तीन बन्द दरवाज़े दिखे। चटाई में कोई हिला। खिड़की से अन्दर पहुँचती हल्की रोशनी में वह सूरत उठ बैठी तो एक आदमी की शक्ल नज़र आई। दुबला काला एक नौजवान। माथे पर गिरी लटें।

"क्या देखते हो?" गुदगुदाये नन्हे बच्चे ज्यों उसकी हँसी फूटी। वह काँप उठा।

"बैठो, हम भी तुम्हारे गुट के ही हैं।" काले चेहरे पर चमकते दाँत दिखे। हँस रहा है क्या?

वह बैठा नहीं। गुदगुदायी सी हँसी दुबारा सुन कर वह बेचैन हो गया।

"बीड़ी है क्या हाथ में?"

"नहीं।"

"कहाँ से आया?"

उसने जगह का नाम बताया।

"जाति का नायर है क्या?"

"हूँ।"

"यह हुई न बात। मैं भी नायर हूँ। ओहदेवाला नायर। अब भी हमारे बिरादरीवाले राजकोष के धन के हकदार हैं।"

"बैठो न? ज्यादा देर खड़े रहोगे तो पैर सूज आएँगे।" वह फिर-फिर बच्चों की तरह हँसा।

"मुझे यहाँ आये पाँच दिन हो गए। कम्बख्तों ने अभी तक मेरा फैसला नहीं किया। उस खूसट बूढ़े को सन्देह है कि मेरा दिमाग ठिकाने नहीं।" और एक बार कमरे में विकृत आवाज़ की वह हँसी गूँजी।

"गाँववाले सूँघ-सूँघ कर मेरे पीछे आएँगे। उनको मालूम है कि मैं क्यों वहाँ से खिसक आया?"

"क्यों आया?"

"इस्लाम में शामिल होने। उसके बाद ही तो शादी होगी? खड़े क्यों हो? बैठो

न?'' बच्चे की आवाज़ में वह गिड़गिड़ाया।

वह फर्श पर दीवार के सहारे बैठ गया। हल्के अन्धकार में चमकते सफेद दाँतों को आँखों से दूर रखना चाहा। खुले दरवाज़े के बाहर सूने गलियारे में नज़र डाल कर बैठा रहा। छत के ऊपर से लटकती तार में किसी ने एक लालटेन टाँग दी। खुले दरवाज़े से अन्दर आती उसकी रोशनी में आधा कमरा रोशन हो गया।

दुबला काला वह नौजवान अधमुँदी आँखों के साथ बैठ कर बत्तीसी निकाल कर हँसता जा रहा था।

बेशक पागल है।

''अब तक मेहनत करके ही जिया। हिन्दू हो या मुसलमान, मेहनत तो करनी ही होगी। मुझे अपनी पसन्द की लड़की से ही शादी करनी है? तुम्हीं बताओ, यही ठीक है न? उसके लिये मुसलमान बन जाना है तो वही सही। तुम्हीं बताओ मैंने ठीक कहा न?''

उसके साथ तर्क करने का मन नहीं था, इसलिये यों ही 'हाँ' कह दिया।

''तुम्हारी जगह पटाम्पी के पूरब में है न?''

उसके लिये भी 'हाँ' में जवाब दिया।

''उस ओर मैं कभी आया था।'' उठ कर रोशनीवाले गलियारे में चले जाने के बारे में सोचा। इस आदमी की बातें अनन्त रूप से लम्बी होती जा रही हैं। लालटेन को घेर कर पतंगों की जमघट होने लगी थी।

''बोलो न मेरा दावा ठीक है कि नहीं?''—साथी ने फरियाद के स्वर में दुबारा पूछा।

''हाँ।''

''खुश हो जाओ।''

''पाँच दिनों से इन लोगों ने फँसा रखा है। जो कुछ करना है उसे जल्दी कर देना ही अच्छा है न?'' उसकी आवाज़ धीमी ही गयी मानो कोई रहस्य सुनानेवाला है।

''फौज से लौटा एक छोकरा उसके पीछे पड़ा है। यहाँ देरी हो गयी तो फिर पछताना पड़ेगा।''

''हूँ।''

विकृत स्वर की वह हँसी फिर गूँजी। वह और पास सरक आया।

''तुम क्यों उठे?'' छुरे, डंडे के साथ पाँच भाइयों के पहरे के बीच नारियल के पत्ते की टटिया काट कर अन्दर पहुँचने और उसकी चटाई पर बैठ कर कानों में बात कर लौट आने का किस्सा वह सुना रहा था।

''आखिर उसके बाबूजी ने आकर पैर पकड़ा। बेटा गोपाल, हमें बेइज़्ज़त मत करना। तुम मुसलमान बन जाओ। कविचक्कुट्टि तुम्हारी। कहा बूढ़े ने, समझा न?''

गलियारे की ओर किसी की परछाईं पड़ी तो उस ओर देखा। इस बार काना

नहीं, कोयला ज्यों काला शरीर और होठ पर दागवाला एक आदमी अन्दर आया।

"तुम आओ।"

इशारा अपनी ओर था।

दरवाज़े की ओर बढ़ा तो साथी ने हाथ पकड़ कर खींचते हुए कानों में धीमे स्वर में कहा—

"यह नए-नए टोपी पहने कोई चेरुमा है। यहाँ काम करनेवाले सबके सब नवधर्मी हैं। तुम हो आओ। एक मज़े की बात सुना दूँगा।"

बाहर निकला तो उसकी गुदगुदायी सी हँसी फिर गूँजी।

दोनों ओर की ऊँची मुँडेरों के बीच खड़ाऊँ पहना एक आदमी खड़ा था। आँगन के पास लटकाये पेट्रोमैक्स दिये की रोशनी सब ओर फैल रही थी। फर्श पर बैठ कर पान खाते दाढ़ीवाले नहीं दिखे। सूर्ख चेहरा, हल्के लाल रंग में रँगाई लम्बी सफेद दाढ़ी और बन्द गले का सफेद अचकन पहना मौलवी पथ पर पूरा भर गया था।

"यहाँ पास आ जा।"

ऐन सामने खड़ा हो गया। हाथ-पैर दुर्बल हो गए। पेट्रोमैक्स का फुँफकारना केले के बागान से होकर कानों में पहुँचती बवंडर की सीटी बन गयी। माथे से और गले के ऊपर से पसीने की धाराएँ निकलीं।

"मैं जो भी कहूँगा उसे उसी तरह दोहराते जाओ।"

मौलवी ने सिर की सफेद टोपी को थोड़ा और पीछे को सरकाकर थोड़ा-सा हिला तो ज़मीन से रगड़कर खड़ाऊँ किरकिराया।

"मैं...।"

चुप रहा।

"मेरे बाद बिना किसी गलती के दोहराना, समझ गया न?"

आवाज़ उठा कर वह फिर बोला—

"मैं।"

"मैं"—उसने दोहराया।

"अपनी मर्ज़ी से।"

"अपनी मर्ज़ी से।"

"मैं अपनी मर्ज़ी से।"

"मैं अपनी मर्ज़ी से।"

उसने देखा कि दरवाज़े के बाहर चार-पाँच लोग आकर खड़े हो गये हैं।

"इस्लाम में भरोसा करके।"

"इस्लाम में भरोसा करके।"

"ज़ोर से बोलो—इस्लाम में भरोसा करता हूँ।"

"इस्लाम में भरोसा करता हूँ।"

"ला इलाह इल अल्लाह मुहम्मद रसूल ल ल्ला।"

“लायि़ला इल्लल्ला मुहम्मद ऱसूल्ला।”

“एक-एक अखर जोड़ कर बोलो, यों—‘ला इलाह इल अल्लाह मुहम्मद ऱसूल ल ल्ला।’

उसने दोहराया। देखा, दरवाज़े के बाहर सिरों की गिनती बढ़ गयी है। सफेद कपड़े से ढँके सिर।

“अल्लाह में।”

“अल्लाह में।”

“उसके मलकों।”

“उसके मलकों।”

“तौरात, सबूर, इंजील, क़ुरआन आदि उसकी किताबों”

“अल्लाह की किताबों”

“उसकी नबियों।”

“उसकी नबियों।”

“ख़यामत का दिन”

“कयामत का दिन।”

“ठीक से बोल—ख़यामत का दिन”

“ख़यामत का दिन”

“आदि में भी विश्वास रखता हूँ।”

“विश्वास रखता हूँ।”

“हूँ।” खड़ाऊँ खटकते हुए मौलवी बाहर निकल गया।

“हो गया, आओ।” ले आनेवाले ने कहा।

उसने दाग लगे उन होठों की ओर देखा।

“बस, इतना ही है। कल ख़तना कराया जाएगा।”

वापस कमरे की ओर चलते वक्त तन में कँपकँपी छूट रही थी। पूरे शरीर की शक्ति कब नष्ट हो गयी?

कमरे में साथी इन्तज़ार में बैठा था।

“हो गया न? कम्बख्तों ने पाँच दिनों से मुझे यहाँ फँसा दिया है। हाँ, तो तुम बोले नहीं, इस्लाम में शामिल होने का निर्णय क्यों लिया?”

...क्यों लिया?

मौलवी के सामने रट दिये शब्दों को याद करने की कोशिश की। मैं खुद अपनी मर्जी से...।

“बोलो न, क्या बात है? औरत के लिये ही न?” मज़ा लेते हुए उस नौजवान ने जाँघ पर हलका सा थाप दिया।

लालटेन पर मँडराते पतंगों की ओर देख कर उसने खुद से सवाल किया—

"क्यों?"

जवाब मालूम नहीं।

इसके बाद इक्कीस रातें उस मकान के अन्दर बिता दीं। बहुत कुछ सुना। नमाज पढ़ने के कमरे में एक-एक मौलवी ने नवधर्मियों को इस्लाम के बारे में बता दिया। लेकिन कुछ भी समझ में नहीं आया।

एक मुसलमान दूसरे मुसलमान का भाई है। वह एक-दूसरे को कष्ट नहीं देगा, धोखा नहीं देगा, नीचा नहीं दिखाएगा।

उसके होठों पर अनजाने में हँसी फूटी।

(मौलवी हज़रत अबू हूरा के पुण्य वचन मालूम हैं, लेकिन मनुष्य को नहीं जानता। वह धोखा देता है, तंग करता है, निन्दा करता है, हिन्दू हो या मुसलमान मनुष्य है तो...)

मौलवी छाती की ओर इशारा करके बोला–

"तख़आ यही है। तख़आ का मतलब है अल्लाह पर श्रद्धा।"

रात को वह सो न सका। साथी चटाई सरका कर पास आ लेटा। बीच-बीच में कौंच कर पूछता–

"तुमने कहा नहीं कि मामला क्या है? वह देखने में कैसी है?"

उसकी दर्द भरी हँसी देख कर साथी जाँघ पर मार कर चिल्लाया।

"तो यह बात है न? मैं क्या जानता नहीं? बोलो न, घरवालों को मालूम है क्या?"

मुतलाली के घर में बुला ले जाने के तीसरे दिन उसके हाथ में हाथ रख कर वादा करते समय मन में और कोई इच्छा नहीं थी। मुतलाली के प्रस्तावों ने मन को छुआ तक नहीं। मम्पाट लकड़ी के मिल में नौकरी, रहने के लिये मकान, चारों ओर आज्ञाकारी सेवक और इस्लाम की महिमा कुछ भी सुनने का मन नहीं था। अपनी तो गाँववालों के सामने से सिर ऊँचा करके चलने की इच्छा मात्र थी।

"जब तक यहाँ इस्लाम का एक भी बच्चा ज़िन्दा रहेगा कोई भी तुम्हें छूने का साहस नहीं करेगा।"

इसका डर नहीं था। बात वह नहीं थी। तेक्कुममुरि बाज़ार से, ताषत्त, पुळिक्कलप्पुरा, पून्तोट्टम जैसे नायर लोगों की नज़रों के सामने से, 'मक्खी भाग' शेखरन नायर के मकान के नीचे से एक बार चलना है। इसलिये, बस इसीलिये आया था। कुञ्ञरय्क्कार के घर से खाना खाकर उसके कन्धे पर हाथ डाल कर चलना है। बात यहाँ भी खत्म नहीं होती।...

"तुमने बताया नहीं कि वह मुसलमान लड़की कैसी है?" साथी ने सवाल दोहराया। उसके ख़यालों में बस यही एक बात थी।

चमकते दाँतों की दो पंक्तियों से उजले हो रहे उस चेहरे पर देख कर जाने क्या

याद करके बोल दिया–

"अच्छी लड़की है।"

"वही तो। उसके अब्बा अम्मी राज़ी हैं क्या?"

"हूँ।"

"तुम्हारे घरवालों को पता है?"

"हूँ।"

"पूछने से बुरा मत मानना? कब से शुरू हुआ था प्यार?"

बचने का कोई उपाय नहीं। बात तो करनी ही पड़ेगी।

"देखो बुरा मत मानना। हम साथी हैं न? इसलिये पूछता हूँ। प्यार ही है या और कुछ हो गया?"

"ऊँ-हूँ।"

वह हँसते-हँसते लोट-पोट हो गया।

"छोड़ यार, हमसे झूठ मत बोलना।"

"कुछ नहीं, सच।"

"कसम खा सकोगे कि छुआ तक नहीं।"

उकता कर उठा। बात करो या न करो, चैन से बैठने न देगा।

अन्दर कहीं से घंटी की आवाज़ सुन कर गलियारे की ओर देखा। लालटेन की जलती काँच से टकरा कर जान देनेवाले पतंगों के मुलायम पंख छितर रहे थे। उत्तर को खुलती खिड़की के पास जाकर बाहर देखा। गलियारे के बाहर दीवार पर ढिबरी जल रही थी। उसके आगे एक मज़बूत दीवार पर लोहे की पट्टियों वाला एक बन्द दरवाज़ा दिखायी दिया। यों ही देखता रहा तो दीवार पर फर्श के करीब एक चौकोर छेद नज़र आया। दीवार का एक काला मुँह। कुछ पलों के बाद उस मुँह से जूठे बर्तन बाहर आए। बर्तनों के पीछे काली चूड़ियाँ पहना एक हाथ भी दिखायी दिया था।–उस दृश्य से चौंक उठा। अगले ही पल हाथ गायब हुआ। जूठे बर्तन ज़मीन पर पड़े रहे मानो, दीवार के मुँह ने उन्हें थूक दिया हो। उसने कान लगाया। कोई आवाज़ नहीं आई। वह मज़बूत दीवार सारी आवाज़ों को निगल रही थी।

अपनी आँखों पर भरोसा कर लूँ? चूड़ियों वाला हाथ सचमुच देखा था या अपना भ्रम था? ताज्जुब के साथ सोच रहा था कि इतने में कन्धे पर साथी का स्पर्श पाया।

"क्या देखते हो?"

"कुछ नहीं।"

"देखो उस दीवार के उस पार औरतें हैं। वहाँ मर्दों का जाना मना है। ज़रूरी चीज़ें उस छेद से अन्दर पहुँचा देते हैं।"

"औरतें!"

"हाँ इस्लाम में शामिल होने के लिये औरतें भी आती हैं। मेरे गाँव की 'तट्टान'

जाति की एक औरत पिछले महीने मुसलमान बन गयी थी।"

चुपचाप सुनता रहा।

"एक ही दरवाज़ा है। उसको बन्द करो तो कोई आवा-जाही नहीं। दीवार की छेद से खाना पानी अन्दर पहुँचा देना—मज़ाक लगता है न? बड़े अजीब लोग हैं।"

जाने कहाँ-कहाँ से दरवाज़े बन्द होने की आहटें आ रही थीं।

काने ने लालटेन उतारते हुए कहा—

"सो जाओ रे, रात बहुत हो चुकी।"

वह दरवाज़ा बन्द करके बाहर निकला तो अन्धकार फैल गया। हमेशा गुदगुदाया-सा हँसनेवाले, अपनी महबूबा मुसलमान लड़की के ख़यालों में पगला गये एक युवक के साथ रात बितानी पड़ेगी।

मज़बूत दीवार के मुँह से बाहर निकलते चूड़ियाँ पहने हाथ को भूलने की कोशिश में आँखें मूँद कर चटाई पर लेटा रहा।

इक्कीस रातें और बाईस दिन। बीते दिन रातों के बीच में अन्दर करने की कोशिश में वह खड़ा रहा। दिन का चेहरा धुँधला पड़ने लगा।

तंग सड़क के किनारे खड़े मकानों के ऊपर से उसने पश्चिम की ओर देखा। सूरज ढलने को था।

इधर से समुद्र का दर्शन नहीं मिलता। दूर से आनेवाली आँधी की गूँज ज्यों लहरों का शोर कानों में पड़ रहा है।

निश्चल जल में प्रतिबिम्बित होती उस सूरत को देख कर उसने मन ही मन दुबारा कहा—

"अब्दुल्ला।"

पुल और तंग सड़क की भीड़-भाड़ को पार किया। जहाँ रास्ता खेत में उतरता था वहाँ बिजली के खम्भे के नीचे वह रुका। चुन्नट में टटोला। राह खर्च के लिये मस्जिदवालों के दिये एक-एक रुपये के तीन नोटों के अलावा कुछ रेज़गारी भी है जो आते समय अपने पास थी।

दुकानों को पार करने के बाद ही बीड़ी और दियासलाई खरीदने की बात याद आई।

शाम की खरीददारी करके लौटते लोग ज़ोर से बातें करके गुज़र रहे थे। पश्चिम से एक बस की गड़गड़ाहट सुनी। पास आते-आते माथे की नामपट्टी से मालूम हो गया कि वह अपने गाँव को जानेवाली बस नहीं, बारह मील दूर किसी स्टेशन की ओर जाती बस है।

सड़क के किनारे-किनारे चला। सामने दिखी एक छोटी दुकान से बीड़ी और दियासलाई खरीदी। दुकान के खम्भे में लटकाये लकड़ी के चौखटेवाले आईने में अपना चेहरा देख कर घृणा के साथ झट से मुँह मोड़ लिया। हज़ामत करके छोटी बनायी गयी

भौहें भद्दी लग रही थीं। बिजली के खम्भे के नीचे रुक कर बीड़ी सुलगायी। पूरब और पश्चिम से 'कोयला बस' की भोंपू कानों में आ पड़ी। रोकने के लिये हाथ बढ़ाया। धूल की एक दुनिया का सृजन कर थोड़ी दूर आगे निकल कर वह रुकी।

"हाँ, उसी पर बैठो, पोन्नानी की ओर मुखातिब होकर।" सामने से कण्डक्टर का मज़ाक सुन कर किसी की हँसी फूटी। पीछे की सीट पर बैठे लोगों के सामने फर्श पर डाले गये पहिये के ऊपर बैठा। सामने बैठे लोगों के चेहरों पर एक नज़र दौड़ायी। गाँववालों में से कोई? नहीं, कोई नहीं। पीछे बैठे लोग ज़ोर-ज़ोर से बातें कर रहे थे। एक जगह अकाल की चर्चा हो रही थी। और कहीं, अपराध के मुकदमे की पैरवी पर एक वकील जो अब नहीं रहे, के द्वारा पेश की गयी दलीलों के किस्से सुनाये जा रहे थे। उनमें से कोई किषक्कुममुरि़ नामक अपने गाँव का हो सकता है। कोर्ट-कचहरी या अस्पताल के मामले में कोई न कोई हर दिन पोन्नानी आता रहता है। शायद बस में चढ़ते हुए किसी ने देखा भी होगा। लेकिन सफेद कपड़े से ढँके सफाचट सिर, हजामत करके छोटी बनायी भौंहों और मूँछों के कारण पहचाना नहीं होगा। सड़क के किनारे दुकानों और घरों में बत्तियाँ जलने लगी थीं। बस के अन्दर बड़ी देर के बाद बत्ती जलायी गयी। खेत को पार करने के बाद हाँफते-गुर्राते बस चढ़ाई पर चढ़ी। देहाती पगडंडियों से नारियल के पत्तों की बनी मशालें जा रही थीं।

एक बूढ़ा जिसनी अपने गोद में एक खाली बोरी तहा कर रखा था, ऊँघ कर आगे-आगे झुक रहा था। बस थरथरायी तो उसका माथा उसके सिर से टकरा गया। बूढ़ा आँखें खोलकर माफी माँगने की अदा में हँसा और सिर झटक कर पीछे को धँस कर बैठ गया।

"कहाँ जाना है?" कण्डक्टर ने पूछा।

"केलूर" उसने जवाब दिया।

"साते आने दो। सुनो जी, ज़रा उसके हाथ से पैसा लेकर मुझे दो।"

बूढ़ा जम्हाई लेकर चटखारे लेते हुए घुटनों पर हाथ रख कर आगे झुक आया और पूछा–"केलूर का रहनेवाला है क्या?"

"हूँ।"

"हमें भी केलूर में उतरना है। बेटी की शादी वहीं हुई है। दामाद सुपारी काटने का काम करता है–अयमुण्णि। वह 'दाढ़ीवाला' के नाम से जाना जाता है। जानते हो न उसे?"

बूढ़े को टालने के लिये कहा–

"केलूर नहीं, वहाँ से आगे जाना है।"

"ञाङाट्टिटिरि है क्या? मैं पहले कभी गया था वहाँ।"

"नहीं, किषक्कुममरि़।" वह सच बोला। दबी आवाज़ में कहा था। बूढ़े ने सिर झुका कर कान लगाया।

"वही तो, केयक्कुममुरि हमारे कुञ्ञयमद मुतलाली के...।"

"नजदीक है।"

"कौन सा घर है?"

वह दरवाज़े से अन्धकार में दौड़ कर छिप जाती रोशनी के बिन्दुओं को देखने लगा। बूढ़े का सवाल अनसुना कर दिया।

"मुतलाली का क्या हाल है अब?"

"मालूम नहीं।" बूढ़े को चुप कराने के इरादे से कहा।

"मैं गाँव से बाहर हूँ।"

"नौकरी करता है क्या?"

"हूँ।"

"कहाँ हो?"

"मम्पाट।"

"लकड़ी का सौदा करता होगा।"

"हूँ।"

"पोन्नानी में कब आया?"

"आज।"

"कचहरी का मामला होगा।"

"हूँ।"

रास्ते में कई जगहों पर बस रुकी। कई लोग उतरे, नये चेहरे अन्दर चढ़ आए।

मछलियों के छिलके-चिपके से दिखे उभरे हुए पेट पर हाथ फेर कर बूढ़े ने कहा–"मैं कोटनाट्ट का हूँ। अयमुट्टि वैद्य के यहाँ देर हो गयी। काफी भीड़ है वहाँ।" अच्छा हुआ उसके सवाल पूरे हो चुके। इसलिये उसकी बातों में दिलचस्पी दिखाई।

"बारह साल हुए पेट में दर्द है। डाकिटरों की दवा बहुत पी ली। इस वैद्य ने अब तक एक कौड़ी भी हम से नहीं ली। रुपिया लेता है, हिसाब बताकर रुपिया लेता है, लेकिन मुसलमानों के हाथ से नहीं लेता। कोई ज़िद करके देता तो ले लेता। न दे तो भी कोई बात नहीं।"

उसने हँसने की कोशिश की।

"तो अपना घर कौन सा बोला था?"

"ताषत्त" नाम ज़बान पर आया। लेकिन पल भर सोचने पर कुञ्ञरय्क्कार के घर का नाम मन में आया।

"पोषक्कल।"

"क्या नाम बताया?"

आवाज़ फुसफुसाहट सी दब गयी–"अब्दुल्ला।"

"अब्बा-अम्मी और भाई-बहन हैं न घर पर?"

"ऊँ।"

"सुना है लकड़ी के विसिनस में बड़ा फायदा है। हमारे उधर से कोयिक्कोट हो आनेवाले लड़कों को कहते सुना है मैंने।"

"ऊँ।"

बाहर के अन्धकार की ओर फिर चेहरा घुमा लिया।

बूढ़ा घुटनों से हाथ उठा कर पीठ टिका कर बैठ गया।

जब यह अहसास होने लगा कि बड़ी देर से बस के अन्दर बैठा हूँ, बाहर सड़क के किनारे की जगहें और दुकानें परिचित-सी लगने लगीं।

"केलूर—केलूर में जिनको उतरना है, उतरो। काका जी उतर जाओ।" कण्डक्टर पुकार उठा।

"मुझे पुलिया के पास उतार दो।" बूढ़े ने कहा।

कण्डक्टर जाने क्या फुसफुसाता रहा। कुछ लोग उतरे। बाहर निकला। बस आगे बढ़ी तो सोचा—उस बूढ़े से विदा लेना भूल गया।

मुँडेर के पास उतरा। यहाँ से उत्तर को जाती सड़क 'केलूरक्कावु' तक जाती है। आगे कुछ अहातों को और एक लम्बी पगडंडी को पार करके खेत में पहुँचा जा सकता है। खेत को लाँघ कर नदी किनारेवाली सड़क पर पहुँचना है।

ढिबरियाँ जलती दुकानों में शाम की भीड़-भाड़ कम हो चुकी थी। पहले मुँडेर के पास बैठ कर 'मशाल लो मशाल' पुकार कर एक छोकरा मशाल बेचा करता था। वह नहीं दिखा। अँधेरी रात थी। अपने गाँव किषक्कुममुरि में पहुँचने के लिये अन्धकार में तीन मील की दूरी तय करनी है।

उजाले और आदमियों के एक पड़ाव को पार कर वह आगे बढ़ा। ऊँची ज़मीन से चलते समय दूर अतिराळन पहाड़ी और छात्तियान का पेड़ दिखायी दे रहा था। मेलेप्पुरत्तु चट्टान के ऊपर खड़े होने पर केलूरक्कावु के आरती उत्सव के दिये और आतिशबाज़ी दिखायी देती थी। पिछले चार सालों से आतिशबाज़ी नहीं होती। पाँच-छह सालों के पहले उत्सव के दिन टीले के ऊपर चढ़ता था।

सितारों की हल्की रोशनी मात्र फैले आसमान के किनारे को रगड़ कर खड़ी पहाड़ियों की काली छायाएँ उसने ढूँढ़ लीं।

आसमान के धुँधलके में रास्ता पहचान कर शकरकंद की खेती के लिये क्यारियाँ बनाये गये अहातों को पार किया। पगडंडी के मुँहाने पहुँच कर घबरा गया। रात के पहाड़ को खोदा सुरंग सामने था।

गाँव तक पहुँचने के लिये तीन मील की दूरी तय करनी है। ताषत्त घर के खाने के कमरे में पीढ़ा और पत्तल रख कर देहली पर बैठ कर उँगलियों से बालों के बीच टटोलते हुए कुञ्ञोप्पोळ इन्तज़ार में बैठी होगी।

हमेशा कुञ्ञोप्पोळ की यादों को मन से दूर रखने की कोशिश करता था। वह

टीस देती थी। नबीसु का छोटा गोल चेहरा मन में उतार सकता हूँ। कोठार के नीचे पीढ़े पर बैठ कर तामचीनी की थाली से खाना खाते कुञ्जरय्क्कार और वाप्पु को देख कर उकड़ूँ बैठ कर पैरों के तलवे सहलाती तित्तुम्मा के पीछे दरवाज़े के पाट से सट कर खड़ी नबीसु का आधा चेहरा रोशन है। ढिबरी का प्रकाश उस चेहरे को लाल रंग देता है।

खड़ाऊँ पहन कर, शरीर पर तेल मलते हुए पून्तोट्टम के आँगन में घूम कर बरामदे में बैठे लोगों से कहता होगा–

"उसकी कुछ मत पूछो। वह बिना टिकट सफर करके दूर कहीं पहुँच गया होगा।"

सोचा होगा कि किषक्कुममुऱि में वह कभी नहीं लौटेगा।

नदी किनारे दलहन के खेत के मध्य में मिट्टी की दीवारों वाली झोंपड़ी के एक छोटे कमरे में लेटी पतली गोरी एक लड़की का पीला पड़ा चेहरा भी पल भर यादों में कौंध गया।

"मुझे मार डालो–मुझे मार डालो...।"

वह रो रही होगी।

पुत्तनकळम की मालकिन कोच्चप्पन नायर की पत्नी बन जाने के दिन के सपनों में खोयी होगी। धुँधलके को ओझल करते हुए, रास्ते की दोनों ओर खड़ी, हवा में सरसराती बाँस की झुरमुटों के बीच से रात की पहाड़ को खोद कर बनायी सुरंग से चलते समय उसने अन्धकार से फुसफसाया–

"मैं लौट आ रहा हूँ।"

विजनता और खामोशी का माहौल था। गाँव की सीमा पर पहुँचते ही मालूम पड़ गया कि रोशनी की आँखें बन्द हो चुकी हैं। बरगद के नीचे झोंपड़ी के आँगन में पत्थर के अम्बार से डंडा टिका कर रखी बैलगाड़ी के पास अत्तुण्णि मुहम्मद का बैल जुगाली कर रहा था। गाड़ीवान झोंपड़ी के अन्दर सो रहा होगा। अन्धकार में बैल की आँखें हरे पत्थर की तरह चमकती थीं। सिर हिलते गले की घंटियाँ बज उठतीं। पेरुम्पलम के खलिहान की ओर नयी नवेली दुल्हन के साथ अपनी यात्रा याद आई। सर्द सुबह में पहियों की खड़खड़ाहट सुन कर रसोई में चूल्हा जलाने बैठी औरतों ने झाँका होगा।

"अत्तुण्णि माप्ला की सवारी गाड़ी जा रही है।"

"ताषत्त गोविन्दुट्टि कम्मल दुल्हन के साथ जा रहा है।"

और भी कुछ कहा होगा। अनजान लोगों ने उसके भाग्य के बारे में और जानकारों ने एक बेवकूफ के बारे में।

नदी किनारे आसमान तक पहुँचे आम के पेड़ की काली सूरत देख कर मन में खुशी फड़फड़ायी। कुञ्जरय्क्कार सोया नहीं होगा। बड़ी रात तक बरामदे में बैठे रहने या आँगन में घूमने की आदत है। केले के छोटे बागान के साये में पुआल से छाया

वह घर प्रकट हो गया।

सुनसान सड़क पर बाँस के फाटक के पास रुक कर देखा। रोशनी नहीं थी। खामोशी छा गयी थी। सब सो चुके! रोज़ के खिलाफ आज किषक्कुममुरि़ में रात जल्दी शुरू हुई क्या?

अन्दर घुस कर पुकारूँ? समय क्या हुआ होगा? बाँस के खम्भे को थाम कर सुस्ताया। पसीने की धारियाँ निकल रही थीं। सिर का कपड़ा उतार कर चेहरा पोंछने के बाद उसे सिर के ऊपर गोल बाँधा। खेत के उस पार छायाओं के तम्बू ज्यों दिखते सुपारी के बागानों के बीच से रोशनी उतर रही है क्या? सबके सब घर सो रहे थे।

कुञ्जरय्क्कार को जगाऊँ? कुछ तय नहीं कर पाया तो खाली सड़क से अन्धकार का हिस्सा बन कर वह आगे चला। चक्कम्मा के घर को पार किया। उस पार पुत्तनकळम के आँगन में पेट्रोमैक्स की रोशनी देखी। भीड़-भाड़ है क्या? एक सन्देह के इर्द-गिर्द खयाल पतंगों की तरह मँडराते रहे। धीरज के साथ पुत्तनकळम के बहिर्गृह से बाहर निकली दो छायाओं का इन्तज़ार किया। दो चेरुमियाँ थीं, सिर पर हाँडियाँ उठा कर, उनके पीछे तीन-चार बच्चे भी हैं।

"क्या है वहाँ?"

"हाय रे दैया...।"

"पुत्तनकळम में शादी है क्या?"

"वयम्मुरि़* शादी कल थी। मयम्मद माप्ला क्या परेदश में था?" चेरुमियाँ बिना रुके बोलीं। उसने जवाब नहीं दिया। साफा उतार कर कस कर बाँधा। औरतें चली गयीं। रास्ता फिर से सुनसान हो गया। पैरों से रेत उछाल कर आगे चला। तो मालकिन सपना नहीं देख रही; सुख का भोग कर रही है।

घाट के पास पहुँचा। नदी सूख कर बालू का जंगल बन गयी थी। पानी के डबरे मात्र बाकी थे।

सड़क के किनारे मुँडेर पर बैठ गया। दक्षिण से कुञ्जरय्क्कार के घर की तरफ से आती सड़क यहाँ पहुँच कर पश्चिम को मुड़ती है। बाज़ारवाले मकान के सामने से गुज़र कर दुकानों को पार करके पश्चिम में अत्तिक्करा और पेरुम्पलत्तूर के आगे नदी की उत्तरी घाट तक जाती है। 'पोट्टप्पुरत्त' के जामुन के पेड़ों के बीच से आती पेट्रोमैक्स की रोशनी देख कर बैठा रहा।

सड़क पर पश्चिम से दो लोग आए। पास पहुँचने पर ही उनकी बातचीत सुनायी पड़ी थी। घूम कर बैठा। सूखी नदी के पानी के डबरों का झिलमिलाना देखा।

सोचा कि दोनों उसकी ओर ध्यान दिये बिना चले जाएँगे। लेकिन पास पहुँच कर दोनों रुक गए।

---

* शादी के दूसरे दिन की छोटी दावत।

"कौन है?"

सवाल को अनसुना कर दिया।

"कोई भी हो कुट्टिष्ण, हम अपने रास्ते जाएँगे।" एक फुसफुसाया।

"मैंने पूछा कौन है?"

वह धीरे से उठा।

"मैं हूँ।"

"मैं का मतलब?"

वह लापरवाही से खड़ा रहा। चेहरे पर टॉर्च का प्रकाश पड़ा तो आँखें चौंधिया गयीं। पल भर के अचरज के बाद पूछा–

"कौन? गोविन्दुट्टि?" सवाल में ताज्जुब से ज़्यादा भय भरा था।

"नहीं, अब्दुल्ला।"

यों ही एक कदम आगे बढ़ाया। टॉर्च का प्रकाश बुझा। जल्दी-जल्दी दूर निकलते कदमों की आहटों को कान लगा कर वह खड़ा रहा।

जामुन के पेड़ों के बीच से एक बार फिर उसने दूर की रोशनी की ओर देखा।

6

पिछली रात माँ कुछ ज़्यादा ही कराह रही थी। लगा कि उनका दर्द बढ़ गया है। पैताने बैठ कर बड़ी देर तक पैर दबा दिया। कंठ में जमा कफ खँखारते हुए थकी आवाज़ में बोली–"जाके सो जा लड़की।" मगर दिये का तेल जल चुकने तक वहीं बैठी रही। फिर खटिया के नीचे लपेट कर रखी चटाई बिछा कर लेट गयी। कुञ्ञुट्टि को नींद नहीं आई।

पिछले कुछ दिनों से माँ को अकेले बिस्तर से उठने के लिये भी सहारा ज़रूरी हो गया है। टट्टी आदि के लिये बाहर जाना मुश्किल होने से वटक्किनि में पेशाब की नाली में सुपारी के पत्ते के दोने रख देते हैं। स्वयं धोती भी नहीं बाँधी जाती। वटक्किनि से लौट कर खाट पर लेटते हुए माँ ईश्वर से प्रार्थना करती–

"गुरुवायूर अप्पा, बच्चों को ज़्यादा परेशान किये बिना मुझे उठा ले भगवान।"

खामोश रातों में माँ की साँसों की खरखराहट कुञ्ञुकुट्टि को डरा देती थी।

उसकी बातों में पहलेवाली कटुता भी नहीं रही थी। किसी की शिकायत नहीं करती थी। दिन में उनकी खटिया के पास पहुँच कर आँखें मूँद कर लेटी उस चेहरे को देखते वक्त उनका यह बदला हुआ रूप देख कर राहत के बदले अन्दर टीस उठती है। किशमिशी पलकों से सँवला गये गड्ढों की ओर नमी रिसने लगती है।

कुमार भाई दो बार वैद्य को बुला लाया। दूसरी बार बरामदे पर वैद्य के शब्द सुनने को मिले–"बड़ी अम्राल अब ज़्यादा दिन नहीं रहेगी। उम्र ही ऐसी है न? इलाज

से आराम मिलनेवाली कोई बीमारी नहीं है।" वैद्य ने पैरों में लगाने के लिये दवा लिख दी। साँसों का कसाव कम करने के लिये तीनों जीरे का पानी बीच-बीच में देने को कहा। इसके बाद कुमार भाई रात को बरामदे के बदले तेक्किनि में सोने लगा।

माँ को सुनाये बिना पास बुला कर कहा—"रात को हालत बिगड़ गयी तो मुझे जगाना।"

दर्द की आवाज़ें सुन कर रतजगा करते हुए सोचा करती—"माँ का अन्त नज़दीक है।"

माँ के छड़ी टेकने की आवाज़ भी बन्द हुई तो घर में एक डरावनी खामोशी अटक गयी। दिन के वक्त बर्तनों की खनक से भी डर लगने लगा।

कई दिनों से ऊपरी मंजिल पर कदम नहीं रखा था। ऊपर से चलते पैरों की या चारुपटि में करवटें बदलने की आवाज़ें नहीं आयीं। तेज कदमों से चढ़ने-उतरनेवाला नहीं रहा तो सीढ़ियाँ भी खामोश हो गयीं।

"कटाई ओसाई के बाद मैं आऊँगा कुञ्ञोप्पोळ, चार दिन हमारे साथ वहाँ आकर रहना।" विदा लेने के लिये गोविन्दन कुट्टि रसोई में आया तो मन ही मन कहा—शादी के चार दिन भी नहीं बीते, छोकरा बड़े गृहस्थ की तरह बातें करने लगा। अन्दर की खुशी बाहर प्रकट होने न दी।

वह कारिन्दा बन कर पेरुम्पलम के खलिहान में रहने गया तो कोई दुख नहीं हुआ। लेकिन शादी के बाद औरत के पीछे सन्दूक लेकर उसे घर से निकलते देख कर अजीब सी बेचैनी अन्दर घर कर गयी। अत्तुण्णि मुहम्मद की सवारी गाड़ी की झनझनाहट दूर निकल गयी तो ऐसा लगा कि कटाई ओसाई के पूरा होने के बाद भी वह नहीं आएगा।

फिर जिस रात को वह लौट आया उसे देखने का मौका नहीं मिला।

स्नान घाट से सुने किस्से पड़ोस के पिछवाड़े से इकट्ठे करके डाँड के पास आकर औरतों ने कभी पूरे और कभी आधे सुना दिये थे। उस सदमे से छुटकारा नहीं मिला था। आँगन से उसकी आवाज़ सुन कर उसकी नज़रों से बचने की इच्छा हुई। धान कूटती और स्नान घाट पर जमा होती औरतों की ज़बान की बात उसके कानों में पहुँच चुकी है। उसका दर्द देखा नहीं जाएगा।

लेकिन उस रात उसके गले से विवशता का स्वर नहीं निकला था। दौड़कर तेक्किनि तक गयी। लेकिन फाटक लाँघती उसकी परछाईं ही नज़र आयी थी।

शादी के मण्डप में कुञ्ञोप्पोळ की ज़िन्दगी बरबाद हुई थी। कुञ्ञोप्पोळ की तकदीर लिखनेवाले ने ही तुम्हारे माथे की रेखाएँ खींची होंगी।

कुमार भाई का गुस्सा कैसे ठण्डा हो गया? माँ की हालत बिगड़ जाने की वजह से? या शादी का पूरा किस्सा सुनने के बाद? कुञ्ञरय्क्कार के घर के सामने हुए हुड़दंग की खबर सुन कर भी उसे नहीं कोसा। 'माँ के पचास पार उम्र में जन्मे पूत'

का ताना भी नहीं दिया। पिछले दिन शेखर भाई के अपमानित किये जाने की बात बार-बार याद करके गुस्से से लाल-पीले होनेवाला आदमी भी नहीं रहा। उस दिन शेखर भाई के दो बार बुलवा लेने पर भी बाहर नहीं निकला।

आए दिन कहीं बाहर निकलता तो भी रात होने के पहले लौट आता। इसलिये रात का पकाना खाना सब जल्दी पूरा हो जाता है। शाम ढलते ही कुमार भाई खाने बैठता है। पत्तल का बाकी चावल और शोरबा थाली में डाल कर चावल का माँड मिला कर पी लेना ही अधिकांश दिनों में कुञ्जुकुट्टि के लिये रात का खाना है।

खटिया पर लेट कर माँ कराहती, बिलखती और भगवान गुरुवायूर अप्पन से फरियाद करती रहती तो नीचे बिछाई चटाई पर बैठ कर माँ के पैर सहलाते हुए कुञ्जुकुट्टि सोचा करती थी—"वह कहाँ है? शेखर भाई के आदमी क्या अब भी उसके पीछे हैं?" कुञ्जरय्क्कार के घर से बाहर निकाल कर लोगों ने उसे मार-मार कर बेहाल कर दिया। लेकिन यह खबर सुन कर वह रोयी नहीं। अन्दर जाने किस-किस से गुस्सा सुलग रहा था। माँ कुएँ की जगत से छड़ी के सहारे रसोई के आँगन तक ही पहुँची थी। समाचार सुनते ही छड़ी उनके हाथ से छूट गयी और वह छाती पीट कर रोने लगी—'मेरे गुरुवायूरप्पा...' वह पुकार सुन कर अपने अन्दर जाने क्या-क्या ढह कर बिखर गया। दौड़ कर पास पहुँचने के पहले ही गिर चुकी थी। उठाकर अन्दर लिटा दिया। तब तक कुमार भाई भी आ पहुँचे।

माँ ने आँखें खोलीं तो कुमार भाई पास ही था। सोचा कि कुछ पूछ लेगी लेकिन आँसू भरी आँखों से बेटे को देख कर चुपचाप पड़ी रही। भाई बाहर निकला तो वह माँ के और पास जा बैठी।

माँ ने चारों ओर नज़र दौड़ायी; फिर दबी आवाज़ में डरते-डरते पूछ लिया—"फिर वह कहाँ गया री?"

कुञ्जुकुट्टि ने जवाब नहीं दिया। क्योंकि बड़ी देर से वह भी इसी सवाल को अपने अन्दर ढो रही थी। अगली शाम तेक्किनि में खड़ी थी कि केले खरीदने आये मुसलमानों को कुमार भाई से कहते सुना—"मुतलाली के घर में बसा दिया है।"

"तुमने देखा क्या?" भाई का स्वर बदल गया।

"हमने तो नहीं देखा, लोगों को कहते सुना।"

"सुनी-सुनायी बातें मुझसे मत कहना। लोग कुछ भी बोल देते हैं, कुछ भी कर लेते हैं। लोग तो.... ।"

फिर उन्होंने कुछ नहीं कहा।

हर शाम को दीप जला कर बाहर दिखाने के बाद थाली में कञ्जी लेकर कटहल के पत्ते से उन्हें पिलाती तो माँ पूछती—

"भाई आ गया?"

"बाहर है।"

तब माँ की आवाज़ बहुत धीमी हो जाती है।

"कुछ कहा?"

पूछने की ज़रूरत नहीं कि माँ क्या जानना चाहती है?

क्या पता उसकी कोई खबर मिली कि नहीं?

बेटी थाली में पत्ते का दोना घुमा कर चुप बैठती तो माँ भर्रायी आवाज़ में फिर पूछती–

"तू कुछ कहती क्यों नहीं?"

पहले होता तो बेटी की चुप्पी देख कर माँ की ज़बान चाबुक ज्यों कुलबुलाती। लेकिन अब डाँटना या गुस्सा करना उसके बस की बात नहीं है।

अपने चेहरे पर घूमती गीली आँखों की ओर देखे बिना कुञ्जुकुट्टि जवाब देती–"कुछ नहीं बोला माँ।"

पश्चिमी सीमा पर छातियान के पेड़ के ऊपर से उल्लू बोला।

रात की ख़ामोशी में उस चिड़िया का घुघुवाना सुन कर डर की थरथरी चढ़ जाती है।

माँ ने करवट बदली तो खटिया की ढीली टाँगें चरमरायीं। तेक्किनि से कुमार भाई के डकार लेने की आवाज़ आई। उनको भी रातों को नींद कम आती है। धुँधलका फैलने में अभी देरी है। नींद खराब रहने की वजह से पूरे शरीर में थकान हो रही है। किसी तरह सुबह के दीप जलाने का वक्त हो जाता!

ज़रा सी आँख लगी थी कि सामने का दरवाज़ा खोलने की आवाज़ आई। कुञ्जुकुट्टि चटाई से उठ बैठी। भाई आज जल्दी उठ गए। दिया जला लेती हूँ।

माँ के तकिये के नीचे से दियासलाई लेकर दीप जलाया। रोशनी फैली तो माँ ने आँखें खोलीं।

"सुबह हुई क्या?"

कुञ्जुकुट्टि ने, 'हूँ' कहा।

"काश! मरने के पहले रात को थोड़ी नींद आ जाती। नींद की कोई दवा उस वैद्य से पूछ कर मँगवा लेती! नींद तो आती नहीं, ऊपर से यह दर्द। देवी, तू कितने दिन और मुझे यों तड़पाएगी?"

'मच'* का द्वार खोल कर दीप दिखाया। दरवाज़ा बन्द करके बरामदे पर पहुँची तो कुमार भाई चारुपटि के नीचे से कुछ कागज़ात निकाल रहा था। पूरब की ओर दीप दिखा कर तेक्किनि में लौटने लगी तो भाई ने नाम लेकर पुकारा।

मच के सामने दीप रख कर फिर बरामदे में पहुँचा। अन्धकार हलका होने लगा था।

"मुझे काट्टिटप्परुत्ति तक जाना है। शाम को लौट आऊँगा। बँटवारे का एक

---

* भगवतीवाला कमरा।

पेचीदा मामला है।'' ज़ोर से जम्हाई लेकर मुँह के आगे चुटकी बजाते हुए कुमार भाई बाहर निकला। छूत के दिन होने के कारण उनका तौलिया बाहर शहतीर के ऊपर रखा था। उसे निकाल कर जाँचा। फिर कुछ याद करके पूछा—

''देखो कोई और तौलिया है क्या अन्दर? यह मटमैला हो गया है। वहाँ कई लोग इकट्ठे होंगे।''

बहन ने जवाब नहीं दिया। नहाने का तौलिया काला पड़ गया है। धोने से भी साफ नहीं होता। सन्दूक में किनारेदार एक बड़ा तौलिया था, लेकिन वह माँ को पहना दिया गया है।

''कोई बात नहीं, यही काफी है।'' भाई ने खुद को सान्त्वना दी।

''घर में चावल का क्या हाल है?''

''कल पड़ोस से तीन सेर उधार लिया था।''

कुमार भाई अँधेरे में सकपका कर खड़ा रहा।

''वह दिया ज़रा इस ओर कर दे।''

मच के सामने रखा दीप बुझने को हुआ था। बत्ती आगे सरका कर देहली पर रख दिया तो कुमार भाई उकड़ूँ बैठ कर रेज़गारी गिनने लगा।

''लो, एक रुपया है, मेरे पास इतना ही है।''

कुञ्जुकुट्टि ने देहली पर रखी रेज़गारी की ढेरी बड़े ध्यान से उठा ली।

अन्दर चलते हुए मन में हिसाब लगाया—दो सेर चावल खरीदो तो साढ़े तीन आने बाकी। नमक, मिर्च, गरी का तेल, राई, मिट्टी का तेल कुछ भी नहीं है घर में।

बहुत जल्दी बाहर का अन्धकार पतला होकर उजाला फैल गया। अभी से रसोई में घुस कर क्या करना है? कालि बुढ़िया को दुकान में भेज कर चावल खरीदवाने के बाद ही चूल्हे के ऊपर बर्तन चढ़ेगा। आज मंगलवार है। लीपने-पोतने-फर्श साफ करने और देहली धो लेने का दिन। अशुभ तिथियों में ऐसे रस्मों का आचरण न किया गया तो श्री भगवती अन्दर नहीं घुसेगी। अनेक सालों से अनुष्ठानों को बराबर निभाते आने से यही श्री मिली है। अन्दर विद्वेष जागा।

चूल्हे से राख निकाल कर पिछवाड़े पपीते के नीचे पत्थर पर डाला। मलसी में पानी लेकर चुटकी भर गोबर मिलाया और चौका साफ किया। रोशनदान की चौखट पर रखे टीन के डिब्बों को खोल कर रखा। एक में काम्पी बनाने की तीन-चार गोलियाँ थीं। कड़वा ही सही, माँ को थोड़ा पिला दूँगी।

गली से कालि बुढ़िया के खाँसने और फुसफुसाने की आवाज़ आई। बुढ़िया हमेशा अकेले में फुसफुसाती रहती है।

रसोईवाले आँगन की सीमा पर हँडिया रख कर बुढ़िया झाड़ू ढूँढ़ने लगी तो कुञ्जुकुट्टि बोली—

''कालि, चावल का पानी शायद नहीं है।''

बुढ़िया ने हँडिया उठा कर दूर रखी। हँसते हुए बोली—“अपन ने यों ही हँडिया रखी थी मालकिन।”

जब से होश सँभाला कुञ्जुकुट्टिट काळि बुढ़िया को देखती है। तब से उसे काळि बुढ़िया पुकारती आयी है। अब भी वह काळि बुढ़िया है। बुढ़िया जानती है कि हँडिया में सुबह चावल का पानी नहीं मिलता तो इसका यही मतलब है कि मालकिन ने रात का खान्ना नहीं खाया। “जल्दी बुहार ले काळि, बाज़ार जाना है।”

आँगन से झाड़ू की खर्र-खर्र आवाज़ लगातार सुनायी देने लगी। काप्पी की गोली डाल कर उबाल लिया पानी माँ को दे आई। कुएँ पर जाकर हाथ-मुँह धो आई। काळि बुढ़िया पिछवाड़े बाज़ार जाने को तैयार खड़ी थी।

“काळि, इस वक्त दुकान खुली होगी क्या?”

“रुपिया और टोकरी दीजिए मालकिन, अपन देख आती हूँ। कुञ्जुट्याप्ला की दुकान तड़के खुलती है।”

“दो सेर चावल, एक आने का नमक, एक आने का नारियल तेल, फिर एक आना बाकी होगा, उसके लिये नमक। ले, एक रुपया है।” देहली पर टोकरी और रेज़गारी रख दी।

बुढ़िया के जाने के बाद पिछवाड़े का दरवाज़ा बन्द करके अन्दर चली।

माँ का कमरा उजला हो चुका था। वह शायद सो रही थी। सुबह थोड़ी देर उनकी आँख लगती है। चुपचाप सामने की ओर चली। पड़ोस का लड़का अप्पु रस्सी तुड़वाकर भागती बकरी के पीछे दौड़ा आ रहा था।

“रोको दीदी, रोको। फाटक लाँघने न देना।” वह दूर से पुकार उठा। बकरी को रोकने के लिये आँगन में उतरी। प्राचीर के पास वह मुड़ी तो अप्पु की पकड़ में आई। हाँफते हुए अप्पु बोला—“दुहने गया तो रस्सी तुड़वाकर भागी बदमाश।”

उसने एक हाथ से बकरी का कान पकड़ कर रोका और दूसरे हाथ से आँख मलने लगा। तभी कुञ्जुकुट्टिट ने देखा कि उसकी दायीं आँख लाल है।

“तेरी आँख को क्या हो गया रे?”

“क्या पता? लाल हो गयी है, दर्द भी है।”

“स्तन का दूध डाल देना, या सदोदी का रस निकाल कर डाल देना, माँ से कह।”

अप्पु पड़ोस की इट्टिटच्चिरि अम्मा का नाती है। अप्पु जब उसकी माँ के पेट में था उसका पिता झील में मछली पकड़ने गया और 'कटु' मछली के काटने से उसकी मौत हुई। अप्पु ने अपने पिता का चेहरा नहीं देखा है। उसकी बड़ी-बड़ी गोल आँखें और घबराया-सा चेहरा देख कर कुञ्जुकुट्टिट को उस पर दया आती। अभागा बच्चा!

“दीदी, तुमने चाय पी?”

“नहीं अप्पु।”

"दूध नहीं क्या?"

"दूध, चीनी कुछ भी नहीं।"

उसने चारों तरफ देख कर कान में कहा–

"कोई देखने न पाएगा। हम इस बदमाश को दुह लेंगे। दीदी तुम दुहो, मैं पकड़ रखता हूँ।"

"नहीं अप्पु दुकान में देने का दूध है। चल जल्दी जा।"

"माँ से छिप कर दुह लेंगे।" उसने दुबारा कहा। उसके छोटे कटे बालों में हाथ फेर कर कुञ्ञुकुट्टि बोली–

"नहीं, जल्दी जा बेटा, माँ बुलाती होगी।"

दीदी की बेवकूफी पर तरस खाते हुए वह बकरी को खींच-खाँच कर चला।

अपने अहाते पर चढ़ने के पहले पूछा–

"गोविन्दुट्टि भाई कब आएगा दीदी?"

उस नाम को ज़ोर से उच्चरित होते सुन कर काँप उठी।

"पता नहीं, तू क्यों पूछता है?"

"एक बात है। मैंने उनसे दो कौड़ी उधार ली थीं। बहुत दिन हो चुके। बड़ी माँ के दिये एक आने से निकाल कर रखी है।"

"अच्छा।"

धूप का उजाला हो रहा था। बरामदे के खम्भे पर बेल ज्यों चढ़ी दीमक की मिट्टी झाड़ देने के बाद बाल सुलझाते हुए कुञ्ञुकुट्टि आँगन में नज़र डाल कर खड़ी रही।

फाटक पर खड़े बूढ़े कटहल की दुतरफा डालों के बीच सबसे पहले पैदा हुआ कटहल पक गया होगा। कई दिनों से उसके पकने का इन्तज़ार था। ठीक से पकने देने के इरादे से अब तक नहीं तोड़ा। अय्यप्पन या और किसी चेरुमा छोकरे से आज ही तुड़वा लेना है। खाने पर बैठते समय ही कटहल के बूढ़े हो जाने की याद आती है। पकाने के लिये चावल की कमी है तो भी कटहल की सब्जी खाने की कमी को महसूस होने न देती थी। अब पहले की तरह फल नहीं देता है। इस बार सिकुड़े पिचके बौने से छह सात कटहल ही लगे हैं। शुक्र है कि इतना तो है। लकड़हारा कुट्टि हसन को बिक जाना तय हुआ था। तब उसी ने झगड़ा करके बिक्री रोकी थी। माँ और भाई नाराज़ हुए। लेकिन उसी के गुस्से का नतीजा है कि उभरे हुए पेटवाले बीमार बच्चों को गोद में लेकर बैठी चेरुमा औरत की तरह वह पेड़ फाटक पर अब भी बाकी है।

क्या पता वह कहाँ होगा?

वाप्पु मिलता तो पूछ लेती कि कुञ्ञरय्क्कार के घर में कोई खबर आयी है कि नहीं। एक दिन पूरे दोपहर को खेत की ओर नज़र डाल कर बागान की सीमा पर वाप्पु का इन्तज़ार किया। दूर कहीं से वह गुज़र गया तो बुला कर पूछने का इरादा था।

लेकिन वह नहीं दिखा। अगले दिन अचानक वह आँखों के सामने आ गया। अरुमुखन की औरत से बैंगन के नन्हे पौधों का गट्ठा लेकर वह उस रास्ते आया। लेकिन बरामदे पर कुमार भाई के होते पूछने का साहस न हुआ। इशारे से उसे पिछवाड़े बुलाकर पूछा। उसे कुछ भी मालूम नहीं था। कहा कि अब्बा को इस बारे में कुछ कहते नहीं सुना।

"उस दिन जब हंगामा हुआ था, घर से निकला तो फिर कभी वापस नहीं आया।"

"हाँ, यही पूछना था।"

"यहाँ नहीं आया क्या?"

"ऊँ—हूँ।"

उसको सकपकाते देख कर कहा—

"तू जा वाप्पु, मैंने यों ही बुलाया था।"

लगा कि वह कुछ पूछना चाहता है।

"क्या है वाप्पु?"

"गोविन्दुट्टि नायर का अब क्या होगा?"

उस सवाल ने परेशान कर दिया। कह नहीं सकी कि 'मालूम नहीं है।'।

"कुछ नहीं होगा वाप्पु।"

मन ही मन कुछ याद करके वह बोला—"मुझे डर लगता है।"

"किससे?"

"लोगों से।"

वह चला गया तो मन बोला—"डरना चाहिए।" माँ ज़ोर से कराह उठी तो अन्दर गयी।

"आपने बुलाया?"

माँ ने सुना नहीं। आँखें मूँद कर लेटी थी। जगाने का मन न हुआ इसलिये और नहीं पुकारा।

नहाने जाना था। लेकिन माँ को अकेले छोड़ कर जा नहीं सकती थी। काळि बुढ़िया लौट आती तो खिड़की के बाहर खड़ी कर देती और जल्दी नहाके आती।

माँ को सुनाये बिना बुढ़िया से कह रखा है—"छूत-छात को भूल जा। खिड़की के पास ही रहना। मैं यों गयी, यों आई।"

करने को कुछ नहीं था, इसलिये कल का बचा एक कंकत केला सब्जी के लिये काट के रखा।

बुढ़िया देर से लौटी। टोकरी का चावल सूँघ कर देखा। मितली पैदा करनेवाली बदबू आई। सागौन के सूखे पत्ते की पुड़ियों में बाँधे नमक-मिर्च को निकाल लिया।

"नारियल तेल भूल गयी क्या?"

"भूली नहीं मालकिन, पइसा बाकी नहीं था।"

बुढ़िया आँगन की सीमा पर एक पत्थर के ऊपर जा बैठी।

"चावल का दाम और बढ़ गया है।"

टोकरी लेकर अन्दर जाने लगी तो बुढ़िया ने पुकारा।

"रुकिये मालकिन।"

कुञ्जुकुट्टि पलटी।

"अपन का तन काँप रहा है, आपने कुछ सुना?"

रसोई के आधे दीवार में टोकरी रख कर झट से आँगन में उतरी। होश आया कि किसकी खबर सुनने जा रही है। पैरों से कँपकँपी छूट रही थी। उकड़ूँ बैठ कर फुसफुसाती बुढ़िया के पास पहुँची तो वह कह रही थी–

"इस घर में कुछ अघट घट गया तो–अपुन लोगों को भी दरद होता है।"

कुञ्जुकुट्टि शान्त स्वर में बोली–"बोल काळि, क्या वह नहीं रहा?"

"तो अपन को इतना दरद नहीं होता मालकिन।"

"बोल, कुछ भी हो बोल दे।" कुञ्जुकुट्टि की आँखों ने ज़िद की।

"छोटे मालिक माप्ला होकर लौट आये हैं। दुकान में और सड़क पर..."

आगे सुनने के लिये रुके बिना कुञ्जुकुट्टि अन्दर चली। पिछवाड़े के दरवाज़े बन्द करके रसोई की कालिख लगी दीवारों के बीच फँसी अन्धकार की दुनिया में निश्चेष्ट खड़ी होकर काळि बुढ़िया के शब्दों को एक बार फिर मन में बिखरा कर देखा।

अन्दर से माँ की लम्बी कराहें तब भी पास पहुँच रही थीं।

रसोई की कालिख लगी दीवारें और चौके पर रखे बर्तन जब एक बार फिर आँखों के सामने दिखायी देने लगे तब कुञ्जुकुट्टि रसोई के गीले फर्श पर बैठी थी। अनिद्रित रातों के हज़ारों डरावने सपने पल में बह गए। माँ की कराह फिर सुनायी पड़ी तो कुञ्जुकुट्टि गलती के अहसास से उठी।

उनके पास पहुँच कर चेहरे पर नहीं देखा।

"कहाँ थी तू? माँ की पुकार के लिये भी कान लगाया करो।" स्वर में शिकायत नहीं दर्द भरा था।

"मुझे ज़रा उठना है।"

माँ को सहारा देकर उठाया। पेशाब की नाली की ओर चलाया तो लगा हाथों पर उनका वज़न ज़्यादा पड़ रहा है। लगा कि उनके पैरों की शक्ति दिनोंदिन कम होती जा रही है। वापस खटिया पर लिटा कर पैरों पर कम्बल ओढ़ाया। बाहर से काळि बुढ़िया के बुहारने की आवाज़ आई। अभी तक पूरा नहीं हुआ क्या बुहारना?

"कुमारन कहाँ गया?"

अब सबकी ज़बान पर यही चर्चा होगी। काळि बुढ़िया ने देखा था क्या? विश्वास नहीं आता। विश्वास करना मुमकिन नहीं। बुढ़िया से पूछना था–"क्या तुमने

देखा? या और किसी ने देखा? सुनी-सुनायी पर भरोसा करके बातें नहीं बनाते।"

"आज तुमको यह क्या हुआ है कुञ्जुकुट्टिट?"

"क्या माँ?"

"मैंने पूछा कुमारन कहाँ गया?"

"बाहर गया।"

"कहाँ?"

"काट्टिप्परुत्ति गया है शायद।"

"सुबह होते ही कागज़-पत्री काँख में दबा कर निकलता है। अरी..." माँ की आवाज़ धीमी हो गयी।

"उसकी कोई खबर?"

कुञ्जुकुट्टिट चेहरा घुमा कर लाल पत्थर के लेप से पुती मिट्टी की दीवारों को देख कर सुध-बुध खोयी-सी खड़ी रही। मन में एक ही प्रार्थना थी–"मुझे शक्ति दे भगवान।"

(माँ सुनती है वह माप्ला हो गया है।)

"तू सुनती क्यों नहीं?"

बेटी ने मन में वही प्रार्थना दोहरायी। वह माँ की खटिया के पास घुटने टेक कर तकिये पर छितरे पड़े उसके सफेद बालों को सहलाने लगी।

"मैंने पूछा उस छोकरे की कोई खबर मिली कि नहीं? उसे भी मैंने अपनी कोख में ही पाला।"

कुछ क्षणों तक माँ की गीली पलकों में घूर कर कुञ्जुकुट्टिट बोली–"कुछ नहीं।"

तभी चूल्हे पर रखे पानी में चावल डालने की बात याद आई।

चावल धो कर उबलने को हुए पानी में डालकर फूँक-फूँक कर आग सुलगायी।

सोचते-सोचते यकीन हो गया–काळि बुढ़िया झूठ बोलती है।

पड़ोस की इट्टिटच्चिरि अम्मा की दूसरी बेटी ने पूरे शरीर में खाज के फोड़े निकले बच्चे को बगल में उठा कर बाड़ के पास आ कर पुकारा–

"कुञ्जुकुट्टिट अम्मा, ज़रा इधर आओ, बाड़ के पास।" सोचा, कल का उधार वापस माँगने आयी है। लेकिन बाड़ के पौधों के बीच से सिर बढ़ा कर धीमे स्वर में पूछा–"सुना तुमने?"

गुस्सा आया। दुख भी। मगर गुस्सा और दर्द छिपा कर निर्ममता से बोली–

"सुना।"

और झट से पलट कर वापस चली। डर इस बात का था कि हमदर्दी दिखाने आनेवाले माँ के पास जाकर जाने क्या-क्या कह बैठेंगे? रसोई में चैन से बैठ न सकी, कोई सामने से आकर माँ के कानों में बात डाल गयी तो...

दोपहर को सिंचाई के काम के लिये आये चात्तु नायर ने कहा कि मुतलाली के घर में बसाया है। मुतलाली ने इलाके के सभी रईस मुसलमानों को अपने घर बुला लिया है। आनेवाले नयी-नय खबरें ले आए। बिना सवाल किये सब कुछ चुपचाप सुनती रही।

"अपनी-अपनी तकदीर है।"

"आदमी का सिर फिर गया तो क्या किया जाए?"

"कुञ्जिक्कालि अम्मा को खबर दी?"

"बुढ़ापे में बेचारी को यह दुख भी सहना पड़ा। बेटा मर जाता तो इतना दुख न होता।"

लोग अपनी-अपनी राय देते रहे; चुपचाप सुनती रही।

दुख भाप बनकर ज्यों उड़ गया। मन छेदवाले बर्तन की तरह खाली हो गया।

शाम ढलने के बाद भी कुमार भाई नहीं लौटा। पड़ोस की इट्टिच्चिरि अम्मा को बुलाऊँ? अकेले रात काटना मुश्किल लग रहा था। बुढ़िया आ जाती तो सहारे के बदले परेशानी ही देती। पहले से आगाह करने पर भी बातों-बातों में 'अभागिन कुञ्जिक्कालि अम्मा की तकदीर का लिखा' उसकी ज़बान पर आ ही जाता।

माँ को जीरे का काढ़ा पिलाने के बाद कुएँ पर जाकर हाथ-मुँह धो आयी और माथे पर भभूत रमा कर जाप करने बैठी। बचपन से रट-रट कर कण्ठस्थ हुए कीर्तन गले में अटक गए। सब कुछ भूल गया क्या? मानो सिर के अन्दर कुहरा छा गया। यादें धुँधली पड़ गयीं।

सुपारी के पेड़ निश्चल खड़े थे।

अँधेरे में गायब हो चुके केले के झुण्ड़ों में घूम कर जुगनू कुछ ढूँढ़ रहे थे। ऐसा लगा कि बाहर के अन्धकार में अनदेखी आकृतियाँ छिपी बैठी हैं। पहले कभी इतना डर नहीं लगा था। केले के पत्ते के टूट गिरने की आवाज़ से भी चौंक उठी। सामने का दरवाज़ा बन्द कर चङ्ङलवट्टा* में तेल डाल कर जला लिया और तेक्किनी में रखा। हलकी रोशनी माँ के कमरे तक फैल गयी। माँ की खटिया के पास फर्श पर बैठ कर 'नमः शिवाय' का जाप करती रही।

दूर कहीं से डफली की आवाज़ के साथ लोगों का शोर सुनायी पड़ा। डफली की गूँज सुन कर कुञ्जुकुट्टि ज़्यादा बेचैन हो गयी। बचपन से यह आवाज़ उसे डराती थी। 'पऱया' लोगों की झोंपड़ियों से आधी रात को निकलती ढोल, मुसलमानों की डफली और भगवती के मन्दिरों के 'नटत्तु चोल्लल'* की आवाज़ हमेशा डराती थी। काँपते हाथों से उसने माँ के पैर दबाये।

माँ को साँस लेने में कठिनायी हो रही थी। गले में अटके बलगम के पिंडों से साँसें गुज़रतीं तो मन्दिर के कबूतरों की गुटरगूँ जैसी आवाज़ निकलती थी। बीच-बीच में हल्की आवाज़ में वह विलाप करती रहती थी—

* एक प्रकार का दिया।

* मन्दिर का एक कीर्तन।

"हाय...मुझसे सहा नहीं जाता।"

आज की रात बड़ी भयानक है। कुमार भाई नहीं लौटा। कमरे से ढिबरी लेकर उत्तर का दरवाज़ा खोल कर पिछवाड़े जाकर पुकारा—"अप्पू...अप्पू... ।"

इट्टिच्चिरि अम्मा ने जवाब दिया—

"क्या है कुञ्ञुकुट्टि?"

"अप्पु खा चुका क्या?"

"नहीं तो। क्या बात है?"

"उसको यहाँ भेज दीजिए। लगता है आज कुमार भाई नहीं आएँगे।"

"मैं खाना खा कर अभी आया।" अप्पु की ऊँची आवाज़ आई।

"खाना यहाँ खा लेना, आ जाओ।"

एक जलती बत्ती लेकर बागान से अप्पु का आना देख कर वहीं खड़ी रही। बागान की सीमा पर बाड़ के काँटों और पौधों को दोनों ओर हटा कर आने जाने के लिये रास्ता बनाया है।

अप्पु वहाँ पहुँचा तो कुञ्ञुकुट्टि पुकार उठी—

"नीचे देख कर चल अप्पु।"

दरवाज़ा बन्द कर अप्पु के साथ अन्दर चली तो मानो एक सहारा मिल गया। कमरे में केले के पत्ते में अप्पु के लिये खाना परोस दिया। अप्पु को खाते देख कर देहली पर बैठी रही।

"दीदी, तुम नहीं खाओगी?"

"बाद में खा लूँगी।"

दूर कहीं से फिर डफली की आवाज़ आई। बाहर अन्धकार और घना हो चुका था। शायद बाजे की धुन और लोगों का शोर सड़क से गुज़र रहा था।

"लगता है माप्ला लोगों की 'रातीब'* है।" कुञ्ञुकुट्टि को कान लगाते देख कर अप्पु बोला।

अप्पु के खाने के बाद पानी छिड़क कर जूठन साफ करके ढिबरी लेकर अन्दर गयी तो माँ आँखें खोल कर लेटी थी।

"कौन है री वहाँ?"

"अपना अप्पु है न?"

"कुमारन नहीं आया क्या?"

"नहीं।"

"अप्पु, तेरे सोने का वक्त हो गया क्या?" रोशनदान के पास पैर पसार कर बैठते हुए कुञ्ञुकुट्टि ने पूछा।

"नहीं तो। मैं देर से सोता हूँ।" वह पास आ बैठा।

---

* मुसलमानों का एक धार्मिक अनुष्ठान।

उसके खाकी कपड़ों से सीलन की गन्ध निकलती थी। शाम को नहाते समय सिर पर लगाये तेल की चिपचिपाहट माथे पर रिस रही थी। बीमार आँख मलते हुए बाहर की ओर देख कर वह भी चुप बैठा रहा।

''इस आवाज़ से मुझे डर लगता है।'' डफली की धुन और शोर की ओर ध्यान लगाकर अप्पु बोला।

''ऊँ।''

''तुमको भी डर लगता है क्या?''

''नहीं।''

उसकी बड़ी आँखों में देख कर दर्द के साथ मुस्कुरायी।

''दीदी...।'' झिझकते हुए उसने बुलाया।

गलियारे से आँखें हटा कर कुञ्जुकुट्टि अप्पु की ओर घूम गयी।

''दीदी...।'' उसकी आवाज़ पतली थी।

''गोविन्दुट्टि भाई माप्ला हो गया क्या?''

''श्...धीरे बोल अप्पु'' नज़र माँ की खटिया की ओर गयी। अच्छा हुआ माँ ऊँचा सुनती है।

''क्या यह सच है दीदी?'' वह और पास सरक आया।

''मुझे मालूम नहीं बेटा।''

''माँ और बड़ी माँ को आपस में कहते सुना। उन्होंने तुमसे नहीं कहा?''

शायद उसने समझ लिया कि दीदी को यह बातचीत अच्छी नहीं लग रही है और वह चुप हो गया।

''दीदी तुम जाके खाना खा लो, मैं यहाँ बैठता हूँ।''

''मैं खा चुकी।''

''कब?''

उसने जवाब नहीं दिया।

बाहर से खाँसने की आवाज़ आई। अच्छा हुआ कुमार भाई लौट आया है। भाई के घर लौटने की इतनी खुशी पहले कभी नहीं महसूस हुई थी।

दिया लेकर दरवाज़े की कुंडी निकाल कर देखा तो भाई बरामदे पर सिर लटकाये बैठा था। दिया नीचे रख कर दरवाज़े से पीछे हटी।

''कुञ्जुकुट्टि, थोड़ा...पानी...ले आ...'' लस्त-पस्त हालत में भाई ने रुक-रुक कर कहा।

हाँडी में ढँक रखा पानी हत्थेवाली बड़ी प्याली में उँड़ेल कर बरामदे में पहुँची तो गाजे-बाजे और पेट्रोमैक्स दिये के साथ शोर मचाते हुए रातीबवालों का जुलूस नदी किनारेवाली सड़क से गुज़र रहा था।

बरामदे पर सिमटे कुमार भाई की परछाईं आँगन में एक बदसूरत आकार का सृजन कर रही थी।

क्या पता कुएँ की जगत पर नहाने का पानी रखना है कि नहीं?

पानी आधा पी लेने के बाद दोनों हाथों से प्याली को कस कर पकड़ते हुए बिना सिर उठाये भाई ने कहा–"जी भर देख ले। गाजे-बाजे के साथ तेरे छोटे भाई का जुलूस निकाला है मुसलमानों ने। मैंने जी भर देखा। माँ और बहन को दिखाने के लिये ही नदी किनारे तक उसे ले जाया जा रहा है।"

पिछले कुछ समय से चिढ़ाती वह आवाज़ अचानक नगाड़े की गूँज बनकर कानों के पर्दों पर पछाड़ खाने लगी। घृणा और खीझ ने डर की जगह ले ली। ओरी से लटकते पुआल के नीचे से एक बार फिर दूर सड़क की ओर देखा। ऊँचे पकड़े पेट्रोमैक्स दिये के पीछे लोगों की पंक्ति आगे बढ़ रही थी। उन अव्यक्त आकृतियों में एक का नाम पहले गोविन्दन कुट्टि था।

हिलने की ताकत नष्ट हुई सी कुञ्जुकुट्टि बरामदे में निश्चेष्ट खड़ी रही।

घुटनों तक झुकाये सिर उठाये बिना कुमार भाई सिसकियाँ रोकते हुए बोला–

"या तो चार लोगों के सामने उसकी आँतें निकाल लेनी चाहिए या रस्सी के एक टुकड़े पर खुद को लटका देना चाहिए, लेकिन दोनों मेरे बस की बातें नहीं हैं। इसलिये भोगना है–"भोगना ही पड़ेगा।" उनकी आवाज़ ऊँची हो गयी।

"कुञ्कुट्टि, अगर तुझे जानकारी नहीं है तो सुन ले, वह माप्ला हो गया है।"

खामोशी से काम चल सकता था, लेकिन पहली बार ऐसे मौके पर एक शब्द मुँह से निकला–

"सुना।"

"माँ?"

"माँ को नहीं बताया।"

"अच्छा किया।" फिर कुछ याद करके फुसफुसाया–

"पता चल जाता तो भी क्या बुरा था? दो दिन पहले बुढ़िया अपनी आँखें बन्द कर लेती। कम से कम इतना तो फायदा होता।"

कुञ्जरय्क्कार के घर को पार कर जुलूस दरिया किनारे जा रुका। बाजे चुप हुए। भीड़ छितर गयी। जुलूस उसी रास्ते वापस चला। लोग फिर पंक्ति में चलने लगे। अन्धकार को कँपाते हुए लोगों का शोर, बाजे की गूँज और झनझनाहट फिर सुनायी देने लगी।

घण्टों बाद अप्पु के पास जा लेटी और मन में 'नमः शिवाय' का जप करने लगी तो अप्पु ने दबी आवाज़ में पूछा–

"माप्ला होना बुरी बात है न दीदी?"

"तू सोया नहीं?"

"नींद नहीं आती। रातीबवालों की शोर से मुझे डर लगता है।"

"डरो मत, सो जाओ।"

"गोविन्दुट्टिट भाई को आगे मैं क्या पुकारूँ दीदी?"

कुञ्ञुकुट्टिट तकिये में मुँह दबाकर बोली—"सो जा अप्पु, सो जा।"

"रातीबवाले आ रहे हैं दीदी, देखना है तो आओ।" नबीसु को बुलाकर वाप्पु आँगन में छलाँग मारा कि अब्बा के सामने फँस गया। कुञ्ञरय्क्कार तड़के उठ कर नौ मील दूर मंडी में साग सब्जी बेचने गया था और अभी-अभी लौटा था।

"क्या तमाशा हो रहा है रे?"

"वाप्पु बिल्कुल घबरा गया।"

"क्या देखने निकला रे तू?"

"रातीबवाले आ रहे हैं, अब्बा।"

"अन्दर जा रे; नबीसु, तू जाके अपना काम देख।"

वाप्पु धीरे-धीरे अन्दर की ओर खिसका। नबीसु ने बरामदे पर एक ढिबरी ला रखी।

छाती पर बहते पसीने को पोंछ कर, मुँडेर पर कुहनी टिका कर कुञ्ञरय्क्कार आँगन में खड़ा रहा। पेट्रोमैक्स की फुफकार और लोगों की परछाइयाँ पास आ रही थीं। देखा कि रातीबवालों को देखने के लिये दरवाज़े के पीछे बड़ी उत्सुकता से नबीसु और वाप्पु खड़े हैं। मगर वह चुप रहा।

लोहे के चौखट के ऊपर बिठाये पेट्रोमैक्स को उठाये आगे-आगे दो लोग। उनके पीछे डफली बजाने वाले और उनके भी पीछे पंक्ति में चलते अन्य लोग। मुक्री कुञ्ञानुक्का, पोक्कर कुट्टिट, सुलेमान और सुलेमान के पीछे...फैलती रोशनी में कुञ्ञरय्क्कार ने पलकें झपकाये बिना साफ-साफ देखा—सिर पर जगमगाती काली तुर्की टोपी, चमकदार सफेद कुर्ता, गाढ़े रंग की लुंगी...बीच-बीच में सिर घुमा कर इस ओर देख रहा है।

लौट आते वक्त रास्ते में ही समाचार सुनने को मिला था। दोपहर को मुतलाली के बँगले में दावत थी। इलाके के नामी मुसलमानों के घरों को न्यौता गया था। रात को लकड़ी के व्यापारी कुट्टिट हसन की दुकान में बड़े खाने का इन्तज़ाम है। उसके पहले तेक्कुममुरि बाज़ार से गाजे बाजे के साथ नये माप्ला का जुलूस। सुना कि मुतलाली ने सारा इन्तज़ाम कर रखा है।

तो यह नये माप्ला का जुलूस था।

दरिया किनारे से जुलूस के लौट जाने तक कुञ्ञरय्क्कार वहीं खड़ा रहा। डफली की आवाज़ दूर निकल गयी तो बरामदे में चढ़ा। आपस में फुसफुसाते नबीसु और वाप्पु चुप हो गए।

"क्या हो रहा है री?"—अम्मी ने सवाल किया तो नबीसु ने अब्बा की ओर देखा। नबीसु को जवाब देने की ज़रूरत न पड़ी, अब्बा ने कहा—"नुमाइश"।

तित्तुम्मा चावल की माँड़ पसा रही थी, फिर कुछ नहीं पूछा।

"नबीसु, यह सब अन्दर ले जा।"

मुँडेर पर रखी चटाई की पोटली खोल कर कुञ्जरय्क्कार ने एक-एक पुड़िया उठा कर कमरे के अन्दर डाल दी। चुन्नट में कागज़ की पुड़िया में बाँध रखे रुपये निकाल कर कोठार के अन्दर रखे छोटे सन्दूक में रख कर ताला लगाया।

मुँडेर के ऊपर बगल की करवट लेट कर वाप्पु को बुला कर ढिबरी उठा लाने को कहा। लौ से बीड़ी सुलगा कर धुआँ लेते हुए लेटे-लेटे ही पूछा—

"कोई आया था यहाँ?"

"कुट्याता आया था, बकरे की बीठ और खाद रख छोड़ा है। पूछा, चाहिए कि नहीं?"

"और कोई?"

"और कोई नहीं।"

"हूँ, जाओ।"

तित्तुम्मा के बार-बार बुलाने के बाद ही उठा। नहाने के लिये दरिया में जाना है। एक मील की दूरी है। घर के पास पानी की पतली धारा में शरीर भिगो लेना कुञ्जरय्क्कार को पसन्द नहीं।

नहा कर लौटा तो वाप्पु सो चुका था। ढिबरी की दोनों ओर बैठ कर माँ बेटी फुसफुसा रही थीं।

"ऐसे क्या फुसफुसाती रहती है री?"

दिन में तीन बार गुड़ मिलायी चाय पी थी; इसके सिवा कुछ भी पेट के अन्दर नहीं पहुँचा था। आते-जाते अठारह मील पैदल चला। पीढ़े पर बैठा तो भूख से पेट जल रहा था।

बड़ी थाली में ठूँस कर परोसा चावल दो कौर में खा लेने की भूख थी। एक कौर मुँह में रखा। इस वक्त कुट्टिट हसन की दुकान में 'घी भात' भरी थालियों के सामने बैठ कर इलाके के सभी नामी मुसलमान इकट्ठे खा रहे होंगे—नए माप्ला के नाम का बड़ा खाना।

"चावल सामने रख कर सो रहे हो क्या?"

उसने तित्तुम्मा को नहीं, दरवाज़े के पीछे खड़ी नबीसु को देखा। अब्बा को यों अपने चेहरे पर पहली बार देखने की मुद्रा में घूरते देख कर वह पीछे हटी। दूसरा कौर बनाते हुए तित्तुम्मा से कहा—

"उस नायर छोकरे की हरकत देखो।"

"मैंने भी सुना।"

"सुनी हुई बात नहीं, मैंने देखा भी। लोगों के देखने के लिये ही गाजे-बाजे के साथ ले जा रहे थे न?"

किषक्कुममुऱि में पहले भी इस्लाम में शामिल होने की घटनाएँ हुई हैं, लेकिन नवधर्मी के नुमाइश के लिये जुलूस निकालना पहली बार हुआ। पैगम्बर नबी का रास्ता स्वीकार करने के लिये एक और के आने की खुशी का इज़हार करने के लिये गाजे-बाजे के साथ जुलूस निकाला गया था। जो ज़कात का मतलब नहीं समझते वे दावत दे रहे हैं। जो यतीमों के लिये कौड़ी भी नहीं देते वे ही गाजे-बाजे के लिये खर्च करते हैं। दीन-धर्म के ख़याल से नहीं, गाँव के नायर लोगों को दिखाने के लिये कि किषक्कुममुऱि के सबसे बड़े नायर परिवार का एक व्यक्ति मुसलमान बन गया है।

''सुना कि कल रात को मुतलाली के घर पहुँचा।'' तित्तुम्मा ने नाखुशी दिखायी।

''हमारे यहाँ आने का ख़याल नहीं आया।''

''क्यों?'' उस सख्त सवाल को सुन कर तित्तुम्मा को लगा कि यह सवाल नहीं पूछना चाहिए था।

''दीन में शामिल हुआ तो वह हमारी तरह मुसलमान हो गया, है न अम्मी? नबीसु ने अम्मी के कानों में सवाल किया और अम्मी ने उसे दुत्कार दिया–''चल हट।''

नबीसु बहुत कुछ जानना चाहती थी। मुसलमान बननेवाले नायर का नाम क्या है? पहले से जान लेना ज़रूरी है, तभी तो उसके आने पर उस नाम से उसे छेड़ सकेगी। ''कैसे हो...भाई?''

जब से गर्मी शुरू हुई कुञ्ञरय्क्कार बाहर बरामदे में सोता था। नबीसु सोने लेटी, लेकिन तित्तुम्मा ढिबरी हाथ में रख कर असमंजस में घूमती रही।

बरामदे में चटाई बिछी थी मगर कुञ्ञरय्क्कार मुँडेर पर लेटा। पान खाते, बीड़ी पीते और सेम के शामियाने की झिरियों से बादल से छाये आसमान को देखते ख़यालों में खो गया।

''कैसी उमस है रब्बा, ऐसी गर्मी में आदमी ज़िन्दा कैसे बचेगा।'' तित्तुम्मा अपने आप बोलती जा रही थी।

''सोना नहीं है क्या?''

''हूँ।''

ढिबरी बुझा कर गलियारे में एक ओर सरका कर बरामदे में दीवार के सहारे बैठ कर तित्तुम्मा पैर सहलाने लगी।

''सुनते हैं कुञ्जिक्कालि अम्मा की हालत बुरी है। कल परसों की ही बात है।''

कुञ्ञरय्क्कार चुप रहा।

''हम नहीं समझ पाएँगे। मुसलमान बन जाना या जाति से भ्रष्ट होना उनके लिये मर जाने के बराबर है।''

तित्तुम्मा बोलती रही, लेकिन कुञ्ञरय्क्कार ने आदत के मुताबिक उसे डाँटा नहीं। ''आज तुम्हारे बोलने का दिन हैं'' वाली मुद्रा में चुपचाप सुनता रहा।

"उस छोकरे ने ऐसा क्यों किया। कहने को हम मुसलमान हैं, लेकिन उस छोकरे के मुसलमान बनने की बात सुन कर।"...तित्तुम्मा ने अन्दर का डर ज़ाहिर किया—"मैं अपने मन की बात क्यों छिपाऊँ? मुझे डर लग रहा है।"

कुञ्ञरय्क्कार तब भी नहीं बोला।

"बहुत दिनों से सोचती हूँ, कुञ्ञिक्कालि अम्मा को देखने जाना है। लेकिन हमारे घर में उसको बसाने के कारण बड़ा हंगामा हुआ था न?"

"मैं सोने जा रही हूँ। दरवाज़ा बन्द करना है क्या? अन्दर बड़ी गर्मी है।" एकालाप से ऊब कर तित्तुम्मा बोली।

"क्यों, मैंने कहा था बन्द करने के लिये?"

बड़ी देर के बाद भी कुञ्ञरय्क्कार को नींद नहीं आई। चटाई पर करवट बदल-बदल कर लेटा। उमस बर्दाश्त नहीं हो रही थी। पत्ते तक नहीं हिल रहे थे। बादलों से आसमान ढँक गया था। सुपारी के पत्ते से बने पंखे से हवा करके लेटा। तभी फाटक पर किसी ने पुकारा।

"कौन है?"

"कुञ्ञरय्क्कार भाई सो गया क्या?"

लालटेन की रोशनी में फाटक पर लोगों को खड़े देखा।

"सोया नहीं है, मैंने कहा था न, उनके सोने का वक्त नहीं हुआ है।"

आगे-आगे लालटेन पकड़नेवाला और पीछे दो और लोग फाटक पार कर आए। दो नहीं, तीन लोग थे। तुर्की टोपी की चमक आँगन में पहुँचने के बाद ही नज़र आई। दरवाज़े के पाटों को भिड़का दिया। तकिये के नीचे से दियासलाई लेकर ढिबरी जलायी। लालटेन पकड़नेवाला नौजवान मुतलाली का नौकर था। कुञ्ञरय्क्कार ने याद किया—फाटक के बाहर हुई मार-पीट के बाद यही आदमी गोविन्द कुट्टि की खोज में आया था। वह चटाई से नहीं उठा। दीवार के सहारे बैठ कर बीड़ी सुलगायी।

लालटेन मुँडेर के ऊपर रख कर वे बरामदे में चढ़ आए।

"परिचय कराने की ज़रूरत नहीं है न?"

"अब्दुल्लाक्कुट्टि, कुञ्ञरय्क्कार भाई को सलाम बोलो न?" पोक्कर कुट्टि ने एक बेढंग हँसी के साथ कहा।

तुर्की टोपी के नीचे उस चेहरे की ओर कुञ्ञरय्क्कार ने नहीं देखा।

"दिन भर आपसे मिलने के लिये बेचैन था।" मुतलाली के नौकर ने कहा। "कुट्टि हसन के यहाँ खाना खाते ही निकले हम। मुतलाली ने कहा कि अकेले जाने न देना, कोई न कोई हमेशा साथ रहे, इसलिये हम आए।"

"सुबह आने का इरादा था।" वह परिचित स्वर कई दिनों के बाद कानों में पड़ा।

"स्वागत सत्कारों से छुट्टी मिले, तब न?" कुञ्ञरय्क्कार ने व्यंग्य किया।

उसके होठों पर फीकी हँसी छायी।

"फुर्सत से अकेले घूमने लायक हालत में आना काफी था।"

"लगता है इनको बड़ी नींद लगी है, हमको अब लौट जाना चाहिए। कल दिन के वक्त आएँगे।"–कुञ्ञरटक्कार के ठंडे मिज़ाज और चेहरे के रूखेपन को पहचान कर पोक्कर ने दूसरों से कहा।

तब पहली बार तुर्की टोपी के नीचे उन आँखों की ओर कुञ्ञरटक्कार की तीखी नज़र उठी।

"इस बार जो आया सो आया, लेकिन आगे मत आना, कल परसों कभी मत आना। आइन्दा कभी इस घर के चौखट के अन्दर कदम रखा तो कुञ्ञरय्क्कार का असली रंग देखोगे।"

फिर उसने पोक्कर की ओर मुखातिब होकर पूछा–"क्या नाम है इसका?"

तुर्की टोपी के नीचे वह चेहरा सँवला गया।

"अब्दुल्ला, नाम अब्दुल्ला है।" पोक्कर डरते-डरते बोल दिया।

"हाँ अब्दुल्ला, तुम भी ठीक से सुन लो।"

"कुञ्ञरय्क्कार भाई, आप यह क्या कह रहे हैं? यह हमारा लड़का है न?" मुतलाली का नौकर गिड़गिड़ाने लगा।

"पू...फा–तुमसे नहीं, दूल्हे की तरह सजे इस कम्बख्त से बोला मैं। तुम नहीं समझोगे, इसने अच्छी तरह समझ लिया होगा।"

घनी खामोशी छा गयी। आँखों-आँखों ने बात की। जमे हुए कुछ पल टूट कर गिर पड़े तो कुञ्ञरय्क्कार बोला–

"घर आये मेहमान की बेइज़्ज़ती करना ठीक नहीं, इसलिये मैं और कुछ नहीं कहता हूँ, अब चलते बनो।"

डर से काँपते आज्ञाकारी बच्चों की तरह वे बाहर निकले। कुञ्ञरय्क्कार सिर उठाये बिना वैसा ही बैठा रहा।

सबके पीछे लालटेन की रोशनी में चमकती तुर्की टोपी भी फाटक के बाहर निकली तो कुञ्ञरय्क्कार ने सोचा–"उससे अकेले में दो टूक बात करनी थी।"

दरवाज़े के भिड़के पाटों को अन्दर से किसी ने खोला तो मालूम हुआ कि तित्तुम्मा सोयी नहीं है।

"पागल हो गया क्या? उन लोगों पर क्यों झपट पड़ते हो?"

"तू नहीं समझ पाएगी तित्तुम्मू।" धुआँ निकालती ढिबरी की लौ की ओर देख कर उसने दोहराया–"कोई नहीं समझ पाएगा।"

तित्तुम्मा ने उस आवाज़ में छिपा दर्द महसूस किया।

'इटवम' महीने के पहले दो हफ्तों के बाद हर साल बारिश ज़ोर पकड़ती है। लेकिन इस बार उसके पहले ही बाढ़ के आसार दिख रहे थे। पिछली शाम से मूसलाधार बरसना शुरू हुआ। रात भर बरसती रही। दोपहर को थोड़ा उजाला होने लगा कि एकायेक फिर से आसमान सँवला गया और मनहूस हवा के साथ ज़ोरदार बारिश शुरू हुई। अब्दुल्ला मुतलाली के बंगले के दाखिले के मकान की निचली मंजिल के एक कमरे में खिड़की के पास टेकवाले एक बेंच पर सिमट कर आँगन में गिरते उथले पानी में फेन के मुलायम थक्कों का घूमना और छितर जाना देख रहा था।

हवा के साथ शरीर पर पानी की छींटें पड़तीं तो सिहरन महसूस होती थी। बेंच के एक कोने में उतार रखी कमीज़ पहन लेता तो आराम मिलता। लेकिन बदबूदार उस चीज़ से उसे नफरत हो रही थी। पिछले सात दिनों से रात-दिन वह शरीर से चिपक रहा था। लुंगी और साफे का भी यही हाल था।

किषक्कुममुरि में पहुँचने के दूसरे दिन मुतलाली ने दर्जी को बुला कर नाप लिवाया और शाम तक सिले कपड़े घर पहुँचा देने की आज्ञा दी। उस रात को कुट्टि हसन की दुकान में बड़ा खाना था। कमरे में अपने इर्द-गिर्द हमेशा लोग जमे रहते थे। एक जगह दावत के लिये जाता तो वहीं अगली दावत का न्यौता मिलता।

स्वागत-सत्कार का शोर समाप्त हुआ। रेशम का सफेद कुर्ता और साफा गन्दा और बदबूदार हो गया। कमरे में हरदम नौजवानों की भीड़ लगी रहती थी। कल से कोई नहीं आया, शायद बारिश के कारण होगा। उसकी नज़र फिर पानी की ओर गयी। उथले पानी में मोटे छींटे पड़ते तो बुलबुले निकलते हैं। घूम-घूम जाते वे बुलबुले अगली बूँद पड़ते ही टूट जाते हैं और यह सिलसिला ज़ारी रहता है। गुज़री रातों की दावतों की याद करके मन में वितृष्णा जागी। चारों ओर शोर मच रहा था। एक झिरीदार बर्तन की तरह उस हंगामे में भाग लेकर खुद भी शोर मचाया और लेकिन मन ने बार-बार कहा—"कैसी बेवकूफी है।"

गाजे-बाजे के साथ नुमाइश की चीज़ बनकर जुलूस में चला। अब सोचने पर आश्चर्य होता है। क्या वह मैं ही था? उस वक्त शर्म नहीं आती थी। मन में सारी दुनिया के प्रति चुनौती भर गयी थी। जिन-जिन को तोड़-फोड़ करना चाहता था सब कुछ कदमों के नीचे चकनाचूर हो रहा था।

इसीलिये आधी रात के उस वक्त कुञ्जरय्क्कार से मिलने की ज़िद की थी। लेकिन उम्मीद के खिलाफ, लौटते वक्त सब कुछ नष्ट हो जाने की विवशता मन में भर गयी। स्वागत-सत्कारों की धूम में इस विवशता को भूलने की कोशिश की। मगर हर वक्त मन में दो सवाल बाकी रहे।

बाहर से किसी के डकार लेने की आवाज़ आई। और टोपी छतरी के ऊपर पड़ते पानी की आवाज़ भी। जोतवाले बैलों का रखवाला कारिन्दा कलन्तन कुट्टि था।

छत्तरी दरवाज़े के बाहर टिका कर अन्दर घुसा। पहना हुआ मटमैला तौलिया निचुड़ रहा था। गीले फर्श पर गन्दे पैरों के निशान लगे।

''बारिश ने जल्दी ज़ोर पकड़ लिया है, न?'' कलन्तन कुट्टि ने कुशल पूछा।

इस आदमी को जब से देखा मन में नफरत ही पैदा हुई थी। वैसे घृणा की कोई वजह नहीं थी। शायद उसकी बिल्लीनुमा चाल और अलक्षित आँखों की वजह से होगी।

वह यों ही हुंकारा।

''आज छह तारीख है, अभी से खेतों में पानी भर गया तो रोपे गये धान के पौधे सड़ जाएँगे।''

अब्दुल्ला चुप रहा।

''एक बीड़ी दो। बड़ी सर्दी है।''

''बीड़ी नहीं है।''

गीले तौलिये का छोर निचोड़ कर कलन्तन कुट्टि बेंच पर बैठा और बारिश को कोसने लगा।

''रात भर ऐसे ही बरसता रहा तो कल तक पानी चढ़ेगा। कल हमको एक काम करना है।''

''ऊँ।''

''कुरुत्त* की मरम्मत करनी है। नाली के मुहाने रखो तो बाढ़ की मछलियाँ खूब फँसेंगी।''

''ऊँ।''

''सुना कि आज नदी में जाल फेंकनेवालों को खूब मछलियाँ मिलीं। मैं आज बाहर नहीं निकल सका।''

रसोइया कुञ्ञानुक्का भीगे कपड़ों में अन्दर आया।

''कैसी बला है, पूरा भीग गया।''

''कुञ्ञानुक्का बाहर से आ रहा है क्या? सुना कि मछली भरपूर पकड़ी गयी है।''

''सिर्फ मछली से क्या होगा? दुकान में चावल नहीं है। जिसके पास चावल है वह छुपा कर रखता है। बारिश नहीं रुकी तो सेर का एक रुपया बोलेगा। बिना खाये कितने दिन रह पाएगा?''

''कुञ्ञानुक्का, एक बीड़ी दो न?''

''कुञ्ञानुक्का ने बीड़ी निकाल कर कलन्तन कुट्टि की ओर फेंकी। कुञ्ञानुक्का ने जो काम अल्लाह को गवारा नहीं होगा ऐसा कुकर्म करनेवाला उसका फल ज़रूर भुगतेगा।'' कसावा का भी दाम चढ़ा कर बेचने वालों को बददुआ देकर बूढ़े ने राहत

* नारियल की तीलियों का बना फंदा जो मछली पकड़ने के काम आता है।

ली। अब्दुल्ला के मन में उस वक्त अन्दर मात्र दो-चार सूखे दाने चिपके एक खाली हाँडी याद आ रही थी। चूल्हे के पास ठंडी पड़ी कालिख लगी हाँडियों और उसके चारों ओर एड़ियाँ उचका कर घूमते पैरों की याद करके अब्दुल्ला बेचैन हो गया।

"उस कम्बख्त बीवात्तु ने जाने क्या गड़बड़ कर रखी होगी?" बाहर निकलने के बाद फिर कुछ याद करके कुञ्ञानुक्का मुड़ा–

"सड़क पर लोग कह रहे थे कि कुञ्ञिक्कालि अम्मा की हालत बहुत खराब है।"

उसने बड़ी निर्ममता से वह खबर सुनी। मालूम हो गया कि चाव से बीड़ी पी रहे कलन्तन कुट्टि की आँखें अपने ऊपर हैं।

"देखने नहीं जाओगे क्या?"

उस सवाल में व्यंग्य भरा था। उसने अनसुना कर दिया।

"अरे, तू शैतान की गिरफ्त में ज्यों बैठा क्यों है रे?" कलन्तन कुट्टि ने घुटने पर कोंच कर चिढ़ाया।

"और क्या करूँ? चौकड़ी भर लूँ?" कड़े स्वर में पूछा।

"नहीं, नहीं, पलंग के नीचे मत उतरना। वक्त-वक्त का खाना खुद पास पहुँच जाएगा न?" बीवात्तु ने सही कहा था–"खाली बैठ कर खाने के इरादे से मुसलमान बना क्या?"

बदला चुकाने की खुशी चेहरे पर झलका कर कलन्तन कुट्टि ने उसकी ओर देखा। वह अपनी जगह से नहीं हिला। विवशता ने एक बार फिर थका दिया।

अपनी जीत को पक्की करने के लिये थोड़ी देर और ठहर कर कलन्तन कुट्टि चला गया। उसके गन्दे पैरों के निशान फर्श पर बिखरे पड़े थे। टोपी छत्तरी पर पड़ते पानी की आवाज़ दूर निकल गयी तो अब्दुल्ला ने याद करने की कोशिश की–अपने बारे में राय देनेवाली वह बीवात्तु कौन है? रसोई में मदद करनेवाली वह भूतनी सी डरावनी सूरत?

दोपहर को बारिश के थम जाने के अन्तराल में मुतलाली बाहर गया था। लगता है अभी तक नहीं लौटा। घर पर होता तो घर बाहर लोगों की भीड़ लगी रहती है। बाहर चार-पाँच लोग बराबर बने रहते।

बेंच से उठ कर खिड़की के पास गया। बारिश हल्की हो गयी है। बाड़ के बाहर तंग पगडंडी है। ताड़पत्र की छत्तरी पीठ पर रख कर जाती चेरुमियों को देख कर ऐसा लगा मानों खेत के मड़ैयों के पैर लग गये हैं। खिड़की को हमेशा बन्द रखता था। पगडंडी से गुज़रनेवाले अन्दर झाँकते थे। नुमाइश की चीज़ जो है! ताज्जुब करती आँखें और खीझ और नफरत भरी आँखें! गाँव में सब जानते हैं कि माप्ला बने गोविन्दन कुट्टि को मुतलाली ने अपने बहिर्गृह में बसाया है।

बारिश में भीग कर सुन्न खड़े पेड़ों की झुरमुटों में शाम का अँधेरा उतर आया। मुताली के बरामदे पर पेट्रोमैक्स दिये की रोशनी फैली।

ताषत्त घर की वटक्किनि में वह मौत के इन्तज़ार में लेटी होगी। उसने यादों को परे रखना चाहा।

दूर पगडंडी से कारिन्दों के साथ आते मुतलाली को देखा। फिर बेंच पर जा बैठा। शायद कमरे में आकर कुशल पूछ लेगा। हमेशा बाहर निकलते वक्त दो बातें करने जाने की आदत थी।

"यहाँ छत पर नज़र गड़ा कर बैठता क्यों है? बरामदे में जाकर बैठो। मैं ज़रा खेत में हो आता हूँ।"

"सो रहा था क्या? मैं पेरश्शन्नूर गया था।"

लेकिन उसने गौर किया कि दिन गुज़रते विदा लेना और कुशल पूछना कम होते-होते रुक गया है।

रात गहरा गयी। कमरे में अँधेरा था। कोने में रखी काँचवाली ढिबरी जला सकता था, लेकिन कुछ भी करने का मन न हुआ। सर्द अन्धकार में डूबे कमरे के अन्दर पिंजरे में बन्द जानवर की तरह वह तेज कदमों टहलता रहा। बरामदे से मुतलाली के ठहाके और बातचीत सुनायी पड़ रही थी। उसने उस ओर ध्यान नहीं दिया। कुछ भी बोलने दो।

मन एक बार फिर ताषत्त वटक्किनि में घूमने फिरने लगा। शायद कल किसी की ज़बान से सुनने को मिलेगा–

शायद सुनने को नहीं भी मिलेगा, कुछ हो जाता तो भी। इतने दिनों में अकेले कभी बाहर नहीं निकला। बाहर निकलता तो भी बात करने को कौन पास आ जाता?

मन में यह अहसास होने लगा कि आज़ादी के लिये भागनेवाला आदमी और एक कैदखाने में पहुँच गया।

खड़े-खड़े पैर थक गये तो बेंच पर बैठा।

बरामदे से लोग विदा ले गए। मुतलाली अकेला हो गया। अब शायद बुलाएगा। कल बुलाया था। बैठने के लिये कहा तो रोशनी में तख्त के ऊपर बैठा। लगातार पान चबाते हुए बात करता है। हाँ-हाँ करते जाना बस है। बोलने के लिये एक ही बात है–

"पून्तोट्टम का वह नायर क्या हमारा मुकाबला कर सकेगा?"

कल कहीं से भी दावत का न्यौता नहीं आया था। रात का खाना मुतलाली के घर में ही खाया। मुतलाली खाने बैठा तो उसे भी बुलाया। दोनों ने साथ खाया।

"हम छोटे-बड़े का अन्तर नहीं रखते। इस्लाम में यह मना है।"

वह बेंच के ऊपर पसर गया। लकड़ी ठंडी थी। मानो नमी रिस रही है। रात की खामोशी को हज़ारों सुइयों की नोकों से बेंधते हुए झींगुरों की किर्र...किर्र शुरू हुई थी। बचपन में बारिश के मौसम की ठंड, अन्धेरा और मेढकों की टर्र-टर्र वाली रातें पसन्द थीं। शाम ढलते ही गरम-गरम खाना खाकर धोती उतार कर ओढ़ते हुए लेट जाता तो नींद का नशा चढ़ जाता था।

उसने आँखें मूँद लीं।

चेहरे पर प्रकाश पड़ा तो आँखें खुल गयीं। मालूम हुआ कि ज़रा सी आँख लग गयी थी। झेंप के साथ हड़बड़ाकर उठा। रसोइया कुञ्ञानुक्का कम्बल का एक टुकड़ा कानों के ऊपर बाँध कर, हमेशा डब्बे में बन्द रखते सुपारी का चूर मुँह में डाल कर चबाते हुए लालटेन ले कर खड़ा था।

"दावतों की थकान अभी तक उतरी नहीं क्या?"

उसने जवाब नहीं दिया।

"खाओगे नहीं?"

"हाँ।"

ठंड से शरीर में कँपकँपी छूट रही थी। गन्दा ही सही दीवार पर टँगा कुर्ता उठा कर पहनने की इच्छा हुई। नहीं, अब कुर्ता साफा पहनने के दिन नहीं रहे।

कुञ्ञानुक्का की लालटेन के पीछे आँगन में उतरा। बरामदे की बड़ी शीशम की कुर्सी पर बैठ कर मुतलाली अखबार पढ़ रहा था। चुरुट की तीखी गन्ध हवा में अटक गयी थी।

बरामदे की ओर मुड़ने लगा तो कुञ्ञानुक्का बोला—"उधर नहीं, इधर।"

कुञ्ञानुक्का के पीछे-पीछे रसोई के पिछवाड़े बरामदे में पहुँचा।

गीले फर्श पर लालटेन रख कर पैर से पीढ़ा सरका कर कुञ्ञानुक्का बोला—

"आज हम दोनों मिल कर खाएँगे। देखते हैं कैसा लगे।"

उसकी हँसी अर्थपूर्ण थी।

कल रात—

बरामदे से सटे गलियारे में पेट्रोमैक्स की रोशनी में मुतलाली के सामने बैठ कर खाया था। दोनों ओर छत को छूते धान के कोठार थे।

एक रात और एक दिन के अन्तराल में क्या लोगों का मूल्य गिर जाता है?

उसके मन की बात भाँप कर कुञ्ञानुक्का हँसते हुए बोला—"मुतलाली खा चुके।"

वह रसोई से थाली में चावल और एक करछुल ले आया।

"रोज़-रोज़ मालिकों के साथ बैठ कर तो खाया नहीं जाएगा न?"

थाली के पास दो छोटी रकाबियाँ रख कर कुञ्ञानुक्का खाने बैठा। एक ही थाली में खाना है। बूढ़े ने उसके शुरू करने का इन्तज़ार नहीं किया। लकड़ी की करछुल से मछली का शोरबा भात के ऊपर डाल कर वह खाने लगा। उन मोटी उँगलियों को भात के ऊपर घूमते देख कर बुरा लगा।

"खाली क्यों बैठा है?"

"बस ऐसे ही।"

"तो खा ले। मालिकों के साथ बैठने से ही हलक खुल जाएगी क्या?"

"मुझे नहीं खाना।"

"ऊँ?"

''भूख नहीं।''

''भूख न होना अच्छी बात है। फाके के महीने शुरू होनेवाले हैं।''

शोरबा के अन्दर से मछली का एक टुकड़ा ढूँढ़ निकाल कर भात के ऊपर डालते हुए कुञ्ञानुक्का बोला–

''चावल नहीं चाहिए तो मछली ही खाओ। नदी की मछली है।''

''न।''

''पेट में दर्द है क्या?''

''हाँ।''

''तो जाके लेट जाओ।''

वह उठ कर आँगन में उतरा। बहिर्गृह तक जाने के लिये सामने के आँगन को पार कर जाना है। दक्षिण में सार के आगे अँधेरे में बैठ कर कलन्तन कुट्टिट बीड़ी पी रहा था। अन्धकारा में सुलगती बीड़ी एक आँखवाले शैतान की याद दिलाती थी।

चुरुट की गन्ध महसूस करके आगे बढ़ा तो मुतलाली की कुर्सी हिली।

''अब्दुल्ला...।''

वह मुड़ा।

''खा लिया?''

''जी।''

''तो आ, एक बात बतानी है।''

वह बरामदे में चढ़ा।

पेट्रोमैक्स की रोशनी में, केले के बागान से सीटी बजा कर बहती हवा में थरथराते हुए मुतलाली के सामने खड़ा रहा तो दिन के उजाले में कपड़े उतर जाने की झेंप महसूस हुई। सिर लटक गया। मन में कहा–''यह मेरा पतन है, मैं नीचे की ओर–और नीचे की ओर गिरता जा रहा हूँ।''

''कुर्ते का क्या हुआ?'' ऐसे एक सवाल की उम्मीद नहीं थी।

बड़ी मुश्किल से ज़बान पर जवाब आया–

''कमरे में है।''

''अच्छा किया। तुम्हारा दिमाग ठिकाने लग रहा है।''

''रोज़ कुरता कमीज़ पहनकर तो नहीं चला जाएगा न?''

''मैं तुम्हारे सत्कारों के बीत जाने के इन्तज़ार में था।'' सोने के चौखटवाले चश्मे के ऊपर से मुतलाली की नज़र उठ आई। कब तक यों बन्द कमरे के अन्दर बैठोगे? लोगों से मिले बिना कैसे काम चलेगा?''

''ऊँ।''

''तुम्हें मम्पाट भेजने का इरादा था। लेकिन कलन्तन कुट्टिट के छोटे भाई को वहाँ भेजा। यहाँ भी बहुत सारे काम हैं। कल अगर धूप निकली तो दलहन बोने के लिये ज़मीन जोतना है।''

वह चुपचाप सुनता रहा।

आँगन में पड़ते प्रकाश के छल्ले के बाहर अन्धकार की दुनिया में नज़र दौड़ायी। सार के आगे आग की आँख ज्यों सुलगती बीड़ी दिखायी दी। जाने क्यों अन्दर गुस्सा उमड़ आया।

मुतलाली का स्वर बदल गया—

"तू बोलता क्यों नहीं रे?"

आँखों में नापसन्दगी जता कर उसने मुतलाली को देखा।

नायर लड़का अब्दुल्ला बन गया तो मुतलाली की ज़बान कितनी जल्दी बदल गयी।

"क्या बोलूँ?" सिर उठाकर मुतलाली को घूरते हुए बेपरवाही के स्वर में पूछा।

"मुझसे ज़बान लड़ाता है?" शीशम के कुर्सी की हत्थों में उँगलियाँ टिका कर अधखड़े हो कर मुतलाली ने सख्त स्वर में पूछा।

"अपनी ज़बान को सँभालो, वरना तुम्हारे मुतलाली होने की बात मैं भूल जाऊँगा।" लबों तक आ गये शब्द वहीं अटक गए।

"इस्लाम में शामिल होनेवालों को ज़िन्दगी भर पालने की कोई कसम नहीं खाई है मैंने। काम करो तो खा पीकर रह सकोगे।"

सारा गुस्सा मानो कुछ ही पलों में बुझ गया। शरीर की सारी शक्ति नष्ट हो गयी और वह थका-हारा टूटा-फूटा लटक गया। जवानी के मस्त खून को भी सर्द झोंकों से थरथराती ठंडी हवा में उसके पसीने छूटने लगे।

"हूँ, जाओ, तुममें थोड़ी भी अक्ल होती तो मुझसे ये शब्द न कहलवाते।"

बहिर्गृह के निचले कमरे में एक छाया सा वह दुबक गया। कमरे के अन्धकार में एक गुदड़ी की तरह ढेर होते वक्त वह होश में नहीं था।

गले में कुछ अटक गया-सा महसूस हुआ। खिड़की के पास पहुँच कर वर्षा में भीगी लोहे की सलाखों को उँगलियों से कस कर पकड़ा। आँखों में नमी थी। खुद से नफरत हो गयी। किसी को क्या दोष दूँ?

यह अपने लायक ही है।

बाहर बारिश ज़ोर पकड़ने लगी थी।

वक्त गुज़रते पता न चला। भँवर में बह आये नारियल के पत्ते के टुकड़े की तरह मन यादों में घूम-घूम गया।

फाटक बन्द होने की आवाज़ सुन कर सोने का ख़याल आया। चटाई और तकिया एक ओर लपेट रखा था।

कल भी अकेला था।

परसों आधी रात तक कुछ लोग साथ थे। बातों-बातों में आधी रात हो गयी इसलिये वे सब यहीं सो गए। उसके पहले की रात—

सिंगप्पूर अहम्मद कुट्टि के घर में दावत के बाद साथ देनेवाले नौजवानों ने ताश खेलने का सुझाव रखा–"हो जाए दो हाथ?" सुबह तक खेलते रहे। फिर खेलने के लिये बिछाई चटाई पर लुढ़क कर चारों सो गए। रसोइया कुञ्ञनुक्का ने जो बात कही उसका सही मतलब अब समझ में आ रहा है।

"अकेले हो क्या?"

"हाँ, शायद कोई आ जाएगा।"

"रोज़-रोज़ कैसे कोई आएगा?"

"ऐसा क्यों कहते हो?"

"फिर तो आदत पड़ जाएगी न?"

वह हमेशा की तरह एक आँख मार कर शरारत भरी हँसी हँसा।

खपरैल के ऊपर बूँदों का शोर बढ़ गया। कुछ ही क्षणों में मूसलाधार बरसने लगा। बारिश के शोर के बीच से सामने का दरवाज़ा बन्द होने की आवाज़ आई। उसने आँगन की ओर देखा। बरामदे पर पेट्रोमैक्स नहीं थी। घर और अहाता अन्धकार में डूब गया था।

खिड़की से पानी के छींटे अन्दर आ रहे थे। हवा के ठंडे झोंके फिर-फिर आये तो रोंगटे खड़े हो गए।

बेंच पर पड़ी दियासलाई हथेली में रगड़ कर गरम करके एक तीली जला ली। लाल रोशनी बुझ गयी तो अन्धकार और घना हो गया।

बारिश के थमने का इन्तज़ार किया। मगर थम जाने का कोई आसार नहीं दिख रहा था। खोह में फँसे साँप की तरह वह कमरे में गोल-गोल घूमता रहा।

खपरैल के ऊपर गिरती बूँदों की आवाज़ धीरे-धीरे हलकी हो-हो कर रुक गयी तो वह कमरे से बाहर निकला। पल भर के लिये ठिठका। नहीं, ले जाने के लिये कुछ भी नहीं। बदबूदार गन्दा कुर्ता और साफा यहीं रहने दे।

आँगन के मैले पानी में उतर कर लुंगी को घुटनों पर तहा कर बाँधने के बाद उसने चारों ओर नज़र दौड़ायी। ऊपर नीचे मात्र अँधेरा था। बारिश के मौसम में केले के झुण्डों में छुपा छुपी खेलते जुगनू भी नज़र न आए। बहिर्गृह का दरवाज़ा बन्द था। दरवाज़ा खोल लेता तो कोई कुछ नहीं कहेगा। यहाँ से निकल जाने का किसी को पता लग गया तो भी कोई एतराज नहीं। लेकिन खामोशी को कष्ट देना ठीक नहीं समझा। धीरे से मवेशी और चेरुमा लोगों के दाखिले के छोटे द्वार से निकल कर पगडंडी में पहुँचा।

नंगे शरीर को बेध कर हवा बह रही थी। बारिश की चाटी पगडंडी धारदार हड्डियों की तरह उभरी पत्थरों के साथ लम्बी पसरी थी।

पगडंडी के छोर पर पहुँच कर ठिठका। सामने खेत पानी से भर गया है।

दूर्वा से ढकी मेंड़ों के ऊपर से बहते पानी को पैरों से छितरा कर अन्धकार की दुनिया से धीरे-धीरे वह आगे बढ़ा।

7

दक्षिण से आती गाड़ी शाम होने के पहले पहुँच जाती थी। लेकिन कारक्काट के पास एक नौजवान ने पटरी पर सिर रखा इसलिये गाड़ी एक घंटा देर से पहुँची। अरुमुखन गाड़ी से उतरा तो अन्धकार फैलने लगा था। प्लेटफार्म के छोर पर खड़े-बड़े आम के पेड़ के नीचे दिये के खम्भे पर लोहे की सीढ़ी टिका कर कुली सेयतलवि दीप जला रहा था।

जिन दिनों सेयतलवि किषक्कुममुऱि से केले के पत्तों की गठरियाँ लाद कर कालिप्पुऱम में पहुँचा कर गाड़ी में चढ़ाता था तभी से उसके साथ अरुमुखन की दोस्ती है। उस गाड़ी में चढ़नेवाले अंडे के व्यापारी और बर्तनों के सौदागर जैसे कुछ गिने-चुने लोग ही थे। उतरनेवालों की गिनती उससे भी कम थी। हाथ में थैला लटका कर प्लेटफार्म के धुँधले प्रकाश में गुज़रनेवालों को जाँचा–किषक्कुममुऱि तक साथ चलनेवाला कोई मिल जाता!

लोहे के आँकड़ेदार डंडे पर लगायी मशाल को बुझा कर सेयतलवि सामने से गुज़र गया। उसने अरुमुखन को नहीं देखा। बुलाना पड़ा–

"माप्ळा को अपने सामने खड़े लोग भी नज़र नहीं आते।"

"कौन?" सेयतलवि मुड़ा।

"अरे अरुमुखन! तू अब भी ज़िन्दा है क्या?"

"मेरे मरने से तुझे क्या मिलेगा रे?"

"कबका गया था? और अब लौटा?"

"लगता है, ठूँसके लाया है।" अरुमुखन की धोती की चुन्नट को टटोल कर सेयतलवि बोला।

"ठूँसना क्या है रे? खर्चा चल जाता है। चिराई से कोई कितना कमा सकता है?"

"चल, चाय पी लें, बातें बाद में। मैं यह रख आता हूँ।"

रेल के उस पार झोंपड़ीनुमा चाय की एक छोटी दुकान की आँख खुली थी। अरुमुखन को रास्ते में देखा दृश्य याद आया। यह सुन कर कि किसी ने पटरी पर सिर रखा है कई यात्री उतरे। भीड़ के बीच से झाँका तो मटमैले रंग में छितरा पड़ा था आदमी का बेजा। सफेद रेत के ऊपर खून का एक तालाब...मितली सी हो गयी। गाड़ी में लौटते हुए लोगों ने कहा–"अच्छा-खासा सेहतमंद नौजवान था! क्या पता किस शैतान ने बेजे में बसेरा बनाया?"

"शाम होने के पहले ज़रा घर हो आने का इरादा था। लेकिन कम्बख्त यह गाड़ी पैंसठ मिनट लेट।" सेयतलवि बोला।

"एक आदमी ने पटरी पर सिर रखा।"

"गुड्स गाड़ी के ड्राइवर से हमें खबर मिली थी। इन कम्बख्तों को मरने के लिये यही एक जगह मिली क्या? हमें तंग करने के लिये?"

अरुमुखन उस मज़ाक में शामिल न हो सका। बस यही इच्छा थी कि छितरे पड़े बेजे और रेत से रिसते खून का वह दृश्य किसी तरह आँखों से ओझल हो जाए।

"यहाँ का समाचार क्या है? मुझे यहाँ से गये सात-आठ महीने हुए।"

"क्या समाचार होने का है? आदमी को सताने लायक सब कुछ है यहाँ। बारिश का क्या कहना? खेत में धान के पौधे सड़ गए। पिछले रवि को शुरू हुई बारिश है। आज ही सूरज का मुँह देख सका। सोने के दाम पर भी चावल नहीं मिलता। चावल न सही, कसावा मिल जाए तो भी ठीक था। लेकिन वह भी ऊँचे दामों पर बिक रहा है। लोग पटरी पर सिर रखें या नदी में कूद पड़ें तो ताज्जुब की क्या बात है?"

गुड़ वाली चाय पीते हुए अरुमुखन ने अपने पेशे के बारे में कहा। यह सुन कर कि निलंपूर और मम्पाट में चिराईवालों को अच्छा वेतन दिया जाता है मैं गाँव छोड़कर वहाँ पहुँचा था। ठेके का काम है। एक आदमी से एक दिन-ढाई रुपये का ही काम हो पाएगा। बहुत कोशिश करने पर तीन रुपये पा सकता है। चार आने आरी का किराया देना पड़ता है। खाने-पीने में दस-बारह आने खर्च हो जाते हैं। महीने में कम से कम दस रुपये घर में न भेजा गया तो औरत और बच्चे क्या लेकर खाएँगे? फिर कमाई के नाम पर बाकी क्या रहेगा?

"लेकिन एक बात है सेयतालि माप्ला, गाँव में काम मिलना मुश्किल है और बारिश के मौसम में तो मक्खी मार कर बैठना पड़ेगा। चिराईवालों को वहाँ काम की कोई तंगी नहीं, यही क्या कम है?"

सेयतलवि चाय का पैसा देने वाला था लेकिन अरुमुखन ने मना किया। वहीं से एक पुड़िया बीड़ी भी खरीद ली।

बाहर निकल कर सेयतलवि ने पूछा—

"लौटना कब है?"

"चार दिन घर में रहने का इरादा है। फिर देखा जाएगा। जाने के पहले मिलेंगे। मैं मंडी में आऊँगा।"

आसमान काला पड़ चुका था। पश्चिम की ओर बिना कड़के खीसें निपारेती बिजली को देख कर सेयतलवि बोला—

"अब जल्दी चल। बौछार शुरू होने के पहले उस पार पहुँच जाना।"

"नदी में पानी ज़्यादा है क्या?"

"तीन चौथाई ही है, सुना कि नाव खेने में कोई कठिनायी नहीं।"

प्लेटफार्म चढ़ कर सेयतलवि से विदा ली। पटरियों के बगल से पश्चिम की ओर चला और पुल के पास खेत में उतरा। अन्धकार घना हो चुका था।

बरस पड़ने के पहले उस पार पहुँच जाना है। नदी किनारे केले की खेती होने के कारण पहलेवाली पगडंडियाँ गायब थीं। बारिश में भीगी फिसलन भरी मेंड़ों के ऊपर से हड़बड़ाना मुश्किल है। टूटी-फूटी हालत में पड़े पुषक्कल मन्दिर के बगल से नदी किनारे पहुँचना आसान है।

नदी में पानी दोनों पाटों तक बराबर पहुँच चुका था। पहाड़ी जल के चाटे रेतीले कगारों के अवशेष इधर-उधर नज़र आ रहे थे। बारिश का मौसम होने की वजह से घाट से नाव लौटी नहीं होगी। उस पार जाने के लिये पहुँचनेवाले की सूचना देने के लिये ज़ोर से कूक दी और जल्दी-जल्दी चला। घाट पर पहुँचा तो नाव नहीं थी। उस पार घाट के पास मस्जिद के बरामदे पर प्रकाश देखा। बरसात में घाट पर बनाये जानेवाली झुग्गी नज़र नहीं आई। शायद हैदरस ने झुग्गी बनाना छोड़ दिया होगा।

चिट्ठी में आने की तारीख नहीं लिखी थी। मिल के वासु राइटर से कोतम्मा के नाम खत लिखवाया था। "जल्दी ही घर पहुँचूँगा। ईश्वर की कृपा से वहाँ तुम बच्चों के साथ सुख से होगी, यही सोच कर तसल्ली कर लेता हूँ।"

बरसात के दिन आ गये तो घर के ख़याल ज़्यादा परेशान करने लगे। हड्डियों को बेधनेवाली सर्दी में थरथरा कर मिल के पास लक्कड़घर में ढेर लगाये पाटों के ऊपर चटाई बिछाकर लेटते वक्त नींद दूर भागती थी। तब मन पुआल से छायी, टूटी छप्परवाली एक झोंपड़ी के अन्दर मँडराने लगता था।

छप्पर की मरम्मत करानी है। बाँस के खम्भे पर टिका दिया गया है। चार साल पहले तुला महीने में छप्पर के ऊपर नारियल का पेड़ गिरा। मौत के मुँह से तीन जनों के बच निकलने के बारे में सोचो तो अब भी ताज्जुब होता है। तब अप्पुट्टि का जन्म नहीं हुआ था। कुञ्ञन बीमार था। रात को उसे बीच में लिटा कर दोनों ओर लेट कर सो रहे थे। तभी कुछ टूट गिरने की आवाज़ सुन कर जाग उठा। छप्पर से बारिश का पानी अन्दर बहा आ रहा था। कुछ समझ में नहीं आया। बाहर निकल कर देखा तो दंग रह गया। आँगन में खड़ा बूढ़ा नारियल का पेड़ गिर चुका था। अगर वह दूसरी ओर खड़े काजरे के पेड़ पर न टिका होता तो तीन लोग मिट्टी में पिस गये होते। कइयों ने आगाह किया था—जड़ें बाहर निकले उस बूढ़े नारियल के पेड़ से घर को खतरा है, लेकिन उसे काट डालने का मन न हुआ। टीले के ऊपर नारियल का वही एक पेड़ है। कइयों ने पौधे लगा कर देखे लेकिन एक भी जड़ नहीं पकड़ा। पहले कभी इस चट्टानी ज़मीन पर जड़ जमाये उस पेड़ को देख कर सबको आश्चर्य होता था। छप्पर की मरम्मत के लिये कम से कम पचास रुपयों की ज़रूरत पड़ेगी। नौ महीनों की मज़दूरी से जमा किये एक सौ बारह रुपये पास हैं। आरी का हत्था पकड़ने से दोनों हथेलियों में गट्ठे पड़ चुके थे।

नाव उस पार थी। अरुमुखन ने ज़ोर से कूक दी। 'हैद्रोस माप्ला घाट पर नहीं क्या?' दुबारा कूक देने पर उस पार से जवाबी कूक आई। सुन कर तसल्ली हुई।

मस्जिद के बरामदे का चिराग हिला। गीली रेत के ऊपर थैला रख कर अरुमुखन ने बीड़ी सुलगायी।

पिछले नौ महीनों में ठीक से सोया तक नहीं था। चाँदनी रातों में आधी-आधी रात तक काम किया। तानूर से आया शंकरन साथ था। वह रोज़ साढ़े तीन रुपये का काम करता था। मन में तय किया–कम से कम इस बार जेठ आषाढ़ में बच्चों को अन्न की कमी महसूस होने न दूँगा।

गाँव में अब फाके के दिन हैं। काम नहीं; कमाई नहीं; मूसलाधार बारिश की परेशानी अलग से। पिताजी ज़िन्दा थे तो कहा करते थे–"गर्मी के छह महीने काम करो और बाकी छह महीने घर बैठ कर खाओ। गुज़ारे के लिये हाथ में पैसा है तो सर्दी बारिश के मौसम में घर की गर्मी में सुस्ताना अच्छा लगेगा ही।"

मन में एक सौ बारह रुपयों के बँटवारे का खेल खेलता रहा तो नाव की लालटेन की लौ लहरों में छुपा-छुपी खेलते हुए नज़दीक पहुँच गयी।

घाट से थोड़ा हट कर नाव किनारे लगी। रेत के कगार के पतले अवशेष के ऊपर से चल कर नाव के पास पहुँचा तो हैद्रोस माप्ला दुंबाल पर बैठ कर बीड़ी पी रहा था। झुक कर कोई नाव की पेंदी से सुपारी के पत्ते के दोने से पानी उलीच रहा था। नदी में पानी चढ़ जाता है तो हैद्रोस माप्ला एक सहायक को रखता है।

"कौन है?"

"मैं हूँ।"

"कौन?"

"पटिक्काप्परम्पिल अरुमुखन।"

"इतनी देर से कैसे?"

"साढ़े पाँच की गाड़ी से आया था।"

"और फिर?"

दोने से पानी उलीचने वाले ने कहा–"अरुमुखन, हमने सोचा तू पैनांक में है।"

आवाज़ से अरुमुखन को आदमी की पहचान मिल गयी।

"समझ लो पैनांक से ही आया, सूप्पिक्कुट्टि।"

"जी भर कोस कर मैंने नाव छुड़ायी थी। सूप्पिक्कुट्टि से बोला भी, कौन कम्बख्त शाम ढलने का इन्तज़ार करके उस पार से चिल्ला रहा है?"

"गाड़ी आज देर से पहुँची। किसी ने पटरी पर सिर रखा।"

"कब? कहाँ?"

"कारक्काट के पास। हट्टा-कट्टा एक नौजवान था।"

"खलास?"

"नहीं तो क्या? बेजा छितरा के रख दिया न? अपनी तीस सालों की ज़िन्दगी

में बहुत कुछ देखा है मैंने, लेकिन वह...वह दृश्य देखते न बना। एक ही नज़र देख पाया था।''

हैद्रोस माप्ला ने चुरुट का टुर्रा उथले पानी में फेंक दिया। लालटेन की बत्ती थोड़ी और ऊपर कर दी।

''मान लो उसकी परेशानियाँ खत्म हुई।''

''उसने ऐसा क्यों किया?'' सूप्पिक्कुट्टिट ने पूछा।

''क्या पता? कोई वजह होगी। वरना एक कमसिन युवक अपने प्राण छोड़ने की बात नहीं सोचेगा। यही तो...।''

यही दुनिया है—वाली अदा में हैद्रोस माप्ला ने हुंकार दिया।

''चढ़ जाओ।''

''बहुत दिनों के बाद आया है न? इनाम देना होगा अरुमुखन।''

सूप्पिक्कुट्टिट ने तट पर उतर कर नाव को ऊपर खींचा।

''थोड़ा और ऊपर खींच कर छोड़—पानी ज़्यादा है यह कोई बात नहीं, लेकिन बहाव ज़बरदस्त है। जितना भी ऊपर खींच ले इमली के पेड़ के नीचे किनारे से लगता है। घाट पर लगाने के लिये खूब पसीना बहाना पड़ेगा।''—बल्ली पानी में डाल कर ज़ोर लगाते हुए हैद्रोस माप्ला बोला।

''पतवार उठा ले सूप्पिक्कुट्टिट, एक ही दम में निकल जाए।''

नाव आगे बढ़ने लगी तो हैद्रोस माप्ला ने पूछा—

''तू अब किस देश में है रे अरुमुका?''

''निलंपूर के पास।''

''क्या काम है?''

''चिराई का काम ही है।''

''मज़दूरी कितनी मिलती है?''

''ठेके का काम होता है। समझ लो बहुत ज़्यादा तो नहीं मिलता।''

''तुझे वहाँ गये एक साल हो चुका क्या?''

''नहीं, नौ महीने हो गए। पिछले 'आरियल्यम् मकम्'* के दूसरे दिन निकला था मैं।''

''तेरे छोटे को देखा था शाम को मंडी में।''

''गाँव का क्या समाचार है, हैद्रोस माप्ला?''

''खुदा भी आदमी को भूल चुका है।'' हैद्रोस माप्ला ने एक वाक्य में जवाब दिया।

मँझधार में, जहाँ बल्ली नीचे नहीं पहुँचती थी, पहुँचने पर हैद्रोस माप्ला के सुझाव पर पतवार उठा कर खेने में मदद की।

---

* ओणम के बाद आनेवाला त्योहार।

घाट के पास बहाव ज़्यादा था। नीचे की ओर लपकती नाव को डाँट कर हैद्रोस ने गुस्से के साथ कहा–

''मचलना मत, मत मचलना री'' फिर बल्ली डाल कर पायदान तक झुकते हुए नाव की दुंबाल को मोड़ा। ढली उम्र में भी हैद्रोस माप्ला हाथ में बल्ली उठा लेता है तो नाव बस में आ ही जाती है। रस्सी ऊपर फेंक कर थूनी में फँसाते हुए हैद्रोस बोला–

''उतरो, तलौंछ की मिट्‌टी है, फिसलन होगी। हाथ-पैर तुड़वाकर घर न्न पहुँचना।''

अरुमुखन उतरा।

''आओ हैद्रोस माप्ला, चाय पिएँगे, सूप्पिक्कुट्टि, तुम भी आओ।''

''किसी भी पल कड़क के साथ बरसना शुरू होगा। मौसम ही ऐसा है। चल, जल्दी घर चल। मेहमाननवाज़ी का इतना शौक है तो चुन्नट में पैसा ठूँस कर सुबह आ जाना।''–हैद्रोस माप्ला बोला।

हैद्रोस माप्ला के साथ अरुमुखन आत्मीयता से नहीं बल्कि इज़्ज़त से पेश आता था।

चुन्नट में रेज़गारी ढूँढ़ते देख कर उसने पूछा–

''क्या ढूँढ़ता है?''

''उतराई नहीं लोगे?''

''ए...फा, बड़ा आया उतराई देनेवाला, उसके लिये भी मछली खरीद कर घर ले जा।''

''आज झींगा की इफरात है।'' सूप्पिक्कुट्टि बोला।

''हूँ..., मात्र झींगा खाने से क्या होगा? चावल की माँड भी न पीकर कितने दिन रहा जा सकता है? अरुमुखन रात बहुत हो चुकी, जल्दी चल।''

किषक्कुममुऱि बाज़ार बन्द नहीं हुआ था। सड़क पर लोग कम दिखायी देते थे, बारिश के दिन जो थे। खरीददारी करके लोग जल्दी घर पहुँचे होंगे। कैतत्तोट को जाती मोड़ पर दुकान के सामने मछली बेचनेवालों का शोर सुना।

''एक आने के तीस, भैंसा ज्यों बड़ा झींगा, आने के तीस।''

चार आने का झींगा खरीदने को रुका तो सामने चाय की दुकान से आन्तूर कम्मल ने कुशल पूछा–

''अरुमुखन, परदेश से अभी आ रहे हो क्या?''

''हाँ!''

इसी ने पहले कभी चार आने का उधार न चुका पाने से माँ-बाप के नाम की गाली दी थी–अरुमुखन ने मन ही मन सोच लिया। कसावा खरीद कर थैले में रखने के बाद अरुमुखन मेंड़ के ऊपर से चलने लगा। पगडंडी से टीले पर पहुँच कर सुपारी

काटने के घर को पार कर आशारिवलप्पु के फाटक पर पहुँचना है। आगे की चढ़ाई सीधे अपने घर की तरफ जाती है।

पगडंडी में अन्धकार फैला था। असमंजस में खड़ा रहा तो पीछे से एक मशाल आती दिखायी दी। उस प्रकाश के सहारे पगडंडी पार करके ढलान में पहुँचने के इरादे से रुका रहा। पगडंडी को पार कर लिया तो फिर कोई बात नहीं।

"कुट्टिनारायणन कम्मल को इतनी देर क्यों हुई?" मशालवाला पास पहुँच गया तो अरुमुखन ने पूछा।

"कौन?"

"मैं हूँ, पटिक्कप्परम्पिल अरुमुखन।"

हवा में हिला कर मशाल की लौ बढ़ाने के बाद नारायणन नायर ने उसे अच्छी तरह देख लिया।

"तू अभी परदेश से आ रहा है क्या?"

"हाँ।"

"कहाँ है तू आजकल?"

"बन्दा चिराई का काम करता है। आपको देरी कैसे हुई?"

मशाल हिला कर वह आगे चला। उसकी रोशनी में अरुमुखन ने पगडंडी को पार कर लिया।

"पहले ताषत्त गया। वहाँ से फिर बाज़ार पहुँचा। वह बुढ़िया कितने दिनों से लेटी है, बिना एक बूँद भी हलक के नीचे उतारे!"

"क्या बीमारी है"

"बुढ़ापे की है। मरने की उम्र तो हो गयी। ईश्वर इस दुनिया से उठा ले तब न?"

बचपन में माँ के साथ ताषत्त घर में कभी-कभी जाता था। माँ वहाँ मज़दूरी करती थी।

"बच्चा लोग पास ही हैं क्या?"

"कुमारन वहाँ है। दूसरे छोकरे की बात तुमको मालूम है न?"

"गोविन्दन कुट्टि कम्मल का क्या हुआ?"

"क्या कहना है? तो तुमने कुछ नहीं सुना?"

"बन्दा आठ-नौ महीनों से परेदश में है न?"

"वह माप्ला हो गया।"

अरुमुखन दंग रह गया। ताषत्त परिवार का एक कम्मळ मुसलमान हो गया!

बुढ़िया को ईश्वर जल्दी उठा ले तो अच्छा। लेकिन नसीबवालों को ही अच्छी मौत मिलती है। मैं उसकी हालत देख कर आ रहा हूँ। एक ज़माने में कैसी शान से रहती थी!

ढलान पर दोनों के रास्ते अलग थे।

"आप जाइए, अपन को इस रास्ते जाना है।"

बंजर ज़मीन से चलते वक्त अरुमुखन के मन में मौत के इन्तज़ार में लेटी ताषत्त घर की बड़ी मालकिन नहीं, बल्कि मुसलमान बन जानेवाला उसका बेटा था। आजकल के नौजवान क्या पागल हो गए? यात्रा के दौरान देखा, रेल की पटरियों में अपनी जीवन लीला समाप्त करनेवाला वह युवक भी याद आया।

आशारिवलप्पु के फाटक से अन्दर देखा–अड़ोस-पड़ोस के घरों में रोशनी नहीं थी। बाड़ के पास कोढ़ी बुढ़िया की झोंपड़ी नहीं दिखी। बुढ़िया मर गयी होगी। अच्छा हुआ, सबको तंग करके सबकी निंदा और दुत्कार सहकर ज़िन्दा रहने से मर जाना अच्छा है। अरुमुखन ने मन में ईश्वर का एहसान माना।

पहली पुकार में ही कोतम्मा जाग उठी। दरवाज़ा खोलने के बाद ही दिया जलाया था। विश्वास करना कठिन हो गया कि जिस औरत को छोड़ गया था यह वही है। वह सूख कर काँटा हो गयी थी। रूखे-सूखे बाल अस्त-व्यस्त पड़े थे।

"बच्चे सो गए?"

"ऊँ।"

"गाड़ी देर से पहुँची। यह ले जा, झींगा है, कसावा भी है। मैंने खाना नहीं खाया है।"

उसकी सकपकाहट देख कर समझ गया, घर में खाने के लिये कुछ नहीं होगा।

"कसावा उबाल ले। नमक-मिर्च है क्या?"

"हाँ है।"

"तो झींगे का शोरबा बना ले। बहुत बड़े झींगे हैं।"

अन्दर जाकर ढिबरी की रोशनी में चटाई के टुकड़े में आपस में लिपट कर सिमट कर सोते बच्चों को देखा। खाकी का कुर्ता उतार कर दीवार पर लगाये बाँस के टुकड़े पर लटकाने के बाद पूछा–

"वह बुढ़िया मर गयी क्या?"

"नहीं तो, क्यों पूछा?"

"झोंपड़ी नहीं दिखाई दी।"

"झोंपड़ी हवा में गिर गयी। अब कण्टु भाई की बरसाती में रहती है। उनकी शामत आ गयी है।"

अरुमुखन ने खड़े-खड़े सोच लिया–"मौत ऐसी है; जिसको ज़रूरत है उसका दरवाज़ा कभी नहीं खटखटाती।"

"कुएँ पर पानी खींचने का दोना है क्या?"

"घड़े में पानी है, गरम कर लूँ?"

"नहीं, बस हाथ-मुँह धोना है।"

हाथ-मुँह धोकर अन्दर बच्चों की चटाई के किनारे बैठ कर बीड़ी सुलगायी। बड़ी भूख लगी थी। दरवाज़ा खुला रख कर ढिबरी के प्रकाश में कोतम्मा झींगे का झिलका निकाल रही थी।

अप्पुट्टि की उभरी पसलियों को सहलाते हुए तसल्ली कर ली कि कम से कम महीने भर बच्चों को पेट भर खिला सकूँगा। उबला कसावा और मिर्चवाले झींगे के इन्तज़ार में भूखे पेट बैठा रहा तो मन पटरी के ऊपर छितर गये बेजे के इर्द-गिर्द मँडरा रहा था। मितली सी होने लगी थी।

सर्द हवा को अन्दर लाती खिड़की की झिरियों से कण्टु का घर दिखायी दे रहा था। उस घर के पिछवाड़े बरसाती में कोढ़ी बुढ़िया लेटी होगी। कितने सालों से पूरा गाँव उसकी मौत की चाह ले बैठा है! किषक्कुममुरि में चाहे सबके सब मर मिट जाएँ बुढ़िया बाकी रहेगी। उसने घृणा के साथ मुँह मोड़ लिया।

सुबह बूँदा-बाँदी शुरू हुई थी। आन्तूर नायर की चाय की दुकान में चूल्हा जलने का उपक्रम होने ही वाला था। सिर पर टोपी छत्तरी और कमर पर तौलिया पहन, धोती ओढ़कर आये नारायणन नायर को देख कर दुकानदार ने खीझ के साथ उसे देखा। सुबह-सुबह मुफ्त की चाय पीनेवाले का शगुन। चाय पीने के बाद कर्ज़ रख कर उतर गया तो दिन भर का सौदा गया।

चूल्हे के पास खड़े होकर हाथ सेंकते हुए नारायणन नायर ने पूछा—"सुना तुमने?"

"ऊँ?" दुकानदार की हुंकार में उसकी खीझ प्रकट हुई।

"वह पटिक्कप्परपिल अरुमुखन है न? कहीं चिराई के काम पर गया था और कल रात को लौट आया।"

"मैंने देखा था कल शाम को।"

"हाँ, वह मर गया।"

"कौन?" नायर हड़बड़ा कर उठा।

"अरुमुखन, मैं कुञ्जिक्कालि अम्मा को देख कर लौट रहा था। रास्ते में उससे मिला। खूब बातें हुईं। आज सुबह सुना कि वह मर गया। यह कैसी माया है भगवान?"

"कल शाम को ही मैंने उसे देखा था, थैले में सामान लेकर। कैसे हुआ यह?"

"उबला हुआ कसावा और झींगा खाया। मितली होने की शिकायत करके उठा। उलटी और पेचिश हुई। औरत का रोना-धोना सुन कर करप्पन और कण्टु दौड़ आये और अन्दर लिटा दिया। फिर ज़्यादा देर नहीं लगी।"

वेलायुधन नायर फूँकनी पकड़ कर चूल्हे के सामने उकड़ूँ बैठ कर ताज्जुब के साथ सुनता रहा।

"अभी-अभी आया क्या? मैंने पूछा था। हाँ कह कर वह पगडंडी की ओर मुड़ा। उस वक्त कुञ्जिक्कणारन और चात्तु भी यहाँ थे। यही मनुष्य की अवस्था है।"

पानी उबलने लगा तो पीतल के बर्तन में डाला सिक्का बजने लगा। गुस्सा भूल कर नायर ने पहली चाय बना कर नारायणन नायर को दी।

"नाश्ता अभी तैयार नहीं, वह लड़की चावल का आटा लेकर जाने कब पहुँचे?" रोज़ के खिलाफ कान से आधा आना निकाल कर बाकी का कर्ज़ रख कर नारायणन नायर बाहर निकला। पून्तोट्टम में जाना है। बहुत दिनों से नहीं गया। मौका मिले तो एक बोरी धान उधार माँगना है। सुबह बाहर निकला तो पहला समाचार अरुमुखन की मौत का मिला।

ताषत्त कुञ्जिक्कालि अम्मा के बारे में पूछताछ की—उसी हालत में लेटी है।

नारायणन नायर किषक्कुममुरि बाज़ार से क्या गुज़रा, अरुमुखन की मौत की खबर पूरे इलाके में फैल गयी।

"एक अच्छा तीया* छोकरा था, हट्टा-कट्टा।"

दुकानों के बरामदों पर बैठ कर लोगों ने अरुमुखन की मृत्यु को लेकर तरह-तरह के मत पेश किये।

पंसारी मोयतीन कुट्टि की दुकान के सामने सिमट कर बैठे अप्पुकुट्टन पणिक्कर ने राय दी—"यह वही है।"

"क्या?"

"पुषक्कल मन्दिर के सामने से भरी शाम को गुज़रा न? उनमें से किसी को देख कर डर गया होगा। कालिप्पुरम में हवन के बाद रात को लौटते समय अभिचारी भैरव की गुर्राहट मैंने सुनी है। कुत्ते की सूरत में था।"

"वही होगा, बेशक"—नारायणन नायर ने समर्थन किया।

मण्णान कुञ्ञुण्णि की दुकान में कुछ समय दवा देने के काम में मदद करनेवाला रावुण्णि बोला—"शैतान, जंतर-मंतर कुछ नहीं। खतरनाक किस्म का हैजा है—कुछ ही घंटों में काम तमाम कर देने वाला।"

बड़ा आया रोगों का जानकार—के लहजे में दूसरों ने तिरस्कार भरी नज़र से उसे देखा।

अतिराळन कलंकरी* का वेलिच्चप्पाटु* गोविन्दु कुरुप्प ने सन्देह प्रकट किया—"क्या पता दुश्मनों* का काम है कि नहीं?"

---

* जाति का नाम।

* दक्षिण मलाबार के एक लोक देवता।

* पुजारी।

* अभिचार करनेवाले।

"यह अभिचार करने का समय है क्या? वे लोग श्रावण महीने में निकलते हैं न?" और किसी ने शक प्रकट किया।

"क्यों नहीं? पिछले साल इसी समय पश्चिमी मंडी में आधा बोरी सुपारी बेच कर मैं लौट रहा था। क्या कहना है लोगो, थोड़ा सा धुँधलका था बस। पगडंडी के मुहाने पहुँचा तो देखा एक साँड़ खड़ा है, गोरा सा, इतना बड़ा कि–"

रावुण्णि ने बीच में दखल देते हुए कहा–"मनोक्कावु का साँड़ होगा, वह कभी-कभी उस ओर दिखाई देता है।"

"ए...फा..." वेलिच्चप्पाटु गुस्सा हो गया। फिर वह दूसरों को किस्सा सुनाने लगा।

मन में अतिराळन और भगवती को याद करके जप करते हुए चाकू खोल कर कहा–हट जा रास्ते से वरना–डर के मारे आँतें कुलबुलाने लगीं। मुड़ जाता तो मेरा काम तमाम। अचानक बिजली सी कौंध गयी। उसका कोई निशान बाकी नहीं था। समझ गये न? जान लो, जंतर-मंतर करके रूप बदल लेनेवाले पाणर लोग अब भी हैं।

कुरुप का किस्सा खत्म हुआ तो अप्पुकुट्टन पणिक्कर ने शुरू किया। वह जादू-टोने के सिलसिले में कहीं जाकर लौट रहा था। बरगद की डाल पर गंधर्व लोग आग उगल रहे थे। नारायणन नायर ऊब कर धीरे से वहाँ से खिसक गया।

पून्तोट्टम में पहुँचा तो बाहर कोई नहीं था। मालूम हुआ कि शेखर भाई नहा रहा है। उनका उपवास था। रसोई में माधवी अम्मा की मदद के लिये कोई नहीं था।

"अकेली है क्या?"

"हूँ। बहुत समय तक इस घर के सारे काम मैं अकेले ही सँभालती थी न?" माधवी अम्मा बेमन से बोल दी।

"कल शाम को माँ के पास गया था। रात की हालत पता नहीं क्या है।"

"मैं कल सुबह ज़रा हो आई। मैं वहाँ रह भी तो नहीं सकती। अपनी झंझटें मैं ही जानती हूँ कुट्टि नारायणन नायर।"

"माँ अब ज़्यादा दिन नहीं रहेगी।"

"यहाँ के काम निबटाने के बाद ज़रा हो आना है। आसार बुरे हैं तो किसी को भेजने के लिये कुञ्जुट्टि से कह आयी हूँ। आखिर में सबको देख कर आँखें मूँद लेने का सौभाग्य नहीं मिला माँ को।"

माधवी अम्मा ने दायीं उँगलियों से आँखें पोंछ लीं।

नहा कर लौटे शेखरन नायर ने पूछा–

"कुट्टि नारायणन तुम इस देश में ही हो न?"

"ऐसा क्यों पूछते हैं आप?"

"मैंने ऐसे ही पूछ लिया। तुम जैसों को देखने की नौबत ही नहीं मिलती।"

"कोच्चप्पन आजकल आता नहीं क्या?" शेखरन नायर निकल गया तो नारायणन नायर ने पूछा।

“दो महीने हो गए।”

“पत्नी उधर है कि इधर?”

“लगता है मायके में है।”

उन शब्दों में शिकायत भर गयी थी। लगा कि सुनी सुनायी बातें सच है। कलत्तिलवालों के साथ थोड़ी अनबन है। कोच्चप्पन बहुत समय से ससुराल नहीं गया। शादी के महीने भर के अन्तराल में ही पति-पत्नी के बीच वैमनस्य की खबरें गाँववालों के कानों में पहुँचने लगी थीं।

बरामदे की ओर चला।

“आपने सुना?”

“ऊँ?”

“पटिक्कप्परम्लि अरुमुखन मर गया। चिराई के काम से कहीं बाहर था। सात-आठ महीनों के बाद कल लौटा। उलटी और पेचिश।”

“कब?”

“कल रात। शाम को खबर पूछने मैं ताषत्त घर गया था। लौटते वक्त रास्ते में उससे मिला। खूब बातें भी हुईं। कहते हैं नदी किनारे अभिचार का शिकार हो गया।”

पूरा किस्सा सुन कर शेखरन नायर बोला–

“कुट्टिट नारायणन, पागलपन की बात मत करो? अभिचार का शिकार! आज कल जो झींगा मिलता है न, उसमें ज़हर है ज़हर। कसावा भी शायद खाने लायक नहीं रहा होगा। दोनों ने मिल कर उसकी जान ली। ये निचले तबके के लोग हमारे जैसे नहीं। ज़हर डाल कर पकड़ी गयी मछली भी ठूँस-ठूँस कर खा लेते हैं।”

“यह वजह भी हो सकती है।”

“रसोई में जाकर चाय पी ले।”

“चाय तो मैं पी चुका।”

“तो आओ मेरे साथ। ‘द्वारका’ से मेनोन एक चीज़ भेज देंगे। बाज़ार में रखने को कहा है।”

“बाहर निकल कर शेखरन नायर ने पूछा–“क्या हाल है रे?”

नारायणन नायर चुपचाप पीछे चला। मेंड़ पर पहुँच कर बोला–“जानते हैं?”

“ऊँ?”

“वह वहाँ से चला गया। मुतलाली को बताये बिना निकल गया। किसी को पता नहीं कि कहाँ गया?”

थोड़ी देर की चुप्पी के बाद नारायणन नायर ने फिर पूछा–“आपको मालूम है?”

“ऊँ?”

आवाज़ में सिहरन थी, फिर भी बोला–

“उस लड़की को बेटी पैदा हुई है।”

शेखरन नायर की बोलती बन्द हुई।

''सात-आठ दिन हो गए। मुझे कल, कल नहीं, परसों खबर मिली।''

बाज़ारवाले मकान के सामने पहुँचने तक फिर दोनों चुप रहे।

मोयतीन कुट्टि की दुकान के सामने कई लोग इकट्ठे हो गये थे। अरुमुखन की लाश दफनाने के बाद कण्टु और करप्पन बाज़ार में पहुँच चुके थे। शेखरन नायर को अपने मकान में घुसते देख कर भीड़ से बाहर निकल कर दोनों फाटक पर आए।

''मुझे खबर मिली है कण्टु, बड़ा अनर्थ हो गया।''

''बन्दे का सगा भानजा मर जाता तो भी इतना दुख न होता बड़े कम्मल जी।''

''कहने से क्या फायदा? क्रिया-कर्म सब हो चुके न?''

''जी।''

शेखरन नायर ने कुछ याद करके सार के सामने बैठ कर बैलों का चारा तैयार करते कारिन्दे को बुलाया।

''माक्कुण्णि, कण्टु और करप्पन को पाँच-पाँच सेर धान दे। मरनेवाले के घर के लिये कण्टु के हाथ में अलग से भेज दे।''

सीढ़ियाँ चढ़कर ऊपर जाते समय शेखरन नायर ने कण्टु के साथ बातचीत में उलझे नारायणन नायर को बुला कर कहा–

''जाने से पहले मुझसे मिल कर जाना नारायणन नायर।''

नारायणन नायर ऊपर पहुँचा तो आराम कुर्सी पर माथा थाम कर लेटा था।

''तबीयत खराब है क्या?''

''जैसे कुछ दिनों से तबीयत बड़ी अच्छी जो है।''

नारायणन नायर सकपकाया।

''बुढ़ापे में चैन से बैठने के लिये ही जवानी में हड्डीतोड़ मेहनत करके पैसे कमाये। लेकिन क्या कहना? तकदीर का लिखा भोगना ही पड़ेगा न?'' आँखें मूँदकर लेटे-लेटे शेखरन नायर ने अपने आपसे कहा।

झिझकते हुए नारायणन नायर ने सवाल किया–

''कोच्चप्पन की कोई खबर नहीं है क्या?'' उस सवाल का जवाब नहीं मिला। बड़ी देर बाद आँखें खोले बिना कहा–

''उसको क्यों दोष दूँ? अपनी तकदीर में ही खोट है।''

दोपहर तक साथ लगा रहा मगर धान माँगने का मन न हुआ। विश्वास नहीं हो रहा था कि आरामकुर्सी के हत्थे पर एक के ऊपर एक पैर रख कर, लेट कर दबी आवाज़ में बात करनेवाला यह बूढ़ा वही पुराना शेखर भाई है।

दोपहर को खाना खाने के लिये बाहर निकला तो शेखर भाई बोला–

''अरे बाज़ार में बेकार घूमने के बजाय कभी-कभी इधर भी आ जाया करो। बातें करने के लिये कोई तो मिलेगा।''

सड़क पर उतर कर पूरब की ओर चला। पीछे से किसी ने पुकारा। रावुण्णि था।

"क्या है रे?"

"अरुमुखन के दोनों बच्चों को उलटी और पेचिश शुरू हो गयी हैं।"

"कब?"

"अभी-अभी सुना। लोग डर कर पास नहीं जाते।"

"डर किसलिये?"

"बीमारी खतरनाक है। हैजा।"

नारायणन नायर मुड़ कर वापस चला। शेखर भाई को यह समाचार भी दे कर जाऊँगा। शेखरन नायर अवसाद झाड़ कर आरामकुर्सी से उठा।

"परदेश से आया बीज है। जल्दी महंत के लिये आदमी भेजो। मन्दिर में पूजा पाठ का आयोजन हो। गाँववालों से चन्दा इकट्ठा करके अगले शुक्र को 'निरमाला'* का इन्तज़ाम करना होगा।" छाती के बाल नोचते हुए उस तंग कमरे में तेज़ कदमों घूम कर नारायणन नायर बोला–

"इस गाँव में हैजा या चेचक से एक भी हिन्दू का मरना मुझे याद नहीं। अनर्थ कैसे न हो? छूत-छात नहीं, हिन्दू-मुसलमान का भेद नहीं, फिर भगवती बीज बोये बिना कैसे रह सकती है? कुट्टिट नारायणन, तुम जाके सबको बुला लाओ। यह कोई मामूली खेल नहीं। कणटुङ्ङल नाणु, कुञ्ञुकुट्टन, चोला का एरोमन नायर और मूलिक्कल से उस बुजुर्ग को भी बोल। बीमारी की रोकथाम का कोई न कोई इन्तज़ाम करना होगा, वरना गाँव का सत्यानाश हो जाएगा।"

पून्तोट्टम के बरामदे पर शाम को लोग इकट्ठे हो गए। मन्दिर में पूजा-पाठ की बात तय हुई। वेलिच्चप्पाटु को बुला लाने का काम नारायणन नायर के सुपुर्द किया गया।

अगली सुबह वेलिच्चप्पाटु की खोज में निकले नारायणन नायर ने घाट पर पहुँचने के पहले ही सुना–"अरुमुखन का छोटा बच्चा मर गया। कण्टु की औरत को बीमारी शुरू हुई है।"

टीले से उतरती पगडंडी के छोर पर डांड के द्रवन्ती की टहनियों को थाम कर उसने अन्धकार में डूबे उस घर की ओर देखा। अपने घर पहुँचने के इरादे से नहीं निकला था। आखिर वहाँ पहुँच गया तो चकराया-सा उसने चारों ओर देखा। लगा कि अनेक सालों के बाद वह मटमैला छप्पर और साँवले से रोशनदान आँखों के सामने दिखाई दे रहे हैं।

आँगन में नहीं उतरा। वटक्किनि के कोने में चटाई पर फटी पुरानी चादर में लुढ़की उस पतली सूरत की कल्पना कर सका।

---

* मन्दिर की खास पूजा

ज़रा सी आवाज़ उठाना काफी था—

"कुञ्ञोप्पोळ.... ।"

लेकिन तभी उसे याद आया, आधी रात के बाद अँधकार में चोर की तरह दुबका यह आदमी कुञ्ञोप्पोळ का छोटा भाई गोविन्दन कुट्टि नहीं।

डर के साथ सिर घुमा कर उसने कोठार घर के पिछवाड़े काली झुरमुटों की ओर देखा। वहाँ केले का एक और पौधा रोपा गया होगा। अन्धकार की झुरमुटों के बीच से कन्धों तक पहुँचते कानों के छल्लेवाले किशमिशी चेहरे की दो बेजान आँखें देख रही होंगी।

पैरों में कम्पन होने लगा। हलक में एक बेज़बान पुकार अटक गयी, "कुञ्ञोप्पोळ... ।"

वह वापस चला। जिन काली झुरमुटों से धूसर आँखें घूर रही थीं उनके ऊपरी हिस्से से गुज़रती टेढ़ी-मेढ़ी पगडंडियों से।

हाँफते हुए उसने सोचा—'अन्धकार के इस सफर का कोई अन्त नहीं।'

पंसारी मोयतीन कुट्टि की दुकान में बैठे हुए लोगों ने दोपहर के बाद दक्षिण से चली आती लोगों की एक टोली देखी।

"क्या है वह? क्या है?"

मोयतीन कुट्टि ने सबसे पहले समझ लिया—

"या खुदा किसी की मैयत आ रही है।"

सड़क किनारे आमों की आड़ से बाहर निकलते ही लकड़ी के पाट पर लाल कफन ओढ़ा कर लिटाई मैयत नज़र आई। बड़ा-बूढ़ा कोई नहीं था, क्योंकि मैयतवाली खटिया पर नहीं, लकड़ी के पाट के ऊपर लाश लिटायी गयी थी।

'ला इलाह इल अल्ला'—'लोगों की टोली पास पहुँची तो सुनायी पड़ा।

फिर कोई कुछ नहीं बोला। बाहर रिमझिम बरसने लगा था। किसी भी पल रुकने या जम के बरसने के आसार थे। पंसारी की दुकान के बरामदे की मुँडेर पर और फर्श पर ढेर लगाये दरवाज़े के पाटों के ऊपर आठ-दस लोग सिकुड़े-सिमटे बैठे थे। क़ुरान की आयतों का पाठ ज़ोर-ज़ोर से सुनायी देने लगा तो वातावरण में आतंक-सा छा गया।

"कौन है?" किसी ने पूछा।

पश्चिम से तारकोल लगायी टोपी छत्तरी पहन कर तेज कदम चल कर नारायणन नायर बरामदे में चढ़ा। पथराये से बैठे लोगों को एक नज़र देख कर बोला—

"पालत्तिंगल कुञ्ञम्मद है न, उसका बेटा। फूल सा छोरा था।"

"हैजा ही था क्या?" पणिक्कर ने पूछा।

“और नहीं तो क्या? कल शाम तक खेलता-कूदता बच्चा था न?”

मैयत बाज़ार से गुज़र चुकी थी।

“असहदु अन ला इला इल अल्ला...।”

उनके गुज़र जाने के बाद भी लगा कि बेचैन कर देनेवाले वे शब्द रास्ते में गिरे पड़े हैं।

“तीन दिनों में यह पाँचवीं मौत है।” किसी ने हिसाब लगाया।

मोयतीन कुट्टि सन्दूक के पीछे से उठा। बरामदे में पहुँच कर निचले छप्पर की बल्ली थाम कर बाहर देखते हुए फुसफुसाया–

“बेटा और बेटी, बस यही एक था कुञ्ञम्मद भाई के।”

दर्द भरे चेहरे के साथ दीवार के सहारे बैठ कर बीड़ी पी रहे वेलु ने आगे सरक आकर कुट्टि नारायणन कम्मल को पुकारा।

“कम्मल, मन्दिर के महंत ने देवी की क्या आज्ञा सुनायी थी?”

पिछली रात को उस पार के मन्दिर में खास पूजा थी।

सारा खर्चा शेखरन नायर ने उठाया था। नारायणन नायर ने पूरा इन्तज़ाम किया। निरमाला, गुरुति और भगवती की वाणी सब कुछ होने पर भी नारायणन नायर को जाने क्यों संतोष नहीं हुआ। अनमाना सा उसने जवाब दिया–“खास कुछ नहीं। हमेशा की तरह–“बरखा ज्यों जो आया उसे कुहरा बना दूँगी...बच्चों को माँ के बारे में भी सोच लेना चाहिए...ऐसे ऐसे...”

“दया कर माँ–जाने किस-किस को बुलाने का इरादा है?” पणिक्कर आँखें मूँद कर दुआ माँगने लगा।

दुकानदार ने शक प्रकट किया–

“सुनते हैं डॉक्टर लोगों के पास इस बीमारी को रोकने की दवा है। सूई लगानेवालों को बीमारी नहीं होती।”

“सब बेवकूफी की बातें हैं। सुना कि कलत्तिल नाणप्प मेनोन ने पोन्नानी के सूई लगानेवाले दारोगा के नाम खत लिखा है। एक बात मैं कहे देता हूँ–हैजा, चेचक आदि मंगली बीमारियाँ हैं। इसके पीछे भगवती का हाथ है। इलाज भी वही करेगी। मैंने सही कहा न नारायणन नायर?” पणिक्कर बोला।

हमेशा के खिलाफ नारायणन नायर के मन में सन्देह था, इसलिये बस बेमना-सा हुंकारा।

मैंने अपने घरवालों से कहा है–तलना, भूनना कुछ नहीं। फाटक पर गोबर मिला पानी रखा है। रोज़ दोनों बखत पूर्वजों के नाम पूजा के कमरे में कपूर जलाने के लिये कहा है।

“शैतान को क्या गोबर से परहेज है?” मोयतीन कुट्टि ने पूछा।

पणिक्कर को बुरा लगा। ईंट का जवाब पत्थर से दिया–"शैतान को और माप्ला को गोबर से परहेज है।"

फिर उसे नाराज़ न करने के विचार से नरमी से पेश आते हुए बोला–

"आपको मजाक सूझता है, लेकिन इसके पीछे शास्त्र है।"

"पणिक्कर का कहना सही है।" वेलु और पास सरक आया। "जिस रात अरुमुखन मरा उस रात को बन्दे ने एक दृश्य देखा। लेकिन अब तक किसी से नहीं कहा। सोचने पर तन अब भी थर-थर काँप उठता है।"

माथे की सूजन सहलाते हुए मानो उस दृश्य को दुबारा सामने देख रहा हो, वेलु आँखें मूँदे बैठा रहा। सब लोग सुनने को आतुर थे मगर किसी ने भी पूछा नहीं। आखिर पणिक्कर ने उकसाया।

"क्या देखा रे तू?"

"आन्तूर कम्मल की चाय की दुकान अक्सर अपन का रात का अड्डा है।"

आन्तूर वेलायुधन नायर की चाय की दुकान नारियल के पत्तों से बनी एक झोंपड़ी है। पक्की दीवारें न होने से पहरे के लिये रात को कोई वहाँ सोता है। जिन दिनों में नायर अपनी पत्नी के पास जाता है पहरे का काम वेलु के सिर पर आ जाता है।

"आगे बोल।"

"मैं गहरी नींद में था। रिम-झिम बरसात हो रही थी। कोई आवाज़ सुन कर आँख खुली। कान लगाया तो किसी के रोने की आवाज़ आई। बड़ी अजीब आवाज़ थी। मैं सचमुच डर गया। फिर भी पता लगाने के लिये बाहर निकला। बाहर जाकर पेशाब करने बैठा तो देखा"–

मोयतीन कुट्टि को छोड़ कर बाकी सब साँस रोक कर बैठे थे।

"देखा कि सामने से कोई सूरत शरीर को पूरा ढँक कर फुर्र से निकल गयी। मैं किसी तरह अन्दर पहुँच कर लेट गया। ईश्वर और मैं ही जानूँ वह रात कैसे गुज़री! तड़के कम्मल आये तो पूछने लगे–क्या हुआ रे? तेरा चेहरा क्यों उतरा हुआ है? चुपचाप उठ कर चल दिया। टीले पर पहुँचा तो अरुमुखन की मौत की खबर मिली।"

पणिक्कर ने लम्बी साँस खींच ली। "यही तो कहता हूँ; सब उसी के भूत गण हैं।"

"किसके?" मोयतीन कुट्टि ने पूछा।

"भगवती के, कभी-कभी उन्हें आज़ाद घूमने छोड़ती है तो फिर वे बड़ी मुश्किल से वापस जाते हैं। खूब मनमानी करने के बाद ही वे उसके बस में फिर पहुँच जाते हैं।"

मोयतीन कुट्टि मुण्डन करके चिकना बनाया अपना सिर सहला कर हँसा।

"वेलु...।"

"कहो।"

"तुमने कैसे मान लिया कि वह आदमी नहीं शैतान है।"

"तो वह रोने की आवाज़?"

"नींद में हम तरह-तरह की आवाज़ें सुन लेते हैं। मैं एक बात कहूँ तो आप लोग मुझे काटने को मत दौड़ो।" मोयतीन कुट्टि ने इकट्ठे लोगों से कहा।

"हैजे का डर हमें भी है। बीमारी किसी को भी हो सकती है। मगर तुमने जिसको देखा, क्या पता वह कोई आदमी ही हो?"

पणिक्कर वेलु के पक्ष में बोलने लगा–

"आधी रात को सड़क पर घूमने कौन निकलेगा?"

ताड़ी निकालने का काम करनेवाला कुट्टाटा, जो इतनी देर से चुप था बोला–

"एक आदमी है।"

"कौन? कौन है वह?"

"मुसलमान बननेवाला वह नायर छोकरा है न, आधी रात हो या तड़के, उसके लिये सब बराबर।"

"लेकिन...।" पणिक्कर तब भी शक्की थे। "लेकिन वह रोना?"

वेलु ने बीच में दखल दिया–"बदबू भी निकल रही थी। एक अजीब सी गन्ध।" पणिक्कर को एक दावा और मिल गया।

"बदबू।"

मोयतीन कुट्टि ने हथेली घुमा दी।

"मैं बहस नहीं करूँगा लोगो, मान लो शैतान ही था।"

नारायणन नायर कुट्टाटा के पास जा बैठा। दबी आवाज़ में पूछा–

"तूने देखा है उसे?"

छोकरों को कहते सुना कि–"अमुक-अमुक जगह पर देखा गया। लगता है, रात को घूमने निकलता है।"

उनसे हट कर पणिक्कर और वेलु शैतानों की चर्चा शुरू कर चुके थे। कपड़ों के सौदागर रावुत्तर के साथ चार-पाँच लोग चाव से सुन रहे थे। एक मुसलमान लड़की को दो पैसे की सूखी मछली निकाल देने के बाद मोयतीन कुट्टि कुट्टाटा और नारायणन नायर के साथ हो लिया।

"लगता है वह छोकरा पागल ही है। सुना कि पगडंडी में मुतलाली का कारिन्दा कलन्तन कुट्टि को मारने दौड़ा।"

"वह रहता कहाँ है? खाता-पीता कहाँ से है?"

"कौन जाने? कोई कोई कहता है पुतुक्कोटत्त उस औरत के साथ है।"

"वह रात को क्यों घूमता है?" रात के वक्त किसी पगडंडी में उसके सामने पड़ जाने की सम्भावना के बारे में सोच कर नारायणन नायर को थोड़ी बेचैनी महसूस हुई।

"पुतुक्कोटत्तवाले आदमी अच्छे नहीं। अगर वह वहाँ है तो...।"

दूसरी ओर पणिक्कर के किस्से में उलझे लोगों में से एक की आवाज़ उठी।

"यों पूरे खानदान को दोष मत देना। माना कि वह बुरी है, लेकिन पूरे खानदान के ऊपर आरोप लगाना ठीक नहीं।"

कचहरी से सेवानिवृत्त पंकुण्णि नायर को इसलिये बुरा लगा कि उसने वहीं से शादी कर ली थी।

पुतुक्कोटत्त चुम्मुक्कुट्टि अम्मा के बारे में लोगों की राय अच्छी नहीं।

बचपन में उसकी माँ मरी। पिता बहुत पहले ही नाता तोड़ चुके थे। पुत्तनकळम में मज़दूरी करके वह बड़ी हो गयी। उस घर में आये एक मेहमान बच्चे के गले का हार चोरी हुआ। बहुत ढूँढ़ने के बाद वह हार चुम्मुक्कुट्टि अम्मा की चुन्नट से मिल गया। इसी के साथ उसका रोज़गार चला गया। दिन गुज़ारना कठिन हो गया। लेकिन तभी उसे एक पति मिला अप्पुक्कुट्टन।

कई सालों के बाद परदेश से लौटे अप्पुक्कुट्टन ने लोगों से कहा कि वह एक नाटक मंडली में काम कर रहा है। अच्छे कपड़े और छह उँगलियों में अँगूठियाँ पहने था। लेकिन किषक्कुममुरिवालों को यकीन नहीं आया। कुली या रसोइया ही होगा, उससे बढ़ कर कुछ नहीं। जो भी हो, अप्पुक्कुट्टन ने चुम्मुक्कुट्टि अम्मा से शादी की। दो महीनों के बाद तीन अँगूठियाँ तुड़वा कर चुम्मुक्कुट्टि के लिये हार गढ़वा दिया। एक अँगूठी गिरवी रख कर वापस जाने के लिये पैसों का इन्तज़ाम किया। नौकरी पर लौटने के बाद कोई खबर नहीं आई।

चार-पाँच महीने गुज़र गए। फौज से छुट्टी पर आये नंपियार को चुम्मुक्कुट्टि पसन्द आई। शादी हुई। छुट्टियों के बाद नंपियार लौट गया। दो महीनों में मनिआर्डर भेजा था। फिर कोई खबर नहीं दी। तभी अचानक अप्पुक्कुट्टन लौट आया लेकिन इससे कोई समस्या पैदा नहीं हुई। चार-पाँच सालों के बाद दोनों एक साथ छुट्टी पर आये तो चुम्मुक्कुट्टि फँस गयी। फौजी मवाली था। उसकी मदद से चुम्मुक्कुट्टि ने अप्पुक्कुट्टन को निकाल दिया। फिर एक दिन बोरिया-बिस्तर बाहर डाल कर उसने फौजी को भी घर से निकाल दिया। फिर कई सालों से उसे कोई नियत मर्द नहीं रहा। मगर फिर भी खाने-पीने का कोई झंझट नहीं था। हाल में उसका एक तीसरा मर्द मिल गया है—कुंकन नायर। किषक्कुममुऱिवाले उससे परिचित नहीं हैं। वह किषक्कुममुऱिवालों से परिचय बढ़ाने की कोशिश भी नहीं करता।

नारायणन नायर ताज्जुब करने लगा—वह चुम्मुक्कुट्टि के घर में कैसे पहुँच गया?

"कहते हैं बड़ा दाव लेकर घूमता है, अपने मालिक से कह दो कि अकेले न चला करें।" कानों के ऊपर की नसें फड़काते हथेली पर ठुड्डी टिकाये बैठे नारायणन नायर को कोंच कर मोयतीन बोला—

नारायणन नायर ने हँसने की कोशिश की मानो कोई मजाक सुन लिया।

"किसकी बातें हो रही हैं, मोयतीन कुट्टि माप्ला?" पणिक्कर के मुँह से शैतानों के किस्से सुन-सुन कर ऊब चुके वेलु ने पूछा—

"मैं उस नायर छोकरे की बात कर रहा था जिसने टोपी पहनी।"

टोपी पहना नायर छोकरा चर्चा का विषय बना तो मौन और शैतानों में उलझ कर तन गये वातावरण में गति आई।

"नदी किनारे मम्माली के कसावा के खेत में किसी ने देखा था। लोगों ने शोर मचाया तो भाग निकला। चार-पाँच पौधे उखाड़ रखे थे।" वेलु बोला।

"तो चोरी भी करने लगा! पुतुक्कोटत्त औरत के साथ रहता है न? कोई आश्चर्य नहीं। झूठे लोग हैं न?" कचहरी के चपरासी की ओर से बेपरवाह होकर नारायणन नायर बोला।

"कहने को अच्छे खानदान की औलाद है। मगर क्या फायदा?" किसी ने विलाप किया।

"कलियुग में ऐसा ही होता है, संताप करने से कोई फायदा नहीं।" पणिक्कर ने सिर हिलाते हुए खुद को तसल्ली देने के लिये दो पंक्तियाँ रट डालीं—

"भाई-भाई को मार डालेगा,
घरवाला ही चोर बनेगा।"

नारायणन नायर उठ कर बाहर निकलनेवाला ही था कि लाश को दफना कर कब्रिस्तान से लौटते लोग नज़र आए। सबकी बोलती बन्द हो गयी। ख़ामोश चली आती उस टोली को देख कर दुकान के बरामदे पर बैठनेवालों के मन में मौत की परछाइयाँ फिर से उतर आयीं। अपना सन्देह दूर करने के लिये कुट्टाटा की ओर मुखातिब हो कर नारायणन नायर ने एक बार फिर पूछा—

"उसके पुतुक्कोटत्त होने की खबर पक्की है न?"

कुट्टाटा कुछ और सोच रहा था, इसलिये ऊँची आवाज़ में ही पूछ बैठा—"किसके?'

नारायणन नायर गुस्सा हो गया—"जाके पता कर ले।"

सड़क के किनारे कमर झुकाये सिर लटकाये चलते कुञ्अम्मद को देख कर कुट्टाटा सोच रहा था—उसका बेटा अपने चन्दू का हम उम्र था।

रोज़ सुबह मृत्यु की खबर सुन कर जागती थी। आर्द्रा की बारिश दिन-रात अपनी करामात दिखा रही थी। निचुड़ती गाँव के ऊपर एक अदृश्य भीमकाय उकाब की तरह मौत पंख फैला कर मँडरा रहा था। दरवाज़े के बन्द पाटों की झिरियों से ठंडी हवा के साथ भय भी रिस आता था।

शुरू-शुरू में सड़क से आयतों का पाठ करके मैयत गुज़रती तो कुञ्जुकुट्टि डर से थर-थर काँप उठती थी। अनिद्रित रातों में वह आवाज़ दूर कहीं से कानों में पहुँचती-सी महसूस होती थी।

रातें जल्दी आ जाती थीं। शाम होने के पहले दुकानें बन्द होती थीं। अँधेरा होने पर लोग बाहर नहीं निकलते थे। सब कहीं खामोशी छा जाती थी। रात की डरावनी खामोशी को तोड़ कर अचानक सड़क से सुनायी देती थी—

"ला इलाह इल अल्ला..."

और एक लाश कब्रिस्तान की ओर उठायी जा रही है।

मौत की खबरों से ज़्यादा काळि बुढ़िया और पड़ोस की औरतों की लायी खबरें कुञ्जुकुट्टि को डराती थीं।

"कहते हैं, कल शेखर भाई बरामदे में बैठा था तो वह कठार लेकर पहुँचा।"

"नदी किनारे का कसावा पूरा उखाड़ ले गया है। कहते हैं छोटे मालिक का काम है।"

कुञ्जुकुट्टि सब कुछ चुपचाप सुन लेती। बेलाग सी कुछ भी सुन लेने की आदत पड़ चुकी थी।

जबसे माँ मरी, कुमार भाई बाहर नहीं निकले थे।

आज पाँचवाँ दिन है। हलक़ के नीचे पानी भी उतारे बना छह-सात दिन लेटी। देखने आनेवाले भी उस हालत को देख कर ईश्वर से दुआ माँगने लगे कि जल्दी से जल्दी बुढ़िया को उठा ले भगवान।

माँ के अन्तिम दिनों में घर-बाहर लोगों से भर गया था। आनेवाले सब उसी के बारे में पूछ रहे थे।

"उसकी कोई खबर?"

"नहीं।"

"माँ को नहीं बताया, है न?"

"नहीं।"

"अच्छा किया, बुढ़ापे में एक यह व्यथा भी उसे सहनी न पड़े।" माँ को देखने आनेवाले कुशल पूछने आ जाते तो किसी तरह वहाँ से खिसक जाती थी।

आखिर माँ मरी। मौत को नज़दीक से देख कर घबराहट नहीं हुई। आँखों का गोल-गोल घूमना, हलक़ में साँस अटकने से अटपटी-सी आवाज़ निकलना, छाती की हड्डियों का ऊपर-नीचे हो जाना—पास रह कर सब देखा। जब तक माधवी दीदी पहुँची माँ को ज़मीन पर लिटा दिया गया था। वह चीखती-चिल्लाती कमरे में घुस आयी थी। कुञ्जुकुट्टि नहीं रोयी। आँखें सूख चुकी थीं।

गले तक ढक कर माथे पर भभूत लगा कर लिटाई उस सूरत को आधे कटे नारियल में जलायी बत्तियों और दीप की लौ में देख कर मन में दुख नहीं हुआ। बेबसी की उस हालत में मन संवेदनहीन था। किशमिशी वह चेहरा देख कर नहीं लग रहा था

कि मरी पड़ी है। अनेक रातों के रतजगे के बाद माँ सो रही है। चैन की नींद सो रही है...वर्तमान के दुखों को भूलने के लिये अतीत की शान बघार कर जीवन बितानेवाली माँ की परेशानियों का अन्त हुआ है।

दाह संस्कार के बाद लोग चले गए। बरामदे पर कुमार भाई और शेखर भाई बचे। लकड़ी काटने के लिये आये तिय्या लोगों को शेखर भाई ने मज़दूरी दी

"क्रिया-कर्म कैसे होना है?" शेखर भाई ने पूछा।

"छूत की बीमारी का ज़माना है। दिन-ब-दिन लाशें झड़ रही हैं। मैंने तय किया है कि सोलहवीं या और कोई कर्मकांड नहीं रखेंगे। मुझसे खर्चा भी नहीं उठाया जाएगा।"

"ऐसे मामलों में हाथ के पैसों के बारे में नहीं सोचा करते कुमारन। वह ताषत्त खानदान की बुज़ुर्ग थीं। सारे क्रिया-कर्म उसके ढंग से न हों तो लोग बातें बनायेंगे।"

कुमार भाई ने निस्सन्देह कह दिया—"कोई ज़रूरत नहीं। मरनेवाली को पता है यहाँ की हालत। अपने मामले में गाँववालों की राय से जाने की क्या ज़रूरत है? जब अपने पास होगा पेरूर या रामेश्वरम में जाकर क्रिया-कर्म करके आत्मा को छुड़ा दूँगा, बस।"

फिर शेखर भाई ने ज़ोर नहीं दिया।

"तुम्हारा कहना भी ठीक है। बीमारी से लोगों के मर मिटने के दिन हैं। जाने कब किसको बीमारी लग जाए। ऐसे में दावत या मौत की रस्मों का आचरण अच्छा नहीं लगता।"

कुमार भाई ने जब कहा कि कोई क्रिया-कर्म नहीं होगा, खानदान के लोग भड़क उठे।

"यह कहाँ की रीति है? नायर खानदानों में भला ऐसा हुआ है पहले कभी?"

"भारत पुषा के तट पर जगह बाकी है। क्रिया-कर्म करनेवाला एक मैं ही हूँ। इस मामले में मैं ही तय करूँगा।"

लोग अपने-अपने रास्ते चले गए।

कुञ्ञुकुट्टि और कुमार भाई बाकी रह गए। मुर्दाघरों में अक्सर होनेवाली भीड़-भाड़ का वातावरण नहीं रहा, मौत के साक्षी के रूप में सिर्फ वह दीप बुझाये बिना रखा गया था।

तेक्किनि में खम्भे के सहारे बैठ कर कुमार भाई ज़ोर से जप कर रहे थे। कल रात के बाद पेट के अन्दर कुछ नहीं गया था। उठते या चलते कमर जवाब देती थी।

"तू कुछ पका कर खा ले, मुझे कुछ नहीं चाहिए।"

उसने जवाब नहीं दिया।

"पड़ोस की बुढ़िया को यहाँ आकर सोने के लिये बुला लेती।"

भाई के इस सुझाव के लिये भी बहन ने जवाब नहीं दिया।

दोपहर तक कैसी भीड़ थी! अब एक भी नहीं। लगता है गाँववाले मौत के इन्तज़ार में थे।

बुढ़िया को नहीं बुलाया, चूल्हा भी नहीं जलाया।

सोने का वक्त हो गया तो कुमार भाई तेक्किनि में मोड़ रखी पुरानी चारुपटि खोल कर उसकी टाँगें ठीक से लगा कर खाँसते-खँखारते लेट गया।

"तुम भी लेट जाओ।" बहन से कहा।

वटक्किनि में अपनी पुरानी जगह लेटते वक्त दरवाज़े के भिड़के पाटों की झिरी से मरने के बाद ज़मीन पर लिटाई गयी माँ के सिरहाने जलाये रखे दीप का प्रकाश आँखों के सामने पड़ता था। दरवाज़े के सामने लेटते अच्छा नहीं लगा।

तेक्किनि के एक कोने में चटाई बिछायी। 'ढिबरी न बुझाओ, बत्ती नीची कर लो।' ढिबरी की बत्ती नीची करके खम्भे की आड़ में रखी। उससे फीकी रोशनी ही निकलती थी। दीवार की ओर करवट ले कर मौत के बारे में सोचा। कई महीनों से मौत माँ की ओर रेंग आती नज़र आने लगी थी। फिर भी यकीन नहीं आता कि माँ की खाट खाली पड़ी है।

मालूम था कि नींद नहीं आएगी। तेक्किनि में धुआँ ज्यों अटकी रोशनी बेचैन कर देती थी। कुछ याद न करने की ठान कर फुसफुसाहट ज्यों सुनायी दे रहे कुमार भाई के जप के लिये कान लगा कर लेटी।

तभी भाई ने जप बन्द करके धीरे से पुकारा—

"कुञ्ञुट्टि सो गयी क्या?"

"नहीं तो, क्या बात है?"

"कुछ नहीं।"

"जबसे बड़ी हुई कुमार भाई के सामने नहीं जाती थी। सीधे मुँह बात भी न करती थी। यकीन नहीं आ रहा था कि थकी आवाज़ में जप करनेवाला यह आदमी ताषत्त घर की ड्योढ़ी की चारुपटि से चौंकानेवाले स्वर में बात करनेवाला वही गृहस्थ है।"

हल्की रोशनी और ठंडी खामोशी के आपस में उलझे उस वातावरण में जप का स्वर तिर चला।

"बुढ़ापे में थोड़ा आराम देनेवाला कोई नहीं रहा। सब बच्चों के हाथ से पानी पी कर आँखें मूँदने का सौभाग्य भी नहीं मिला। किसी को दोष देने से क्या फायदा? तकदीर का लिखा ही होता है।" कुमार भाई अपने आप बोलते जा रहे थे। आवाज़ धीमी हो-हो कर आखिर में सिसकी बन गयी। कुञ्ञुकुट्टि ने तेल की सिपसिपाहट लिये तकिये के ऊपर चेहरा गड़ाया। आँखें भर आ रही थीं।

"चोर...चोर...कोई दौड़ आओ।"

पून्तोट्टम के बरामदे पर पहनी हुई धोती ओढ़ कर सो रहा माक्कुण्णि हड़बड़ा कर उठा। बहिर्गृह में सोनेवाले चेरुमा छोकरे की आवाज़ थी।

उनींदी आँखें पोंछ कर चकराये-से माक्कुण्णि ने आँगन की ओर देखा। घना अँधेरा छाया था, कुछ भी नज़र न आया। पहरा देते वक्त पास रखते आँकड़ेदार मोटा डंडा ले कर आँगन में उतरा और शून्य में ही पुकार उठा–

"कौन है रे?"

बहिर्गृह से दौड़ आती काली छाया ही नज़र आई।

काँपते हाथों डंडा उठाया तो छाया बोली–

"मारना मत मालिक, मैं हूँ।"

माक्कुण्णि के पास सहारे के लिये दौड़ आया तामि डंडे की मार से बाल-बाल बचा।

"चोर कहाँ गया रे?"

"आँगन पार करते देखा मैंने, पिछवाड़े तक गया, तभी मैं पुकार उठा।"

"मशाल ले ले।"

दियासलाई में नमी होने के कारण चार-पाँच तीलियाँ रगड़ने के बाद ही एक जली। भीगी मशाल को जला लेने के लिये फिर भी समय लगा।

ऊपर की खिड़की ज़ोर से खुली।

"कौन है?" शेखरन नायर ने पुकारा।

"बन्दा माक्कुण्णि है।"

"क्या है रे?"

"किसी को आँगन से दौड़ते देखा।"

ऊपर बत्ती जली। दरवाज़ों के खोले जाने की आवाज़ें आयीं।

बार-बार हिला कर मशाल ठीक से जला लेने के बाद माक्कुण्णि ने पूछा–

"किस रास्ते दौड़ा रे?"

"इस तरफ।"

"मशाल लेकर सामने चल। दाव कहाँ है?"

ओरी पर टटोल कर दाव भी उठा लिया। बायें हाथ में दाव और दायें हाथ में डंडा लेकर पिछवाड़े आँगन में उतरा। तामि मशाल उठाकर, अगले कदम पर मानों चोर सामने लपक आएगा, झिझकते हुए आगे चला।

माक्कुण्णि ने धीमे स्वर में पूछा–

"तुमने उसे देखा था?"

"आदमी पहचान न पाया मालिक, एक छाया ही आँखों में पड़ी। पेशाब लगने से मैं उठा था।"

हथियार हाथ में रख कर माक्कुण्णि ने चारों ओर ढूँढ़ा। लकड़खाने में ढूँढ़ने गया तो चोर से टकराने के लिये तैयार हो कर ही गया था। उसके बाद उत्तर की ओर अहाते में उत्तर कर अन्धकार में नज़र घुमायी। यकीन हो गया कि चोर निकल भागा इसलिये दोनों घर में लौट आए। शेखरन नायर लालटेन लेकर बाहर ड्योढ़ी पर पहुँच चुका था।

"पिछवाड़े कोई मलसी या बर्तन रखे थे क्या?"

"क्या पता सुबह रोने-धोने लगेंगे। वह नहीं मिल रहा...यह गायब है। बड़े लापरवाह लोग हैं।"

"सोचो तो कोई मामूली चोर नहीं है। अपन के इस बरामदे में लेटते, आँगन से गुज़र जाने का साहस करनेवाला कोई मामूली चोर नहीं होगा।"

"तू ने देखा क्या?"

मशाल के प्रकाश में माक्कुण्णि ने तामि को ग़ौर से देखा।

"कदमों की आहट सुन कर बन्दे की आँखें खुलीं। पीछे से जाकर दबोच लेने का इरादा था। तब तक यह छोकरा चीख पड़ा और वह फुर्र से निकल गया। उत्तर की ओर बाड़ के ऊपर से लपक कर निकल गया।" अचरज से देखते तामि की ओर नज़र घुमाये बिना माक्कुण्णि ने घटना का ब्यौरा दिया।

"पहचाना उसे?"

"कैसे पहचानता? अन्धकार जो था। यकीनन हट्टा-कट्टा कोई नौजवान है।"

"इस घर के लोग बड़े लापरवाह है।" सोये पड़े उस घर के प्रति शेखरन नायर बोला।

"कमरतोड़ मेहनत करके कमानेवाला ही चोरी का दर्द समझता है। क्या पता क्या-क्या बर्तन बाहर रखे थे? सुबह रोने-कलपने लगेंगे तो पता चल जाएगा। लात मार-मार के सबको...।"

पहरेदारों को भी नहीं छोड़ा—

"मालूम है पहरेदारी के नाम पर तुम जैसे दो मुस्टंडों को खिला-पिला कर मैंने क्यों पाल रखा है? पहरेदार है पहरेदार! हुमच-हुमच कर खाना और पसर कर सो जाना। चोर उसका काम कर गया।"

शेखरन नायर ने लालटेन उठाकर अन्दर घुस कर दरवाज़ा बन्द किया। माक्कुण्णि डंडा और दाव सिरहाने रख कर लेट गया मगर उसे नींद नहीं आई। पैरों की थरथरी अब भी बनी हुई थी। तामि बहिर्गृह में अपनी जगह जा लेटा और बिना देरी के खर्राटे लेने लगा। माक्कुण्णि ने उस नादान छोकरे को मन ही मन कोसा—

"मूर्ख को क्या डर?"

नींद न आने के कारण उसने धीरे से पुकारा—

"तामी..." छोरे ने नहीं सुना। "तामी...।"

"आपने बुलाया?"

"हाँ, वहाँ तुम्हें डर लगता है तो आके यहाँ बरामदे के नीचे लेट जा।"

"वहाँ पानी है मालिक, मैं यहीं सोता हूँ।"

"मैंने इसलिये कहा कि कहीं तुम्हें डर न लग रहा हो।"

तामि ने जवाब नहीं दिया। दो ही पलों में बैलों से पानी खिंचवाते समय रस्सी के रगड़ने से पैदा होनेवाली आवाज़ ज्यों उसके खर्राटे फिर सुनायी देने लगे। क्या बला है! माक्कुण्णि सिर ढँक कर करवट बदल गया।

सुबह औरतों ने बर्तनों की गिनती की। कुछ भी चोरी नहीं हुई थी। माक्कुण्णि ने अपने चोर को पकड़ने जाने का किस्सा मालकिन से और रसोई में मदद के लिये नई-नई रखी बुढ़िया से अलग-अलग कह सुनाया। बागान से भी किसी चीज़ की चोरी नहीं हुई थी। सबने मान लिया कि माक्कुण्णि का अनुमान सही है। जो भी हो, पक्का चोर है। चोरी करने के इरादे से ही आया भी। लेकिन माक्कुण्णि डंडा लेकर पीछे दौड़ा इसलिये भाग निकला।

"अपने हैं न मालकिन, कुत्ते के कान हैं। पत्ता भी हिले, अपन जागता है। अपन की आँखें बचा कर चोरी करनेवाला अभी जना नहीं।"

अगली सुबह माक्कुण्णि बड़े उत्साह से बाहर निकला था। रोज़ सुबह की चाय वह आन्तूर कम्मल की दुकान से पीता है। मन में चोर से उलझने की कहानी लेकर दुकान में पहुँचा। कमर झुका कर नारियल के पत्ते के दरवाज़े से अन्दर घुसा तो सबसे पहले चाय का गिलास सामने रख कर एक पुरानी ऊनी टोपी सिर पर पहनकर उदास बैठे परमेश्वरन मास्टर को देखा। बेंच पर और चूल्हे के पास बैठे सब लोग मास्टर के दुख में शामिल होते नज़र आए। ज़बान पर सजाये चोर का किस्सा माक्कुण्णि ने वहीं रहने दिया। क्षण में मन में मृत्यु का चित्र उभर आया। मास्टर के घर में–

'कण्णन देवन' चाय का पुराना बक्सा एक कोने में सरका कर माक्कुण्णि ने इन्तज़ार किया–अब किसी की ज़बान से बात निकल पड़ेगी।

कोई कुछ नहीं बोला तो माक्कुण्णि ने दुकानदार से पूछा–"क्या हुआ?"

"मास्टर के बुरे दिन हैं, और क्या?"

"किसको है? अपन ने नहीं सुना।"

परमेश्वरन मास्टर चाय का गिलास होठों तक उठा कर बोला–"क्या कहना? हमारा केले का एक घौद चोरी हुआ।"

माक्कुण्णि से रहा नहीं गया।

"कब?"

"कल रात। शाम को बागान में घूमते हुए मैंने देखा। लोंदा को छोड़ कर पूरे नौ कंकत थे। सबसे घौद वही था। है न कुट्टिट नारायणन नायर?"

“बढ़िया, मैंने भी देखा था।”

“कोई अन्धा भी देगा उसके लिये पाँच रुपए। लेकिन क्या कहूँ? सुबह देखता हूँ कि नदारद।”

दुकानदार वेलायुधन नायर बोला—“फाके के दिनों में चोरी तो बढ़ेगी ही लोगो। ऐसा अकाल पहले कभी हुआ है क्या?”

माक्कुण्णि को बोलने का मौका मिला—“यह चोरी पून्तोट्टम में होनेवाली थी लेकिन दुर्भाग्य से परमेश्वरन नायर के हिस्से में पड़ी।”

“यह क्या कह रहा है रे तू?”

“पल भर की देरी हुई कम्मल, वरना चोरी करने की उसकी इच्छा अपन कल ही पूरी कर देता।”

माक्कुण्णि ने आधी रात को कदमों की आहट सुन कर चौंक उठना, किसी का दबे पाँव पिछवाड़े की ओर जाना, डंडा ले कर उसका पीछे-पीछे जाना और अचानक बहिर्गृह से तामि का चीख पड़ना और चोर का बाड़ के ऊपर से लपक कर निकल जाना विस्तार से कह सुनाया।

“वह डरपोक छोरा उस वक्त नहीं चिल्लाता तो चोर मेरी पकड़ में आ ही जाता। यह माक्कुण्णि अब पहले जैसा दौड़ नहीं पाता कम्मल, पचास पार कर लिया न?”

“वहाँ से कुछ न मिला। जाते-जाते आपका घौद नज़र आया, तो उसे ही काट लिया। चार रुपये का इन्तज़ाम हो गया न? उबाल कर खा लिया तो भी क्या बुरा?”

मास्टर को अच्छा नहीं लगा। उसने नारायणन नायर को याद दिलायी—“लोंदा के अलावा नौ कंकत थे उसमें, कोई अन्धा भी देगा पाँच रुपए।”

उस दिन चाय की दुकान में पणिक्कर देर से पहुँचा। बारिश शुरू क्या हुई, पैरों में गठिया की शिकायत हो गयी है। मास्टर के घौद की चोरी की बात सुन कर पणिक्कर ने एक और चोरी का किस्सा सुनाया जिसके बारे में वहाँ बैठे किसी को पता नहीं था। पंसारी वाप्पु के बरामदे से पीतल का लोटा और बीज के लिये ताड़ के कठरे में डाल रखे दो सूखे नारियल चोरी हुए हैं।

“इस देश में पहले कभी ऐसा नहीं हुआ।” नारायणन नायर बोला।

“अब क्या पहलेवाली बातें हो रही हैं?” पणिक्कर बहस के लिये तैयार हो गए। कुन्नत भगवती के इस इलाके में हैजा या चेचक से पहले कोई मरा? ‘कलियुग की लीला’ सुना है न? वही है। सब भागवत में कहा गया है—

“भाई भाई को मार डालेगा।”

“घरवाला ही चोर बनेगा।”

“ठीक है न मास्टर?”

परमेश्वरन नायर तब भी अपने बागान के सबसे बढ़िया केले के घौद की याद में खोया हुआ था।

“भागवत में कहने से क्या फायदा? जिसका खो गया उसका नुकसान हुआ न?”

किषक्कुममुरि़ में इधर-उधर मौत धुँधा रही थी। डर से सुन्न रह गये उस वातावरण की ओर एक नयी विपत्ति का आगमन हो गया—चोर!

सुबह मौत की खबरों के साथ चोरी की खबरें भी सुन कर लोग जाग उठते। केले के बागानों में, कसावा के खेतों में, साग-सब्जी की क्यारियों में, रोज़-रोज़ चोरी होती रही। पुत्तनकळम के बरामदे से भी बर्तन चोरी हुए।

पुत्तनकळम में काटनेवाला कुत्ता है, नाणप्प मेनोन के पास बन्दूक है, वहाँ चोरी हो गयी तो कहीं भी, कुछ भी हो सकता है। शाम को रसोई के बरामदे में पीतल का घड़ा और बर्तन नौकरानी ने देखा था। रात को खाने के बाद दोनों उठाकर अन्दर रखने गयी तो दोनों गायब।

मम्माली के कसावा के खेत में चोर पकड़ में आते-आते बच निकला। एक क्यारी का कसावा पूरा उखाड़ रखा था। मम्माली के बेटे ने टॉर्च जला कर देखा कि चोर निकल भागा। उखाड़ लिये कंद बोरी में डाल रखे थे। इसलिये नुकसान नहीं हुआ। चोर के हाथ से गिरा गँड़ासा मम्माली के बेटे को मिला।

एक रात नदी किनारे सब्जी की क्यारियों में लोगों ने टॉर्च और डंडा लेकर पहरा दिया। उस रात चोरी नहीं हुई।

मुतलाली का नारियल खाना तोड़ कर नारियल की चोरी की गयी। चोरी के मामलों में यही सबसे ज़बरदस्त खबर थी। छिलके निकाल रखे नारियलों में से एक सौ साठ कम मिले। नारियल खाने की पट्टियाँ तोड़ी गयी थीं।

दिन में जब भी दो लोग मिलते चोरी और हैजे की ही चर्चा होती।

मोयतीन कुट्टि की दुकान के सामने रोज़ की तरह इकट्ठे लोगों के सामने पणिक्कर ने एक पासा फेंका।

“मैं एक उपाय सुझाता हूँ लोगो। कोल्लंकोट के पास एक ओझा है। जंतर-मंतर टोना-टोटका सब जानता है। करिनीली* को अपने बस में करनेवाला है। मान लो अपना गुरु ही है। उसको ‘मसि देखने’ की तरकीब मालूम है। वह चोर को दिखा देगा।”

रारिश्शन्नूर में अपनी पत्नी के घर तीन महीने रहकर लौटा ‘बैल सींग’ कुञ्ञुरामन उस वक्त वहाँ था। उसकी भेद भरी हँसी देख कर पणिक्कर को बुरा लगा।

“हँसता क्यों है?”

“इसलिये कि चोर का पता लगाने के लिये कोल्लंकोट या कोट्टप्पुरम जाने की कोई ज़रूरत नहीं।”

“तो कौन है?”

“जैसे किसी को पता नहीं?”

---

* लोक देवता।

कुञ्ञुरामन ने तिरस्कार के लहजे में कहा—"मेरे अहाते से चोरी नहीं हुई। हो भी जाती तो मुझे पता है कि कहाँ जाकर ढूँढ़ना है। सही कहा न अप्पु नायर? कुट्टिट नारायणन नायर, आप चुप क्यों है?"

"मुझे मालूम नहीं है, मैंने देखा भी नहीं है। आँखों से देखे बिना कैसे बताऊँ?" नारायणन नायर ने बचकानी बात की।

"मैं बिना देखे भी बता सकता हूँ।" अप्पु नायर ने कहा—"कुञ्ञुरामन ने ठीक कहा। किसी भी मन्दिर के सामने खड़े होकर मैं कसम खाऊँगा, यह उसी का काम है।"

"मुतलाली पुलिस में रपट लिखाने की बात कह रहे थे।" खम्भे में टिकाये फाटक के ऊपर बैठ कर सुलेमान बोला।

"उसी मुतलाली ने जुलूस निकाल कर उसकी नुमाइश की थी। तो यह उसके लायक ही है। किषक्कुममुरि़ नायर लोगों को शरमा देने के लिये ही उसका जुलूस निकाला था न? और भी चोर-उचक्कों को पकड़-पकड़ कर दीन में शामिल कर लो।" कुञ्ञुरामन सुलेमान की ओर उँगली उठा कर बोला।

सुलेमान का विश्वास था कि जेल मर्दों के लिये है। बैल सींग कुञ्ञुरामन भी छोड़नेवाला नहीं था। मोयतीन ने दोनों को देखा। डर हो रहा था कि अपनी दुकान के सामने दोनों आपस में न भिड़ें। सुलेमान अपनी जगह से न हिला। होठों को तिरछा करके धुआँ निकालते हुए आँख मार कर कुञ्ञुरामन से बोला—

"लेकिन मुसलमान लोग कोख में किसी गैर की औलाद के साथ लड़की को राह चलनेवाले एक बेचारे के कन्धे पर बाँध नहीं देते नायर।"

नारायणन नायर के माथे पर पसीना छूटा। बीच में खड़े होकर उसने दोनों को शान्त करने की कोशिश की—

"तुम दोनों बेकार की बातों में क्यों उलझ जाते हो? कुञ्ञुरामन तू जाकर अपना काम देख।"

"कुञ्ञुरामन यों डरनेवाला नहीं है।" सुलेमान के चले जाने तक सब चुप रहे। कुछ देर गरम और बोझिल माहौल बना रहा। सुलेमान का साफा देहाती पगडंडी पर ओझल हो गया तो पणिक्कर ने अपना सन्देह प्रकट किया—

"क्या प्रमाण है कि गाँव भर में एक वही चोरी करके घूमता है?"

"क्या प्रमाण है कि चोर वह नहीं है? जिस दिन सिद्ध हो जाए कि चोर वह नहीं है, उस दिन तुम मुझे यों बुलाना।" कुञ्ञुरामन ने चुटकी बजायी और दुकान के बरामदे में टहलने लगा।

"अकेले एक आदमी से यह सब होगा क्या?"

"चोरी करने के लिये बेहया होना मात्र काफी है। चोरी के माल छिपाने के लिये एक जगह भी मिले तो कोई भी चोरी कर सकता है। इलाके भर में चोरी कर सकता है। क्या राय है अप्पु नायर?"

“कोई भी हो, ज़्यादा दिन हम उसे यों छुट्टा घूमने नहीं देंगे। मेहनत करें हम और खाये और कोई? ऐसा नहीं होने देंगे। किसी न किसी तरह रोकना होगा ही।”

किषक्कुममुरिवालों ने जगह-जगह बैठ कर चर्चा की। आखिर कुञ्ञुरामन और अप्पु नायर ने मिल कर एक रास्ता ढूँढ़ लिया।

“चुस्त-दुरुस्त दस नौजवान हमारे साथ आने को तैयार हैं तो बात बन जाएगी। पुतुक्कोटत्त घर को घेर लेंगे। अगर उसने दरवाज़ा नहीं खोला तो हम तोड़ देंगे। चोरी का माल बहुत कुछ उसके अन्दर होगा। यही नहीं, वह भोंदू नायर है न उस औरत का अब का मर्द, उसे भी नहीं छोड़ना चाहिए।”

जिनकी चीज़ें चोरी हुईं वे इसके लिये राज़ी हो गए। अपने बागान के सबसे बढ़िया घौद के नष्ट होने का दुख होने पर भी परमेश्वरन मास्टर बोला–

“मुझसे मारपीट नहीं हो सकेगी।”

“किसी के घर का यों अतिक्रमण करना जुल्म होगा न? शेखर भाई से परामर्श लेकर हम तय करेंगे।” नारायणन नायर ने भी सन्देह प्रकट किया।

“कुञ्ञरय्क्कार के घर को घेरने गये तो दंड-दफा कौन सी थी?” कुञ्ञुरामन ने पूछा।

“मैंने भी यही कहा, उनसे ज़रा पूछ लेने के बाद... ।”

कुञ्ञुरामन, अप्पु नायर और नारायणन नायर उसी वक्त पून्तोट्टम की ओर चले। वहाँ पहुँचने पर मालूम हुआ कि शेखरन नायर ओट्टप्पालम में बेटे के पास गया है, दो दिनों के बाद ही लौटेगा।

“दो दिन के बाद देखेंगे।” नारायणन नायर की राय सुन कर कुञ्ञुरामन बिफर गया–

“दो दिन और उसे चोरी करके घूमने देंगे क्या? मुझे किसी की मदद नहीं चाहिए मैं अकेला काफी हूँ।”

कुञ्ञुरामन सीधे आन्तूर नायर की चाय की दुकान की ओर चला।

माँ की मृत्यु के दिन तित्तुम्मा आयी थी। पिछवाड़े आँगन में औरतों के बीच उसे एक नज़र बस देखी थी; बातें नहीं हुई थीं। उसके बाद वह आज आई। छोटी टोकरी में थोड़ा से पालक लायी थी। पालक दरवाज़े के अन्दर रख कर तित्तुम्मा बोली–“एक वक्त के लिये भी नाकाफी है, रख लो कुञ्ञुट्टि अम्मा।”

कुञ्ञुकुट्टि ने तित्तुम्मा की गठिया की शिकायत के बारे में पूछा। बोली, “ज़्यादा नहीं, कुञ्ञुण्णि वैद्य की दवा से आराम है। लगता है दवा असर कर रही है, इस बारिश में बिस्तर न पकड़ी।”

“अब्दू की चिट्ठी आती है न?”

“हाँ, लगता है श्रावण या आश्विन में घर आ जाएगा।”

“पिछली बार अब्दु छुट्टी पर आया तो....” कुञ्ञुकुट्टि के अन्दर दर्द भरी यादें उमड़ आयीं।

“कुञ्ञुट्टि अम्मा, तुमने सुना?”

हैजे का नया शिकार कौन है? इस ख़याल से कुञ्ञुकुट्टि ने पूछा—

“क्या?”

“लोग हथियार लेकर ढूँढ़ रहे हैं।” पल भर की देरी के बिना कुञ्ञुकुट्टि समझ सकी कि इशारा किसकी ओर है?

“क्यों? अब भी लोगों का दिल नहीं भरा क्या?”

“गाँव भर में चोरी हो रही है, लोगों का मानना है कि सब उस लड़के का काम है।”

फटकनी के पालक को फैलाते-समेटते कुञ्ञुकुट्टि खामोश बैठी रही।

“शौहर बोलता था, पुतुक्कोटत्त के घर को रात को कई लोगों ने घेर लिया। अचानक आम के पेड़ के ऊपर से कोई पत्थर फेंकने लगा तो लोग भाग निकले। कहते हैं लोगों को इकट्ठे होते देख कर पहले से नारियल के पत्ते के दोने में कंकड़ जमा करके आम के ऊपर चढ़ बैठा था। लोग बरछा-डंडा लेकर ढूँढ़ रहे हैं। या रब्बा, जाने क्या-क्या देखना सुनना पड़ेगा?”

कुञ्ञुकुट्टि के अपने शब्द नष्ट हो चुके थे। खामोशी बर्दाश्त करना कठिन हो गया तो तित्तुम्मा वहाँ से निकल चली।

गोविन्दन कुट्टि के मुसलमान बन जाने की खबर सुन कर दुख हुआ था। लेकिन अब मन में घृणा भर गयी। एक चोर को अपना भाई नहीं मान सकती। कुछ भी हो जाए। लोग उसे मार डालें तो भी मुझे कोई गम नहीं। वह मेरा कोई नहीं।

दोपहर को खाने पर पहुँचा तो कुमार भाई पेरुम्पलम और रारिश्शन्नूर में हैजे से लोगों के मरने की खबरें ले आया था।

दोपहर के बाद हल्की धूप फैलते देख कर कपड़े धोने और नहाने के लिये पड़ोस के तालाब में पहुँची तो वहाँ औरतों की भीड़ लगी थी। कुञ्ञुकुट्टि ऊपर सुपारी के पौधे के गड्ढे के पास ठिठक गयी। वहाँ भी सबकी ज़बान पर चोर की ही चर्चा थी।

“सुना कि उपले ढूँढ़ने के लिये टीले पर गयी औरतों को दुत्कारा।”

“हाय रे दैया, मेरी मालुट्टि उसी रास्ते स्कूल जाती है।”

“कोई ज़ेवर पहना कर मत भेजना। सोचो तो उस लड़के का...।”

कहीं उनको ऐसा न लगे कि छिप कर उनकी बात सुनी जा रही हैं, इस ख़याल से कुञ्ञुकुट्टि ने खँखार दिया। झट से बातचीत बन्द हो गयी।

तालाब में उतरने को हिचक कर किनारे पर ही खड़ी रही। कपड़े धोने के दो ही पत्थर हैं। चार औरतें नहाने के लिये उतरी हैं। कुञ्ञुकुट्टि ने देखा कि उनके चेहरों पर मुश्किल से लायी गयी हँसी बुझने लगी है। उतरने के बारे में दुविधा बनी रही।

"कुञ्ञुट्टि, उतर न।" पड़ोसन कल्याणिक्कुट्टि ने बुलाया।

"मुझे जल्दी नहीं है।"

धीरे-धीरे वहाँ से खिसक आई, तभी जान में जान आई। कुएँ पर बाँस की टटिया की आड़ लगाकर बनाये गुसलखाने में दो घड़े पानी भर कर नाम के वास्ते नहा लिया।

रात के खाने का चावल चूल्हे पर चढ़ाने में देर हो गयी थी। मन कहीं भी नहीं लग रहा था। पिछवाड़े दरवाज़े के सहारे बैठ कर यों ही आँगन में देखती रही।

पड़ोस से अप्पु का स्वर सुन कर कुञ्ञुकुट्टि ने उसे बुलाया।

"अप्पु, इधर आ ज़रा।"

अप्पु पहुँचा तो कुञ्ञुट्टि उसे अन्दर ले गयी। वटक्किनि में उसके कन्धों पर हाथ रख कर कुञ्ञुट्टि ने पूछा–

"मेरा एक काम करोगे?"

"हाँ दीदी।"

"किसी से मत कहना, किसी को पता न चलना चाहिए। किसी से कहोगे, तो दीदी फिर तुमसे नहीं बोलेगी।"

"तुम भी क्या दीदी, अप्पु पर भरोसा नहीं," वाली शिकायती मुद्रा में उसकी बड़ी आँखें कुञ्ञुकुट्टि के चेहरे पर धँसी रहीं।

"अप्पु, तुम पुतुक्कोटत्त का घर जानते हो?"

"कौन से पुतुक्कोटत्त?"

"नम्प्रम मस्जिद के पास कटहल के बागान के सामने पुतुक्कोटत्त चुम्मुक्कुट्टि अम्मा का घर?"

"देखा है, पिछले साल 'आट्टम'* देखने उस आँगन से होकर गया था।"

"वही। दीदी एक बात कह देती हूँ, इसको वहाँ जाकर कहना है। नहीं, एक कागज़ में लिख देती हूँ। वही ले जा। तू पंसिल ले आ। माँ से कहना कि दुकान में जाना है।"

"हाँ दीदी।"

अप्पु लपक कर पेन्सिल ले आया।

कागज़ के लिये अन्दर कई जगह ढूँढ़ा। आखिर कुमार भाई के नाम आया एक न्योता पत्र मिला। उसका उलटा पन्ना खाली है। वटक्किनि के रोशनदान के सामने ज़मीन पर घुटने टेक कर पीढ़े के ऊपर कागज़ रख कर कुञ्ञुकुट्टि लिखने के लिये तैयार हो गयी। ज़िन्दगी में कभी भी एक पत्र नहीं लिखा। याद आया कि यह अपना पहला खत है।

---

* प्रेतात्मा को खुश करने के नाम पर होनेवाली रस्म।

"प्रिय गोविन्दन कुट्टिट," लिखते ही उसे काट डाला। प्रिय गोविन्दन कुट्टिट... .लिखते ही उसे काट डाला। गोविन्दन कुट्टिट नहीं...प्रिय गोविन्दन कुट्टिट अब नहीं है, भरी आँखें बायें हाथ पर पोंछ लीं तो अन्दर से सिसकी उठी।

आखिर में मात्र एक पंक्ति लिख डाली–मुझे तुमसे मिलना है। लिखने के लिये और कुछ नहीं। नाम नहीं लिखा। कागज़ तहा कर उसके पट्टीदार ट्राउज़र की जेब में डाल देते बोली–

"सीधे पुतुक्कोटत्त घर में जा। वहाँ...वहाँ गोविन्दुट्टिट भाई है तो उसे दे, कहना मैंने दिया। नहीं है तो...।"

"तो क्या करना है?"

"तो कुछ मत करना, सीधे लौट आना, उसके हाथ में ही देना।"

"दूँगा दीदी।"

"किसी से मत कहना, किसी को मालूम पड़ गया तो अप्पु के लिये भी बुरा है, मेरे लिये भी।"

"अप्पु ने कुछ याद करके पूछा–"गोविन्दुट्टिट भाई चोर है क्या?"

"हाँ है। टोपी छत्तरी ले, इधर-उधर समय न गँवाना, जल्दी वापस आना।"

अप्पु बाहर निकला। कुछ याद करके फिर बरामदे पर चढ़ आया।

"क्या हुआ?"

"गोविन्दुट्टिट भाई माप्ला हो गया है न दीदी?"

कुञ्ञुकुट्टिट के गले में शब्द अटक गए।

"तो गोविन्दुट्टिट भाई पुकारना ठीक रहेगा क्या?"

कुञ्ञुकुट्टिट ने पलकें कस लीं। उसके बाल सहलाते हुए बोली–"कुछ मत पुकार, बस चिट्ठी दे आ।"

अप्पु के जाने के बाद मन में आग ज्यों सुलगने लगी। रसोई में काम करते वक्त मन में हिसाब लगाया–अब वह सड़क पर पहुँच गया होगा...इस वक्त मस्जिद के अहाते से गुज़र रहा होगा...अब...।

शाम होने पर भी अप्पु नहीं लौटा। खुद को राहत दिलाने की कोशिश करती रही–नहीं, उसके लौटने का वक्त हो ही रहा है।

"कुञ्ञुकुट्टिट, अप्पु वहाँ है क्या?" पड़ोस से नाणिक्कुट्टिट अम्मा ने पुकारा।

"उसे मैंने दुकान में भेजा है।"

"वह छोरा है ही ऐसा। इधर-उधर देख कर देर कर देता है।"

आखिर अप्पु आया। साँस फूलने के कारण वह बात भी नहीं कर पा रहा था। रास्ते भर दौड़ आया होगा।

"नहीं देखा दीदी।"

"वह औरत मुझे काटने को लपकी। पूछा कि उसका घर क्या कोई सराय है। एक लंगड़ा बूढ़ा उस औरत से पूछता था–"कौन है यह छोरा? सुन कर मुझे इतना गुस्सा आया कि...।"

"वहाँ नहीं है क्या?"

"उस औरत ने पूछा कि ऐरे-गैरों को मैंने अपने घर में बसाया है क्या?...डायन है।"

"चिट्ठी कहाँ है?"

ज़ेब से कागज़ निकाल कर ज्यों का त्यों दीदी को लौटा दिया। कागज़ हाथ से मसल कर चूल्हे की आग में डालते हुए कुञ्ञुकुट्टि बोली–

"बेकार अप्पु को कष्ट दिया। है न? जाओ, माँ ने पूछा तो कहना दुकान में गया था।"

शाम गहरा रही थी। जलने को हिचकती गीली लकड़ी के ऊपर एक हाथ भूसी फेंक दी। लाल लपटें उठीं। हाँडी के काले पेट पर चाटती पीली जीभों में नज़र गड़ा कर कुञ्ञुकुट्टि बोली–

"नहीं देखूँगी मैं, मुझे नहीं देखना चोर को।"

बाहर से बातचीत का स्वर सुन कर जागा था। चुम्मुक्कुट्टि अम्मा किसी से बातें कर रही थी। दूसरी आवाज़ पतली सी थी। लगा कि परिचित कोई स्वर है।

बन्द आँखों के अन्दर लाल-पीले और अव्यक्त कुछ और रंगों के बुलबुलों के फूटते और चूर-चूर होकर गायब होते महसूस हो रहा था। दर्द से सिर फटा जा रहा था। आँखें खोल कर देखने पर भी समय का होश नहीं आया। दिन है कि रात? कमरे में हर वक्त अन्धकार है। पुरानी हाँडियों, नारियल की खोपड़ियों, भूसी की टोकरी और आँगन बुहारने की झाड़ुओं से भरे उस कमरे में एक चटाई बिछाने के लिये भी जगह कम है।

बाहर की बातचीत बन्द हुई। कौन होगा? कल की घटना के बाद गहरी नींद सोने की हिम्मत नहीं। शिकार चाहे आदमी ही क्यों न हो, खेलने में लोगों को मज़ा आता है।

पहले वे नायर लोगों को जलील करनेवाले गोविन्दन कुट्टि के पीछे थे। अब वे गाँव भर में चोरी करनेवाले कमीने चोर के पीछे हैं।

तीन-चार दिनों से बुखार है।

कमरे के अन्दर चटाई पर बुखार से तड़प कर लेटा था कि बाहर से दबी आवाज़ें आने लगीं। कुछ महीनों के पहले कुञ्ञरय्क्कार के घर के फाटक पर लोगों के इकट्ठा होने की घटना याद आई। अन्धकार में घृणा से विकृत बने चेहरों का घेरा जाना याद आया तो झट से उठकर पिछवाड़े के दरवाज़े से अँधेरे में डुबकी लगायी। चलते वक्त सिर चकरा जाता था। अहाते की सीमा पर 'गुलिकन'* के चबूतरे पर कनेर के पेड़ के सहारे खड़े हो कर थकी आँखों ने अन्धकार को टटोला। जिसका डर था वही हो

* एक लोक देवता का नाम।

गया। धुँधलके में देखा कि लोगों ने घर को घेर लिया है। अन्दर गुस्सा फेनिल होने लगा। आवाज़ों की ओर कान लगाया। वे अपनी तलाश में आये हैं। सूँघ-सूँघ कर यहाँ भी आ पहुँचे। इस बार कौन आया है? हिन्दू या मुसलमान? आवाज़ से आदमियों को पहचानने की कोशिश की। कुछ भी साफ नहीं हुआ। अन्धकार में दुबक कर बुलानेवालों के अलग रूप या अलग आवाज़ नहीं है।

दो रातों की बुखार से शिथिल बने शरीर की दुर्बलता पर दुख हुआ। गरजते हुए उनके बीच दौड़ पड़ने की चाह हुई, लो मैं आ गया कुत्तो लेकिन कुछ भी सम्भव नहीं। घुटने जवाब दे रहे हैं। चुम्मुक्कुट्टिअम्मा की गालियाँ ऊँची आवाज़ में सुनायी दीं। बाहर से लोगों की मिलीजुली आवाज़ें भी। वह उकड़ूँ बैठ गया। हथेलियों ने गोल पत्थरों का स्पर्श पाया। अचानक मन में नया विचार कौंध गया। कुछ समय के लिये थकान भूल गयी। शरीर में शक्ति का संचार होने लगा।

मर्दानगी की चुनौतियाँ देनेवालों को पल में अन्धकार के टुकड़े ज्यों भाग निकलते देख कर वह बेआवाज़ हँसता रहा।

बड़ी देर के बाद पिछवाड़े के दरवाज़े से अन्दर घुसा तो बूढ़े कुंकन नायर को अपने कनफूल में उलझ कर झुँझलाया सा बैठा देखा। उसी वक्त तय किया कि निकल जाने का वक्त हो गया है। चुम्मुक्कुट्टि अम्मा चुप थी। जिसके पास शब्दों की कोई कमी नहीं थी। उसकी चुप्पी और घबराई हुई निगाह देख कर वह और ज़्यादा परेशान हो गया। निकल जाना है, इस घर से कहीं और निकल जाना है। लेकिन घुटनों का दर्द और सिर दर्द वापस आ रहा था। दीवार को पकड़ कर धीरे से चटाई पर जा गिरा था।

नींद और जागरण के बीच से पूरे एक दिन का गुज़र जाना उसने विवश होकर देख लिया। ऐसे ही एक अन्तराल में बाहर से कुंकन नायर का सवाल कानों में आ पड़ा था–'कौन है यह छोकरा?'

"लगता है ताषत्त घर के पड़ोस का है।"

वह हड़बड़ा कर उठा। सिर का बोझ कम हो गया। खड़े होने में भी कठिनाई महसूस नहीं होती।

दरवाज़े तक पहुँचा तो बारिश में भीगी टूटी-फूटी मुँडेर के ऊपर बैठ कर लकड़ी के छोटे ऊखल में बूढ़ा पान कूट रहा था। देहली में पसरी चुम्मुक्कुट्टि अम्मा के पकते बालों के ऊपर से बलगम के थक्के जैसी आँखें उठा कर बूढ़े ने घूर लिया। पिछले कुछ दिनों से उसकी आँखें ही बोलती थीं। इस घर में सिर्फ कुञ्ञुक्कुट्टि अम्मा के खुरदरे स्वर सुनायी देते हैं।

कुञ्ञुक्कुट्टि अम्मा ने मुड़ कर देखा तो पूछा–"कौन आया?"

"पड़ोसी ने कुशल पूछने के लिये आदमी भेजा न?" उसके रुखे स्वर में व्यंग्य झलकता था। तब उसे ठीक से याद आया–थोड़ी देर पहले बाहर से सुना वह स्वर अपने पड़ोस के अप्पु का था।

"क्या बोला?"

"कुछ नहीं।"

उसने आगे कुछ नहीं पूछा। लेकिन मन में बार-बार वही ख़याल आता रहा। अप्पु क्यों आया होगा? मन में सैकड़ों विचार मँडराने लगे। अप्पु क्यों आया? किसने भेजा होगा? लेकिन सारे सवाल गले में ही अटक गए। कोठार की तरह पसरी इस औरत की ज़बान से जाने क्या निकले?

वह अपनी खोह की ओर रेंगा।

बाहर शाम गहराने लगी थी। घर में दीप नहीं जलाया गया था। अन्धकार फैलने दे। आज यहाँ से निकल पड़ना है।

यहाँ पहुँचे कितने दिन हो गए? मन ने हिसाब लगाने की कोशिश की।

बन्द खिड़की के चौखट पर रखे आईने के टुकड़े में उस धुँधलके में भी वह अपना चेहरा देख सका। चेहरे पर बाल उग आये थे। दाढ़ी के बाल सहलाते हुए अचरज के साथ उसने वह सच्चाई जान ली कि आईने में प्रतिबिम्बित होता यह चेहरा अब्दुल्ला का नहीं है। मुण्डन करके चिकना बनाया सिर और हज़ामत करके छोटी बनायी भौंहें अब नहीं हैं। भूरे रंग की सूखी लटें माथे पर गिरने लगी हैं।

चुम्मुक्कुट्टि अम्मा इल्लमवालों के लिये पाँच के दो के हिसाब से धान कूट कर बसर करती है। गुज़रे ज़माने में पूरे गाँव को अपने इशारे पर नचाने की बातें याद करके वर्तमान को बितानेवाली चुम्मुक्कुट्टि अम्मा के घर में अनजाने में आ पहुँचा था।

ऐसा लगा था कि इस घर में परेशान करने कोई नहीं आएगा। मेहनत किये बिना खाने का मन नहीं करता था। इसलिये दिन भर लोहे के छल्लोंवाले मूसल से धान कूटा। उसने गौर किया कि हल या फावड़ा चलाते भी जिन हथेलियों में गट्ठे नहीं पड़े उनमें औरतों की तरह मूसल पकड़ने से गट्ठे उभर आये हैं। चुम्मुक्कुट्टि अम्मा के अतीत की ठीक पहचान रखनेवाले गाँववाले उससे ज़्यादा हिल-मिल नहीं जाते थे। इसलिये कल तक कोई परेशानी नहीं हुई थी।

कोल्लनबट्ट चक्कम्मा, पुतुक्कोटत्त चुम्मुकुट्टि इन दोनों नामों को ज़बान पर लाते लोगों की आवाज़ दब जाती थी।

माधवी दीदी और चुम्मुक्कुट्टि अम्मा हम उम्र हैं। बचपन में श्रविष्ठा के दिन एक बार उसका घर आना अब भी याद है। तब उसके बाल नहीं पके थे। गले में हार और कान में सोने की बेलन। माँ ने हँसने की कोशिश की। माधवी दीदी ने कुशल पूछा। किसी ने बैठने के लिये नहीं कहा। उस दिन पिछवाड़े दरवाज़े के पास खड़ी उस औरत को बड़े चाव से देखा था। वह चली गयी तो पड़ोस की औरतों में से किसी ने कहा—

"यों सज-धज कर क्यों घूमती है।"

"सजेगी क्यों नहीं? पराये मर्दों के पैसे अपने सन्दूक में आ जाएँ तो जैसे भी चाहे रह सकती है न?" और किसी ने व्यंग्य कसा।

कान में चमकदार सोने का बेलन और गले पर सोने का हार और लाल पत्थर जड़ा लटकन और चोली के ऊपर जरीदार धोती पहनी उस औरत को चाव से देखते हुए मन में ख़याल आया था कि इसके सामने कौन औरत लज्जित न होगी?

माधवी दीदी से विदा ले कर वह बाहर निकली। मालोमा पेड़ के पास बैठ कर सेमुल की लकड़ी के ठप्पे में अपना नाम कुरेदने की कोशिश में लगा हुआ था। वह पास आयी तो उठ खड़ा हुआ। सिर पर हाथ फेर कर उसने पूछा था—

"क्या तू मुझे पहचानता है रे?"

शरम के मारे बेवकूफ-सा हँसा।

"मेरे साथ आओगे?"

जवाब नहीं दिया।

"कुट्टन तेरा दोस्त है न? उसके साथ खेल लेना।"

स्कूल में कुट्टन एक दर्जा नीचे है। मालूम है कि वह चुम्मुक्कुट्टि अम्मा का बेटा है। खेलते वक्त झगड़ा हो गया तो और बच्चे उसका मज़ाक उड़ाते थे।

"उसके दो बाप हैं।"

मुलायम हथेली कन्धे पर रख कर उस औरत ने दुबारा पूछा—

"आओ न?"

उसके जाने के बाद घर के अन्दर गया तो माँ ने पूछा—

"उस औरत का बेटा तेरा दोस्त है क्या?"

कुट्टन से बात तक नहीं हुई थी। लेकिन माँ के सवाल का जवाब नहीं दिया।

"बदचलन लोगों के साथ दोस्ती करता है? मैं तेरी पीठ छील लूँगी।"

माँ को बेवजह गुस्सा होते देख कर मन में खीझ उठा।

माँ को मिला कर सब औरतें जलती हैं। खुद वह कहती भी है—जलन और गंजेपन का कोई इलाज नहीं।

इसके अगले साल कुट्टन मर गया। सबसे ऊँची डाल से आम तोड़ने की शर्त लगा कर पेड़ के ऊपर चढ़ा। चार-पाँच बच्चे और भी थे। ऊपर पहुँचने पर पकड़ छूटी और नीचे चट्टान के ऊपर आ गिरा। सुना है कि बच्चों की चीख पुकार सुन कर लोग दौड़े आये तो चट्टान के ऊपर बेजा छितरा पड़ा था। कुट्टन से दोस्ती नहीं थी फिर भी उसकी मौत की खबर सुनकर बड़ा दुख हुआ। उसको उसके पिताओं के नाम पर ताने देनेवाले काली बिल्ली उपनाम वाले चाप्पन से सख्त नफरत भी हुई थी।

जिस दिन मुतलाली का घर छोड़ा पूरी तरह होश में नहीं था। बूँदाबाँदी में आगे बढ़ते समय मंजिल का कोई पता नहीं था। अन्धकार भरी पगडंडियों और देहाती सड़कों से आगे-आगे निकल गया। कड़कते हुए बरसने लगा तो पास दिखे एक बरामदे में चढ़ा। लगा कि घर खाली है। गीली धोती उतार कर निचोड़ ली और सिर पोंछने लगा तो बरामदे की मुँडेर पर रखी किसी चीज़ से हाथ टकरा गया और शोर

हुआ। बाद में मज़ाक के अन्दाज़ में सोचा करता था कि बूढ़े कुंकन नायर के पान कूटने के ऊखल और मूसली ने अपना एक बसेरा बना दिया। खुद को कोसने लगा कि अन्दर से आवाज़ आई—

"कौन है बाहर?"

एक औरत की रूखी आवाज़ उठी। बिना जवाब दिये जल्दी वहाँ से निकल पड़ने का विचार था लेकिन मुँह से निकला—"बारिश से बचने के लिये खड़ा हूँ।"

एक मर्दानी कुड़बुड़ाहट भी सुनायी दी। अन्दर चिराग जला। दरवाज़ा खोलनेवाली गृहस्थिन को पल भर में वह पहचान सका। उस चेहरे पर ढलती उम्र में भी अपनी पुरानी मोहकता के अवशेष उसने देख लिये।

बरामदे की ओर हवा में बरसात की फुहारें आ रही थीं। इधर-उधर छप्पर भी चू रही थी। बूढ़े के जबड़े बजने की आवाज़ आई। कानों में कनफूल पहना वह बूढ़ा चुम्मुक्कुट्टि अम्मा के पीछे कमर झुकाये खड़ा था।

"आधी रात को कौन आया रे?" बूढ़ा मानो खुद से फुसफुसा रहा था। उसने देखा कि चिराग उठा कर चुम्मुक्कुट्टि अम्मा आगन्तुक को जाँच रही है।

"कोई भी हो उसे अन्दर आने देते हैं।" चुम्मुक्कुट्टि अम्मा बोली तो बूढ़े ने फिर कुछ फुसफुसाया।

उस औरत की आँखों में देखे बिना उसने कहा—"बारिश के थम जाने पर चला जाऊँगा।"

"कहाँ जाएगा?"

जवाब नहीं दिया।

हवा चली तो छींटे बरामदे के पार दरवाज़े तक पहुँचे।

"अन्दर आ जाते हो या हम दरवाज़ा बन्द करें?"

"मैं..." कुछ कहने ही वाला था कि चुम्मुक्कुट्टि अम्मा बोली—

"मैं जानती हूँ तुझे। तू इस्लाम में शामिल होनेवाला नायर है न?"

वह चौंक उठा।

"माप्ला हो या नायर, मेरे बरामदे में मरा तो पाप मुझे ही लगेगा न? हूँ—अन्दर आओ।"

वह अन्दर घुसा। चुम्मुक्कुट्टि अम्मा ने दरवाज़ा बन्द किया। नापसन्दगी जता कर फुसफुसाते हुए बूढ़ा अन्दर चला गया।

"तू शायद मुझे नहीं पहचानता, लेकिन तुझे मैं जानती हूँ।" चटाई और एक फटी धोती निकाल कर चुम्मुक्कुट्टि अम्मा बोली। "तुम्हारी माधवी दीदी और मैं एक ही आचार्य के पास पढ़ने जाती थीं। उस वक्त तुम्ळारा जन्म नहीं हुआ था, हूँ...लेट जाओ।"

कानों में जहाँ पहले सोने की बेलन चमकती थीं, अब सूने छल्ले मात्र रह गये थे।

चिराग लेकर चुम्मुक्कुट्टि अम्मा अन्दर चली और कमरे का दरवाज़ा बन्द करने लगी तो वह एक बेवकूफ की मुद्रा में चटाई पर बैठा था।

"सिर मुँड़ा कर मुसलमान बन जाने से क्या फायदा है रे? जन्नत मिल जाएगी क्या?"

वह चुप रहा।

दरवाज़ा बन्द हुआ। कमरे के अन्दर से उसका स्वर दीवार पार कर आया—"आजकल के छोकरे भी कितने नादान हैं?"

तड़के उठ कर निकल जाने के इरादे से लेटा था। लेकिन सुबह देर से आँख खुली।

जाने का उपक्रम करने लगा तो बड़ी बेरुखी से उसने पूछा—"कहाँ जाता है?"

चुप रहा।

वैसे जाने को कोई जगह नहीं थी, लेकिन विवशता प्रकट किये बिना ज़मीन पर आँखे गड़ायीं।

"चाहो तो मेहनत करके यहीं रह जाओ। मुझे कोई एतराज़ नहीं।"

तब भी चुप ही रहा तो उसकी आवाज़ पहले से ज़्यादा तीखी हो गयी।

"मैं तुम्हें किसी दावत का निमंत्रण नहीं दे रही।"

....

वह नहीं गया।

उसे ताज्जुब हुआ कि अपने बारे में उसने कुछ न पूछा। हर पल उसने उससे एक सवाल का इन्तज़ार किया—"तुम्हारी यह हालत कैसे हुई?" लेकिन उसने कुछ नहीं पूछा, घरवालों के बारे में, शादी के बारे में या धर्म परिवर्तन के बारे में, कुछ भी नहीं।

एक शाम को अपने सफेद बालों को सुलझाते हुए देहली पर बैठ कर उसने पूछा—

"तुम्हारी उम्र क्या है?"

"चौबीस।"

"हूँ...।" कुछ देर बाद उसने स्वगत किया। "मेरा कुट्टन ज़िन्दा होता तो अगले श्रावण में तेईस का हो जाता।" तब पहली बार वह आवाज़ भर्रा गयी थी।

....

चटाई पर बैठ कर रात के गहराने का इन्तज़ार किया।

अप्पु क्यों आया होगा? इस ख़याल से उसकी बेचैनी बढ़ी। अपने घर की रसोई में चावल के दो-चार सूखे दाने चिपके खाली हाँडी के सामने गीले चूल्हे की ओर देख कर बैठी एक दुबली-पतली सूरत मन में उभर आई। कोटर में काली छायाएँ सोयी पड़ी वे आँखें उसे साफ दिखाई दे रही थीं।

बाहर निकला तो रोज़ की तरह चुम्मुक्कुट्टि अम्मा ने कुछ नहीं पूछा।

पहले भी कई रातों में वह बाहर निकला था और इधर-उधर घूमने के बाद लौट भी आया था। लौटने पर वह कभी नहीं पूछती थी कि कहाँ गया?

वह पायदान पर ठिठक गया।

"चुम्मुक्कुट्टि अम्मा...।"

"ऊँ...।"

"मैं जाता हूँ।"

पिछली रात की उस घटना के बाद कोई विवरण ज़रूरी नहीं था।

"ऊँ।"

उसकी समझ में बात नहीं आयी क्या? यह यात्रा लौटने के लिये नहीं। तुमने मेरे लिये कष्ट उठाये, मैं एहसानमंद हूँ।

मुड़कर उस चेहरे की ओर देखा तो ज़बान पर सजाये शब्द वह भूल गया। कुछ याद करता सा थोड़ी देर ठहरा और फिर जल्दी चल पड़ा।

पगडंडियों में लोगों की आवाजाही बन्द हुई थी। कई दिनों के बाद रात का आसमान उजला दिख रहा था।

खेत में उतरने की जगह पर पहुँचा तो दो लोगों को मशाल लेकर आते देखा। नशे की लहरों में बिछलती चाल और ज़बान की फिसलन से स्पष्ट था कि शराबखाने से लौटनेवाले हैं।

उनके रास्ते से हटा।

"कौन है?"

"मैं हूँ।"

रास्ते की चौड़ाई नाप कर जा रहे उन दोस्तों ने पूछा—"मशाल चाहिए क्या?"

"नहीं।"

"नीचे...देख...कर...चल। बुरा...समय है।"

सड़क को पार करते समय उसने दोनों ओर नहीं देखा। देखनेवाले देख लें। खेत में उतर कर चाल तेज कर ली।

अपने घर के फाटक पर पहुँचकर बेझिझक आँगन में उतरा और घर का फेरा लगा कर वटक्किनि के रोशनदान के पीछे पहुँचा। साँसों की गति बढ़ गयी थी। पसीने की धारियाँ निकल रही थीं।

दीवार से लगायी मिट्टी के अम्बार के ऊपर चढ़ कर अधखुले रोशनदान का चौखट थाम कर अन्दर के अन्धकार में आँख गड़ा कर देखा।

आवाज़ गले में अटक गयी थी। ज़ोर लगा कर पुकारा—"कुञ्ञोप्पोळ...।"

मालूम हुआ कि फुसफुसाहटवाली आवाज़ भी गले से बाहर नहीं निकली।

"कुञ्ञोप्पोळ...।"

अन्दर से कोई आवाज़? खर्राटों के स्वर बराबर आ रहे थे, तेक्किनि से।

एक बार फिर पुकारूँ?

मिट्टी के अम्बार से नीचे उतर कर आँगन में ठिठक गया।

आसमान के धुँधलके में पहले कभी देखे एक सपने की तरह अव्यक्त उस वातावरण में थोड़ी देर अकेले खड़ा रहा तो वह अधीर होने लगा। या तो यहाँ से भाग निकलना होगा या शोर मचा कर सोनेवालों को जगा कर आवाज़ और आलोक का एक अलग संसार रचाना होगा।

धीरे-धीरे चल कर पिछवाड़े दरवाज़े के पास पहुँचा तो दरवाजे के अधखुले पाट के पास छाया-सी खड़ी थी कुञ्ञोप्पोळ। उसके उठ आने या दरवाज़ा खोलने की ज़रा भी आहट कानों में नहीं पहुँची थी।

धुँधलके में एक बार फिर ध्यान से देखा।

कुञ्ञोप्पोळ ही थी।

वह धीरे-धीरे नीचे उतर कर बरामदे के छोर तक पहुँची और ठीक सामने खड़ी हो गयी।

दोनों ने कुछ नहीं कहा। आखिर अनेक सालों और युगों के बाद कुञ्ञोप्पोळ की आवाज़ सुनायी पड़ी।

"आ गया न?"

उसने कहना चाहा, आज ही नहीं पहले भी कई बार इस घर के इर्द-गिर्द मैं घूमा था एक नज़र देखने के लिये।

"मैं...।"

"धीरे बोल।"

वह फिर चुप हो गया।

"एक नज़र देखने के लिये ही मैंने अप्पु को भेजा था। और किसी काम से नहीं।"

"मुझे बस इतना पूछना था।" कुञ्ञोप्पोळ की आवाज़ पतली हो गयी।

"तू क्या चोरी का धन्धा करता है?" बड़ी निर्ममता से कुञ्ञोप्पोळ ने पूछा था।

गट्ठे निकले हथेलियों को मलते हुए उसने पूछा—

"किसने कहा?"

"पूरा गाँव कहता है।"

धुँधलके में उस चेहरे पर उसने आँखें धँसा दीं। काली छायाओं की गहराई से आँखें चमक रही थीं।

उसने कहना चाहा—कुञ्ञोप्पोळ, तुम मेरी हथेलियों के ये गट्ठे देखो। हल जोतने या फावड़ा चलाने से भी इन हाथों में गट्ठे नहीं पड़े थे। मूसली से धान कूटने के ये निशान हैं।

लेकिन एक शब्द भी बाहर नहीं निकला। अपनी बेबसी को उसने सौ बार कोसा।

"मेरे लिये बस एक काम कर दो।"

पहले कभी न सुननेवाले उन शब्दों के आगे वह झेंप गया।

"किसी परदेश में चला जा, उसके बाद चोरी या डकैती कुछ भी कर ले। अपने कानों से सुनना तो नहीं पड़ेगा न?"

वह दर्द को बस में कर चुका था।

"बोलो कुञ्ञोप्पोळ, तुम कुछ भी बोलो, मैं सुनने के लिये तैयार खड़ा हूँ।"

"बस मेरे लिये यही कर दे।"

धोती की चुन्नट से कुछ निकाल कर कुञ्ञोप्पोळ ने उसकी ओर बढ़ा दी।

"लो, यह बेच डालो और उस पैसे से...।"

कुञ्ञोप्पोळ की हथेली में एक चमकती चीज़ थी, उसकी नथनी।

"बस यही मेरे पास है।"

"नहीं।"

"क्यों?"

"ज़रूरत पड़े तो माँग लूँगा।"

एक दूसरे की ओर देख कर खड़े रहे। लगा कि कहने को और कुछ नहीं रह गया है।

"जाओ, रातों में भाई को नींद कम आती है।"

"कुञ्ञोप्पोळ," वह भूल चुका था कि दीदी को यों पुकारने का उसका हक नष्ट हो गया है।

"मैंने कोई चोरी नहीं की है। फिर भी मुझ पर चोरी का कलंक लग चुका है न। अब मैं नहीं झिझकूँगा। कल से पूरे इलाके में मैं चोरी करूँगा।"

कुञ्ञोप्पोळ ने उसे आगे बोलने न दिया।

"जाओ।"

वह धीरे-धीरे अन्दर चली गयी। दरवाज़े के खुले पाट के धीरे-धीरे बेआवाज़ बन्द होने तक वह चुपचाप खड़ा रहा। फिर आँगन के धुँधलके से धीरे-धीरे फाटक की ओर चला।

8

किषक्कुममुरिवालों को लगने लगा कि मौत और बरसात का मौसम बीत चुका। पिछले कुछ दिनों से बीमारी की कोई ख़बर नहीं आई। मुतलाली ने कई लोगों को बुला कर कहा कि 'अञ्चुकण्णु' के पासवाले दरगाह में मुसलमानों ने जो मनौती माँगी थी उसे धूम-धाम से मनाने की योजना बनायी जाए। कटाई के तुरन्त बाद जुलूस निकालने का निर्णय लिया गया। दरगाह के औलिया बाबा की कृपा से ही किषक्कुममुरिवाले बिना ज़्यादा नुकसान के बच गए।

कुन्नत मन्दिर के पूजा-पाठ का इन्तज़ाम भी होने लगा। शेखरन नायर ने कुछ लोगों को बुला कर गाँववालों से चन्दा इकट्ठा करने का काम सौंप दिया। मुसीबतों के दिन बीत चुके, देवी के कार्य में कोई देरी न हो। उन्हीं की कृपा से सस्ते में छूटे।

वेलायुध नायर की चाय की दुकान में बैठ कर पणिक्कर बोला–

"सबको यकीन हो गया न निरमाला के दिन में सुने दैवी आमंत्रण सच निकले? बारिश ज्यों जो आएगा उसे मैं कुहरा बना दूँगी।"

उजला आसमान काला पड़ गया और बारिश फिर शुरू हुई। कई दिनों तक मूसलाधार बरसती रही मानो ताजा होकर लौटने के लिये ही मौसम ने विश्राम लिया था। तट पर सीपी के आकार में जो थोड़ी-सी रेत बाकी थी उसे भी चाट लेने के बाद दोनों पाटों को छूकर बहनेवाली नदी का शोर घर के अन्दर तक सुनायी देता था। अम्मी और अब्बा के सो जाने के पहले सोने के लिये नबीसु आँखें मूँद कर गिनती कर लेती थी। सबके सो जाने के बाद खामोशी छा जाती तो तट पर पछाड़ खाते पहाड़ी जल की दहाड़ नबीसु को डरा देती है।

शाम को बारिश थोड़ी देर रुक गयी। फिर जम कर बरसने की तैयारी हो रही थी। नबीसु पिछवाड़े का दरवाज़ा खोल कर अहाते की सीमा पर गयी। नीचे नदी का उथला पानी फेन उगल कर उद्दाम वेग से बह रहा था। नबीसु की आतंक भरी उत्सुक आँखों ने देखा कि प्रवाह में जान है। यह कोई नदी नहीं बल्कि हजारों जीभवाला अजगर है।

घर ऊँचाई पर है। पानी उस ऊँचाई तक पहुँचे, यह सम्भव नहीं। मगर कगार को कुतरती लालची जीभों को देख कर नबीसु सोचा करती–"या अल्ला, क्या सब कुछ खा जाएँगी?"

पहले कभी एक बार बाढ़ का पानी चढ़ आया और घर का एक हिस्सा टूट गिरा था। अम्मी कहती है कि नबीसु तब गोद की बच्ची थी। घाट के पास पानी सड़क तक पहुँचा तो सभी दुकानदार जगह खाली कर गए। लोग घरबार छोड़ कर कहीं और जाने की तैयारी करने लगे। सड़क के टूट जाने के आसार दिखे तो अब्बा ने फिर इन्तज़ार नहीं किया। टीले के ऊपर पहुँच कर देखा कि नदी सड़क और खेत एक हो चुके हैं।

छह दिनों के बाद पानी उतरा तो घर लौटा। रसोई में चूल्हा जलाया तो छप्पर के ऊपर सरसराहट हुई। देखा कि एक साँप गुँजलक मार कर लेटा है। अम्मी बेहोश होकर गिर पड़ीं।

नदी किनारे जहाँ से कुम्हार लोग मिट्टी खोद लेते थे, वहाँ पर कगार के टूट गिरने की आवाज़ बीच-बीच में सुनायी दे रही थी।

चार दिनों से नदी में नाव नहीं उतारी गयी थी। उस पार के बागानों के केले के पत्तों की हरियाली धूमिल पड़ चुकी थी।

सुबह चावल खरीद कर लौटे वाप्पु ने कहा कि उसने एक मुर्दा भैंसे को बह जाते देखा।

शायद झूठ बोल रहा था, उसे बातें बनाने की आदत है।

जो बह जाता है वह कहाँ पहुँचता होगा? चम्रवट्टम नदी मुँह के पार सागर में? सागर में पहुँच जाता तो...सुनते हैं सागर अपने पास पहुँचनेवाला सब कुछ लौटा देता है; लहरों में ले आकर तट पर छोड़ जाता है।

सुलतान का कहना सच है तो भैंसे की लाश कल या परसों किनारे पर लगेगी।

शायद अब तक...

नबीसु इसी खयाल को टरका देना चाहती है।

सागर तट पर कहीं...एक लाश...लहरों की लौटायी...मछलियों की खायी... देखनेवाले पहचान भी न पाएँगे।

क्या पता कुञ्जुक्कुट्टि अम्मा को खबर है कि नहीं?

सूखी मछली खरीदने के लिये मछली बाज़ार में जाते टोकरीवाले खबर लाये होंगे।

अब्बा को पता होगा, लेकिन उनसे पूछने की हिम्मत नहीं। उस दिन आधी रात को डाँट कर घर से निकाल देने के बाद अब्बा वह नाम तक होठों पर नहीं लाते। अब्बा के सामने और लोग भी इस बारे में कुछ नहीं बोलते थे।

मुसलमान बन कर उसके किषक्कुममुरि में लौट आने के बाद ही अब्बा का रवैया बदला।

उसको किस नाम से पुकारूँ? नायर छोरा कि अब्दुल्ला? ज़बान से तो नायर छोरा ही निकलेगा।

वाप्पु कभी-कभी कुछ खबर ले आता है और माँ-बाप से छिपा कर कह देता है। यों बयान करता है मानो अपनी आँखों से देखा।

"तुमने सुना दीदी?"

"क्या?"

"हमारे ना...गो..." उसकी भी यही समस्या है कि किस नाम से पुकारा जाए? फिर भी पल भर में वह फैसला कर ही लेता है।

"गोविन्दुट्टि नायर को मारने के लिये हज़ारों लोगों ने पुतुक्कोटत्त घर को घेर लिया।"

"हज़ारों लोग?"

"हाँ, हज़ारों लोगों ने।"

"वह घर के अन्दर था। दाव, कटार, डंडा लेकर हज़ारों लोग बाहर। वह एक खाँचे में कंकड़ भर कर छप्पर पर चढ़ बैठा। ऊपर से कंकड़ फेंकने लगा। कई लोग गिर पड़े। आखिर रहा नहीं गया तो बदमाश भाग निकले।"

बाज़ार में जाने का उसे बड़ा शौक है। बाज़ार का चक्कर लगा कर वह गोविन्दुट्टि नायर को पकड़ने के लिये लोगों के ताक पर बैठने और सबको हराकर उसके बच निकलने की खबरें इकट्ठा कर लेता है।

उसके दीन बदलने के समाचार को नबीसु ने यों ही लिया था। लेकिन लोग उसे चोर ठहराने लगे तो पहले उसे यकीन नहीं आया।

अम्मी के पास भी खबर पहुँची।

''वह एक अच्छा लड़का था।''

बचपन में चोर का नाम सुन कर डरती थी। गाड़ी से उतरते लोगों को लूटनेवाला एक चोर पहले पुल के नीचे छिप कर रहता था। आखिर पुलिस ने उसे पकड़कर जेल में बन्द किया। दायें पैर की एक नस काट कर जेल से छोड़ दिया। दौड़ना मुश्किल हो गया, इसलिये चोरी करना छोड़ दिया। लँगड़ा कर चलते उस बूढ़े को बचपन में एक बार देखा था और तभी भाई जान ने यह बात बतायी थी। हड्डियाँ उभरे उस शरीर में खड़े होने की भी ताकत नहीं थी। फिर भी नबीसु डर गयी थी। दूर कहीं हुई चोरी का समाचार सुनती तो भी शाम के बाद नबीसु से अकेले नहीं बैठा जाता। दरवाज़े और खिड़कियाँ बन्द करके माँ से चिपकी रहती है।

लेकिन उसके चोर होने की खबर सुनकर डर के बदले अन्दर घृणा उपजी। बचपन में वह भाईजान के साथ सुलतान चम्पा के फल से गोली खेलने आता था। तब से वह परिचित है। वही आज रातों को चोरी करता फिरता है। सोचा नहीं था कि शाम को अपने बरामदे की मुँडेर के कोने में चटाई पर सिमटनेवाला, अकेले में मिलने पर छेड़नेवाला वह आदमी एक कमीना है।

अपने घर को घेर कर लोग उसे मारने आये तो नबीसु रो पड़ी थी।

लेकिन अब वह चोर को पकड़ने के लिये निकले लोगों के साथ है।

चोर को छोड़ना नहीं चाहिए। वह रात को घरों में डाका डाल कर सोये पड़े लोगों के कान काटता है, गला भी।

लेकिन दूर कहीं लहरों की छोड़ी एक लाश की तस्वीर मन में उभर आते ही उसकी घृणा धीरे-धीरे कम होने लगी।

अब वह चोरी नहीं करेगा।

''अब्बा कहाँ गया नबीसु? पूछ कर घर नहीं आएगा।''

बरसात के शुरू होने के पहले कुषक्कुममुरि़ में पुलिस के दो सिपाही पहुँचे। मुतलाली ने उन्हें बुलवाया था। जहाँ-जहाँ चोर के छिपने का अन्देशा था उन स्थानों की तलाशी ली। लेकिन चोर का पता न मिला। चोरी के शिकार हुए लोगों की शिकायतें दर्ज करके पुलिसवाले लौट गए। चोर को पकड़ने का काम गाँववालों को सौंप गए।

अगली शाम को ढलान पर किसी ने उसे देखा। शोर मच गया। लोग इकट्ठे हो गए।

वाप्पु का ब्यौरा यों था–

''हज़ारों लोग पीछे और आगे गोविन्दुट्टि नायर। उसके बराबर दौड़नेवाला कौन है यहाँ? नदी की ओर दुरदुरा कर वहीं पर पकड़ लेने का उनका इरादा था।

आखिर नदी किनारे पहुँच गए। उसने मुड़ कर देखा। लोग पीछे पड़े थे। नदी में भरपूर पानी है। पकड़ने के लिये पीछे पड़े लोगों के सामने वह नदी में कूद पड़ा।''

यह कहते समय वाप्पु की आवाज़ भर्रा गयी थी।

''मगर वह तैर कर उस पार पहुँच गया होगा।'' वाप्पु तसल्ली कर लेता था।

वाप्पु नासमझ है। नदी मुँह के पास सागर किनारे शायद अब तक उसकी लाश किनारे से लगी होगी।

उस दिन चोर को पकड़ने के लिए पीछे पड़े लोगों ने किषक्कुममुरि बाजार में लौट आ कर कहा–

''आगे वह किसी को भी तंग न करेगा।''

नबीसु ने देखा कि रोज़ बाज़ार से लौटते वाप्पु के चेहरे पर उदासी छायी रहती है। फिर भी खुद को राहत दिलाने के लिये वह कहता रहता है–''ज़रूर उस पार पहुँच गया होगा।''

दिन गुज़रते उसका विश्वास टूटने लगा।

चोर ही सही, अथाह जल में हाथ-पैर पटक कर, आँखें बाहर को निकले हुए।

नबीसु उस बारे में सोच भी नहीं सकती थी। शाम को मस्जिद से लौटते तक अब्बा को पता चल गया होगा। उसी नदी में कूद पड़ा जहाँ नाव उतारने को भी लोग डरते हैं! अम्मी भी उसके बारे में जानना चाहती थी लेकिन अब्बा से पूछने की किसी की हिम्मत नहीं हुई। उस दिन अब्बा कुछ ज़्यादा ही गम्भीर दिखायी दिया। अन्दर कोई बात छिपी है तो अब्बा जंगली बिल्ली की तरह हुंकारता गुर्राता रहता है। कुछ भी पूछो तो पहले फुफकारता है।

नबीसु जड़ से उखड़ कर बह जानेवाले एक पेड़ की, पानी के ऊपर दिखती टहनियों को देख कर खड़ी थी।

''यह लड़की कहाँ मरी पड़ी है?'' अन्दर से अम्मी पुकार रही थी।

''क्या है अम्मी?''

वह मुड़ कर जाने लगी कि कानों में वह आवाज़ आ पड़ी–

''ला इलाह इल अल्ला...।''

नबीसु काँप उठी। कोई मैयत जा रही थी।

कुछ दिनों के अन्तराल के बाद वह डरावनी आवाज़ फिर से सुनायी दी तो नबीसु के पैरों की शक्ति क्षीण हो गयी और वह मुरझा गयी।

पिछवाड़े दरवाज़े से अन्दर घुसते वक्त भी नबीसु थर-थर काँप रही थी। चूल्हे में आग जलाती अम्मी भी कान लगा रही थी।

अनेक कंठों के मिले-जुले स्वर में आयतों का पाठ पास पहुँच रहा था।

''अल्लाह...अल्लाह...।'' अम्मी उठ कर रटने लगी।

वह आवाज़ दूर निकल गयी तो नबीसु ने हाँफते हुए पूछा–

''उसको बाज़ार गये बड़ी देर हो चुकी न?'' नबीसु को रोना आया, गुस्सा भी।

''वह कम्बख्त इधर-उधर मुँह ताक कर...आने दो उसे।''

वाप्पु के पहले कुञ्जरय्क्कार घर लौटा।

''खेल अब भी ज़ारी है, इस्राईल का खेल अब भी खत्म नहीं हुआ।''

''इस बार कौन है?'' फुसफुसाहट के स्वर में अम्मी ने पूछा।

''सूप्पिक्कुट्टि के घर।''

''हैजा ही है क्या?''

''हूँ।''

''या अल्लाह...।''

''छोरा कहाँ गया?''

''बाज़ार गया। बड़ी देर हुई।''

नबीसु ने अब्बा की आँखों में गुस्से की चिनगारियाँ देखीं।

आज उस लड़के की शामत आएगी।

वाप्पु के घर लौटने में और भी देरी हुई।

''कहाँ मरा पड़ा था कम्बख्त तू?''

लड़का डर के मारे सिकुड़ गया।

''बाज़ार गया था अब्बू।''

''इतनी देर तेरा वहाँ क्या काम था? बाज़ार क्या तेरे दादा का घर है?''

''अब्बू मैंने सुना कि मूत्तलिकुन्नत दुकान में मिट्टी का तेल बिक रहा है। इसलिये वहाँ गया।'' उसके पास गले में रस्सी के सहारे लटकायी शीशी में आधा तेल था। कुञ्जरय्क्कार फिर कुछ नहीं बोला।

खाने के सामने बैठ कर कुञ्जरय्क्कार ने बीवी बच्चों को आगाह किया–

''बीमारी ने इलाके को अब भी नहीं छोड़ा। अल्लाह को याद करके जिओ सब। आज एक ही दिन में टीले के ऊपर तीन जानें गयीं।''

जल्दी खाना खाकर सब लेट गए। अब्बा कोठार के ऊपर सोता है और अम्मी रसोई के दरवाज़े के सामने। नबीसु ने अपनी चटाई वाप्पु की चटाई के पास बिछायी।

नींद नहीं आई। अम्मी ने अल्लाह...अल्लाह की रट लगा रखी थी। अब्बा लम्बी साँसें खींच रहा था।

माँ के जप की आवाज़ बन्द हुई तो तट पर पछाड़ खाती हुई लहरों का शोर कानों से टकराने लगा।

नबीसु आँखें मूँद कर लेटी रही। दूर कहीं से मैयत ले जानेवालों के आयतों का पाठ सुनायी दे रहा है क्या?

लहरों की दहाड़ की ओर कान लगाया। नदी हज़ारों जीभोंवाला अजगर है। सब कुछ चाट लेने के बाद भी भूख न मिटनेवाला साँप। कानों से टकरानेवाला यह शोर तट पर जीभों के लपलपाहट का स्वर है।

बढ़ई लोगों के घर की एक लड़की का बरसाती नदी में कूद कर जान देने का किस्सा बचपन में सुना था। चम्रवट्टम घाट के पास जहाँ नारियल के छिलकों से भरी नावें बाँधी जाती थीं वहीं लाश किनारे से लगी थी।

ऐसी बरसाती नदी में वह कूद पड़ा। मैयत की घाट और पहाड़ी जल में बह जाते एक मानव शरीर नबीसु ने बारी-बारी से मन में देख लिया। झींगे की तरह छल्लाकार में लेटे वाप्पु के शरीर के ऊपर उसने अपना हाथ रखा।

"दीदी सो गयी क्या?" हल्की आवाज़ में उसने पूछा। सोचा था कि वह सो चुका है। अन्धकार में उसकी पतली आवाज़ सुन कर बड़ी राहत मिली। पहले कभी उसके प्रति इतना प्यार मन में नहीं उमड़ा था। उसके छोटे कटे बालों के बीच उँगलियाँ फेर कर नबीसु ने धीमे स्वर में पूछा–

"तू अभी तक सोया नहीं?"

"नींद नहीं आती।"

"गिनती करके लेट।"

वह चुप हो गया।

"दीदी...।"

"ऊँ।"

"अच्छे तैराक तैर कर नदी पार नहीं कर सकते क्या?"

"चुप रह वाप्पु...।" सख्ती से बोली।

उसके बाल सहलाते हुए नरम आवाज़ में नबीसु ने उसे समझा दिया–

"अब्बा सुनेंगे तो तेरी पीठ छिल जाएगी। सो जा बेटा।"

....

अचानक कमरा रोशन हुआ तो नबीसु चौंक उठी। माँ-बाप उठ खड़े हुए थे। कोठार के ऊपर लालटेन जल रही थी।

"या अल्लाह...।" उसने वाप्पु की ओर देखा। वह घुटनों के बीच दोनों हाथ ठूँस कर छल्लाकार लेट कर तब भी सो रहा था। माँ-बाप के चेहरों पर घबराहट थी।

"क्या हुआ अब्बा? क्या है अम्मी?"

"श्"...अब्बा ने चुप रहने का इशारा किया।

तब नबीसु की समझ में बात आ गयी। कहीं से रोने की आवाज़ आ रही है। आवाज़ साफ नहीं थी मगर दूर कहीं से चीखने-चिल्लाने का अस्पष्ट स्वर कानों की ओर रेंग रहा था।

अम्मी ने कहा—"चक्कम्मा के घर से है।"

समय क्या हुआ होगा? आधी रात या तड़का?

अब्बा लालटेन लेकर दरवाज़े की कुंड़ी हटाने लगे तो अम्मी पास पहुँच गयी।

"कहाँ चला?"

"देख आता हूँ।"

"आधी रात के इस वक्त? बीमारी का मामला है तो?"

"मत जाओ अब्बा।" नबीसु के शब्द गले में ही अटक गए।

"परेशानी में ही पड़ोसी काम आते हैं।"

"वे पड़ोसी का हक लेने लायक लोग कहाँ हैं?" तित्तुम्मा के स्वर में गुस्सा और खीझ भरी थी। चक्कम्मा और उसकी बेटी पड़ोसियों से कोई रिश्ता नहीं निभाती थीं। पड़ोसियों में से कोई उस घर में नहीं जाता था।

रोने की आवाज़ फिर आने लगी तो कुञ्ञरय्क्कार बोला—"तित्तुम्मू, अल्लाह माफ नहीं करेगा।"

"चक्कम्मा का घर है न? ताड़ी पीकर कोई शोर मचा रहा होगा।"

कुञ्ञरय्क्कार की आँखों से गुस्से की चिनगारियाँ निकलीं।

"तू मुझे मत सिखा।"

बातचीत सुन कर वाप्पु जागा। उजाला देख कर आँखें मलते हुए उठ बैठा।

"दरवाज़ा बन्द कर लो।"

एक गन्दा तौलिया कानों के ऊपर बाँध कर लालटेन उठा कर कुञ्ञरय्क्कार निकल पड़ा।

चक्कम्मा के घर के पास पहुँचने पर रोने का स्वर और साफ सुनायी देने लगा। चक्कम्मा की ही आवाज़ थी। यह सोच कर कि रोना सुन कर वहाँ लोग इकट्ठे हो गये होंगे, कुञ्ञरय्क्कार धीरे-धीरे चल रहा था। लेकिन घर के पास पहुँच कर धुँधलके में देखा कि वहाँ कोई नहीं है। बाड़ के पौधों के बीच से अन्दर कहीं जल रही चिराग की लौ दिखायी दी।

कुञ्ञरय्क्कार ज़िन्दगी में पहली बार उस फाटक के अन्दर घुसा। बरामदे में चढ़ कर अन्दर झाँका। अन्दर कमरे में ढिबरी के पास दीवार के सहारे बैठ कर चक्कम्मा सिसक रही थी। फर्श पर उलटी और गन्दगी में तर-बतर चटाई पर कल की सुन्दरी का पथराया शरीर पड़ा था।

एक ही नज़र देख पाया कि मितली सी हुई। हिम्मत करके दुबारा देखा। कुछ नहीं किया जा सकता था।

किषक्कुममुरि में चक्कम्मा के राज का दूसरा दौर समाप्त हो चुका था।

कुञ्ञरय्क्कार को मालूम हो गया कि बुढ़िया की आँखों ने उसे पहचान लिया ह।

"जो हुआ सो हुआ। अल्लाह का बुलावा आये तो जाना तो पड़ेगा ही।" वह बोला। मन ही मन सोच लिया—यही मौत की लीला है, सूखे पेड़ को छोड़ कर हरे पौधों को गिरा देता है।

लगातार बीड़ी पीते हुए बाहर बरामदे में कुञ्ञरय्क्कार ने किसी के आने का इन्तज़ार किया।

बुढ़िया तब भी बिलख रही थी—"मेरी बच्ची गयी...मैं अनाथ हो गयी...।"

कुञ्ञरय्क्कार को याद आया कि ऐसी बीमारियों से मरनेवालों की लाश ज़्यादा देर तक नहीं रखी जा सकती। लेकिन किसी की मदद के बिना कुछ भी सम्भव नहीं था।

बेबसी में उसे अपने घर में डर से काँप कर इन्तज़ार करते तीन चेहरे याद आए। वह पुनः दरवाज़े पर पहुँचा।

"बुढ़िया, मेरा कहना मानो, मेरे घर चलो।"

चक्कम्मा चुप रही।

"सुबह होने के बाद दूसरों से सलाह करके आगे का कार्य तय करेंगे। अब मेरे साथ चलो।"

जवाब में बुढ़िया फिर रो पड़ी।

कुछ देर और ठहरने के बाद कुञ्ञय्क्कार लालटेन लेकर अपने घर लौट चला।

चक्कम्मा की बेटी की मौत की खबर सुबह होने के बाद ही किषक्कुममुरिवालों के पास पहुँची। खबर पाकर भी उस घर की ओर कोई नहीं गया। रिश्तेदारों से वह पहले ही नाता तोड़ चुकी थी।

टीले के ऊपर तीन-चार और घरों में हैजे से लोग मरे तो लाश उठाने की भी किसी ने हिम्मत नहीं की। शाम होने तक थकी आवाज़ में बुढ़िया के रोने की आवाज़ आ रही थी।

उस दिन देहाती सड़क सुनसान पड़ी थी। दिन भर ज़िन्दा माँ और मुर्दा बेटी घर में पड़ी रही।

दिन भर कुञ्ञरय्क्कार पिंजरे में बन्द जानवर की तरह कमरे में घूम रहा था। शाम होने पर उसने बेटी को पुकारा।

"फावड़ा ले आ बेटी।"

"क्यों अब्बा?"

"काम है।"

फावड़ा कन्धे पर रख कर बाहर निकलने लगा तो तित्तुम्मा ने पूछा—

"कहाँ चला?"

"एक काम है।"

चक्कम्मा के फाटक के अन्दर घुसने पर मिट्टी में कुदाल पड़ने की आवाज़ें कानों में पड़ने लगीं। दिन भर इन्तज़ार करने के बाद चक्कम्मा के रिश्तेदार दफनाने आये होंगे। गुस्से के साथ तेज कदम भर कर आम के पौधे के नीचे से अहाते की दक्षिण छोर पर पहुँचा तो ज़िन्दगी में पहली बार कुञ्ञरय्क्कार सचमुच चौंक उठा। किषक्कुममुरिवाले इसी की लाश ढूँढ़ रहे थे।

उसने कुछ नहीं कहा। गड्ढा खोदने का काम पूरा हुआ तो उसने कहा–

"लगता है मैं ही पहले पहुँचा।"

कुञ्ञरय्क्कार हुंकारा।

दोनों ने मिल कर गन्दगी में डूबी लाश को चटाई में लपेट लिया। कुञ्ञरय्क्कार ने सिर पकड़ा और उसने पैर। गहराते अँधकार में खामोश चल कर दोनों गड्ढे के पास पहुँचे। कुछ ही क्षणों में लाश दफनायी गयी।

पगडंडी से दोनों साथ-साथ चले। आखिर कुञ्ञरय्क्कार ने पूछा–

"कहाँ जाओगे?"

"कहीं भी।"

कहने सुनने के लिये कुछ भी बाकी नहीं था।

मुड़ कर देखे बिना सड़क पर आगे बढ़ते उस आदमी को कुञ्ञरय्क्कार उदास होकर देखता रहा।

नदी के उथले पानी में नहा कर गीले कपड़ों में कुञ्ञरय्क्कार घर पहुँचा।

"थोड़ा गरम पानी ले आ नबीसु।" उसकी आवाज़ पतली हो गयी थी।

पकते चावल की माँड में नमक डाल कर नबीसु कटोरी में ले आयी तो अब्बा गीले कपड़े बदल कर मुँडेर पर घुटनों पर ठुड्डी टिकाये बैठा था। नबीसु को लगा कि अचानक उनकी उम्र दस-बीस साल अधिक हो गयी है।

बाड़ के बाहर खाली धरती पर कहीं नज़र गड़ा कर कुञ्ञरय्क्कार बैठा था। तित्तुम्मा कालिख पुती लालटेन जला लायी और इन्तज़ार में खड़ी रही। पूछने की हिम्मत नहीं हुई।

"मरने के बाद भी लोग बदला क्यों चुकाते हैं?"

"क्या हुआ?"

"किसी ने भी पलट कर नहीं देखा न? वह औरत ज़िन्दा थी तो उस मुँडेर से भीड़ नहीं हटती थी। एक अकेली बेबस बुढ़िया अपनी बेटी की लाश लेकर क्या करेगी? दफनाने के लिये अब भी कोई नहीं आया क्या?"

"कोई नहीं आता तो मैं अकेला दफना देता। जिसका कोई नहीं उसका अल्लाह है।" कुञ्ञरय्क्कार की आवाज़ और दब गयी। "मैं कमर कसकर गया था। लेकिन तब तक वह पहुँच चुका था। आज मुझे पता चला कि किषक्कुममुरि में कम से कम एक मर्द ज़रूर है।"

"कौन?"

"वह नायर छोकरा।"

ज़बान से शब्द निकल पड़ने के बाद सन्देह होने लगा—उस शब्द को बदल देना है क्या? नायर छोकरा कि अब्दुल्ला?

"वह ताषत्त घर का...।" तित्तुम्मा ने सन्देह मिटाने के लिये पूछा।

"और कौन? तेरे अब्बा?" उसने कुछ और भी फुसफुसाया।

आधी बात सुन कर पिछवाड़े से वाप्पु दौड़ आया।

"अब्बा हमारा गोविन्दुट्टि नायर है क्या?"

"चल फूट।" कुञ्ञरय्क्कार ने उसे दुत्कार दिया।

सिलबट्टे पर सूखे झींगे पीसती दीदी के पास पहुँच कर वाप्पु ने फुसफुसाया—"तुमने सुना दीदी?"

रातों को देहाती सड़क से लोगों की आवाजाही बन्द हुई। बाज़ार अन्धकार में डूबा रहता। दिन में भी सिर्फ पंसारी की दुकान में खरीददारी होती। चाय की दो दुकानें खुली रहती थीं, लेकिन दोनों में लोग सिर्फ गप लड़ाने के लिये ही जाते थे। हैजे के फेलने के बाद सिर्फ मण्णान की दवाओं की दुकान में बिक्री बढ़ी। आये दिन रात को भी बड़ी देर तक खुलती है। बाहर लटकाये नाम पट्टी पर लिखा है—

कपूरासव—हैजा के लिये रामबाण औषधि

हैजा मार अवलेह यहाँ उपलब्ध

प्रोपराइटर

कुञ्ञरय्क्कार देर से खाने बैठा।

"छोरे ने खा लिया?"

"ऊँ।"

खाने में कोई स्वाद नहीं आया। बीज निकालने के लिये सँभाल कर रखे कद्दू के आखिरी टुकड़े का शोरबा बना था जो न तीखा था न खट्टा। सूखे झींगे की चाशनी के साथ एक कौर किसी तरह खा लिया।

सामने दीवार के सहारे बैठ कर बालों के बीच उँगलियों से टटोल कर तित्तुम्मा ने पूछा—"उससे मिला नहीं क्या?"

"किससे?...अरी बेवकूफ, मिला क्यों नहीं? हम दोनों ने मिल कर ही लाश उठाई।"

मुझे क्या पड़ी थी पूछने की? अब लाश को उठाने, गड्ढ़े में रखने और मिट्टी डालने का ब्यौरा कर दे तो—

"या अल्ला... ।" तित्तुम्मा ने मन ही मन दुआ माँगी। "यह जानने के लिये नहीं पूछा मैंने। कुछ भी पूछो काटने को दौड़ता है। मैंने पूछा आपस में कुछ बातें हुईं कि नहीं?" जवाब जंगली बिल्ली की गुर्राहट थी। उस चेहरे को गुस्से में तमतमाता देख कर तित्तुम्मा सामने से हट गयी। और कोई सवाल मुँह से निकल गया तो कटोरी, थाली, पीढ़ा जाने क्या-क्या उड़ आएगा अपनी ओर।

अगली सुबह केले के बागान से लौट कर कुञ्जरय्क्कार बोला—"कुट्टप्पक्कुरुप नहीं रहा।"

किषक्कुममुरिवालों को कुट्टप्पक्कुरुप की मौत के बारे में सोच कर दुखी होने का वक्त नहीं मिला। क्योंकि इस बीच उनको चौंकानेवाला अगला समाचार फैल गया। अतिराळन मन्दिर के पुजारी और उसके दूसरे बच्चे को बीमारी शुरू हुई है। अतिराळन गाँववालों को बचाने और दंड देने की क्षमता रखनेवाला देवता है। भगवती का सगा है।

मोयतीन कुट्टि की दुकान में जड़ता में बैठे अपने साथी से पणिक्कर बोला—

"उनके अप्रिय की कोई बात...?"

"किनके? शेखरन नायर के?"

"नहीं रे, अतिराळन के। उन्हीं के पुजारी को बीमारी लगी है न? यह कोई हँसी की बात नहीं।"

कुट्टप्पक्कुरुप कुञ्जरय्क्कार के बचपन का साथी था। मछली मारने में माहिर था। गर्मियों में अड़ोस-पड़ोस के सभी तालाबों में छिप कर जाता था और मछलियाँ पकड़ ले जाता था। उसे 'उल्लू कुरुप' पुकारने वाले अन्तरंग दोस्तों में कुञ्जरय्क्कार भी शामिल था।

"वह बूढ़ा लँगड़ाते हुए बीमारों के घर में पहुँचता था। उसे भी गिरा दिया।" मुँडेर पर उदास बैठ कर कुञ्जरय्क्कार बोला।

कुट्टप्पक्कुरुप की जवानी में गाँव में चेचक फैला था। तब भी कुरुप बीमार लोगों के घरों में जाता था। अधिक लोगों से उसकी दोस्ती नहीं थी। चार लोग इकट्ठे होते तो वहाँ से खिसक जाता था। लेकिन जहाँ जाने से लोग डरते थे वहाँ वह अवश्य पहुँचता था। हमेशा नशे में धुत्त रहता था। अकेले रहता था। पहले एक कुत्ते को पालता था। बारिश के मौसम में एक दिन घर लौटा तो पड़ोसी शिकायत ले आया कि कुत्ते ने उसके बच्चे को काटा। कुल्हाड़ी का हत्था निकाल कर कन्धे पर रखते हुए कुत्ते के साथ नदी किनारे चला।

लौट आया तो वह अकेला था। ताड़ी खाने में जाकर जी भर पी ली। नशे में आँखें जवा के फूल ज्यों लाल हुईं। भर्रायी आवाज़ में स्वगत किया—"नौ साल से मेरे साथ रहनेवाला था; उसे ऐसा नहीं करना चाहिए था।"

ढलान पर 'पावुट्टा' की झाड़ियों के बीच अकेले खड़े उस घर में सुबह कुशल पूछने गये नारायणन नायर ने ही सबसे पहले लाश देखी। गाँववालों को यकीन था कि एक पैर से लाचार होने पर भी लँगड़ाकर बीमार लोगों के पास पहुँचनेवाले कुट्टप्पक्कुरुप से मौत को भी डर लगता होगा। बाहर को निकली आँखों और खुले मुँह के साथ लेटा वह सख्त सुगठित शरीर देख कर नारायणन नायर चीख पड़ा। लेकिन गले से आवाज़ बाहर नहीं निकली।

उसके अहाते के बाहर पाँच घर हैं। पूरे एक दिन और एक रात लाश घर के अन्दर पड़ी रही। कोई भी उस घर की तरफ नहीं गया।

नारायणन नायर ने बहुत दौड़ धूप की। लेकिन लोगों ने समझ लिया था कि हिम्मत की कीमत बहुत बड़ी है। सबके सब पीछे हटे। आखिर पून्तोट्टम में जाकर खबर देने का निश्चय किया। कुछ न हुआ तो चेरुमा लोगों को ही बुलाना पड़ेगा।

शेखरन नायर ने तीन चेरुमा लोगों को बुलवाया। तीनों को दो-दो सेर धान देने की आज्ञा दी गयी।

''जाके जी भर पी आ।''

नशे में धुत्त ताड़ीखाने से लौटे चेरुमा लोगों से काम बोला। उन लोगों ने आनाकानी नहीं की।

पड़ोस के घरों में छोटे-छोटे बच्चे हैं, ईश्वर करे कोई अनर्थ न हो।

चेरुमा लोगों के साथ नारायणन नायर वहाँ पहुँचा तो पड़ोस के बूढ़े ने कहा–

''नारायणन, लाश दफनायी गयी।''

''कब? कौन आया?''

''अभी। ताषत्त का वह टोपी पहना छोकरा है न? वही।''

''अकेला?''

''हाँ अकेला।''

''फिर वह कहाँ गया?''

बूढ़े ने उस ओर गौर नहीं किया था।

चेरुमा लोगों को वापस भेजा।

दफनाये जाने की राहत से ज़्यादा मन में ताज्जुब होने लगा। मुसलमान बननेवाला वह छोकरा भरी नदी में कूद कर भी नहीं मरा!

एक शाम को पंसारी की दुकान से नमक-मिर्च खरीद कर शाम होने के पहले घर पहुँचने की जल्दी में कैतत्तोट पार करते समय अचानक उसके सामने पड़ गया था। कई महीनों के बाद दोनों आमने-सामने आ गये थे।

पहले पहचान न पाया। फिर होश में उसकी पहचान कौंध गयी तो अकारण चौंक उठा। धीमी गति से चलती यह सूरत न तो पहलेवाला गोविन्दन कुट्टि है और न ही अब्दुल्ला जिसकी मुसलमानों ने नुमाइश लगायी थी। दाढ़ी और सिर के बाल

अस्त-व्यस्त, शरीर सँवला गया है, पहले से दुबला हो गया है, या पहले से ज़्यादा लम्बा हो गया है। रोएँदार हाथ हिलाकर झूमते हुए चलते उस आदमी को एक जंगली जानवर से ज्यों डर कर वह देखता रहा। नज़र बचा कर रास्ते से लौट जाना या गुज़र जाना, दोनों मुमकिन नहीं था।

घबराहट प्रकट किये बिना पगडंडी के किनारे से सिमट गया। उन रोंएदार हाथों में बँधी ताकत फड़क रही थी।

सोचा नहीं था कि एक आदमी से इस तरह डर जाने की भी नौबत आएगी।

वह पास पहुँचा। आँखें लाल थीं। डाँड़ की दुर्बल घास को थाम कर खड़ा रहा। चेहरे पर उसकी निगाह पड़ी तो पैरों से थरथरी चढ़ने लगी।

नारायणन नायर ने चेहरा नहीं उठाया। सोचा, जुए का हत्था ज्यों सख्त वह बाँह अब अपनी ओर उठेगी।

पास पहुँचने पर वह रुक गया। ताड़ी की बू आ रही थी। दाढ़ी के छोटे बालों के बीच पसीने की बूँदें चुहचुहा आयी थी। पल भर घूरने के बाद धीरे-धीरे वह आगे बढ़ा।

नारायणन नायर ने डरावने सपने से जाग उठने की परेशानी का अनुभव किया।

....

मरे कुट्टप्पक्कुरुप के घर में उस रात चिराग जल रहा था। दरवाज़े किरकिरा रहे थे। अहाते के बाहर लोगों ने रतजगा किया। सुबह उन्हें मालूम हो गया कि उस घर को किसी शैतान ने नहीं, बल्कि एक खतरनाक आदमी ने बसेरा बनाया है।

आँगन से किसी के पुकारने की आवाज़ दूर कहीं से ज्यों सुनायी दी। आँखें मलते हुए वह उठा। होश नहीं आया कि दिन है कि रात। मशाल का लाल प्रकाश आँगन में फैल रहा था। चेरुमन की काली सूरत बाद में आँखों के आगे साफ हो गया।

यहाँ आकर कब लेटा था? याद नहीं आया।

पिछले कई दिन रातों की यादें धुन्ध में ज्यों अस्पष्ट हैं।

कहाँ-कहाँ घूमा? किन-किन घरों में पहुँचा? होश में उलटी और गन्दगी में डूबे मानव शरीर के अलावा और कुछ नहीं है। ताज्जुब होने लगा था। कहीं भी जाओ लोग अपने रास्ते से हट जाते थे। नये पेशे की शोहरत! इशारे मात्र से शराब की बोतलें सामने पहुँचती थीं। किसी-किसी ने पैसे भी दिये।

अधूरी होश की उस हालत में भी ध्यान आया कि किषक्कुममुरि में सबसे ज़्यादा अब उसी की ज़रूरत है। ज़िन्दा लोगों के लिये नहीं, मुर्दों के लिये।

कुट्टप्पक्कुरुप के घर की ओर लोग चले आ रहे हैं।

....

एक लाश।

लाशों की अनन्त कतार।

''कहाँ है रे?''

''नम्प्रत्त।''

''बड़ी अम्प्राल को भी शुरू हुई है।'' पड़ोस की बुढ़िया ने उसे बुला भेजा—उसने ऐसा कुछ कहा।

''आधी रात के इस वक्त अपन को घर बैठने न दिया।''

पेड़ की टहनियों को घुमाते हुए बाहर हवा के ज़बरदस्त झोंके बह रहे थे।

वह उठ खड़ा हुआ। नंगे शरीर पर ठंड ने धावा बोल दिया।

छह-सात रातों के रतजगे का बोझ सिर पर था। मशाल की लौ का पीछा किया। मौत के रौंद डाले और एक घर की ओर।

उस दिन सड़क किनारे आड़ में लोगों के हट जाने के इन्तज़ार में खड़ा था। चक्कमा के घर में दफनानेवालों के अभाव में लाश के सड़ने की बात सुनना आकस्मिक था। उस घर में पहुँचते समय मन में डर और विवशता ने घर कर लिया था। फिर भी हठ करके अन्दर गया।

मृत्यु की भयानक तस्वीर पहली बार आँखों के सामने आयी तो पल भर ठिठक गया।

लेकिन अब मन पथरा गया है।

मदद माँगने आनेवालों के साथ निकल पड़ता।

किषक्कुममुरि के ज़िन्दा लोगों को अपनी ज़रूरत नहीं। लेकिन मुर्दों को अपनी मदद ज़रूरी है। लाशों में नायर मुसलमान का अन्तर नहीं। चोर मवाली का भेद नहीं।

समय क्या हुआ होगा? सुबह होने को है या रात की शुरुआत है? पूरब की ओर क्षितिज पर धुँधले बादलों की परतें छँट रही थीं।

''चटाई पर कब आ गिरा था? होश में नहीं था।''

पगडंडी की दोनों ओर थके-माँदे सो रहे अहातों में मौत का सदमा बर्दाश्त करनेवाले और मौत का इन्तज़ार करनेवाले घर। मशाल की लौ के पीछे मेंड़ पर उतरा।

(याद हो आया कि जिस रात बरसाती नदी में तैर कर उस पार पहुँचा, तभी पहली बार शराब पी थी। शराबखाने के पहरेदार बूढ़े ने गाढ़े नीले रंग की शीशी से उँड़ेल दी थी। सुन्न हुए अंगों में गर्मी की लहरें पहुँचने लगीं। तब बचपन में सुने पाप-पुण्य की कहानियाँ याद करने का मौका नहीं मिला था।)

अब गन्दगी में डूबी लाशों के सामने डटे रहने के लिये पीना ज़रूरी हो गया है।

आगे-पीछे लालटेन पकड़े लोगों के साथ एक टोली जा रही थी।

''ला इलाह इल अल्ला...।''

चार-पाँच लोग उसकी रट लगा रहे थे–

"ला इलाह इल अल्ला...।"

जानने की इच्छा नहीं हुई कि कौन मरा? कब्रिस्तान में जगह नहीं है। नयी लाशों के लिये पुराने कब्र खोले जा रहे हैं अब।

तब अकारण कुञ्ञरय्क्कार याद आया। कोठार के नीचे दुबका वाप्पु का चेहरा याद आया। दरवाज़े की आड़ में उकड़ूँ बैठी तित्तुम्मा के सिर के ऊपर दिखी आतंक भरी आँखें याद आयीं।

ताषत्त घर की वटक्किनि में रोशनदान के पीछे सड़क से गुज़रती मैयत की आवाज़ सुनकर जाग उठती...।

नहीं, कुछ याद मत कर...।

उसने दुआ माँगना चाहा...।

किससे माँगूँ दुआ?

मशाल जल चुकी थी। चेरुमा ने नारियल के पेड़ के नीचे उथले पानी के डबरे की ओर टुर्रा फेंक दिया। अन्धकार में आगे बढ़ा। दूर खुला एक दरवाज़ा रात के अन्धकार में उजाले की एक झिरी बना रहा था।

"बन्दा यहीं ठहरता हूँ।" उसकी आवाज़ में कम्पन था।

धुआँते प्रकाश में धूमिल दीवारों के बीच गलियारे में पहुँच गया तो नशे का कुहरा छँटने लगा।

यह घर...यह घर...।

वह याद करने की कोशिश कर रहा था।

सबसे पहले आँखों के सामने सफेद बाल दिखायी दिये। चिपचिपे सफेद टुकड़ों के बीच पानी में तर-बतर वह बिखरा पड़ा था। नाम मात्र के कपड़ों में औंधे लेटे झुर्रियाँ पड़े उस सूखे शरीर के पास लाल ब्लाऊज पहनी एक युवती के निर्जीव नीले शरीर पर टटोलता एक शिशु भी नज़र आया। अन्दर उठे बवंडर के तेज झोंके दुर्बल हुए तो उसने शान्त होकर अधमुँदी उन आँखों में दुबारा देखा।

धीरे-धीरे बाहर निकल कर आँगन में पहुँचा। बाड़ के बाहर चिराग देखा। एक बुजुर्ग औरत का स्वर कानों में पड़ा। उसने माथे का पसीना पोंछ दिया।

वह विवश हो गया मानो अपने अन्दर की सारी शक्ति बह गयी हो।

अन्दर से बच्चे का रोना फिर से कानों में आ पड़ा।

पेट्रोमैक्स की रोशनी में ग्यारह मर्दों के सामने इस घर के अन्दर कदम रखने की वह रात बहुत दूर थी। लेकिन जलती धूप में इस घर की सीढ़ियों को रौंद कर निकल जाने का वह दिन, दिन की नींद में देखे सपने की तरह मन के कोने में अब भी ताज़ा था।

बाड़ के बाहर से बुढ़िया कुछ पूछ रही थी।

"क्या चाहिए?" दूर खड़े चेरुमन ने पूछा।

"क्या पूछा तुमने?"

"मैंने पूछा कुछ चाहिए क्या?"

"फावड़ा, एक फावड़ा चाहिए।"

गले से निकली वह आवाज़ अपरिचित लग रही थी।

भीगी रेत से भरी पड़ी सड़क से वह धीरे-धीरे चला। उजाला फैलने को हो रहा था।

बाज़ार के मुहाने पहुँचा तो ध्यान दिये बिना न रह सका कि बहुत समय के बाद दिन के उजाले में बाहर चल रहा था। बाहर बिक्री की जगह और अन्दर बसेरावाली झोंपड़ियों को पार किया तो मालूम हुआ कि लोगों की नज़रें अपने ऊपर पड़ रही हैं। खुली दुकानों में गत रात के किस्से ले कर बैठे लोगों की ओर उसने ध्यान नहीं दिया। जहाँ-जहाँ से वह गुज़रता, लोगों की बोलती तपाक से बन्द होती थी। बायें कन्धे पर एक गन्दी गुदड़ी की तरह थका पड़ा वह बच्चा नींद में चटखारे ले रहा था।

बाज़ारवाले मकान के सामने पहुँच कर वह रुका। ऊपर की खिड़की बन्द थी।

बाँस की पट्टियाँ लाँघ कर वह सीधे पून्तोट्टम की ओर चला।

शेखरन नायर तौलिया पहन कर शरीर भर में तेल मल कर खड़ाऊँ पहनकर आँगन में टहल रहा था।

"कौन है?"

"मैं हूँ।"

बरामदे की काले पत्थर जड़े सीढ़ियों के नीचे शेखरन नायर के ऐन सामने जा खड़ा हो गया।

शेखरन नायर के गले से शब्द बाहर नहीं निकल रहे थे।

"क...या...है?"

"इसको यहाँ सौंपने आया हूँ। मैं बाद में आकर ले जाऊँगा।"

"कोई है? माक्कुण्णि...माम्पि...।"

"ताषत्त घर में इसको पालने का कोई ज़रिया नहीं। वरना वहाँ दे जाता। आदमी का बच्चा है न? ज़िन्दा रहने दे।" फिर कुछ याद करके वह बोला—"मैं आऊँगा, ज़रूर आके ले जाऊँगा।"

बायें कन्धे से निकाल लिया तो बच्चा जाग कर रोने लगा। बरामदे पर पैरों की निशानी के बाहर दोनों हाथों से बच्चे को सीधा लिटा दिया। ठगे से खड़े शेखरन नायर को कुछ भी कहने का मौका न देकर वह बाहर चला।

रात।

मौत की आँधी में लोगों के झड़ जाने के उन दिनों के बारे में तित्तुम्मा ने बेटे को कह सुनाया। जाने कैसे बीते वे काले दिन! अल्लाह की दुआ से हम बाकी रह गए। क्या पता विपदा अब भी टली कि नहीं।

जिस दिन पुत्तनकळम वालों की कटाई शुरू हुई अब्दु छुट्टी पर आया।

तित्तुम्मा की ज़बान ने विश्राम नहीं लिया। खाने के बाद ढिबरी की लौ में बैठ कर उसने उन भयानक रातों के किस्से सुनाए। जहाँ-जहाँ माँ की ज़बान खिसकी, वाप्पु ने सुधार दी। देहली पर बैठ कर कई बार सुन चुके उन किस्सों की ओर नबीसु ने भी कान लगाये।

'आज का दिन तेरा' वाले मिजाज में कोठार के ऊपर दीवार के सहारे बैठ कर कुञ्ञरय्क्कार बीड़ी पीता रहा।

आखिर अब्दु ने पूछा—"लेकिन वह है कहाँ?"

"कौन जाने? सुनते हैं कुट्टप्पक्कुरुप के घर में है।"

तित्तुम्मा ने कोठार की ओर देखा। वहाँ से तब भी कोई प्रतिक्रिया नहीं हुई।

मँगनी के इन्तज़ाम की ओर बातें बढ़ गयीं तो कुञ्ञरय्क्कार ने गुर्राया—

"अब सो जाओ भी, कल भी समय है न?"

अब्दु उठा।

"मँगनी पर उसे बुलाएँगे।"

"कोई जरूरत नहीं, वह नहीं आएगा।"

अब्दु ने अब्बा की ओर देखा। उस चेहरे की मुद्रा न देख पाया।

शुक्र को नबीसु की मँगनी हुई। किसी को भी न्यौता नहीं दिया गया था। दूल्हे की तरफ से तीन लोग आए। वे पाणक्काव तक बस में और फिर तीन मील पैदल चल कर वक़्त के पहले आ पहुँचे।

तित्तुम्मा खफ़ा हो रही थी कि गाँव में किसी को नहीं बुलाया। कुञ्ञरय्क्कार बोला—

"मुझे किसी को नहीं बुलाना, तुम्हें बुलाना हो तो बुला लो...हूँ..."

धूप ढलने के पहले जुमा का नमाज पढ़ने के लिये मस्जिद की ओर गये कुञ्ञरय्क्कार के लौटने में देर हो रही थी। मँगनी के लिये आये लोग बरामदे पर डाली नयी चटाई पर बैठ कर बातें करते रहे। अब्बा के जल्दी लौटने की कामना करते हुए अब्दु घरवाले की हैसियत से उनकी ख़िदमत में लग गया था। अब्बा के लौट आने के बाद उसे बुलाने के लिये जाना है। देखता हूँ कैसे नहीं आएगा?

फाटक पर अब्बा का सिर नज़र आया तो अब्दु उठा। तभी उनके पीछे सिर लटकाये चले आनेवाले को देखा। खुशी से ज़्यादा ताज्जुब हुआ।

"अरे! यह कौन आ गया रे?" उसके आँगन में पहुँचने पर अब्दु चिल्ला उठा।

"क्या रे? तुझे दिखता नहीं है क्या?" वही पुरानी आवाज़, मिज़ाज भी पुराना। अब्दु को यकीन नहीं आया कि अम्मी ने इसी आदमी के सम्बन्ध में वे सारे किस्से सुनाये थे!

वह मुँडेर पर अब्दु का हाथ पकड़ कर उसके पास ही बैठा।

"अब्बा से मुझे तेरे आने की खबर मिली।"

इधर-उधर की बातों में समय बीता। मँगनी पर आये लोग शादी तय करके खाना खाकर रवाना हो गए। कुञ्ञरय्क्कार बरामदे में टहलता रहा। आपस में कहने सुनने के लिये कुछ भी बाकी नहीं था। उस बोझिली खामोशी में ऊब कर वह उठा।

"चलता हूँ।"

"मैं भी आता हूँ।" अब्दु बोला।

अपने पास खड़े वाप्पु के छोटे कटे बालों में हाथ फेर कर उसने कुञ्ञरय्क्कार से विदा ली–

"चलता हूँ। नबीसु है न अन्दर?"

दरवाज़े की आड़ में हल्के उजाले में नबीसु की झलक देख कर वह उस ओर चला।

वह उसे छेड़ने के लिये शब्द ढूँढ़ रहा था।

"शादी की बख्शीश अभी दे दे नबीसु।"

उसकी आँखों में उसने धुँधलके में जल पौधों के बीच कुलबुलाती मछलियों की चमक देखी।

उजाले में वह चेहरा एक बार देखने की इच्छा थी–वह लजाता सुर्ख चेहरा।

तित्तुम्मा दरवाज़े की ओर आयी तो उसने दुबारा यंत्रवत् रट लिया–

"चलता हूँ।"

अब्दु के पीछे सिर उठा कर चले जाते उस युवक के ऊपर बरामदे से कई आँखें मँडरा रही थीं। सड़क पार करके पक चुके खेत के बीच से वे धीरे-धीरे आगे बढ़े। दोनों चुप थे।

दिन का उजाला सूख कर गायब हो रहा था। दूर बाज़ार में दिये की छोटी-छोटी आँखें खुलने लगी थीं। बालियों के बोझ से सिर झुकाये धान के पौधों के हवा में झूमने से एक सुखद सरसराहट निकल रही थी। सरसराहट की लहर खेत के पूरे विस्तार में घूम रही थी।

"और क्या समाचार है? बोलो न?"

खामोशी का छिलका तोड़ने के लिये बनावटी उत्साह प्रकट करते हुए अब्दु ने पूछा।

"कह दूँगा, फिर कभी।" वह रुका। अब्दु भी।

"अब्दु, अब तुम लौट जाओ।"

"कहाँ चला?"

"अपने घर में भी जाना है।"

"ऊँ?"

"विदा लेने को एक और बाकी है।"

"तो?"

"अब्बा बुलाने न आता तो भी मैं पहुँच जाता। अच्छा हुआ अब्दु भी आ गया। मैं तड़के जा रहा हूँ।"

अब्दु की समझ में नहीं आया कि आगे क्या पूछना है।

"कहाँ जाओगे?"

"किषक्कुममुरि़ के बाहर कहीं भी।"

अब्दु की परेशानी देख कर उसके कन्धे पर हाथ रख-रख कर वह बोला–

"मिलेंगे। किषक्कुममुरि़ को हमेशा के लिये थोड़े ही छोड़ रहा हूँ। मैं यहीं लौट आऊँगा।"

होठों पर एक दबी हँसी के साथ बोला–"मिलेंगे।"

मुड़ कर देखे बिना मेंड़ के ऊपर से वह ताषत्त घर के फाटक की ओर चला।

तलहटी की ओर जानेवाली टेढ़ी-मेढ़ी पगडंडी के मुहाने वह रुका।

पश्चिम की तरफ अहाते में ऊँचे पत्थर के ऊपर शरीर को ओढ़ कर बैठी पारू बुढ़िया घावों को कुरेद रही थी। पत्ते झड़ चुके माखी की झुरमुटों के बीच से अहाते की झोंपड़ियाँ और इधर-उधर उभरे मिट्टी के नये अम्बार दिखायी दिये।

हथेली पर बची उँगलियों से घाव कुरेद कर चट्टान के ऊपर पड़ती धूप की पहली किरणों के इन्तज़ार में बैठी उस सूरत को देखा तो पल भर के लिये ज़मीन पर नये उभरे मिट्टी के अम्बारों के नीचे दब गयी जानों के बारे में सोचा।

सालों के बाद लौट आते वक्त भी इस कोने में सूखी हरियाली से ढकी इस चट्टान के ऊपर मटमैली चादर ओढ़ कर इसी तरह यह बुढ़िया धूप सेंकने बैठी होगी।...

वह टीले के ऊपर चढ़ा। ऊपर पहुँच कर एक बार फिर किषक्कुममुरि़ को देखा। अरबी आमों के बागानों के पार भूरे रंग की बंजर ज़मीन पर बाँस के काँटों से बने बाड़ों से बँटे ज़मीन के चौकोर टुकड़ों में कुकुरमुत्ते ज्यों छोटे-छोटे घर दिखायी दिये। दूर सुपारी के बागानों की हरियाली के बाहर सुनहले खेत दिखे। शान्त बहती भरी नदी की सतह पर सवारी नाव की काली बिन्दी को हिलता देखा।

नीचे...

बाड़ के पौधों के पास अहाते के कोने में, जहाँ मिट्टी के अम्बारों के अन्दर मनुष्य का मांस सड़ रहा है बौनी चट्टान के ऊपर एक धूमिल बिन्दु की तरह कोढ़ी पारु बुढ़िया।